Química Perfeita

SIMONE ELKELES

Química Perfeita

SIMONE ELKELES

Tradução
Fal Azevedo

Copyright © 2009 by Simone Elkeles
Copyright da tradução © 2017 by Editora Globo S.A.

Todos os direitos reservados. Nenhuma parte desta edição pode ser utilizada ou reproduzida — em qualquer meio ou forma, seja mecânico ou eletrônico, fotocópia, gravação etc. — nem apropriada ou estocada em sistema de banco de dados sem a expressa autorização da editora.

Título original: *Perfect Chemistry*

Editora responsável **Sarah Czapski Simoni**
Editora assistente **Veronica Armiliato Gonzalez**
Diagramação **Gisele Baptista de Oliveira e Douglas Kenji Watanabe**
Projeto gráfico original **Laboratório Secreto**
Preparação **Jane Pessoa**
Revisão **Maria Marta Cursino e Vanessa Sayuri Sawada**
Capa **Thiago de Barros**
Imagem de capa **Alex Volot/istock**

Texto fixado conforme as regras do Acordo Ortográfico da Língua Portuguesa (Decreto Legislativo nº 54, de 1995).

CIP-BRASIL. CATALOGAÇÃO NA FONTE
SINDICATO NACIONAL DOS EDITORES DE LIVROS, RJ

E42q

Elkeles, Simone
    Química perfeita / Simone Elkeles ; tradução Fal Azevedo. – 1. ed. –
São Paulo : Globo, 2017.
    428 p. ; 21 cm

    Tradução de: Perfect chemistry
    ISBN 978-85-250-6436-3

    1. Ficção infantojuvenil americana. I. Azevedo, Fal. II. Título.

17-43451

CDD: 028.5
CDU: 087.5

1ª edição, 2017

Direitos de edição em língua portuguesa para o Brasil
adquiridos por Editora Globo S.A.
Av. Nove de Julho, 5.229
01407-907 – São Paulo – SP – Brasil
www.globolivros.com.br

Para Moshe, que desistiu de muita coisa por mim.

capítulo 1
Brittany

Todo mundo sabe que eu sou perfeita. Minha vida é perfeita. Minhas roupas são perfeitas. Até minha família é perfeita. E, embora isso seja uma mentira deslavada, dei um duro danado para manter a aparência de que tenho tudo. Se descobrissem a verdade, toda essa minha imagem de perfeição estaria arruinada.

Parada em frente ao espelho do banheiro, a música reverberando nas caixas de som, apago pela terceira vez a linha torta que desenhei debaixo dos olhos. Droga, minhas mãos estão tremendo. Começar o último ano do Ensino Médio e reencontrar meu namorado, depois de passarmos o verão separados, não deveria ser tão complicado, mas tudo está dando errado. Primeiro, meu modelador de cachos enviou sinais de fumaça e morreu. Então, o botão da minha blusa favorita caiu. Agora, o meu delineador resolveu ter vontade própria. Se eu tivesse escolha, ficaria na minha cama quentinha o dia todo, comendo reconfortantes biscoitos com pedaços de chocolate.

Química Perfeita 7

— Brit, desce! — ouço minha mãe gritando ao longe, do vestíbulo.

Meu primeiro impulso é ignorá-la, mas isso nunca leva a lugar algum, apenas a discussões, dores de cabeça e mais gritos.

— Um segundo! — grito de volta, na esperança de que desta vez o delineador ande em linha reta e eu consiga finalmente acabar de me arrumar.

Quando o contorno enfim fica certo, jogo o tubo do delineador na bancada da pia, confiro minha aparência no espelho mais duas vezes, desligo o som e saio apressada pelo corredor.

Minha mãe, parada no pé da nossa grande escadaria, inspeciona minha roupa. Eu me endireito. Eu sei, eu sei. Tenho dezoito anos e não deveria me importar com o que minha mãe acha. Mas você nunca morou na casa dos Ellis. Minha mãe sofre de ansiedade — e não do tipo facilmente controlável com pequenas pílulas azuis. Quando ela fica nervosa, todos à sua volta sofrem. Acho que é por isso que meu pai sai para trabalhar bem cedo, antes de todo mundo acordar, para não ter que lidar com... bom... com ela.

— Odiei a calça, adorei o cinto — diz mamãe, apontando para cada item. — E esse barulho que você chama de música estava me dando dor de cabeça. Graças a Deus parou.

— Bom dia pra você também, mãe — respondo, descendo a escada e dando um beijinho em seu rosto. O cheiro forte do perfume dela arde em meu nariz quando me aproximo. Ela está maravilhosa em seu conjunto Ralph Lauren Blue Label. Ninguém poderia criticar a roupa dela, disso eu tenho certeza.

— Comprei seu *muffin* favorito para o primeiro dia de aula — diz mamãe, tirando um saquinho de trás das costas.

— Não, obrigada — digo, procurando minha irmã. — Cadê a Shelley?

— Na cozinha.

— A nova cuidadora já chegou?

— O nome dela é Baghda, e não. Ela chega em uma hora.

— Você avisou a Baghda que lã irrita a pele da Shelley e que ela está puxando cabelos? — Shelley sempre demonstrou, por sinais não verbais, que fica irritada com o toque de lã em sua pele. Puxar o cabelo é uma coisa nova, e mesmo assim já causou alguns desastres. Desastres na minha casa são como acidentes de carro: evitá-los é crucial.

— Sim. E sim. Dei um longo sermão à sua irmã mais cedo, Brittany. Avisei que se ela continuar se comportando assim, vamos perder outra cuidadora.

Vou para a cozinha. Não quero ouvir as teorias da minha mãe sobre os motivos pelos quais Shelley se descontrola. Minha irmã está sentada perto da mesa, em sua cadeira de rodas, comendo sua papa líquida. Mesmo aos vinte anos, ela não consegue mastigar e engolir como as pessoas sem suas limitações físicas. Como de costume, a comida se espalhou por seu queixo, seus lábios, seu rosto.

— Ei, Shell-bell — digo, me inclinando sobre ela e limpando seu rosto com um guardanapo. — Hoje é o meu primeiro dia de aula. Me deseje sorte.

Shelley abre seus braços trêmulos e me dá um sorriso torto. Eu adoro esse sorriso.

— Quer me dar um abraço? — pergunto, sabendo que ela quer. Os médicos sempre dizem que quanto mais interação Shelley tiver com as pessoas, melhor.

Ela assente. Eu me encaixo entre seus braços, tomando cuidado para manter suas mãos longe do meu cabelo.

Química Perfeita **9**

Quando me endireito, minha mãe quase engasga. Parece o apito de um juiz, interrompendo minha vida.

— Brit, você não pode ir para a escola assim.

— Assim como?

Ela balança a cabeça e suspira, frustrada.

— Olhe a sua blusa.

Olhando para baixo, vejo uma grande mancha úmida na frente da minha blusa branca da Calvin Klein. Opa. A baba da Shelley. Uma olhada para o rosto contorcido da minha irmã me diz o que ela não consegue expressar com palavras facilmente. *Shelley sente muito. Shelley não queria sujar sua roupa.*

— Não foi nada — digo a ela, embora no fundo eu saiba que isso acaba com meu visual "perfeito".

Franzindo o cenho, minha mãe molha uma toalha de papel na pia e passa na mancha. Isso faz com que eu me sinta como se tivesse dois anos.

— Vá lá em cima e troque a blusa.

— Mãe, é só pêssego — respondo, tomando cuidado para não transformar o evento em uma troca de gritos. A última coisa que quero é fazer com que minha irmã se sinta mal.

— Pêssego mancha. Você não quer que as pessoas achem que você não liga para a sua aparência.

— Tudo bem. — Queria que este fosse um dos dias bons da minha mãe, um dos dias em que ela não fica no meu pé o tempo todo.

Dou um beijo no topo da cabeça de Shelley, para me assegurar de que ela não pense que sua baba me incomoda.

— Vejo você depois da escola — digo, tentando manter a manhã alegre. — Daí a gente continua nosso campeonato de damas.

Subo a escada correndo, dois degraus de cada vez. Quando chego ao meu quarto, olho para o relógio. Ah, não. São 7h10. Minha melhor amiga, Sierra, vai ficar puta se eu me atrasar para pegá-la em casa. Encontro um lenço azul-claro no armário, rezando para que resolva. Talvez, se eu amarrá-lo do jeito certo, ninguém note a mancha de baba.

Quando desço novamente a escada, minha mãe está parada no vestíbulo. Ela inspeciona minha aparência de novo.

— Adorei o lenço.

Ufa.

Quando passo por ela, mamãe enfia um *muffin* na minha mão.

— Coma no caminho.

Levo o *muffin*. A caminho do meu carro, vou mordiscando-o, distraída. Infelizmente não é de amora, meu favorito. É de banana com nozes, e as bananas estão meio passadas. Isso me faz lembrar de mim mesma — aparentemente perfeita do lado de fora, mas com o interior todo errado.

capítulo 2
Alex

— Acorda, Alex.

Faço uma careta para meu irmãozinho e enfio a cabeça debaixo do travesseiro. Já que compartilho o quarto com meus irmãos de onze e quinze anos, não há fuga possível, a não ser o resquício de privacidade que um solitário travesseiro pode prover.

— Me deixa em paz, Luis — digo, mal-humorado, por baixo do travesseiro. — *No estés chingando*.

— Não estou de brincadeira. *Mamá* me pediu pra te acordar, pra você não chegar atrasado à escola.

Último ano. Eu deveria estar orgulhoso de ser o primeiro da família Fuentes a se formar no Ensino Médio. Depois da formatura, no entanto, a vida real começa. A faculdade é apenas um sonho. Para mim, o último ano é como uma festa de aposentadoria para um homem de sessenta e cinco anos. Você sabe que ainda pode ir mais longe, mas todo mundo espera que não o faça.

— Estou todo arrumado com minha roupa nova — ouço a voz de Luis, orgulhosa, mas abafada pelo travesseiro. — As *nenas* não vão conseguir resistir a este amante latino.

— Bom pra você — resmungo.

— *Mamá* disse pra eu derramar este jarro de água em você, se você não levantar logo.

Será que é demais pedir um pouco de privacidade? Pego meu travesseiro e o arremesso na direção de Luis. Acerto-o em cheio. Boa parte da água cai nele.

— *¡Culero!* — grita ele. — Esta é minha única roupa nova!

Uma gargalhada se faz ouvir da porta do quarto. Carlos, meu outro irmão, está rindo como uma hiena. Isto é, até que Luis pula em cima dele. Observo a luta se acirrar, enquanto meus irmãos socam e chutam um ao outro.

São bons lutadores, penso com orgulho, assistindo a eles se enfrentando. Só que, como homem mais velho da casa, é meu dever acabar com aquilo. Agarro a gola da camisa de Carlos, mas tropeço na perna de Luis e acabo no chão com eles.

Antes de conseguir recuperar o equilíbrio, alguém derrama água gelada nas minhas costas. Viro rapidamente para trás e dou de cara com *mi'amá* nos encharcando, segurando um balde acima de nós, já em seu uniforme de trabalho. Ela trabalha como caixa no armazém local, a uns dois quarteirões da nossa casa. Não paga muito bem, mas não precisamos de muito.

— De pé — ordena ela, mais impetuosa do que nunca.

— Que merda, mãe — diz Carlos, erguendo-se.

Mi'amá pega o balde quase vazio, mergulha os dedos na água gelada e lança gotas do líquido na cara do Carlos.

Luis gargalha e, antes que se dê conta, também recebe respingos de água. Será que eles não vão aprender nunca?

— Vai continuar a me responder, Luis? — pergunta ela.

— Não, senhora — responde ele, tão ereto quanto um soldado.

Química Perfeita   13

— Você ainda tem palavrões pra sair dessa sua boca, Carlos? — Ela mergulha a mão na água, como um aviso.

— Não, senhora — ecoa o soldado número dois.

— E você, Alejandro? — Seus olhos se estreitam ao me encarar.

— O quê? Eu estava tentando fazer os dois pararem — digo com um ar inocente, abrindo meu sorriso mais irresistível.

Ela respinga água em meu rosto.

— Isso é por não ter feito seus irmãos pararem. Agora se vistam, todos vocês, e venham tomar café antes de ir para a escola.

E é isso que ganho com meu sorriso irresistível.

— Você sabe que ama a gente — grito às suas costas, enquanto ela sai do quarto.

Depois de uma ducha rápida, volto para o quarto com a toalha enrolada na cintura. Vejo Luis com uma das minhas bandanas na cabeça e meu estômago se contrai. Imediatamente arranco-a dele.

— Nunca mais toque nisso, Luis.

— Por que não? — ele pergunta, seus olhos castanhos inocentes.

Para Luis, aquilo é só uma bandana. Para mim, é um símbolo do que é e do que nunca será. Como vou explicar isso a um garoto de onze anos? Ele sabe o que sou. Não é segredo que a bandana tem as cores da gangue à qual pertenço, a Latino Blood. Um acerto de contas e uma vingança me fizeram entrar, e agora não há como sair. Mas sou capaz de morrer antes de deixar que um dos meus irmãos seja sugado por eles.

Enrolo a bandana no pulso.

— Luis, não mexe nas minhas coisas. Ainda mais nas coisas da gangue.

— Gosto de vermelho e preto.

Essa é a última coisa que quero ouvir.

— Se eu algum dia pegar você usando isso de novo, vai virar *roxo e preto* — digo. — Entendeu, maninho?

Ele dá de ombros.

— Sim. Entendi.

Enquanto ele sai do quarto em passo acelerado, fico me perguntando se Luis realmente entendeu. Tento não pensar demais nisso e pego uma camiseta preta da cômoda, junto com um jeans gasto e desbotado. Quando estou amarrando a bandana em volta da cabeça, ouço *mi'amá* berrando da cozinha.

— Alejandro, vem comer antes que a comida esfrie. *De prisa*, vem logo.

— Estou indo — grito de volta. Nunca vou entender por que a comida é uma parte tão importante da vida dela.

Meus irmãos já estão ocupados devorando seu café da manhã quando entro na cozinha. Abro a geladeira e olho o que tem dentro.

— Sente-se.

— Mãe, vou só pegar...

— Você não vai pegar nada, Alejandro. Sente-se. Somos uma família e vamos comer como uma.

Suspiro, fecho a geladeira e sento ao lado de Carlos. Às vezes, pertencer a uma família unida tem suas desvantagens. *Mi'amá* coloca um prato transbordando *huevos* e tortilhas na minha frente.

— Por que você não consegue me chamar de Alex? — pergunto, olhando com a cabeça baixa para a comida na minha frente.

Química Perfeita   **15**

— Se eu quisesse te chamar de Alex, não teria perdido meu tempo escolhendo o nome Alejandro. Você não gosta do seu nome?

Meus músculos ficam tensos. Meu nome é o mesmo de um pai que não está mais vivo e que me deixou a responsabilidade de ser o homem da casa. Alejandro, Alejandro Jr., Junior... é tudo igual para mim.

— Faria diferença? — resmungo, pegando uma tortilha. Então ergo os olhos, tentando avaliar a sua reação.

Ela está lavando pratos na pia, de costas para mim.

— Não.

— Alex quer fazer de conta que é branco — intromete-se Carlos. — Você pode mudar de nome, mano, mas ninguém vai deixar de achar que você é algo além de um mexicano.

— Carlos, *cállate la boca* — aviso. Não quero ser branco. Só não quero que me associem ao meu pai.

— Por favor, vocês dois — pede nossa mãe. — Basta de brigas por hoje.

— *Mojado* — cantarola Carlos, me provocando ao usar a gíria para imigrantes mexicanos ilegais.

Estou cheio dos desaforos de Carlos, e agora ele foi longe demais. Levanto, minha cadeira arranhando o chão. Carlos faz o mesmo e fica de pé na minha frente, reduzindo o espaço entre nós. Ele sabe que posso acabar com ele. Um dia desses, seu ego inflado ainda vai fazê-lo arrumar confusão com a pessoa errada.

— Carlos, sente-se — ordena *mi'amá*.

— Comedor de feijão safado — diz Carlos com a voz arrastada, imitando o sotaque mexicano. — Pior ainda, *es un ganguero*.

— Carlos! — *mi'amá* o repreende, seca, enquanto avança, mas entro no meio dos dois e agarro a gola da camisa do meu irmão.

— É, isso é tudo o que vão pensar de mim — digo a ele.

— Mas se você continuar falando besteira, vão pensar isso de você também.

— Mano, vão pensar isso de mim de qualquer jeito. Eu querendo ou não.

Eu o solto.

— Você está enganado, Carlos. Você pode fazer melhor, muito melhor.

— Que você?

— Sim, melhor que eu, e você sabe disso — digo. — Agora peça desculpas a *mi'amá* por me insultar na frente dela.

Uma olhada em meus olhos e Carlos entende que não estou brincando.

— Desculpa, mãe — diz ele, voltando a se sentar. Porém, não deixo de perceber seu olhar irritado por ter levado uma pancada no ego.

Mi'amá se vira e abre a geladeira, tentando esconder as lágrimas. Droga, ela está preocupada com Carlos. Ele está no primeiro ano do Ensino Médio, e os próximos dois anos serão decisivos para erguê-lo ou derrubá-lo.

Visto minha jaqueta preta de couro: preciso sair dali. Dou um beijo na bochecha de *mi'amá* como um pedido de desculpas por estragar seu café da manhã e então saio, pensando em como conseguirei manter Carlos e Luis fora do caminho que segui e, ao mesmo tempo, em como guiá-los para algo melhor. Ah, que ironia isso tudo.

Na rua, caras com bandanas das mesmas cores que a minha fazem o sinal da Latino Blood: a mão direita bate duas vezes no braço esquerdo, com o dedo anular dobrado. Sinto o sangue correr quente pelas minhas veias enquanto retribuo o cumprimento antes de montar na minha moto. Eles querem

Química Perfeita   **17**

um membro de gangue durão, e têm a mim. Faço uma ótima atuação para o mundo lá fora; às vezes, até eu me surpreendo comigo mesmo.

— Alex, espera — chama uma voz feminina familiar.

Carmen Sanchez, minha vizinha e ex-namorada, corre na minha direção.

— Oi, Carmen — murmuro.

— Que tal me dar uma carona para a escola?

A saia preta curta dela deixa à mostra suas pernas incríveis, e sua blusa justa acentua seus *chichis* pequenos e firmes. Já houve um tempo em que eu teria feito qualquer coisa por ela, mas isso foi antes de flagrá-la na cama de outro cara no verão. Na verdade, no carro dele.

— Qual é, Alex. Prometo não morder... A menos que você queira. — Carmen é minha parceira na Latino Blood. Sendo um casal ou não, ainda tomamos conta um do outro. Esse é o nosso código.

— Sobe — digo.

Carmen salta em minha moto e, enquanto se apoia nas minhas costas, deliberadamente põe as mãos sobre as minhas coxas. Não tem o efeito que ela provavelmente esperava. O que será que ela acha, que vou esquecer o passado? Sem chance. Minha história define quem eu sou.

Tento me concentrar no início do meu último ano em Fairfield, no aqui e no agora. É bem difícil porque, infelizmente, depois da formatura, são grandes as chances de que meu futuro seja tão ferrado quanto meu passado.

capítulo 3
Brittany

— **Meu cabelo fica todo bagunçado** neste carro, Sierra. Toda vez que eu abaixo a capota, parece que atravessei um tornado — digo para minha melhor amiga, enquanto descemos a Vine Street em meu novo conversível prateado, indo em direção a nossa escola, Fairfield High. — As aparências são tudo. — Meus pais me ensinaram o lema que governa minha vida. E essa é a única razão pela qual não fiz comentários sobre a BMW quando meu pai me deu esse extravagante presente de aniversário há duas semanas.

— Vivemos a meia hora da Cidade dos Ventos — diz Sierra, levantando a mão para sentir o vento enquanto dirigimos. — Chicago não é exatamente conhecida por seu clima tranquilo, né? Além disso, você sabe que parece uma deusa grega e loira com cabelos selvagens, Brit. Só está nervosa porque vai reencontrar o Colin.

Meu olhar procura a foto em formato de coração colada no painel do carro: eu e Colin.

— Um verão longe muda as pessoas.

Química Perfeita   **19**

—A distância aumenta o amor — devolve Sierra. — Você é a capitã da equipe de *cheerleaders*, e ele é o capitão do time de futebol. Vocês dois precisam estar juntos, ou o sistema solar perderia o alinhamento.

Colin me ligou algumas vezes durante o verão, da cabana de sua família nas montanhas, onde passou as férias com alguns amigos, mas não sei como está o nosso relacionamento agora. Ele só voltou ontem à noite.

— Amo essa sua calça jeans — diz Sierra, olhando minha calça desbotada. — Vou pedir emprestada logo, logo.

— Minha mãe odeia — respondo alisando meu cabelo ao parar em um semáforo, tentando domar meu frizz. — Diz que parece alguma coisa que achei em uma loja de roupas usadas.

— Você falou pra ela que o *vintage* está na moda?

— Sim. Como se ela me ouvisse. Ela não estava prestando atenção nem quando perguntei sobre a nova cuidadora.

Ninguém entende como são as coisas na minha casa. Felizmente, tenho Sierra. Ela pode também não entender, mas sabe o suficiente para me ouvir e manter a minha vida doméstica sob sigilo. Além de Colin, Sierra é a única outra pessoa que conhece minha irmã.

Sierra abre minha caixa de CDs.

— O que aconteceu com a última cuidadora?

— Shelley arrancou um tufo de cabelo dela.

— Ui.

Entro no estacionamento da escola pensando mais na minha irmã do que no trânsito. Meus pneus cantam em uma freada brusca quando quase bato num cara e numa menina em uma moto. Eu achei que a vaga estivesse vazia.

— Cuidado, vadia — diz Carmen Sanchez, a garota na garupa da motocicleta, me mostrando o dedo do meio.

Ela, obviamente, faltou na aula de educação no trânsito do curso de direção.

— Desculpa — digo bem alto, para me fazer ouvir acima do ronco do motor da moto. — Parecia que a vaga estava livre.

Então vejo em qual moto quase bati. O motoqueiro se volta para trás. Olhos negros e irritados. Bandana vermelha e preta. Eu me afundo no assento do motorista tanto quanto posso.

— Ah, merda. É o Alex Fuentes — digo, trêmula.

— Meu Deus, Brit — diz Sierra, com a voz baixa. — Eu quero viver pra me formar. Sai daqui antes que ele resolva nos matar.

Alex me encara com olhos demoníacos enquanto baixa o suporte da moto. Será que ele vai brigar comigo?

Procuro a marcha a ré, movendo o câmbio para a frente e para trás feito uma louca. Não é surpresa alguma, claro, que meu pai tenha me comprado um carro com câmbio manual e não tenha se dado ao trabalho de me ensinar como operar a coisa.

Alex dá um passo em direção ao meu carro. Meus instintos me dizem para abandonar tudo e fugir, como se eu estivesse presa nos trilhos de um trem vindo direto sobre mim. Olho para Sierra, que está procurando alguma coisa em sua bolsa, parecendo desesperada. Será que ela está brincando comigo?

— Não consigo engatar a ré deste maldito carro. Preciso de ajuda. O que você está procurando? — pergunto.

— Tipo... nada. Só estou tentando não fazer contato visual com aqueles Latino Bloods. Será que você pode tirar a gente daqui? Tipo, já? — responde Sierra, com os dentes cerrados. — Além disso, eu só sei dirigir carros automáticos.

Por fim, consigo colocar o câmbio na posição certa e minhas rodas cantam alto, fazendo um som agudo quando manobro para trás e saio apressada, procurando outra vaga.

Depois de estacionar no lado oeste, bem longe de certo membro de certa gangue com uma reputação capaz de assustar até mesmo os mais violentos jogadores de futebol de Fairfield, Sierra e eu subimos os degraus da entrada da escola. Infelizmente, Alex Fuentes e o restante de sua gangue estão reunidos bem ali.

— Anda rápido — murmura Sierra. — Aconteça o que acontecer, não olha nos olhos deles.

Fica difícil não olhar quando Alex Fuentes para exatamente na minha frente, bloqueando a passagem.

Qual é mesmo aquela oração que você deve fazer quando sabe que está prestes a morrer?

— Você é uma péssima motorista — diz Alex, com seu ligeiro sotaque latino e sua postura de EU-SOU-O-CARA.

Ele pode até parecer um modelo da Abercrombie, com seu corpo torneado e seu rosto perfeito, mas o mais provável é que sua melhor foto seja a tirada pela polícia, depois que ele for preso.

Gente do lado norte realmente não se mistura com gente do lado sul. Não é que pensemos que somos melhores que eles — somos apenas diferentes. Crescemos na mesma cidade, mas em lados completamente opostos. Moramos em grandes casas, perto do lago Michigan; eles vivem à margem dos trilhos do trem. Nós falamos, agimos e nos vestimos de formas diferentes. Eu não estou dizendo que isso seja bom ou ruim, mas é como as coisas são em Fairfield. E, sendo sincera, a maioria das meninas do sul me trata como Carmen Sanchez fez há pouco… Elas me odeiam por quem eu sou.

Ou melhor, por quem elas *pensam* que eu sou.

O olhar de Alex se move devagar pelo meu corpo, me examinando de alto a baixo antes de se voltar aos meus olhos. Não é a primeira vez que um cara me olha desse jeito, é só que nunca alguém como Alex fez isso comigo de forma tão descarada... E assim tão de perto. Posso sentir meu rosto ficando quente.

— Da próxima vez, olha por onde anda — diz ele, a voz fria e controlada.

Ele está tentando me intimidar. É profissional nisso. Mas não vou deixá-lo me atingir e ganhar seu pequeno jogo de intimidação, mesmo que meu estômago ache que estou dando cem saltos mortais em sequência. Endireito meus ombros e lhe lanço meu olhar de escárnio, o mesmo olhar de desprezo que uso para manter as pessoas afastadas.

— Obrigada pela dica.

— Se precisar de um homem de verdade pra te ensinar a dirigir, estou às ordens.

As gargalhadas e assobios de seus amigos fazem meu sangue ferver.

— Se você *fosse* mesmo um homem de verdade, abriria a porta pra mim, em vez de bloquear a passagem — digo, admirada com minha própria resposta, ao mesmo tempo que meus joelhos ameaçam ceder.

Alex recua, abre a porta de entrada e se curva como se fosse meu mordomo. Ele está me zoando: ele sabe disso e eu também. Todo mundo sabe. Vejo Sierra de relance, ainda procurando por absolutamente nada dentro da bolsa. Ela é uma sem noção.

— Vê se arranja uma vida pra cuidar — digo.

— Como a sua? *Cabróna*, deixa eu te dizer uma coisa — responde Alex, áspero. — Sua vida não é realidade, é tudo falso. Igual a você.

Química Perfeita

— Bom, é melhor do que ser uma fracassada — retruco, esperando que minhas palavras doam nele tanto quanto as dele doeram em mim. — Igual a você.

Agarrando o braço de Sierra, puxo-a porta adentro. Gargalhadas e comentários nos seguem enquanto entramos na escola.

Por fim, solto de uma vez o ar que estava segurando durante aquele tempo todo, e me viro para Sierra.

Minha melhor amiga está olhando para mim com os olhos esbugalhados.

— Puta merda, Brit! Você está querendo morrer ou coisa parecida?

— O que dá a Alex Fuentes o direito de intimidar todo mundo que aparece em seu caminho?

— Ah, talvez o revólver que ele tem escondido dentro da calça, ou as cores da gangue que ele usa — diz Sierra, o sarcasmo escorrendo de cada palavra.

— Ele não é idiota o suficiente pra trazer uma arma para a escola — raciocino. — E me recuso a ser intimidada por ele ou por qualquer outra pessoa. — Na escola, pelo menos. Aqui é o único lugar onde posso manter a minha fachada "perfeita"; todo mundo aqui acredita nisso. De repente, empolgada para começar meu último ano em Fairfield, seguro os ombros de Sierra. — Somos veteranas agora — digo, com o mesmo entusiasmo que uso nas minhas danças e saltos durante os jogos de futebol.

— E daí?

— E daí que, a partir deste instante, tudo vai ser p-e-r-f-e-i-t-o.

O sinal toca, mas não é mais exatamente um sinal, porque o corpo estudantil votou, no ano passado, pela substituição do clássico apito por música. Agora está tocando "Summer Lovin", de *Grease*. Sierra começa a caminhar pelo corredor.

— Tenho certeza que você terá um funeral p-e-r-f-e-i-t-o. Com muita comida e tudo mais.

— Quem morreu? — pergunta uma voz atrás de mim.

Eu me viro. É Colin, com seu cabelo louro clareado pelo sol de verão e um sorriso tão grande que ocupa quase todo o seu rosto. Gostaria de ter um espelho para ver se minha maquiagem está borrada. Mas Colin vai ficar comigo, mesmo se estiver um pouco borrada, não vai? Dou um pulo e o abraço com força.

Ele retribui meu abraço, dá um leve beijo em meus lábios e se afasta um pouco.

— Quem morreu? — pergunta mais uma vez.

— Ninguém — respondo. — Esquece isso. Esqueça tudo, a não ser estar comigo.

— Vai ser fácil, com você assim tão gostosa — Colin me beija de novo. — Desculpa não ter ligado. Foi uma loucura desfazer as malas e tal.

Sorrio para ele, contente ao perceber que passar o verão separados não mudou nossa relação. O sistema solar está em segurança, pelo menos por enquanto.

Colin passa o braço em volta dos meus ombros quando as portas da escola se abrem. Alex e seus amigos entram correndo, como se estivessem aqui para sequestrar estudantes.

— Por que eles vêm à escola? — Colin sussurra baixinho, de modo que só eu ouça. — Metade deles vai provavelmente abandonar antes do fim do ano, de qualquer jeito.

Meu olhar cruza rapidamente com o de Alex, e um arrepio percorre minha espinha.

— Quase bati na moto de Alex Fuentes esta manhã — digo, quando Alex não pode mais ouvir.

Química Perfeita **25**

— Devia ter batido.

— Colin — repreendo.

— Pelo menos teria sido um primeiro dia emocionante. Esta escola é uma chatice de merda.

Chata? Quase bati o carro, fui insultada por uma menina do lado sul e assediada por um perigoso membro de uma gangue latina na porta de entrada. Se isso é alguma indicação de como vai ser o resto do último ano, essa escola será qualquer coisa, *menos* chata.

capítulo 4
Alex

Eu sabia que seria chamado ao escritório do novo diretor em algum momento ao longo do ano, mas não esperava que fosse no primeiro dia de aula. Ouvi falar que o dr. Aguirre trabalhava em uma escola em Milwaukee e foi contratado por ter uma personalidade autoritária. Alguém deve ter me delatado como líder da gangue, porque sou eu quem está sentado aqui, em vez de qualquer outro membro da Latino Blood.

Então estou aqui, dispensado da educação física para que Aguirre possa encher o peito e dissertar sobre regras mais rigorosas na escola. Percebo ele me examinando, avaliando como vou reagir enquanto me ameaça:

— ... e este ano contratei dois seguranças armados em tempo integral, Alejandro.

Ele me olha fixamente, tentando me intimidar. Ah, tá. Posso dizer de cara que, apesar de Aguirre ser latino, não faz ideia de como funcionam as ruas. Provavelmente daqui a pouco vai falar sobre como cresceu pobre igual a mim. Ele talvez nunca tenha nem passado pelo meu

Química Perfeita **27**

lado da cidade. Quem sabe eu devesse oferecer a ele uma visita guiada.

Ele para na minha frente.

— Prometi ao supervisor, assim como ao conselho escolar, que seria pessoalmente responsável por eliminar a violência que vem assolando esta escola há anos. Não vou hesitar em suspender qualquer aluno que ignore as regras desta instituição.

Não fiz nada além de me divertir um pouco com a diva dos pompons, e esse sujeito já está falando em suspensão. Talvez ele tenha ouvido algo sobre minha suspensão no ano passado. Aquele pequeno incidente me fez ser expulso por três dias. Não foi minha culpa... Bom, não muito. Paco tinha aquela teoria maluca de que a água fria afetava o pau dos caras brancos de uma forma diferente da que afetava o dos latinos. Estávamos discutindo isso na sala da caldeira, depois de ele ter fechado a água quente, quando fomos pegos.

Eu não tinha nada a ver com aquilo, mas levei a culpa do mesmo jeito. Paco tentou dizer a verdade, mas o diretor antigo não quis escutar. Talvez, se eu tivesse insistido mais, ele pudesse ter me ouvido. Mas para que lutar por uma causa perdida?

Está claro que Brittany Ellis é a responsável por eu estar aqui hoje. Você acha que o mané do namorado dela algum dia vai ser chamado no escritório de Aguirre? Claro que não. O cara é um jogador de futebol americano idolatrado. Pode matar aula e começar brigas, e Aguirre ainda vai lamber as botas dele. Colin Adams está sempre me provocando, sabendo que, de um jeito ou de outro, vai se safar. Todas as vezes em que estive perto de dar o troco, ele encontrou uma forma de escapar ou de correr para onde havia um número grande de professores… Professores que apenas aguardavam que eu fizesse alguma besteira.

Um dia desses…

Ergo os olhos e encaro Aguirre.

— Não vou começar briga alguma.

Talvez eu possa acabar com uma, porém.

— Que bom — diz Aguirre. — Mas soube que você assediou uma aluna no estacionamento hoje.

Quer dizer que quase ser atropelado pela BMW novinha e brilhante de Brittany Ellis foi culpa *minha*? Nos últimos três anos, consegui ficar longe daquela patricinha rica. Ouvi dizer que, no ano passado, ela tirou um C no boletim, mas que, com uma breve ligação para a escola, seus pais conseguiram que fosse mudado para um A.

Prejudicaria as chances dela de entrar em uma boa faculdade.

Que se dane. Se eu tirasse um C, *mi'amá* me daria um tapa na cabeça e pegaria no meu pé para que eu estudasse o dobro. Sempre fiz todo o esforço possível para tirar boas notas, ainda que tenham questionado meus métodos mais de uma vez, pois duvidavam que eu pudesse realmente ser um bom aluno. Como se eu colasse. A questão não é entrar em uma universidade. É provar que eu *poderia* entrar… caso meu mundo fosse diferente.

O pessoal do lado sul da cidade pode ser julgado como menos inteligente que o pessoal do norte, mas isso é besteira. Apenas não somos tão ricos nem tão obcecados por bens materiais, ou mesmo por entrar nas universidades mais caras e de mais prestígio. Vivemos em modo de sobrevivência a maior parte do tempo, sempre atentos.

Provavelmente, a parte mais difícil da vida de Brittany Ellis é decidir em que restaurante jantar à noite. Essa garota usa o corpo incrível que tem para manipular todo mundo que conhece.

— Pode me contar o que aconteceu no estacionamento? Gostaria de ouvir o seu lado da história — diz Aguirre.

Não vai acontecer. Aprendi há muito tempo que meu lado nunca importa.

— Isso que houve hoje de manhã... Total mal-entendido — digo a ele. *O fato de Brittany Ellis não ter entendido que dois veículos não cabem na mesma vaga.*

Aguirre se levanta e se inclina sobre sua lustrosa e imaculada mesa.

— Vamos tentar não transformar mal-entendidos em um hábito, certo?

— Alex.

— Como?

— Prefiro que me chamem de Alex — digo. O que ele sabe sobre mim está no meu arquivo escolar, um arquivo tão tendencioso que deve ter possivelmente uns vinte e cinco centímetros de largura.

Aguirre assente.

— Certo, Alex. Vá se preparar para a sexta aula. Mas lembre-se que tenho olhos na escola inteira. Estou observando todos os seus movimentos. Não quero vê-lo de novo em meu escritório.

No momento em que me levanto, ele põe a mão no meu ombro:

— Só pra você saber, minha meta é fazer com que todo aluno desta escola tenha êxito. *Todo* aluno, Alex. Inclusive você. Então qualquer preconceito que você possa ter em relação a mim, pode jogar pela janela. *¿Me entiendes?*

— *Sí. Entiendo* — respondo, perguntando a mim mesmo o quanto posso acreditar nele. No corredor, um mar de alunos se apressa em direção à próxima sala de aula. Não tenho ideia de onde eu deveria estar e ainda estou com o uniforme de educação física.

No vestiário, após trocar de roupa, uma música toca no alto-falante, indicando que agora é a sexta aula. Puxo meu horário do bolso de trás da calça. Química com a sra. Peterson. Ótimo; mais uma autoritária a encarar.

capítulo 5
Brittany

Pego o celular no meu armário e ligo para casa antes da aula de química, para saber como está minha irmã. Baghda não está muito feliz, porque Shelley ficou reclamando do gosto da comida no almoço. Aparentemente, minha irmã protestou jogando a tigela de iogurte no chão.

Seria demais esperar que minha mãe não fosse ao clube ao menos um dia, para ajudar na adaptação da Baghda? O verão está oficialmente encerrado, e não posso mais estar lá para auxiliar as cuidadoras.

Eu deveria estar me concentrando nos estudos. Ser aceita na mesma universidade que meu pai cursou, a Northwestern, é meu principal objetivo. Assim, posso fazer faculdade perto de casa e estar aqui para cuidar da minha irmã. Depois de dar algumas sugestões a Baghda, respiro fundo, colo um sorriso no rosto e entro na classe.

— Oi, amor. Guardei um lugar pra você — diz Colin, movendo-se para o banco ao lado.

A sala é organizada em fileiras de bancadas altas de laboratório, cada uma com lugar para dois alunos. Isso quer dizer que vou me sentar ao lado de Colin pelo resto do ano e que vamos fazer o temido projeto final de química juntos. Me sentindo boba por ter achado que as coisas não estariam bem entre nós, sento-me no banquinho e pego meu pesado livro de química.

— Olha só, o Fuentes está na nossa sala — exclama alguém do fundo da sala. — Alex, aqui, *ven pa'ca.*

Tento não olhar enquanto Alex cumprimenta seus amigos com tapinhas nas costas e apertos de mão muito complicados para tentar reproduzir. Todos dizem *"ese"* uns para os outros, seja lá o que isso possa significar. A presença de Alex atrai todos os olhares da sala de aula.

— Ouvi dizer que ele foi preso no último fim de semana por posse de metanfetamina — murmura Colin.

— Não acredito.

Ele balança a cabeça, levantando as sobrancelhas.

— Pode acreditar.

Bom, isso não deveria me surpreender. Eu já tinha ouvido dizer que Alex passava os fins de semana drogado, bebendo, ou em alguma outra atividade ilegal.

A sra. Peterson fecha a porta da sala de aula com um estrondo, e todos os olhos se movem do fundo, onde Alex e seus amigos estão sentados, para a frente, onde a sra. Peterson está. Ela tem cabelos castanho-claros puxados para trás em um rabo de cavalo apertado. Deve estar perto dos trinta anos, mas seus óculos e uma eterna expressão severa fazem com que pareça muito mais velha. Ouvi dizer que é rígida assim porque, em seu primeiro ano ensinando, os alunos a haviam feito chorar. Eles não respeitavam uma professora jovem o bastante para ser sua irmã mais velha.

Química Perfeita   **33**

— Boa tarde e bem-vindos à química do último ano. — Ela se senta na borda da mesa e abre uma pasta. — Vejo que vocês já escolheram seus lugares, mas organizo as duplas do laboratório... em ordem alfabética.

Solto um gemido, junto com o restante da classe, mas a sra. Peterson não perde tempo. Ela para na frente da primeira mesa do laboratório e diz:

— Colin Adams, venha para cá. Sua parceira é Darlene Boehm.

Darlene Boehm é cocapitã da equipe de *cheerleaders* comigo. Ela me lança um olhar de desculpas, ajeitando-se no banco ao lado do meu namorado.

A sra. Peterson vai seguindo sua lista, os alunos relutantemente se movendo para os lugares designados.

— Brittany Ellis — diz a professora, apontando para a mesa atrás de Colin. Sem nenhum entusiasmo, sento em um dos bancos do lugar indicado.

— Alejandro Fuentes — completa a sra. Peterson, apontando para o lugar ao meu lado.

Meu Deus. Alex, meu parceiro de química?! Por todo o meu último ano! Não, não pode ser, isso não tem NENHUMA *graça.* Lanço um olhar desesperado para Colin, tentando evitar um ataque de pânico. Eu definitivamente devia ter ficado em casa. Na cama. Debaixo das cobertas. Pode esquecer aquela história de não querer ser intimidada.

— Me chame de Alex.

A sra. Peterson ergue os olhos de sua lista de chamada e olha para Alex por cima dos óculos.

— Alex Fuentes — diz, antes de corrigir o nome na lista. — Sr. Fuentes, tire essa bandana. Tenho uma política de tolerância zero nesta aula. Acessórios relacionados a gangues são estritamente proibidos aqui. Infelizmente, Alex, sua reputação o precede. E o dr. Aguirre apoia a minha política de tolerância zero... fui clara?

Alex a encara por um instante antes de retirar a bandana da cabeça, expondo cabelos pretos como um corvo, que combinam com seus olhos.

— É pra cobrir os piolhos — murmura Colin para Darlene, mas eu e Alex também ouvimos.

— *Vete a la verga* — diz Alex para ele, seus duros olhos brilhando. — *Cállate el hocico.*

— Como você quiser, cara — diz Colin, virando-se para a frente. — Ele não sabe nem falar inglês direito.

— Basta, Colin. Alex, sente-se — diz a sra. Peterson, olhando para a turma. — Isso vale para o restante de vocês também. Não posso controlar o que vocês fazem fora desta sala de aula, mas, aqui dentro, sou a chefe — avisa. E, voltando-se de novo para Alex: — Estamos entendidos?

— *Sí, señora* — responde Alex, de forma deliberadamente lenta.

A sra. Peterson continua reorganizando os alunos de acordo com a lista de chamada, enquanto faço tudo o que está ao meu alcance para evitar olhar para o cara sentado ao meu lado. É uma pena eu ter deixado minha bolsa no armário, porque daí eu poderia fingir que estava procurando por absolutamente nada, como Sierra fez de manhã.

— Isso é um saco — murmura Alex para si mesmo. Sua voz é sombria e rouca. Será que ele fala desse jeito de propósito?

Como vou explicar para a minha mãe que meu parceiro de laboratório é Alex Fuentes? Ah, Deus, espero que ela não encontre alguma forma de me culpar por isso.

Química Perfeita **35**

Dou uma olhada para meu namorado, entretido numa conversa animada com Darlene. Estou com tanto ciúme... Por que meu sobrenome não é Allis em vez de Ellis, para eu poder me sentar com Colin?

Seria legal se Deus desse a todos uma oportunidade de recomeçar um dia. Você gritaria "Refazer!", e o dia começaria de novo. Este definitivamente seria um dia que eu gostaria de recomeçar.

Será que a sra. Peterson acha mesmo uma boa ideia combinar a capitã da equipe de *cheerleaders* com o aluno mais perigoso da escola? Essa mulher está delirando.

A sra. Delirante enfim termina de atribuir os lugares.

— Sei que vocês pensam que sabem tudo. Mas não se considerem bem-sucedidos até terem conseguido curar alguma das doenças que atormentam a humanidade ou terem transformado a Terra em um lugar mais seguro para se viver. O campo da química desempenha um papel crucial no desenvolvimento de medicamentos, na radioterapia de pacientes com câncer, nos muitos usos do petróleo, na camada de ozônio...

Alex levanta a mão.

— Alex — diz a professora —, você tem uma pergunta?

— Hum, sra. Peterson, a senhora está dizendo que o presidente dos Estados Unidos não é um homem bem-sucedido?

— O que eu estou dizendo é... Dinheiro e status não são tudo. Use seu cérebro e faça algo pela humanidade ou pelo planeta no qual vive. Aí poderá se considerar uma pessoa bem-sucedida. E terá meu respeito, algo de que bem poucas pessoas neste mundo podem se gabar.

— Tenho coisas de que posso me gabar, sra. P. — diz Alex, obviamente se divertindo. A sra. Peterson o interrompe, levantando a mão.

— Por favor, Alex, poupe-nos dos detalhes.

Balanço a cabeça. Se Alex acha que contrariar a professora vai nos dar uma boa nota, está muito enganado. É óbvio que a sra. Peterson não gosta de espertinhos, e meu parceiro já entrou no seu radar.

— Agora — diz a sra. Delirante —, olhem para a pessoa sentada ao seu lado.

Qualquer coisa, menos isso. Mas não tenho escolha. Olho para Colin de novo, que parece bastante satisfeito com sua parceira. Darlene já tem namorado, ou eu estaria questionando seriamente a razão de ela estar se inclinando um pouco demais para Colin e jogando o cabelo para trás tantas vezes. Digo a mim mesma que estou sendo paranoica.

— Vocês não precisam gostar dos seus parceiros — diz a sra. Peterson —, mas vocês vão passar os próximos dez meses juntos. Tirem cinco minutos para se conhecer, e então cada um vai apresentar sua dupla para a classe. Conversem sobre o que fizeram durante o verão, quais os seus hobbies, ou qualquer outra coisa interessante ou única que seus colegas talvez não saibam sobre vocês. Os cinco minutos começam agora.

Pego meu caderno, abro na primeira página e o enfio nas mãos de Alex.

— Por que não escreve algumas coisas sobre você no meu caderno, e eu faço o mesmo no seu? — É melhor do que tentar conversar com ele.

Alex assente, embora eu pense ter visto os cantos de sua boca se contraindo quando ele me dá seu caderno. Imaginei ou isso realmente aconteceu? Respirando fundo, tiro esse pensamento da cabeça e escrevo diligentemente até a sra. Peterson nos mandar parar e ouvir as apresentações uns dos outros.

— Esta é Darlene Boehm — começa Colin, o primeiro a falar.

Mas eu não ouço o restante do discurso de Colin sobre Darlene, sua viagem à Itália e sua experiência no acampamento de dança neste verão. Em vez disso, olho de relance para o caderno que Alex me devolveu, e minha boca se abre quando leio as palavras na página.

capítulo 6
Alex

Certo, eu não deveria ter zoado com ela na apresentação. Escrever nada além de "Sábado à noite. Você e eu. Aulas de direção e sexo selvagem" no caderno dela talvez não tenha sido a melhor jogada. Mas era tentador ver a senhorita *Perfecta* gaguejar ao me apresentar. E ela está gaguejando, de fato.

— Srta. Ellis?

Observo, divertido, quando a própria Perfeita ergue os olhos para Peterson. Ah, ela é boa. Essa minha parceira sabe como esconder suas verdadeiras emoções, algo que reconheço porque também faço o tempo todo.

— Sim? — diz Brittany, inclinando a cabeça e sorrindo como uma miss de concurso de beleza.

Fico imaginando se esse sorriso já a livrou de alguma multa.

— É sua vez. Apresente Alex à turma.

Apoio o cotovelo na bancada do laboratório, aguardando a apresentação que ela vai ter que inventar, já que não sabe uma vírgula sobre mim. Ela olha minha posição confortável e vejo, pelo seu olhar de gazela assustada, que a encurralei.

Química Perfeita   **39**

— Este é *Alejandro* Fuentes — começa, a voz engasgando de leve. Fico irritado com o uso do meu nome completo, mas mantenho o rosto calmo, enquanto ela continua com sua apresentação inventada.

— Quando não estava nas ruas assediando gente inocente, neste verão ele visitou o interior das cadeias da cidade, *se é que me entendem*. E ele tem um desejo secreto que ninguém adivinharia.

A sala fica subitamente em silêncio. Até Peterson presta toda a atenção. Droga, até eu estou escutando, como se as palavras que saem dos lábios rosados e mentirosos de Brittany fossem sagradas.

— O desejo secreto dele — continua ela — é ir para a faculdade e se tornar um professor de química como você, sra. Peterson.

Até parece. Olho por cima do ombro para minha amiga Isa, que parece se divertir com o fato de aquela garota branca não ter medo de me desafiar na frente da turma inteira.

Brittany me lança um sorriso triunfante, pensando que ganhou esta rodada. *Acho que não, gringa.*

Sento mais reto na cadeira. A turma permanece em silêncio.

— Esta é Brittany Ellis — digo, e todos os olhos concentram-se em mim agora. — Neste verão, ela foi ao shopping, comprou roupas novas pra ampliar seu guarda-roupa e gastou o dinheiro do papai em plásticas pra melhorar seus, hum, atributos.

Talvez não tenha sido o que ela escreveu no caderno, mas provavelmente está bastante próximo da verdade. Ao contrário da apresentação que ela fez de mim.

Risadinhas vêm de *mis cuates* no fundo da sala, e Brittany permanece ao meu lado rígida como uma tábua, como se minhas palavras tivessem ferido seu precioso ego. Brittany Ellis está acostumada a ter gente fazendo suas vontades o tempo todo, e uma sacudida pode ser útil. Na verdade, estou fazendo um favor a ela. Mal sabe ela que ainda não encerrei a apresentação.

— O desejo secreto *dela* — acrescento, obtendo da turma a mesma reação que Brittany teve durante sua apresentação — é namorar um mexicano antes de se formar.

Como esperado, minhas palavras são recebidas com comentários e assobios leves no fundo da sala.

— Boa, Fuentes — grita meu amigo Lucky.

— Eu namoro você, *mamacita* — diz outro.

Cumprimento outro membro da Latino Blood, Marcus, que está sentado bem atrás de mim, e avisto Isa balançando a cabeça, como se eu tivesse feito algo errado. O quê? Só estou me divertindo um pouco com uma garota rica do lado norte.

O olhar de Brittany vai e volta de Colin para mim. Dou uma olhada para Colin e, com os olhos, sinalizo que *o jogo começou*. O rosto dele fica instantaneamente vermelho, parecendo uma pimenta chili. Definitivamente, invadi seu território. Ótimo.

—Acalmem-se — diz Peterson, severamente. — Obrigada por essas apresentações muito criativas e... esclarecedoras. Srta. Ellis e sr. Fuentes, por favor, venham falar comigo depois da aula.

— Suas apresentações foram não somente péssimas como também desrespeitosas comigo e com seus colegas — diz Peterson depois da aula para nós dois, parados em frente à sua mesa.

— Vocês têm uma escolha.

A professora segura dois papéis azuis de detenção em uma das mãos e duas folhas de caderno na outra.

— Vocês podem ficar detidos hoje após a aula ou escrever uma redação de quinhentas palavras sobre "Respeito" para ser entregue amanhã. Qual vai ser?

Me inclino e pego o papel de detenção. Brittany pega a folha de caderno. Faz sentido.

— Algum de vocês tem algum problema com a forma como organizo os parceiros de química? — pergunta Peterson.

Brittany diz "sim" na mesma hora em que digo "não".

Peterson pousa os óculos na mesa.

— Escutem, é melhor que vocês dois resolvam suas diferenças antes que o ano acabe. Brittany, não vou te dar um novo parceiro. Vocês estão no último ano e terão que lidar com uma enorme variedade de pessoas e personalidades depois de se formarem. Se não quiserem ficar de recuperação ou serem reprovados na minha disciplina, sugiro que trabalhem juntos, não um contra o outro. Agora, corram para a próxima aula.

Com isso, sigo minha parceirinha de química para fora da sala de aula... e pelo corredor.

— Para de me seguir — exclama ela bruscamente, olhando por cima do ombro para ver quanta gente está nos observando andar juntos pelo corredor.

Como se eu fosse *el diablo* em pessoa.

— Use mangas longas no sábado à noite — digo, sabendo perfeitamente que ela está no seu limite. Em geral, não tento irritar garotas brancas, mas está sendo divertido com essa. A mais popular e desejada de todas, se importa de fato —, pode ficar muito frio na garupa da minha moto.

— Escuta, Alex — diz Brittany, virando subitamente para mim e jogando aquele cabelo dourado de sol por cima do ombro. Ela me encara com seus olhos claros feitos de gelo —, não namoro caras de gangues e... não uso drogas.

— Também não namoro caras de gangues — digo, chegando mais perto dela — e não sou usuário.

— Até parece. Estou surpresa que você não esteja na reabilitação ou em algum centro de detenção juvenil.

— Você acha que me conhece?

— Conheço o suficiente.

Ela cruza os braços sobre o peito, mas então olha para baixo como se percebesse que aquela posição faz com que seus *chichis* sobressaiam, e solta os braços ao lado do corpo.

Faço o possível para não me concentrar naqueles *chichis* quando dou um passo à frente.

— Você me dedurou pro Aguirre?

Ela dá um passo para trás.

— E se tiver dedurado?

— *Mujer*, você tem medo de mim.

Não é uma pergunta. Apenas quero ouvir dos lábios dela qual é o motivo.

— A maioria das pessoas desta escola tem medo de que, se alguém te olhar atravessado, a coisa acabe em troca de tiros.

— Então minha arma deveria estar engatilhando agora, não? Por que você não está fugindo do mexicano valentão, hein?

— Me dá uma chance e eu corro.

Estou farto de dançar em volta dessa patricinha. É hora de garantir que eu saia por cima. Encurto a distância entre nós e sussurro em seu ouvido:

Química Perfeita   **43**

— Encare os fatos. Sua vida é perfeita demais. Provavelmente, você fica acordada à noite, cheia de fantasias sobre como apimentar a cama de lírios brancos em que vive.

Mas, inferno, sinto um aroma de baunilha do perfume ou do creme dela. O cheiro me lembra biscoitos recheados. Adoro biscoitos recheados, ou seja, isso não é nada bom.

— Se chegar perto do fogo, *chica*, não quer dizer necessariamente que vai se queimar.

— Se encostar nela, vai se arrepender, Fuentes — ressoa a voz de Colin. Ele parece um burro, com seus dentões brancos e suas orelhas emergindo do cabelo curto. — Sai agora de perto dela.

— Colin — diz Brittany —, está tudo bem. Posso resolver isso.

Cara-de-Burro trouxe reforços: três outros caras branquelos, parados atrás dele para dar apoio. Avalio o Cara-de-Burro e seus amigos para ver se posso aguentar todos juntos e decido que sou capaz de fazê-los suar.

— Quando você tiver condição de jogar na primeira divisão, malhadinho, vou prestar atenção na *mierda* que sai da sua boca — digo.

Outros alunos se juntam em torno de nós, deixando espaço para uma briga que certamente será rápida, furiosa e sangrenta. Mal sabem eles que Cara-de-Burro é um bundão. Desta vez, no entanto, ele tem apoio, então pode ser que fique para me enfrentar. Estou sempre preparado para uma briga; aliás, já estive em mais do que posso contar nas mãos e nos pés. Tenho as cicatrizes para provar.

— Colin, ele não vale a pena — diz Brittany.

Obrigado, mamacita. Posso dizer o mesmo de você.

— Está me ameaçando, Fuentes? — late Colin, ignorando a namorada.

— Não, idiota — respondo, fazendo-o desviar o olhar. — Imbecis como você é que fazem ameaças.

Brittany estaciona bem na frente de Colin e põe a mão em seu peito.

— Não o escute — diz ela.

— Não tenho medo de você. Meu pai é advogado — vangloria-se Colin, envolvendo Brittany com o braço logo em seguida. — Ela é minha. Nunca esqueça isso.

— Então mantenha ela na coleira — aviso —, ou ela pode ficar tentada a encontrar um novo dono.

Meu amigo Paco chega e para ao meu lado.

— *Andas bien*, Alex?

— Sim, Paco — digo. Então observo dois professores se aproximarem pelo corredor, acompanhados de um sujeito com uniforme de polícia. É isso que Adams quer: tudo perfeitamente planejado para que eu seja expulso da escola. Não vou cair na sua armadilha, apenas para acabar na lista de vítimas de Aguirre.

— *Sí*, está tudo *bien*.

Viro para Brittany.

— A gente se vê depois, *mamacita*. Mal posso esperar pra *estudar a nossa química*.

Brittany ergue aquele seu nariz atrevido, como se eu fosse a escória da humanidade, antes de eu me afastar e me salvar de uma suspensão, além da detenção.

Química Perfeita **45**

capítulo 7
Brittany

Depois da aula, estou mexendo no meu armário quando minhas amigas Morgan, Madison e Megan chegam para falar comigo. Sierra as chama de "As três Ms de Fairfield".

Morgan me abraça.

— Ai, meu Deus, você está bem? — pergunta, afastando-se um pouco para me examinar.

— Disseram que Colin protegeu você. Ele é incrível. Você tem tanta sorte, Brit — diz Madison, seus inefáveis cachos pulando a cada palavra.

— Não foi nada — digo, perguntando a mim mesma se o boato teria alguma relação com o que de fato aconteceu.

— O que exatamente o Alex disse? — pergunta Megan.

— Caitlin tirou uma foto dele e do Colin no corredor, mas não consegui entender o que estava acontecendo.

— É melhor não se atrasarem para o treino — grita Darlene, surgindo no fim do corredor. Ela desaparece tão rápido quanto apareceu.

Megan abre seu armário, ao lado do meu, e pega seus pompons.

— Odeio o jeito como a Darlene puxa tanto o saco da srta. Small — diz em voz baixa.

Fecho meu armário, e andamos na direção do campo.

— Acho que ela está tentando se dedicar à dança pra não ficar obcecada pela ideia do Tyler voltando para a faculdade.

Morgan revira os olhos.

— E eu com isso? Nem tenho namorado, então estou pouco ligando pra ela.

— Nem eu. Sério, quando aquela garota não está namorando alguém? — pergunta Madison.

Quando chegamos ao campo para o treino, a equipe toda está sentada na grama, esperando a srta. Small. Ufa, não estamos atrasadas.

— Ainda não acredito que você vai ter que fazer dupla com Alex Fuentes — Darlene diz baixinho, quando me sento em um espaço vazio ao lado dela.

— Quer trocar de parceiro? — pergunto, embora saiba que a sra. Peterson jamais permitiria isso. Ela foi bem clara.

Darlene põe a língua toda para fora e depois sussurra:

— De jeito nenhum. Nunca faço expedições antropológicas pelo lado sul. Se misturar com aquela gente não traz coisas boas, só problemas. Lembra no ano passado, quando a Alyssa McDaniel começou a sair com aquele cara... Qual era o nome dele?

— Jason Avila? — digo em voz baixa.

Darlene finge um pequeno arrepio.

— Em poucas semanas, Alyssa deixou de ser popular e virou uma excluída total. As garotas do lado sul a odiavam por estar saindo com um dos caras delas, e ela parou de

Química Perfeita **47**

falar com a gente. O casalzinho confuso descobriu que estava sozinho em uma ilha só deles. Graças a Deus a Alyssa terminou com ele.

A srta. Small aparece, caminhando em nossa direção com seu rádio na mão, reclamando que alguém o tirara de seu lugar habitual e, por isso, ela tinha se atrasado.

Quando a treinadora diz para nos alongarmos, Sierra afasta Darlene com um pequeno empurrão amistoso, para falar comigo.

— Amiga, você está com um grande problema — diz Sierra.

— Por quê?

Sierra tem "super" olhos e ouvidos, então sempre sabe de tudo o que está acontecendo em Fairfield.

Minha melhor amiga continua:

— Dizem por aí que a Carmen Sanchez está te procurando.

Ah, não. Carmen é a namorada do Alex. Tento não entrar em pânico nem pensar o pior, mas Carmen é durona, desde as unhas pintadas de vermelho até as botas pretas de salto agulha. Será que ela está com ciúmes porque sou a parceira do Alex em química? Ou será que acha que delatei seu namorado para o diretor hoje de manhã?

A verdade é que não delatei Alex. Fui chamada na sala do dr. Aguirre porque alguém que havia visto o incidente no estacionamento e testemunhado nossa pequena discussão na porta da escola resolveu contar ao diretor. O que é ridículo, porque não aconteceu nada.

Aguirre não acreditou em mim: achou que eu estivesse com medo de falar a verdade. Naquela hora, eu não estava com medo.

Agora estou.

Carmen Sanchez pode acabar comigo quando quiser. Provavelmente ela sabe até usar armas, e a única arma que sei usar são... bom, meus pompons. Pode me chamar de louca, mas duvido que meus pompons assustem uma garota como a Carmen.

Talvez em um debate eu até me saísse melhor, mas com certeza não em uma briga de verdade. Só garotos brigam, e isso porque algum gene primata inato os obriga a competir fisicamente.

Talvez Carmen queira provar algo para mim, mas realmente não há motivo para isso. Não sou uma ameaça, mas como faço para que ela entenda isso? Não é como se eu pudesse chegar e dizer: "Ei, Carmen, não vou dar em cima do seu namorado nem o dedurei para o dr. Aguirre". Ou talvez eu devesse fazer exatamente isso...

A maior parte das pessoas pensa que nada me incomoda. E não vou deixá-las descobrir que isso não é verdade. Eu me esforcei muito e por muito tempo para criar e manter essa fachada. Não vou pôr tudo a perder só porque algum membro de gangue e sua namorada estão me testando.

— Não estou preocupada — digo a Sierra.

Minha melhor amiga balança a cabeça.

— Eu conheço você, Brit. Você está nervosa — sussurra.

Agora, essa afirmação me preocupa mais do que a ideia de Carmen estar atrás de mim. Porque eu de fato tento manter todos à distância... para que não saibam como realmente sou ou como é morar na minha casa. Mas permiti que Sierra me conhecesse melhor do que qualquer um. Às vezes me pergunto se não deveria deixar nossa amizade esfriar um pouco, me afastar dela.

Química Perfeita   **49**

Lógico, sei que estou sendo paranoica. Sierra é uma amiga de verdade. Ela ficou ao meu lado até mesmo no ano passado, quando chorei durante horas sem dizer o motivo, por causa do colapso nervoso da minha mãe. Ela me deixou chorar e me apoiou, apesar de eu me recusar a dar detalhes.

Não quero ficar como a minha mãe. Esse é o meu maior medo na vida.

A srta. Small nos faz entrar em formação e, em seguida, põe a canção composta pelo departamento de música especialmente para o nosso grupo, enquanto eu conto, marcando o ritmo em voz alta. É uma mistura de hip-hop e rap, mixado para o ritmo da nossa coreografia. Nós chamamos nossa apresentação de *Os grandes buldogues malvados*, porque a mascote do time é um buldogue. Meu corpo dança sozinho ao ritmo da música. É isso o que mais adoro em ser parte da equipe: a música me envolve e me faz esquecer dos problemas em casa. A música é minha droga, a única coisa que me deixa entorpecida.

— Srta. Small, podemos tentar começar na posição de T quebrado em vez da posição T como praticamos antes? — pergunto. — Então podemos passar para a sequência de V baixo e V alto, com a Morgan, a Isabel e a Caitlin na fileira da frente. Acho que o movimento fica mais limpo assim.

A srta. Small sorri, obviamente satisfeita com a minha sugestão.

— Boa ideia, Brittany. Vamos tentar. Vamos começar na posição do T quebrado, com os cotovelos curvados. Durante a transição, quero Morgan, Isabel e Caitlin na primeira fileira. Lembrem-se de manter os ombros abaixados. Sierra, por favor, faça de seus pulsos uma extensão de seus braços, em vez de dobrá-los.

— Sim, senhora — diz Sierra, atrás de mim.

A srta. Small liga a música novamente. A batida, a letra, os instrumentos... Eles se infiltram em minhas veias e me lançam para o alto, não importando o quão por baixo eu me sinta. Enquanto danço em sincronia com as outras garotas, esqueço de Carmen, Alex, da minha mãe e de todo o resto.

A música acaba rápido demais. Quero continuar me mexendo ao som da batida e das palavras, contudo a srta. Small desliga o som. A segunda vez é melhor, mas nossa formação ainda precisa de mais ensaio, e algumas das meninas novas estão tendo problemas com os passos.

— Brittany, ensine os movimentos básicos para as garotas novas e depois tentamos em grupo de novo. Darlene, coordene o resto da equipe na revisão dos passos — instrui a srta. Small, me entregando o rádio.

Isabel está no meu grupo. Ela se ajoelha para pegar sua garrafa de água.

— Não se preocupe com a Carmen — diz. — Na maior parte das vezes, o latido dela é bem pior que a mordida.

— Obrigada — respondo. Isabel parece feroz, com sua bandana vermelha dos Latino Bloods, três piercings na sobrancelha e braços sempre cruzados sobre o peito quando não está fazendo os exercícios. Mas tem olhos gentis. E sorri muito. Seu sorriso suaviza sua aparência áspera, e ela ficaria realmente mais feminina se usasse uma tiara cor-de-rosa em vez da bandana vermelha para prender os cabelos. — Você está na minha sala de química, né? — pergunto.

Ela assente.

— E conhece o Alex Fuentes?

Ela assente de novo.

Química Perfeita   **51**

— Os boatos sobre ele são verdadeiros? — pergunto com cautela, sem saber como ela vai reagir à minha curiosidade. Se não tomar cuidado, vou acabar com uma extensa lista de gente querendo me bater.

O longo cabelo castanho de Isabel se move enquanto ela fala.

— Depende de quais boatos você está falando.

Quando estou a ponto de recitar os inúmeros rumores sobre o uso de drogas e sobre as prisões de Alex, Isabel fica em pé.

— Olha, Brittany — diz ela. — Você e eu, nós nunca seremos amigas. Mas preciso dizer, não importa o quanto Alex tenha sido babaca com você hoje, ele não é tão ruim quanto dizem. Ele não é nem tão ruim quanto *ele mesmo* gosta de pensar que é.

Antes que eu possa fazer outra pergunta, Isabel volta à formação.

Uma hora e meia depois, quando estamos todas exaustas e irritadas, e até eu mesma já cansei, o treino termina. Faço questão de ir até uma Isabel toda suada e lhe dizer que ela havia feito um bom trabalho no treino de hoje.

— Sério? — pergunta ela, parecendo surpresa.

— Você aprende rápido — respondo. É verdade. Para uma menina que nunca havia tentado entrar na equipe de pompons durante todos os anos anteriores da escola, ela aprendeu a coreografia bem rápido. — Por isso colocamos você na fileira da frente.

Deixando Isabel ainda de boca aberta, chocada com o elogio, me afasto, imaginando se ela acredita nos boatos que ouviu sobre mim. Não, nunca seremos amigas. Mas agora sei que nunca seremos inimigas também.

Depois do treino vou para o meu carro com Sierra, que está ocupada trocando mensagens com Doug, seu namorado, pelo celular.

Um pedaço de papel está preso sob um dos meus limpadores de para-brisa. Eu o apanho. É o comunicado azul de detenção do Alex. Amasso o papel, transformando-o em uma bolinha, e o enfio na mochila.

— O que é isso? — pergunta Sierra.

— Nada — digo de forma seca, na esperança de que ela entenda que não quero falar sobre o assunto.

— Meninas, esperem! — grita Darlene, correndo até nós. — Cruzei com o Colin no campo de futebol. Ele pediu pra esperarem.

Olho meu relógio. São quase seis, e quero ir para casa ajudar Baghda a fazer o jantar da minha irmã.

— Não posso.

— Doug respondeu minha mensagem — diz Sierra. — Ele está chamando a gente pra comer pizza na casa dele.

— Posso ir — diz Darlene. — Estou tão entediada agora que Tyler voltou pra Purdue. Possivelmente não vamos nos ver por semanas.

Sierra continua digitando no celular.

— Achei que você ia visitá-lo no próximo fim de semana.

Darlene põe as mãos nos quadris.

— Bom, isso foi antes de ele me ligar e dizer que todos os candidatos a membros da fraternidade iam dormir na casa neste fim de semana pra algum ritual maluco de iniciação. Desde que o pau do Tyler saia intacto, eu não me importo.

À menção de "pau", procuro minhas chaves na bolsa. Quando Darlene começa a falar de sexo, é bom sentar, porque ela não para mais. E já que não vou compartilhar minhas

Química Perfeita   53

experiências sexuais (ou a ausência delas), é melhor dar o fora daqui. Um momento perfeito para escapar.

Quando balanço as chaves entre os dedos, Sierra diz que vai pegar carona com Doug, então vou para casa sem companhia. Gosto de ficar sozinha. Não ter ninguém por perto para quem fingir. Posso até colocar a música no volume máximo, se eu quiser.

No entanto, a sessão de música alta dura pouco. Logo sinto meu celular vibrando e tiro o aparelho do bolso. Duas mensagens de voz e uma mensagem de texto. Todas do Colin.

Ligo de volta.

— Brit, onde você está? — pergunta ele.

— A caminho de casa.

— Vem pra casa do Doug.

— Minha irmã tem uma nova cuidadora — explico. — Preciso ajudá-la.

— Ainda está chateada porque ameacei seu parceiro gângster de química?

— Não estou chateada. Estou irritada. Eu disse que podia lidar sozinha com ele, e você me ignorou. E fez toda aquela cena no corredor. Você sabe que não pedi pra ser parceira dele — respondo.

— Eu sei, Brit. É que odeio aquele cara. Não fica brava.

— Não estou — digo. — Só odeio quando você fica irritado sem razão alguma.

— E eu odiei ver aquele cara sussurrando no seu ouvido.

Sinto uma dor de cabeça chegando com força total. Não preciso de Colin fazendo uma ceninha sempre que um cara chega perto de mim. Ele nunca havia feito isso, e agora me transformou em alvo de mais atenção e fofocas, algo que nunca quero que aconteça.

— Vamos só esquecer o assunto.

— Por mim, tudo bem. Me liga à noite — diz ele. — Mas, se puder sair cedo e ir para a casa do Doug, estarei lá.

Quando chego em casa, Baghda está no quarto de Shelley, no primeiro andar. Ela está tentando trocar as fraldas especiais impermeáveis da minha irmã, mas a pôs na cama na posição errada. A cabeça dela está onde os pés deveriam estar, e uma perna está pendurada para fora da cama... é um desastre completo. Baghda está ofegante, como se essa fosse a coisa mais difícil que já fez na vida.

Será que minha mãe sequer conferiu as referências dela?

— Pode deixar, eu faço isso — digo a Baghda, empurrando-a para o lado e assumindo o controle. Troco minha irmã desde que éramos crianças. Não é divertido trocar as roupas de alguém que pesa mais do que você, mas fazendo direito não demora muito e não vira um grande problema.

Shelley sorri quando me vê.

— Buííí!

Minha irmã tem muita dificuldade em pronunciar as palavras, então usa aproximações verbais. "Buííí" significa "Brittany". Sorrio de volta enquanto a ajeito na cama.

— Ei, garota. Está com fome? Quer jantar? — pergunto, pegando os lencinhos umedecidos do recipiente e tentando não pensar muito no que estou fazendo.

Enquanto coloco a fralda nova e enfio uma calça limpa de moletom pelas pernas de Shelley, Baghda fica ao meu lado, observando. Tento explicar como fazer, mas só de olhá-la percebo que ela não está me ouvindo.

— Sua mãe disse que eu poderia ir embora assim que você chegasse em casa — diz Baghda.

— Tudo bem — respondo, enquanto lavo as mãos. Antes que eu perceba, Baghda desaparece em um passe de mágica.

Empurro a cadeira de Shelley para a cozinha. O cômodo, geralmente impecável, está um desastre. Baghda não lavou a louça, que agora está toda empilhada na pia, nem sequer limpou o chão direito depois da bagunça de Shelley na hora do almoço.

Preparo o jantar para a minha irmã e limpo a cozinha.

Shelley balbucia a palavra "escola", e apesar de soar mais como "coia", entendo o que ela quer dizer.

— Sim, hoje foi o meu primeiro dia de volta às aulas — digo, misturando sua comida e colocando-a na mesa. Enquanto falo, vou dando a mistura pastosa na boca dela. — E minha nova professora de química, a sra. Peterson, deveria ser sargento do Exército. Olhei o programa da disciplina dela. A mulher não consegue passar uma semana sem uma prova ou um teste. Este ano não vai ser fácil.

Minha irmã olha para mim, decodificando o que falei. Sua expressão intensa me diz que me compreende e apoia, isso sem pronunciar palavra alguma. Cada palavra que sai de sua boca é uma luta. Às vezes, gostaria de poder falar por ela, porque sinto sua frustração como se fosse minha.

— Você não gostou da Baghda? — pergunto, calmamente.

Minha irmã sacode a cabeça. Ela não quer falar sobre isso; posso perceber só pela maneira como retorce a boca.

— Seja paciente com ela — digo. — Não é fácil chegar em uma nova casa, sem saber o que fazer.

Quando Shelley acaba de comer, trago revistas para ela folhear. Minha irmã adora revistas. Enquanto ela está ocupada virando as páginas, coloco um pouco de queijo entre duas fatias de pão e me sento à mesa para comer e começar a fazer minha lição de casa.

Ouço a porta da garagem se abrir assim que pego a folha que a sra. Peterson me deu para escrever minha redação sobre "Respeito".

— Brit, onde você está? — grita minha mãe do saguão de entrada.

— Na cozinha — grito de volta.

Minha mãe entra com uma sacola da Neiman Marcus debaixo do braço.

— Aqui, isto é pra você.

Abro a sacola e tiro de lá uma blusa azul-clara, um modelo desenhado por Geren Ford.

— Obrigada — digo, sem fazer muito caso na frente de Shelley, que não ganha coisa alguma da minha mãe. Não que ela se importe: está totalmente concentrada nas fotos das celebridades mais bem-vestidas e mais malvestidas, e em todas as suas joias brilhantes.

— Combina com aquela calça jeans escura que eu comprei pra você na semana passada — diz minha mãe, enquanto pega bifes no freezer e os põe para descongelar no micro-ondas. — Então... como estava tudo com Baghda quando você chegou em casa?

— Não muito bem — digo. — Você realmente precisa treiná-la. — Não fico surpresa quando ela sequer responde.

Meu pai surge porta adentro um minuto depois, resmungando alguma coisa sobre o trabalho. Ele é dono de uma empresa de fabricação de chips de computador e nos avisou que este seria um ano ruim, mas minha mãe continua saindo e comprando coisas, e ele me deu uma BMW de aniversário.

— O que tem pra jantar? — pergunta meu pai, afrouxando a gravata. Parece cansado e envelhecido, como sempre.

Minha mãe olha para o micro-ondas.

Química Perfeita **57**

— Bife.

— Não estou com disposição pra comida pesada — diz ele. — Só algo leve pra mim.

Minha mãe desliga o micro-ondas, mal-humorada.

— Ovos? Espaguete? — diz, listando sugestões para ouvidos surdos.

Meu pai sai da cozinha. Mesmo quando está aqui fisicamente, sua cabeça ainda está no trabalho.

— Qualquer coisa. Apenas algo leve — responde ele.

Nessas horas, sinto pena da minha mãe. Meu pai não dá muita atenção a ela. Ele está sempre trabalhando ou viajando a negócios, ou então simplesmente não quer lidar conosco.

— Vou fazer uma salada — digo a ela, tirando a alface da geladeira.

Ela parece grata pela ajuda, seu breve sorriso é uma indicação disso. Trabalhamos lado a lado, em silêncio. Ponho a mesa enquanto minha mãe traz a salada, os ovos mexidos e as torradas. Ela resmunga algo sobre não ser valorizada, mas sei que ela só quer que eu ouça, sem dizer nada. Shelley ainda está ocupada olhando suas revistas, inconsciente da tensão entre meus pais.

— Vou para a China na sexta-feira, por duas semanas — anuncia meu pai quando volta à cozinha, de calça de moletom e camiseta. Ele se senta em seu lugar habitual, na cabeceira da mesa, e se serve dos ovos. — Nosso fornecedor de lá está mandando peças com defeito, e preciso descobrir qual é o problema.

— E o casamento dos DeMaio? É neste fim de semana e já confirmamos.

Meu pai solta o garfo no prato e olha para minha mãe.

— Sim, tenho certeza que o casamento dos DeMaio é mais importante que manter minha empresa funcionando.

— Bill, não insinuei que sua empresa é menos importante — diz ela, deixando o garfo cair no prato também. É um milagre nossos pratos não estarem todos lascados. — Só que é falta de educação cancelar esses compromissos de última hora.

— Você pode ir sozinha.

— E dar munição pra fofocas, deixar que perguntem por que você não foi comigo? Não, obrigada.

Esse é um diálogo tradicional dos jantares da família Ellis. Meu pai contando como as coisas estão difíceis no trabalho, minha mãe tentando manter a aparência de que somos uma família feliz e afortunada, e eu e Shelley apenas em silêncio.

— Como foi na escola? — minha mãe pergunta finalmente.

— Tudo bem — respondo, omitindo o fato de ter me tornado parceira de laboratório do Alex. — A professora de química parece ser bem exigente.

— Talvez você não devesse ter se matriculado em química — diz meu pai. — Se não tirar A, sua média vai cair. É difícil entrar na Northwestern, e não vão dar mole pra você só porque eu estudei lá.

— Eu sei, pai — digo, agora completamente deprimida. Se Alex não levar nosso projeto a sério, como vou tirar um A?

— A nova cuidadora da Shelley começou hoje — minha mãe informa. — Lembra?

Meu pai dá de ombros. Da última vez que uma cuidadora foi embora, ele insistiu que Shelley deveria viver em alguma instituição, em vez de morar em casa com a gente. Não me lembro de outra ocasião em que eu tenha gritado tanto quanto naquela, porque nunca vou deixá-los mandar

Química Perfeita **59**

Shelley para um lugar onde ela será negligenciada e ignorada. Preciso ficar de olho nela. É por isso que é tão importante para mim entrar na Northwestern. Se eu estudar perto de casa, posso continuar morando aqui e garantir que meus pais não se livrem dela.

Às 21h, Megan me liga para reclamar de Darlene. Ela acha que Darlene mudou durante o verão e que agora seu ego está imenso, só porque está namorando um cara da faculdade. Às 21h30, Darlene liga para dizer que acha que Megan está com ciúmes por ela estar namorando um cara da faculdade. Às 21h45, Sierra liga para dizer que falou com Megan e Darlene nesta noite e que não quer se envolver nessa briga. Concordo, embora acredite que já estamos envolvidas.

São 22h45 quando finalmente termino a redação sobre respeito para a sra. Peterson, então vou ajudar minha mãe a colocar Shelley na cama. Estou tão exausta que minha cabeça parece pesar uma tonelada.

Ponho meu pijama, deito na cama e ligo para Colin.

— Oi, linda — diz ele. — O que você está fazendo?

— Nada. Já estou na cama. Você se divertiu na casa do Doug?

— Não tanto quanto teria me divertido se você estivesse lá.

— Quando você chegou?

— Há uma hora. Estou *tão* feliz que você ligou.

Puxo o grande edredom cor-de-rosa até o pescoço e afundo a cabeça em meu travesseiro macio.

— Ah, está mesmo? — digo, esperando um elogio e falando com minha voz sedutora. — Por quê?

Faz tempo que ele não me diz que me ama. Sei que ele não é a pessoa mais carinhosa do mundo. Meu pai também não é. Mas preciso ouvir isso. Do Colin. Quero ouvir que ele me ama. Quero ouvir que ele sentiu minha falta. Quero ouvi-lo dizer que sou a garota dos seus sonhos.

Colin dá uma tossida.

— Nunca fizemos sexo por telefone.

Certo, não eram essas as palavras que eu estava esperando. Mas não deveria ficar desapontada ou surpresa. Ele é um adolescente, e sei que os garotos só pensam em sexo e diversão. Esta tarde mesmo ignorei o buraco que se abriu no meu estômago quando li as palavras do Alex no meu caderno, sobre fazer sexo selvagem. Ele não sabe que sou virgem.

Colin e eu nunca fizemos sexo, ponto. Por telefone ou de verdade. Chegamos perto, em abril do ano passado, na praia atrás da casa de Sierra, mas eu desisti. Não estava pronta.

— Sexo por telefone?

— Sim. Quero que você se toque, Brit. E daí me diga o que está fazendo. Vai me excitar muito.

— Enquanto me toco, o que você vai fazer? — pergunto.

— Bater uma, ué. O que você achou que eu ia fazer? Minha lição de casa?

Eu rio. É, antes de tudo, uma risada nervosa, porque não nos vemos há uns meses, quase não conversamos hoje, e agora ele quer ir direto de "oi, bom te ver depois de todos esses meses" para "quero que você se toque enquanto bato uma", em menos de um dia. Eu me sinto em uma música do Pat McCurdy.

— Vamos lá, Brit — diz Colin. — Pense nisso como um treino antes de fazer a coisa real. Tire sua blusa e se toque.

— Colin... — digo.

— O quê?

— Desculpa, mas não estou a fim. Não agora, pelo menos.

— Tem certeza?

Química Perfeita **61**

— Tenho. Você está bravo?

— Não — responde ele. — Só pensei que seria divertido, pra apimentar nosso relacionamento.

— Não sabia que nosso relacionamento estava chato.

— Escola... treino de futebol... sair pra comer pizza. Depois de passar as férias longe, estou cansado da rotina. Passei o verão todo em cima de um esqui aquático, fazendo *wakeboard*, andando de carro por trilhas no meio do mato. Coisas que fazem o coração bater forte e o sangue correr rápido, sabe? Uma overdose de adrenalina pura.

— Parece maravilhoso.

— E foi. Brit?

— Oi?

— Estou pronto pra ter uma overdose de adrenalina... com você.

capítulo 8
Alex

Empurro o cara contra um Camaro preto reluzente, que provavelmente custa mais que o que a minha mãe ganha em um ano.

— O negócio é o seguinte, Blake — digo. — Ou você paga agora, ou quebro algo seu. Não um móvel ou a droga do seu carro... mas algo que está permanentemente ligado a você. Entendeu?

Blake, mais magro do que um poste e pálido como um fantasma, olha para mim como se eu tivesse acabado de entregar sua sentença de morte. Ele devia ter pensado nisso antes de pegar aquele saco de pó e não pagar.

Como se Hector fosse deixar isso acontecer.

Como se eu fosse deixar isso acontecer.

Quando Hector me manda recolher a grana, eu vou. Posso não gostar, mas vou. Ele sabe que não faço transações que envolvam drogas e nem entro na casa ou no escritório das pessoas para roubar coisas. Mas sou um bom cobrador... de dívidas, em geral. Às vezes, tenho que intimidar e

Química Perfeita   63

recolher pessoas, mas isso pode ser algo complicado, particularmente porque sei o que vai acontecer com elas depois de arrastá-las até o armazém para enfrentar o Chuy. Ninguém quer enfrentar o Chuy. É bem pior que me enfrentar. Blake devia se considerar sortudo por ser eu o responsável por cuidar dele.

Dizer que não vivo uma vida correta é um eufemismo. Tento não pesar nisso, no trabalho sujo que faço para a gangue. E sou bom nisso. Assustar pessoas para que paguem o que nos devem é meu trabalho. Tecnicamente, minhas mãos estão limpas no que diz respeito a drogas. Certo, o dinheiro das drogas toca minhas mãos com frequência, mas eu só o repasso a Hector. Não gasto, apenas recolho.

Isso faz de mim um peão, eu sei. Contanto que minha família esteja segura, não me importo. Além disso, sou bom de briga. Não dá para imaginar quanta gente desmonta só com a ameaça de ossos quebrando. Blake não é diferente dos outros caras que já ameacei; posso dizer pelo jeito como tenta agir calmamente, mas suas mãos magricelas tremem sem que ele possa controlar.

Era de se imaginar que Peterson tivesse medo de mim também, mas aquela professora não me temeria nem se eu enfiasse uma granada sem pino nas mãos dela.

— Não estou com o dinheiro — deixa escapar Blake.

— Essa resposta não vai servir, amigo — intromete-se Paco, ao meu lado. Ele gosta de vir comigo. Imagina que estamos atuando como tira bom e tira mau. Só que estamos mais para membro malvado de uma gangue e membro de uma gangue pior ainda.

— Que parte do corpo você quer que eu quebre primeiro? — pergunto. — Vou ser legal e te deixar escolher.

—Só apaga ele de uma vez, Alex — Paco diz, desinteressado.

— Não! — grita Blake. — Vou conseguir. Prometo. Amanhã.

Esmago-o contra o carro e meu antebraço aperta sua garganta, apenas o suficiente para assustá-lo.

— Como se eu fosse acreditar na sua palavra. Acha que somos burros? Preciso de uma garantia.

Blake não responde.

Fixo os olhos no carro.

— O carro não, Alex. *Por favor*.

Saco a arma. Não vou atirar nele. Não importa o que eu seja ou no que tenha me transformado, nunca mataria alguém. Nem atiraria. Só que Blake não precisa saber disso.

Ao avistar minha Glock, Blake entrega as chaves.

— Ah, meu Deus. Por favor, não.

Arranco as chaves da mão dele.

— Amanhã à noite, Blake. Sete horas, atrás dos trilhos velhos, na esquina da Quarta com a Vine. Agora, se manda — digo, balançando a arma no ar para que ele saia correndo.

— Sempre quis um Camaro — diz Paco, depois de Blake desaparecer de nosso campo de visão.

Jogo as chaves para ele.

— É seu, até amanhã.

— Realmente acha que ele vai conseguir juntar quatro mil até amanhã?

— Acho — digo, totalmente confiante —, porque este carro vale muito mais que quatro mil.

De volta ao armazém, atualizamos Hector. Ele não está feliz por não termos conseguido receber ainda, mas sabe que vai rolar. Sempre acaba rolando.

Química Perfeita   **65**

À noite, no quarto, tenho dificuldade para dormir por causa do ronco do meu irmãozinho Luis. Com esse sono tão pesado, dá para perceber que ele ainda não tem preocupação alguma no mundo. Apesar de não me importar de ameaçar traficantes fracassados como Blake, queria muito estar lutando por algo que valesse a pena.

Uma semana depois, estou sentado na grama no pátio da escola, almoçando perto de uma árvore. A maioria dos alunos de Fairfield almoça ao ar livre até outubro, quando o inverno de Illinois nos obriga a ficar no refeitório durante a hora do almoço. Neste momento, estamos absorvendo cada minuto de sol e de ar fresco, aproveitando que ainda está agradável do lado de fora.

Meu amigo Lucky, com sua camiseta vermelha grande demais e uma calça jeans preta, bate nas minhas costas enquanto se acomoda ao meu lado, carregando uma bandeja do refeitório nas mãos.

— Pronto para a próxima aula, Alex? Juro que a Brittany Ellis te detesta como uma praga, cara. É hilário ver ela afastando o banco de você o máximo que consegue.

— Lucky — digo. — Ela pode até ser uma *mamacita*, mas não chega aos pés deste *hombre* — aponto para mim mesmo.

— Diga isso à sua mãe — responde Lucky, rindo —, ou a Colin Adams.

Encosto na árvore e cruzo os braços.

— Fiz educação física com o Adams no ano passado. Acredita em mim, ele não tem *nada* do que se vangloriar.

— Ainda está puto porque ele detonou seu armário no primeiro ano, depois que você acabou com ele no revezamento na frente da escola inteira?

Claro que ainda estou puto. Esse incidente específico me custou um monte de dinheiro para comprar livros novos.

— Papo antigo — digo, mantendo a fachada calma de sempre.

— O "papo antigo" está sentado bem ali na frente, com a namorada gata dele.

Um olhar para a pequena senhorita *Perfecta* e meu alarme dispara. Ela acha que sou usuário de drogas. Durante a semana toda, odiei ter que encontrá-la na aula de química.

— Aquela garota tem a cabeça cheia de vento, cara — digo.

— Ouvi dizer que a vadia estava falando mal de você para os amigos — diz um cara chamado Pedro, juntando-se a nós com mais um grupo de caras carregando bandejas do refeitório ou lanches que trouxeram de casa.

Balanço a cabeça, tentando imaginar o que Brittany disse e como vou lidar com isso.

— Talvez ela esteja a fim de mim e não saiba outra forma de chamar minha atenção.

Lucky ri tão alto que todos à nossa volta se viram para olhar.

— Não há a menor chance da Brittany Ellis se aproximar de você por vontade própria, *güey*, muito menos sair com você — diz ele. — Ela é tão rica que só a echarpe no pescoço dela provavelmente custa tanto quanto tudo o que tem em *tu casa*.

Aquela echarpe. Como se a calça jeans de marca não fosse chique o bastante, ela deve ter acrescentado a echarpe para exibir o quanto é rica e intocável. Conhecendo Brittany, não duvido que ela tenha mandado tingir para que reproduzisse o tom exato dos seus olhos de safira.

— Ei, aposto minha RX-7 que você não consegue tirar a calcinha dela antes do feriado de Ação de Graças — desafia Lucky, afastando meus pensamentos desconexos.

— Quem iria querer aquela calcinha? — respondo. Dever ser de marca também, com suas iniciais bordadas na frente.

— Todos os caras desta escola.

Será que preciso dizer o óbvio?

— Ela é uma branca de neve.

Não quero ter nada com garotas brancas, garotas mimadas, garotas cuja ideia de trabalho duro é pintar as unhas compridas de uma cor diferente a cada dia, para combinar com suas roupas da moda.

Tiro um cigarro do bolso e o acendo, sem dar bola para a política de proibição ao fumo de Fairfield. Tenho fumado bastante ultimamente. Paco me isse isso ontem à noite, quando saímos juntos.

— E daí que ela é branca? Qual é, Alex. Não seja idiota. *Olha* pra ela.

Dou uma olhada. Admito que ela tem tudo a seu favor. Cabelo longo e luminoso, nariz aristocrático, braços levemente bronzeados, com um sinal do músculo em seu bíceps que me faz imaginar que ela se exercita regularmente, e lábios cheios que, ao sorrir, me fazem pensar que a paz mundial seria possível, se todo mundo tivesse esse sorriso.

Afasto esses pensamentos. E daí que ela é sedutora? É uma vaca de primeira classe.

— Magra demais — acabo soltando.

— Você quer ela — diz Lucky, deitando-se na grama. — Você apenas sabe, como o resto de nós, mexicanos do lado sul, que não pode tê-la.

Algo dentro de mim dá um clique. Chame de mecanismo de defesa. Ou chame de arrogância. Antes que eu consiga desligá-lo, digo:

— Em dois meses, eu consigo comer aquela garota. Se você realmente quiser apostar sua RX-7, estou dentro.

— Você está viajando, cara.

Quando não respondo, Lucky franze a testa.

— Está falando sério, Alex?

O cara vai desistir; ele ama o carro mais do que a namorada.

— Claro.

— Se você perder, fico com Julio — diz Lucky, e sua expressão fechada se transforma em um sorriso maroto.

Julio é meu bem mais precioso: uma velha moto Honda Nighthawk 750. Salvei-a de um ferro-velho e a transformei em uma leve corredora. Reconstruir a moto levou um século. É a única coisa na minha vida que aperfeiçoei, em vez de destruir.

Lucky não recua. Está na minha vez de desistir ou aceitar as regras do jogo. O problema é que nunca recuei... nem uma vez na vida.

A garota branca mais popular da escola certamente aprenderia muito saindo comigo. A pequena senhorita *Perfecta* disse que nunca havia namorado um membro de gangue, mas aposto que nenhum membro da Latino Blood ao menos tentou tirar aquela calcinha de marca.

Fácil como uma luta entre Folks e People — gangues rivais — em um sábado à noite.

Aposto que tudo o que vou precisar para conquistar Brittany é dar em cima dela. Sabe, aquele jogo de perguntas e respostas que aumenta seu entendimento do sexo oposto? Posso matar dois coelhos em uma cajadada só: me vingar do Cara-de-Burro roubando a namorada dele e de Brittany Ellis por ter feito eu ser chamado na sala do diretor e por ter falado mal de mim para suas amigas.

Pode até ser divertido.

Imagino a escola inteira sendo testemunha da riquinha branquela e imaculada babando pelo mexicano que ela havia jurado odiar. Fico pensando em como a queda sobre aquela bunda estreita e branquinha será dura, quando eu tiver acabado com ela.

Estico a mão.

— Feito.

— Mas você vai ter que mostrar provas.

Dou outro trago no cigarro.

— Lucky, o que você quer que eu faça? Que eu arranque um pelo pubiano dela?

— Como iríamos saber que é dela? — responde Lucky.

— Talvez ela não seja uma loira verdadeira. Além disso, provavelmente ela faz aquelas depilações cavadas. Sabe, quando tiram tu...

— Tire uma foto — sugere Pedro. — Ou faça um vídeo. Garanto que a gente poderia ganhar *muchos billetes* com isso. Podemos chamar de *Brittany ao Sul da Fronteira*.

São essas horas falando merda que nos dão má reputação. Não que garotos ricos não falem besteira; tenho certeza de que sim. Mas quando meus amigos começam, é uma avalanche. Para ser sincero, acho que eles são bem divertidos quando estão zoando outra pessoa. Agora, quando a zoação é comigo, não acho nem um pouco legal.

— Do que vocês estão falando? — pergunta Paco, trazendo um prato do refeitório.

— Apostei meu carro contra a moto de Alex que ele não consegue comer a Brittany Ellis até o dia de Ação de Graças.

— Você está *loco*, Alex? — pergunta Paco. — Fazer uma aposta dessas é suicídio.

— Sai de cima, Paco — aviso. Não é suicídio. Burrice, talvez. Mas não suicídio. Se consegui lidar com a fogosa Carmen Sanchez, consigo lidar com o biscoitinho de baunilha Brittany Ellis.

— Brittany Ellis é muita areia pro seu caminhãozinho, *hombre*. Você pode ser um cara bonito, mas é cem por cento mexicano, e ela é branca como leite.

Uma menina do segundo ano, chamada Leticia Gonzalez, passa perto de nós.

— Oi, Alex — diz ela, sorrindo para mim antes de se sentar com as amigas. Enquanto os outros caras babam por Leticia e conversam com as amigas dela, Paco e eu ficamos sozinhos perto da árvore.

Paco me cutuca.

— Essa sim é uma mexicana bonita, e certamente do seu tipo.

Mas meus olhos não estão em Leticia, estão em Brittany. Agora que o jogo começou, estou concentrado no prêmio. Está na hora de começar a dar em cima dela, mas cantadas baratas não vão funcionar com essa garota. De alguma forma, acho que Brittany deve estar acostumada com elas, vindas do namorado e de outros idiotas que tentam conquistá-la.

Decido usar outra tática, algo inesperado para ela. Vou continuar a provocá-la até que a única coisa em que ela pense seja eu. E vou começar na próxima aula, já que ela é obrigada

Química Perfeita **71**

a sentar ao meu lado. Nada como algumas preliminares na aula de química para começar a produzir faíscas.

— *¡Carajo!* — exclama Paco, derrubando o lanche. — Eles acham que podem comprar uma massa em forma de U, recheá-la e chamar de taco, mas esses cozinheiros do refeitório não conseguem distinguir carne pra taco de um pedaço de bosta. É esse o gosto que tem, Alex.

— Você está me deixando enjoado, cara — digo.

Olho, desconfortável, para a comida que eu trouxe de casa. Graças a Paco, tudo parece *mierda* agora. Enojado, enfio o que sobrou do meu lanche no saco de papel pardo.

— Quer um pouco? — oferece Paco com um sorrisinho, estendendo o taco nojento na minha direção.

— Se aproximar isso de mim mais um centímetro, vai se arrepender — ameaço.

— Uuh, estou tremendo. — Paco sacode o taco repulsivo, me provocando. Ele realmente deveria tomar cuidado.

— Se cair algum pedaço disso em mim...

— O que você vai fazer? Tentar me bater? — cantarola Paco, sarcástico, ainda sacudindo o taco. Talvez eu devesse dar um soco em seu rosto, fazendo-o desmaiar para não ter que lidar com ele agora.

Assim que penso nisso, sinto algo cair na minha calça. Olho para baixo, mesmo já sabendo o que vou ver. Sim, uma enorme bolota de algo úmido e nojento que se faz passar por carne de taco cai bem na virilha da minha calça desbotada.

— Merda — solta Paco, e sua expressão rapidamente muda de divertida para assustada. — Quer que eu limpe isso pra você?

— Se seus dedos chegarem em qualquer lugar perto do meu pau, vou pessoalmente atirar nos seus *huevos* — resmungo através dos dentes cerrados.

Tiro a misteriosa carne da minha calça. Uma enorme mancha de gordura permanece ali. Eu me viro para Paco.

— Você tem dez minutos pra me conseguir uma calça.

— E como é que eu vou fazer isso?

— Seja criativo.

— Fica com a minha.

Paco fica de pé e passa os dedos pela cintura de seu jeans, desabotoando-o bem no meio do pátio.

— Talvez eu não tenha sido claro o suficiente — digo, tentando imaginar como vou conseguir agir como um cara bacana na aula de química se parece que eu mijei na calça.

— Quis dizer que você precisa me arranjar uma calça que caiba em mim, *pendejo*. Você é tão baixo que poderia se candidatar pra ser um dos elfos do Papai Noel.

— Estou tolerando seus insultos porque somos como irmãos.

— Nove minutos e trinta segundos.

Não é necessário mais que isso para fazer com que Paco comece a correr em direção ao estacionamento da escola.

Realmente não dou a mínima para a forma como ele vai conseguir a calça; apenas preciso dela antes da próxima aula. Uma calça molhada não é a melhor forma de mostrar a Brittany que sou irresistível.

Espero perto da árvore, enquanto outros garotos jogam o resto do lanche fora e voltam para dentro da escola. Logo em seguida, começa a tocar música pelos alto-falantes, mas Paco não aparece no horizonte. Ótimo. Agora tenho cinco minutos para chegar à aula da Peterson. Cerrando os dentes, caminho até a sala de química com os livros estrategicamente posicionados para esconder a parte da frente da minha calça. Faltam só dois minutos quando deslizo sobre o banco e aproximo-o ao máximo da mesa de laboratório, para esconder a mancha.

Química Perfeita 73

Brittany entra na sala, com o cabelo dourado de sol caindo sobre os ombros, seus cachos perfeitos balançando conforme ela anda. Em vez de essa perfeição me excitar, fico com vontade de bagunçar tudo.

Pisco para ela assim que olha para mim. Ela bufa e puxa o banco o mais longe possível.

Lembrando da regra de tolerância zero da sra. Peterson, tiro a bandana e pouso-a no colo, bem em cima da mancha. Então, me viro para a garota dos pompons ao meu lado.

— Você vai ter que falar comigo alguma hora.

— Pra sua namorada ter um motivo pra bater em mim? Não, obrigada, Alex. Prefiro manter meu rosto intacto.

— Não tenho namorada. Quer ser entrevistada pro cargo?

Olho-a de cima a baixo, focando em seus pontos fortes, tão valorizados.

Ela curva os lábios cor-de-rosa e sorri, sarcástica.

— Não nesta vida.

— *Mujer*, você não saberia o que fazer com toda essa testosterona se a tivesse nas mãos.

Isso, Alex. Provoque-a para que ela o deseje. Ela vai morder a isca.

Ela vira de costas para mim.

— Você é nojento.

— E se eu dissesse que formamos um ótimo par?

— Eu diria que você é um idiota.

capítulo 9
Brittany

Logo depois de eu chamar Alex de idiota, a sra. Peterson pede a atenção da classe.

— Cada dupla vai tirar um projeto de dentro deste chapéu — anuncia ela. — Todos são igualmente desafiadores e vão exigir que vocês estudem juntos fora do horário de aula.

— E o futebol? — pergunta Colin. — Não vou perder o treino, de jeito nenhum.

— E a equipe de pompons? — concorda Darlene, antes que eu possa questionar o mesmo.

— O trabalho acadêmico tem mais urgência. Cabe a cada dupla encontrar horários que funcionem para os dois — diz a sra. Peterson, de pé em frente à nossa bancada, estendendo o chapéu.

— Ei, sra. P... Algum deles propõe encontrar uma cura para a esclerose múltipla? — pergunta Alex, com um ar arrogante que me deixa com os nervos à flor da pele. — Porque acho que não há tempo suficiente no ano letivo pra terminar um projeto desses.

Química Perfeita **75**

Já posso ver um D bem grande no meu boletim. O reitor de admissões da Northwestern não vai se importar com o fato do meu parceiro de química fazer piadas em vez de trabalhar no nosso projeto. Afinal, o cara não liga nem para a sua própria vida, por que se preocuparia com a aula de química? A ideia de Alex ter o controle sobre a minha nota nessa matéria está acabando comigo. Para meus pais, as notas são um reflexo do seu valor como pessoa. Nem preciso dizer que um C ou um D significam que você é um inútil.

Ponho a mão dentro do chapéu e pego um pedacinho de papel branco dobrado. Abro-o lentamente, mordendo o lábio de nervosismo. Em letras grandes, leio AQUECEDORES DE MÃOS.

— Aquecedores de mãos? — pergunto.

Alex se inclina e lê o papel com um olhar confuso no rosto.

— Que porra são aquecedores de mãos?

A sra. Peterson lança a Alex um olhar de advertência.

— Se quiser ficar na escola depois da aula de novo, tenho outro formulário de castigo na minha mesa, desta vez já com o seu nome nele. Agora, refaça a pergunta sem usar linguagem obscena ou ficará comigo até mais tarde.

— Adoraria ficar conversando com você, sra. P., mas prefiro usar esse tempo estudando química com minha parceira — responde Alex, e então tem a cara de pau de piscar para Colin. — Vou reformular a pergunta: o que exatamente são aquecedores de mãos?

— Termoquímica, sr. Fuentes. Produtos químicos que usamos para aquecer nossas mãos.

Alex abre um sorriso largo e pretensioso, virando-se para mim.

— Tenho certeza que podemos achar outras formas de nos aquecer.

— Te odeio — digo, alto o bastante para Colin e o resto da sala ouvir. Se eu deixar que ele me tire do sério tão fácil, logo vou ouvir a voz da minha mãe na cabeça, discorrendo sobre como a reputação é tudo na vida.

Sei que a sala toda está prestando atenção na nossa conversa, até mesmo Isabel, que acha que Alex não é tão ruim quanto todos pensam. Será que ela não consegue enxergá-lo como ele realmente é ou está cega pelo rosto de modelo e pela popularidade de Alex entre seus amigos?

Alex sussurra:

— Existe uma linha tênue entre o amor e o ódio. Talvez você esteja confundindo as emoções.

Eu me afasto dele.

— Não apostaria nisso.

— Mas eu apostaria.

Alex olha para a porta da sala de aula. Seu amigo está acenando através da abertura envidraçada. Provavelmente vão matar alguma aula juntos.

Ele reúne seus livros e se levanta.

A sra. Peterson se vira.

— Alex, sente-se.

— Preciso mijar.

As sobrancelhas da professora se erguem, formando um sulco, e sua mão desce para o quadril.

— Cuidado com a língua. E os livros não são necessários para ir ao banheiro. Deixe-os na bancada.

Os lábios de Alex estão cerrados, mas ele obedece e coloca os livros de volta na mesa.

— Não avisei que não queria nada relacionado a gangues na minha aula? — pergunta a sra. Peterson, olhando

Química Perfeita   **77**

fixamente para a bandana presa na frente da calça de Alex. Ela estende a mão. — Me dê isso aqui.

Ele olha para a porta, depois para a sra. Peterson.

— E se eu me recusar?

— Alex, não me teste. Tolerância zero. Quer uma suspensão? — Ela move os dedos, sinalizando para que ele entregue a bandana imediatamente, senão...

Franzindo a testa, ele lentamente coloca o lenço na mão da professora.

A sra. Peterson respira fundo assim que arrebata a bandana de Alex.

— Ah, meu Deus! — grito ao ver a grande mancha em sua virilha. Os alunos, um a um, começam a rir.

Colin ri mais alto.

— Não se preocupa, Fuentes. Minha bisavó tem o mesmo problema. Nada que uma fralda não resolva.

Isso me deixa passada, pois a menção a fraldas para adultos me faz pensar imediatamente em minha irmã. Rir de adultos com incontinência não é engraçado. Shelley é uma dessas pessoas.

Alex abre um grande sorriso e, com um ar convencido, diz para Colin:

— Sua namorada não conseguiu manter as mãos longe da minha calça. Ela estava me mostrando toda uma nova definição de aquecedores de mãos, *compa*.

Desta vez ele foi longe demais. Eu me levanto. Meu banquinho cai no chão com um estrondo.

— Bem que você queria — digo.

Alex está prestes a me responder quando a sra. Peterson grita:

— Alex! — ela pigarreia. — Vá até a enfermaria e... se limpe. Leve seus livros, porque depois você vai visitar o dr.

Aguirre. Vou encontrá-lo na sala dele, com seus amigos Colin e Brittany.

Alex pega os livros de cima da mesa e sai da sala, ao mesmo tempo que me ajeito novamente no banco. Enquanto a sra. Peterson tenta acalmar o restante da classe, penso sobre o meu breve sucesso em evitar a ira de Carmen Sanchez.

Se ela acha mesmo que sou uma ameaça para seu relacionamento com Alex, os boatos que certamente se espalharão hoje podem ser fatais.

capítulo 10
Alex

Ah, que beleza. Peterson e Aguirre de um lado do escritório do diretor, a pequena senhorita *Perfecta* e seu namorado idiota do outro... e eu aqui parado, sozinho. Ninguém está do meu lado, disso tenho certeza.

Aguirre pigarreia.

— Alex, é a segunda vez em duas semanas que você está no meu escritório.

É, basicamente isso. O cara é um gênio absoluto.

— Senhor — digo, entrando no jogo porque estou cansado da pequena senhorita *Perfecta* e seu namorado controlando a porcaria da escola toda. — Houve um pequeno incidente durante o almoço envolvendo gordura e minha calça. Em vez de faltar à aula, pedi para um amigo buscar esta, para que eu pudesse trocar. — Mostro a calça que estou usando, que Paco conseguiu surrupiar da minha casa. — Sra. Peterson — digo, me dirigindo à minha professora de química —, eu não deixaria que uma manchinha me fizesse perder sua aula *fantástica*.

— Não tente me acalmar, Alex — rosna Peterson. — Estou por aqui com suas palhaçadas. — Ela ergue a mão acima da cabeça, então olha irritada para Brittany e Colin. Imagino que vai deixá-los reclamar de mim, até que a ouço dizer: — E não pensem que vocês dois são melhores.

Brittany parece chocada com a bronca. Engraçado que ela não parecia ter objeção alguma observando a sra. P. ralhar comigo.

— Não posso fazer dupla com ele — deixa escapar a pequena senhorita *Perfecta*.

Colin dá um passo à frente.

— Ela pode se juntar a mim e a Darlene.

Quase sorrio quando as sobrancelhas da sra. P. se erguem tão alto que parecem prestes a subir por sua testa e continuar a escalada.

— E o que os torna tão especiais pra achar que podem mudar minha forma de organizar a turma?

Boa, Peterson!

— Nadine, eu continuo a partir daqui — diz Aguirre para a sra. P. e, em seguida, aponta para a parede, mostrando uma foto da nossa escola. Ele não deixa os dois do lado norte responderem à pergunta da sra. P.: — O lema da nossa escola, Fairfield High, é "A diversidade gera conhecimento", meninos. Caso algum dia se esqueçam, está gravado nas pedras da entrada principal. Da próxima vez que passarem por ali, parem um minuto para pensar no que essas palavras significam. Garanto a vocês que, como seu novo diretor, minha meta é criar pontes em qualquer espaço da escola em que esse lema seja negligenciado.

Certo, então a diversidade gera conhecimento. Mas também já vi gerar ódio e ignorância. Não tenho intenção alguma

Química Perfeita **81**

de manchar a imagem rósea que Aguirre faz do nosso lema, porque estou começando a acreditar que nosso diretor realmente acredita nas besteiras que prega.

— O dr. Aguirre e eu estamos em sintonia. Portanto... — Peterson me lança um olhar feroz, tão efetivo que deve ser treinado na frente do espelho. — Alex, pare de atormentar a Brittany. — Ela desfere o mesmo olhar para os dois do outro lado da sala: — Brittany, pare de agir como uma diva. E Colin... Nem sei o que você tem a ver com isso.

— Sou namorado dela.

— Agradeceria se deixasse seu relacionamento do lado de fora da minha sala de aula.

— Mas... — começa Colin.

Peterson o interrompe com um aceno.

— Basta. Acabamos por aqui, e vocês também.

Colin agarra a mão de Brittany e os dois se apressam em sair da sala.

Depois de sairmos do escritório de Aguirre, Peterson pousa a mão em meu cotovelo.

— Alex?

Paro e olho para ela, bem dentro dos seus olhos, cheios de compaixão. Não cai bem no meu estômago.

— Sim?

— Consigo ver através da sua máscara, sabe?

Preciso apagar qualquer sinal de compaixão daquele rosto. A última vez que uma professora olhou para mim assim foi no primeiro ano, logo após meu pai ser baleado.

— Estamos na segunda semana de aula, *Nadine*. Talvez queira esperar um mês ou dois antes de fazer uma declaração dessas.

Ela ri baixinho e diz:

— Não dou aula há tanto tempo, mas já vi mais Alex Fuentes na minha sala de aula do que muitos professores vão ver a vida toda.

— E eu que pensei que era único! — Ponho as mãos no coração. — Você está me ferindo, Nadine.

— Quer se tornar único, Alex? Acabe a escola e se forme. Não abandone os estudos.

— Esse é o plano — digo, embora nunca tenha admitido isso para ninguém. Sei que minha mãe quer que eu faça faculdade, mas nunca falamos no assunto. E, para ser sincero, não sei se ela realmente acredita que eu consiga.

— Todos falam isso no começo. — Ela abre a bolsa e tira minha bandana. — Não deixe a vida fora da escola ditar seu futuro — continua, toda séria para cima de mim.

Enfio a bandana no bolso de trás. Ela não tem ideia do quanto minha vida fora da escola influencia a vida que levo dentro da escola. Um muro de tijolos não pode me proteger do mundo lá fora. Droga, eu não poderia me esconder aqui nem se quisesse.

— Sei o que vai dizer em seguida... *se precisar de uma amiga, Alex, estou aqui.*

— Errado. Não sou sua amiga. Se fosse, você não pertenceria a uma gangue. Mas vi os resultados das suas provas. Você é um garoto inteligente, que pode vencer na vida se levar a escola a sério.

Vencer. Vencer. É tudo relativo, não?

— Posso ir para a aula agora? — pergunto, pois não sei como responder a isso. Estou pronto para aceitar que minha professora de química e o novo diretor estão do meu lado... mas ainda não tenho certeza de que não estão do outro também. E isso meio que esvazia minhas teorias.

— Sim. Vá para a aula, Alex.

Ainda estou pensando no que Peterson me disse quando a escuto falar atrás de mim:

— E se me chamar de Nadine de novo, vai ter o prazer de receber outro papel de detenção *e* de escrever uma redação sobre isso. Lembre-se, não sou sua amiga.

Caminhando pelo corredor, sorrio para mim mesmo. Essa mulher realmente sacode os papéis azuis de detenção como se fossem armas.

capítulo 11
Brittany

Falta só meia hora para terminar a aula de educação física. Enquanto visto minha roupa de ginástica, penso no que aconteceu na sala do dr. Aguirre. A sra. Peterson me achou tão culpada quanto o Alex.

Alex Fuentes já está arruinando meu último ano, que mal começou.

Quando acabo de ajeitar meu short, o som de saltos contra o cimento duro me alerta que não estou mais sozinha no vestiário. Abraço minha camiseta contra o peito ao ver Carmen Sanchez.

Ah, não.

— Deve ser meu dia de sorte — diz ela ao me encarar, parecendo muito com uma pantera prestes a atacar. Panteras não têm cabelos castanhos longos e lisos... Mas elas certamente têm garras. E as garras da Carmen estão pintadas de vermelho brilhante.

Ela se aproxima.

Quero dar um passo para trás. Na verdade, quero correr. Mas não corro porque ela provavelmente me seguiria.

Química Perfeita

— Sabe — diz ela, a boca se curvando em um sorriso perverso. — Sempre me perguntei qual seria a cor do sutiã de Brittany Ellis. Rosa. Combina perfeitamente. Aposto que custa tanto quanto a sua tintura de cabelo.

— Você não quer falar sobre sutiãs ou cabelo, Carmen — digo, enquanto enfio a camiseta de ginástica pela cabeça. Engulo em seco antes de acrescentar: — Você quer me bater.

— Quando uma vadia chega perto do meu homem, defendo meu território.

— Não quero seu homem, Carmen. Tenho o meu.

— Ah, por favor, me poupe. Garotas como você querem todos os homens babando ao seu redor. Só pra poderem ter quem quiserem, quando quiserem. — Enquanto fala, ela vai se irritando cada vez mais. Estou em apuros. — Sei que você também andou falando merda sobre mim. Você se acha o máximo, não é, senhorita Toda-Poderosa? Vamos ver como você fica com o lábio inchado e um grande olho roxo. Vai vir para a escola com um saco de lixo na cabeça? Ou vai ficar escondida em seu castelo pra sempre?

Olho para Carmen, caminhando em minha direção. Realmente olho para ela. No fundo, ela sabe da importância que dou às aparências e quanto me esforço para controlar a imagem que fazem de mim. Já ela nem liga se for suspensa... ou expulsa.

— Responde! — grita, enquanto me empurra pelos ombros. Eu me choco contra o armário atrás de mim.

Acho que eu não estava escutando, porque nem sei qual foi a pergunta. As consequências de voltar machucada pra casa e de brigar na escola são intoleráveis. Minha mãe vai ficar furiosa e vai me culpar por tudo, por não ter evitado que acontecesse. Só peço a Deus que ela não comece de novo com a história de mandar Shelley embora. Quando acontecem coisas ruins, meus pais sempre pensam em se livrar da Shelley. Como se todos os problemas dos Ellis fossem se resolver magicamente no momento em que ela desaparecesse.

— Acha que o treinador Bautista não vai vir me procurar? Quer ser suspensa? — Eu sei, perguntas infantis. Mas estou tentando ganhar tempo aqui.

Ela ri.

— Você acha que eu dou a mínima se for suspensa? — Na verdade, sei que não, mas achei que valia a pena tentar.

Em vez de me encolher contra o armário, fico parada. Carmen tenta me empurrar pelos ombros novamente, mas desta vez consigo afastar seu braço.

Estou prestes a entrar em minha primeira briga. Uma briga que estou destinada a perder. Meu coração parece que vai explodir no peito. Passei a vida evitando situações assim, mas agora não tenho escolha. Gostaria de saber se daria certo acionar o alarme de incêndio, como nos filmes. Mas é claro que não há nenhuma daquelas caixas vermelhas por perto.

— Carmen, deixa ela em paz.

Nós duas nos voltamos para o som da voz de uma garota. É Isabel. Uma não amiga. Uma não amiga que talvez possa salvar meu rosto de ser amassado.

— Isa, fica fora disso — rosna Carmen.

Isabel vem em nossa direção; seu cabelo castanho-escuro, preso em um alto rabo de cavalo, balança enquanto caminha.

— *No chingues con ella, Carmen.*

— *¿Por qué no?* — devolve Carmen. — Você ficou amiga da loirinha aqui, agora que vocês balançam aqueles pompons estúpidos juntas?

Química Perfeita   **87**

Isa põe as mãos nos quadris.

— Você está puta com o Alex, Carmen. É por isso que está agindo como uma *perra*.

À menção de Alex, Carmen fica rígida.

— Cala a boca, Isa. Você não sabe de nada.

Carmen transfere sua fúria para Isabel e começa a gritar com ela em espanhol. Isabel não recua, encara Carmen e devolve os gritos também em espanhol. Isabel é pequena e provavelmente pesa menos que eu. Fico espantada com a forma como ela enfrenta Carmen. Sem se intimidar. Posso perceber, pela maneira como suas palavras fazem Carmen recuar.

O treinador Bautista aparece atrás de Carmen.

— Vocês três resolveram dar uma festa e não convidaram o resto da turma?

— Estávamos só conversando um pouco — diz Carmen, sem perder o ritmo e agindo como se fôssemos todas amigas.

— Bom, então sugiro que conversem depois da escola, em vez de durante a aula. Srta. Ellis e srta. Avila, juntem-se às suas colegas no ginásio. Srta. Sanchez, vá pra onde deveria estar.

Carmen aponta suas unhas vermelhas para mim.

— Mais tarde — diz, e sai do vestiário, não sem antes fazer Isabel abrir caminho para ela passar.

— Obrigada — digo baixinho para Isabel.

Sua resposta é um balançar de cabeça.

capítulo 12
Alex

— **Você ainda vai demorar com esse Honda?** Está na hora de fechar — diz meu primo Enrique. Trabalho na oficina dele todo dia depois da aula… para ajudar minha família a ter comida na mesa, para fugir dos Latino Bloods por algumas horas e porque sou realmente bom no conserto de carros.

Coberto de graxa e óleo do trabalho no Honda Civic, saio de debaixo do carro.

— Vai ficar pronto em um segundo.

— Ótimo. O cara está no meu pé por causa do conserto já faz três dias.

Aperto a última porca e me aproximo de Enrique, enquanto ele limpa as mãos sujas em uma flanela.

— Posso pedir uma coisa?

— Diga.

— Posso tirar um dia de folga na próxima semana? Tem um trabalho de química para a escola — explico, pensando no tema que recebemos hoje —, e temos que nos encontrar com…

Química Perfeita **89**

— Aula da Peterson. É, lembro desse tempo. Ela é foda.

— Meu primo estremece.

— Você teve aula com ela? — pergunto, achando engraçado. Fico pensando se os pais dela eram agentes de condicional. A mulher realmente gosta de disciplina.

— Como poderia esquecer? "Vocês não podem se considerar um sucesso, a menos que desenvolvam um tratamento para alguma doença ou salvem a Terra" — diz Enrique, fazendo uma imitação bem razoável da sra. P. — Ninguém esquece um pesadelo como Peterson. Mas tenho certeza que ter Brittany Ellis como dupla...

— Como você sabe?

— Todo mundo sabe, cara. Até caras da minha idade falam sobre a Brittany, com aquelas pernas longas e aqueles *chichis*... — Enrique faz um gesto no ar, como se estivesse apalpando os peitos dela. — Bom, você sabe.

É, eu sei.

Transfiro o peso de uma perna para a outra.

— Que tal se eu tirar folga na quinta-feira?

— *No hay problema.*

Enrique pigarreia.

— Sabe, outro dia o Hector estava te procurando.

Hector. Hector Martinez, o sujeito que comanda a gangue Latino Blood nos bastidores.

— Às vezes eu odeio... você sabe.

— Você está preso à gangue — diz Enrique. — Como o resto de nós. Nunca deixe o Hector te ouvir questionando o seu comprometimento. Se ele suspeitar que você está sendo desleal, vai se tornar um inimigo tão rápido que sua cabeça vai girar. Você é um cara esperto, Alex. Se proteja.

Enrique é um GO — um Gângster Original —, porque provou sua lealdade à Latino Blood durante muito tempo. Ele cumpriu suas obrigações e agora pode se afastar enquanto os membros mais jovens da LB estão na linha de frente. Segundo ele, apenas acabei de molhar os pés, então ainda vai ser preciso muito tempo para que meus amigos e eu tenhamos status de GO.

— Esperto? Apostei minha moto que faria a Brittany Ellis ir para a cama comigo.

— Esquece o que eu disse. — Enrique aponta para mim com um sorriso de desdém. — Você é um otário. E, em breve, será um otário sem rodas. Garotas como ela não gostam de caras como nós.

Estou começando a achar que ele está certo. Como pude pensar que conseguiria arrastar a lindíssima, riquíssima e branquíssima Brittany Ellis para minha vida tão pobre, tão mexicana e tão sombria?

Diego Vasquez, um cara da escola, nasceu no lado norte de Fairfield. É claro que meus amigos o consideram branco, embora sua pele seja mais escura que a minha. Também acham que Mike Burns, um cara branco que mora no lado sul, é mexicano, apesar de ele não ter sangue mexicano algum. Nem sangue latino, aliás. Mas é considerado um de nós. Em Fairfield, o lugar em que você nasce define quem você é.

Uma buzina soa alto na frente da oficina.

Enrique aperta o botão para abrir o amplo portão basculante.

O carro de Javier Moreno entra, cantando pneus.

— Fecha o portão, Enrique — ordena Javier, sem fôlego. — *La policía* está procurando a gente.

Meu primo bate novamente com o punho no botão e desliga as luzes da oficina.

Química Perfeita **91**

— Que merda vocês fizeram?

Carmen está no assento traseiro, com os olhos avermelhados de drogas ou álcool, não sei dizer exatamente o quê. E andou se enroscando com alguém ali, porque conheço bem demais a cara dela depois de se enroscar com alguém.

— Raul tentou atirar em um Satin Hood — balbucia Carmen, colocando a cabeça para fora da janela do carro —, mas tem uma mira péssima.

Raul se vira para ela e grita do assento dianteiro:

— *Puta*, tente você atirar em um alvo em movimento enquanto Javier dirige.

Reviro os olhos e Javier sai do carro.

— Você está falando que eu dirijo mal, Raul? — pergunta ele. — Porque se estiver, tenho aqui uma mão que vou enfiar na sua cara.

Raul sai do carro.

— Quer provar disso aqui, *culero*?

Fico na frente de Raul e o afasto.

— Que merda, gente. *La policía* está bem aí fora. — Essas são as primeiras palavras de Sam, o cara com quem Carmen deve ter se enroscado esta noite.

Todos na oficina se abaixam quando a polícia ilumina as janelas com suas lanternas. Me agacho atrás de um armário de ferramentas, segurando a respiração. A última coisa que preciso é ter uma tentativa de assassinato na minha ficha. Até agora, evitei ser preso por milagre, mas um dia minha sorte vai acabar.

Um membro de gangue raramente consegue evitar a polícia. Ou passar algum tempo na cadeia.

A expressão de Enrique revela o que ele está pensando. Finalmente ele conseguiu poupar o suficiente para abrir este negócio, e agora quatro arruaceiros do Ensino Médio podem arruinar seu sonho. Se um de nós fizer algum ruído, os policiais vão prender meu primo, com suas tatuagens antigas da LB na nuca, junto com o restante de nós.

E seu negócio vai fechar em uma semana.

A porta da loja balança. Me encolho e peço: *por favor, esteja trancada.*

Os policiais abandonam a porta e voltam a iluminar dentro da oficina. Me pergunto quem terá denunciado membros da gangue: ninguém por aqui deduraria. Há um código de silêncio que mantém as famílias a salvo.

Depois de um tempo que parece sem fim, a polícia vai embora.

— Caralho, foi por pouco — solta Javier.

— Pouco demais — concorda Enrique. — Esperem dez minutos e deem o fora.

Carmen sai do carro. Na verdade, cambaleia para fora.

— Oi, Alex. Senti sua falta hoje.

Meu olhar pousa em Sam.

— É, estou vendo como sentiu.

— Sam? Ah, não gosto dele de verdade — diz Carmen, se aproximando. Posso sentir o cheiro de *mota** irradiando dela. — Estou esperando você voltar pra mim.

— Não vai acontecer.

— É por causa daquela sua parceira ridícula de química?

Ela agarra meu queixo e tenta me forçar a olhar para ela. Suas unhas longas arranham minha pele.

Seguro-a pelos pulsos e a afasto, pensando o tempo todo em como minha ex-namorada durona virou uma vadia durona.

---

* *Gíria mexicana para "maconha".*

— A Brittany não tem nada a ver com a gente. Soube que você andou falando merda pra ela.

— Foi a Isa que te contou? — pergunta ela, estreitando os olhos.

— Só se afaste — digo, ignorando a pergunta —, ou vai ter um problema muito maior que apenas um ex-namorado magoado.

— Você está magoado, Alex? Porque não parece. Parece que você não dá a mínima.

Ela tem razão. Depois que a flagrei com outro cara, demorei um pouco para superar e esquecê-la, mas agora já não ligo mais. Ficava me perguntando o que os outros caras davam a ela que eu não podia dar.

— Eu me importava — respondo. — Não me importo mais.

Carmen me dá um tapa.

— Vai se foder, Alex.

— Briga de namorados? — instiga Javier, do capô do carro.

— *Cállate* — dizemos ao mesmo tempo.

Carmen se vira bruscamente, vai para o carro e desliza para o banco de trás. Observo enquanto ela puxa a cabeça de Sam em sua direção. Sons de beijos profundos e gemidos preenchem a oficina.

Javier grita:

— Enrique, abre a porta. Vamos embora.

Raul, que tinha ido ao banheiro mijar, pergunta:

— Alex, você vem? Precisamos de você, cara. O Paco e um Satin Hood vão brigar no Gilson Park esta noite. Os Hoods nunca jogam limpo, você sabe.

Paco não me falou sobre a briga, provavelmente porque sabia que eu tentaria convencê-lo a desistir. Às vezes meu melhor amigo se mete em situações das quais não consegue sair.

E, às vezes, ele me expõe a situações em que não vejo outro jeito, senão entrar.

— Estou dentro — digo, pulando no banco da frente, de modo que Raul fica preso atrás com os dois pombinhos.

A um quarteirão do parque, diminuímos a velocidade. O ar está carregado de tensão; consigo senti-la nos ossos. Onde está Paco? Será que está sendo espancado no fundo de algum beco?

Está escuro. Sombras se movem, me deixando arrepiado. Tudo parece ameaçador, até as árvores balançando ao vento. Durante o dia, o Gilson Park se parece com qualquer outro parque suburbano... exceto pela pichação LB nos prédios do entorno. Este é nosso território. Nós o marcamos.

Estamos no subúrbio de Chicago, mandando na nossa vizinhança e nas ruas que desembocam aqui. É uma guerra de rua, em que outras gangues suburbanas disputam o território conosco. A três quarteirões, há mansões e casas de um milhão de dólares. Aqui, no mundo real, a guerra domina. As pessoas das casas de um milhão de dólares nem se dão conta de que uma batalha está para começar a menos de oitocentos metros de seus quintais.

— Ali está ele — digo, apontando duas sombras paradas a alguns metros dos balanços do parque. Os postes de luz que iluminam o lugar estão desligados, mas consigo identificar Paco imediatamente, por sua baixa estatura e sua postura característica. Ele parece um pugilista pronto para começar uma luta.

Quando uma sombra começa a empurrar a outra, salto para fora do carro, apesar de ele ainda estar em movimento. Isso porque, mais adiante na rua, há outros cinco Hoods. Pronto para lutar junto com meu melhor amigo, afasto

Química Perfeita **95**

pensamentos de que esse confronto pode terminar com todos nós no necrotério. Se eu entrar em uma luta com confiança e entusiasmo, sem pensar nas consequências, vencerei. Se pensar demais a respeito, estarei condenado.

Disparo na direção de Paco e do Satin Hood antes que seus amigos se juntem a ele. Paco está dando o melhor de si, mas o outro cara é como um verme, escorregando para longe do alcance o tempo todo. Desajeitadamente, agarro a camiseta do Hood, puxo-o para cima e, em seguida, meus punhos fazem o resto.

Antes de ele ter condições de levantar e me enfrentar, olho feio para Paco.

— Eu posso com ele, Alex — diz Paco, enxugando o sangue dos lábios.

— É, mas e com eles? — respondo, com o olhar focado nos cinco Hoods logo atrás dele.

Vendo mais de perto, percebo que os caras são todos novatos. Novos membros, cheios de vontade de brigar, nada além disso. Novatos eu aguento. Mas novatos que brigam em grupo são perigosos.

Javier, Carmen, Sam e Raul estão ao meu lado. Devo admitir que somos um grupo que intimida, até mesmo Carmen. Nossa garota sabe se virar bem em uma briga, e suas unhas são de fato mortíferas.

O cara que arranquei de cima de Paco se levanta e aponta para mim:

— Você está morto.

— Escuta, *enano* — digo. Baixinhos detestam quando alguém ri da sua altura, então não consigo resistir. — Volta pro seu próprio território e deixa esse buraco aqui pra nós.

O *enano* aponta para Paco.

— Ele roubou meu volante, cara.

Dou uma olhada para Paco, sabendo que é a cara dele provocar um Satin Hood roubando algo tão ridículo. Quando olho de volta para o *enano*, noto que agora ele está com um canivete na mão. Apontado bem na minha direção.

Ah, cara. Quando eu terminar de brigar com esses Hoods, vou matar meu melhor amigo.

capítulo 13
Brittany

Meu parceiro de química não aparece na escola desde o dia do sorteio dos projetos. Uma semana depois, ele finalmente entra na classe. Isso me deixa puta, porque não importa o quanto as coisas possam estar ruins em casa, sempre venho à escola.

— Que bom que apareceu — digo.

— Que bom que notou — diz ele, guardando a bandana.

A sra. Peterson entra na sala de aula. Quando vê Alex, parece ficar aliviada. Empertigada, diz:

— Eu ia aplicar uma prova surpresa hoje. No entanto, em vez disso, vou mandar vocês trabalharem em seus projetos na biblioteca. Quero receber um primeiro rascunho em duas semanas.

Colin e eu damos as mãos e nos encaminhamos para a biblioteca. Alex está em algum lugar atrás de nós, conversando em espanhol com seus amigos.

Colin aperta minha mão.

— Quer me encontrar depois do treino?

— Não posso. Preciso ir pra casa depois do ensaio.

Baghda se demitiu no sábado e minha mãe entrou em parafuso. Até ela contratar alguém, preciso ajudar a cuidar de Shelley.

Ele para e solta minha mão.

— Que merda, Brit. Você vai arranjar um tempo pra mim, ou o quê?

— Você pode vir em casa — ofereço.

— E ficar vendo você cuidar da sua irmã? Não, obrigado. Sem querer ser chato, mas eu queria um tempo nosso... Só eu e você.

— Eu sei. Eu também.

— Que tal sexta-feira?

Eu também deveria ficar com Shelley na sexta-feira, mas meu relacionamento com Colin está turbulento e não quero que ele ache que não quero estar com ele.

— Sexta é um bom dia pra mim.

Quando vamos selar nossos planos com um beijo, Alex pigarreia atrás de nós.

— Sem demonstrações públicas de afeto. Regras da escola. Além disso, ela é minha parceira, idiota, não sua.

— Cala a boca, Fuentes — murmura Colin, e vai se juntar a Darlene.

Com as mãos na cintura, encaro Alex.

— Desde quando você se preocupa tanto com as regras da escola?

— Desde que você virou minha parceira nesta matéria. Fora da aula de química, você é dele. Aqui, é minha.

— Quer pegar sua clava e me arrastar pelos cabelos para a biblioteca?

Química Perfeita **99**

— Não sou um Neandertal. Seu namorado é o macaco, não eu.

— Então pare de agir como um.

Todas as mesas de trabalho da biblioteca já estão ocupadas, por isso somos obrigados a encontrar um canto na parte de trás, na seção isolada de não ficção, e nos sentarmos no chão. Enquanto coloco meus livros no chão, percebo que Alex está me encarando, como se achasse que, olhando para mim por tempo o bastante, enxergaria meu verdadeiro eu. Sem chance, pois escondo muito bem meu verdadeiro eu de todo mundo.

Eu o encaro de volta. Nós dois podemos jogar esse jogo. Na superfície, ele é impenetrável, mas uma cicatriz acima de sua sobrancelha esquerda revela a verdade... Ele é humano. Sua camiseta esconde músculos que só podem ter sido obtidos com trabalho braçal ou muito exercício.

Quando nossos olhos se encontram, enquanto estamos aqui sentados examinando um ao outro, o tempo para. Seu olhar atravessa meus olhos, e posso jurar que neste momento ele consegue sentir meu verdadeiro eu. Aquele sem a pose, sem a fachada. Apenas a Brittany.

— O que seria preciso pra você concordar em sair comigo? — pergunta ele.

— Você só pode estar brincando.

— Parece que estou brincando?

A sra. Peterson aparece, me salvando de ter que responder.

— Estou de olho em vocês dois. Alex, sentimos a sua falta na semana passada. O que aconteceu?

— Eu meio que caí em uma faca.

Ela balança a cabeça, descrente, e vai verificar o trabalho das outras duplas.

Olho para Alex, de olhos arregalados.

— Uma faca? Você está de brincadeira, né?

— Não. Eu estava cortando um tomate, e você não vai acreditar, a faca pulou da minha mão e abriu um rasgo no meu ombro. O médico me grampeou. Quer ver? — pergunta ele, começando a subir a manga da camiseta.

Ponho a mão sobre os olhos.

—Alex, para de ser nojento. Não acredito nem por um segundo que uma faca voou da sua mão. Você andou brigando.

— Você não respondeu minha pergunta — diz ele, sem confirmar nem negar minha teoria sobre seu ferimento. — O que eu preciso fazer pra você sair comigo?

— Nada. Nunca sairia com você.

—Aposto que, se a gente se pegar, você muda de ideia.

— Como se isso fosse acontecer.

— Quem sai perdendo é você. — Alex estende suas longas pernas para a frente, o livro de química descansando em seu colo. Ele olha para mim com seus olhos castanho-chocolate, tão intensos que eu juraria que podem hipnotizar alguém. — Está pronta?

Por um nanossegundo, contemplando aqueles olhos escuros, me pergunto como seria beijar Alex. Meu olhar pousa em seus lábios. Por menos de um nanossegundo, quase posso senti-los se aproximando. Seus lábios seriam ásperos ou macios contra os meus? Será que ele beija devagar, ou é faminto e veloz, como sua personalidade?

— Pra quê? — sussurro, me aproximando.

— O projeto — diz ele. — Aquecedores de mãos. A aula da Peterson. Química.

Sacudo a cabeça, afastando os pensamentos ridículos da minha mente adolescente e hiperativa. Devo estar dormindo pouco.

Química Perfeita **101**

— Sim, aquecedores de mãos. — Abro meu livro de química.

— Brittany?

— O quê? — digo, olhando fixamente para as palavras na página à minha frente. Não tenho ideia do que estou lendo, porque estou constrangida demais para me concentrar.

— Você estava me olhando como se quisesse me beijar.

Eu forço um riso.

— Sim, claro — respondo, sarcasticamente.

— Ninguém vai ver. Se quiser, vá em frente, experimente. Sem querer me achar, mas sou meio que um especialista em beijar.

Ele me dá um sorriso preguiçoso, um sorriso provavelmente capaz de derreter o coração de qualquer garota do mundo.

— Alex, você não faz meu tipo. — Preciso dizer alguma coisa que o faça parar de me olhar como se estivesse planejando fazer comigo coisas de que só ouvi falar.

— Você só gosta de caras brancos?

— Para com isso — digo entredentes.

— Que foi? — diz ele, a voz séria. — É a verdade, não é?

A sra. Peterson aparece na nossa frente.

— Como estão indo com o rascunho do projeto? — pergunta.

Dou um sorriso falso.

— Às mil maravilhas.

Pego a pesquisa que fiz em casa e começamos a trabalhar, enquanto a sra. Peterson nos observa.

— Fiz algumas pesquisas sobre aquecedores de mãos ontem à noite. Precisamos dissolver sessenta gramas de acetato de sódio em cem mililitros de água, a setenta graus.

— Errado — diz Alex.

Com o canto do olho, percebo que a sra. Peterson não está mais por perto.

— *Como é que é?*

Alex cruza os braços sobre o peito.

— Você está errada.

— Acho que não.

— Você acha que nunca errou antes?

Ele diz isso como se eu fosse só uma loira burra e gostosa, o que faz meu sangue ferver de ódio.

— Claro que já errei antes — digo. Faço minha voz soar aguda e ofegante, como uma debutante sulista. — Ora, na semana passada mesmo eu comprei o brilho labial Pétala de Areia da Bobbi Brown, quando é óbvio que o Explosão Rosa combina muito mais com a cor da minha pele. Nem preciso dizer que aquela compra foi um desastre total — digo, cheia de sarcasmo. Ele deve esperar ouvir algo assim saindo da minha boca. Me pergunto se ele acredita, ou se percebeu que estou sendo sarcástica, pelo tom da minha voz.

— Com certeza — diz ele.

— Você nunca errou? — pergunto.

— Claro — diz ele. — Semana passada mesmo, quando roubei aquele banco perto da Walgreens, mandei o caixa me entregar todas as notas de cinquenta. Mas o que realmente deveria ter pedido eram as notas de vinte, porque havia muito mais notas de vinte que de cinquenta na gaveta.

Certo, então ele percebeu que eu estava fingindo. E me devolveu na mesma moeda ridícula, o que é bem perturbador, pois de um jeito distorcido, nos deixa parecidos. Coloco uma das mãos sobre o peito e suspiro, continuando a brincadeira.

— Que desastre.

Química Perfeita   103

— Então parece que nós dois podemos errar.

Ergo o queixo e declaro, obstinada:

— Bom, não estou errada sobre aquecedores de mãos. Ao contrário de você, levo esta matéria a sério.

— Vamos apostar, então. Se eu estiver certo, você me beija — diz ele.

— E se eu estiver certa?

— Diga o que quer.

É como tirar doce de uma criança. O ego do sr. Machão está prestes a ser levemente desinflado, e estou bem feliz por ser eu a fazer isso.

— Se eu ganhar, você passa a levar a mim e ao projeto a sério — digo. — Para com as provocações e com os comentários ridículos.

— Combinado. Mas eu me sentiria roubando se não te dissesse que tenho memória fotográfica.

— Alex, e eu me sentiria roubando se não te dissesse que copiei a informação diretamente do livro. — Olho minhas anotações de pesquisa e abro meu livro de química na página correspondente. — Sem olhar, a que temperatura ele tem que ser resfriado? — pergunto.

Alex é um desses caras que adoram um desafio. Mas desta vez o cara durão vai perder. Ele fecha seu próprio livro e olha para mim, sua mandíbula cerrada.

— A vinte graus. E precisa ser dissolvido a cem graus, não a setenta — responde, confiante.

Olho para a página, depois para minhas anotações. Então volto à página. Não posso estar errada. Onde foi que eu...

— Ah, sim. Cem graus. — Olho para ele, em estado de choque. — Você está certo.

— Vai me beijar agora ou mais tarde?

— Agora mesmo — digo. Ele fica espantado com minha resposta; sei disso porque suas mãos ficam paralisadas. Em casa, minha vida é controlada por minha mãe e meu pai. Na escola, é diferente. E preciso que continue assim, porque se eu não tiver controle de pelo menos algum aspecto da minha vida, é melhor ser uma boneca de plástico.

— Sério? — pergunta ele.

— Sim. — Pego uma de suas mãos na minha. Nunca seria tão ousada se alguém estivesse olhando: sou grata pela privacidade fornecida pelos livros de não ficção que nos rodeiam. A respiração dele diminui quando fico de joelhos e me inclino em sua direção. Estou ignorando o fato de que seus dedos são longos e ásperos e que eu realmente nunca o tinha tocado. Estou nervosa. Mas não deveria estar. Sou eu quem está no controle desta vez.

Posso ver que ele está se contendo. Está me deixando fazer tudo sozinha, o que é bom. Tenho medo do que ele faria se eu soltasse as rédeas.

Coloco a mão dele em meu rosto; ela me envolve e o ouço gemer. Quero sorrir, pois sua reação prova que eu tenho o poder.

Ele está imóvel quando nossos olhos se encontram.

O tempo para novamente.

Então viro minha cabeça para sua mão e beijo o interior da palma.

— Pronto, beijei você — digo, soltando sua mão e terminando o jogo.

O latino com o ego enorme foi derrotado pela loira gostosa e burra.

Química Perfeita

capítulo 14
Alex

— Você chama isso de beijo?

— Chamo.

Certo, então estou em choque porque ela colocou minha mão em sua bochecha acetinada. Droga, qualquer um acharia que estou *drogado* pelo jeito como meu corpo reagiu.

Eu estava totalmente enfeitiçado por ela há um minuto. Então a linda feiticeira virou o jogo e acabou com as melhores cartas.

Ela me surpreendeu, de verdade. Assim que ela se afasta, dou uma gargalhada, chamando de propósito a atenção para nós, porque sei que é exatamente o que ela não quer.

— Shiu! — diz Brittany, batendo no meu ombro para que eu me cale.

Quando rio mais alto, ela acerta meu braço com um livro pesado de química.

Meu braço machucado.

Eu gemo:

— Ai! — O corte no meu bíceps parece um milhão de abelhas me picando. *¡Cabrón, me dolio!*

Ela morde o lábio, coberto de brilho Pétala de Areia, da Bobbi Brown, que, na minha opinião, fica bem nela. Mas eu também não reclamaria caso a visse com o Explosão Rosa.

— Eu te machuquei? — pergunta ela.

— Machucou — digo, através dos dentes cerrados, me concentrando no brilho labial dela em vez de na dor.

— Ótimo.

Arregaço a manga para examinar o machucado, que agora (graças à minha parceira de química) está com sangue escorrendo de um dos grampos cirúrgicos colocados pelo médico da clínica popular depois da briga no parque com os Satin Hoods. Brittany bate bem para alguém que pesa no máximo cinquenta quilos.

Ela inspira profundamente e exclama:

— Ah, meu Deus! Eu não queria te machucar, Alex. Não mesmo. Quando ameaçou me mostrar a cicatriz, você levantou a manga esquerda.

— Eu não ia te mostrar de verdade — respondo. — Estava brincando com você. Está tudo bem — digo. Caramba, parece que essa garota nunca viu sangue. Apesar que o dela provavelmente é azul.

— Não, não está tudo bem — insiste ela, balançando a cabeça. — Seus pontos estão sangrando.

— São grampos — corrijo, tentando deixar o ar mais leve. Brittany está ainda mais branca que o normal. E está respirando pesado, quase ofegando. Se ela desmaiar, com certeza vou perder a aposta com Lucky. Se não consegue aguentar nem um pouco do meu sangue, como vai aguentar fazer sexo comigo? A menos que não tiremos as roupas; então ela

Química Perfeita **107**

não precisará ver minhas várias cicatrizes. Ou se estivermos no escuro e ela fizer de conta que sou um cara branco e rico. Foda-se, quero as luzes acesas... Quero senti-la toda contra o meu corpo e quero que saiba que está comigo, não com algum outro *culero*.

— Alex, você está bem? — pergunta Brittany, parecendo extremamente preocupada.

Será que eu deveria contar a ela que estava viajando, imaginando nós dois transando?

A sra. P. se aproxima por entre as estantes, com uma expressão severa no rosto.

— Isso aqui é uma biblioteca, vocês dois, falem baixo.

Em seguida, ela nota o fio de sangue que escorre pelo meu braço, manchando a manga da minha camiseta.

— Brittany, acompanhe-o até a enfermaria. Alex, da próxima vez, venha para a escola com um curativo nesta coisa.

— Não vai ser solidária, sra. P.? Posso sangrar até a morte.

— Faça algo para ajudar a humanidade ou o planeta, Alex. Aí vai conseguir minha solidariedade. Pessoas que entram em brigas de faca não conseguem coisa alguma de mim, além de repulsa. Agora, vá se limpar.

Brittany apanha os livros do meu colo e diz, com a voz trêmula:

— Vamos.

— Sou capaz de carregar os livros — digo, seguindo-a para fora da biblioteca. Pressiono a manga da camiseta sobre a ferida, na esperança de fazer o sangue parar de escorrer.

Ela está andando na minha frente. Se eu disser que preciso de ajuda para andar porque estou tonto, será que ela vai acreditar e vai vir me ajudar? Talvez eu devesse tropeçar... mas conhecendo ela, sei que não vai se importar.

Logo antes de chegarmos à enfermaria, ela se vira para mim. Suas mãos estão tremendo.

— Desculpa, Alex. Eu nã-não... que-queria...

Ela está surtando. Se chorar, não vou saber o que fazer. Não estou acostumado com garotas que choram. Acho que Carmen não chorou uma só vez durante todo o nosso relacionamento. Na verdade, não tenho certeza se Carmen tem canais lacrimais. Isso me atraiu, porque garotas sentimentais me assustam.

— Hum... você está bem? — pergunto.

— Se souberem disso, nunca vou conseguir superar a vergonha. Ah, meu Deus, se a sra. Peterson ligar para os meus pais, estou morta. Ou pelo menos vou querer estar. — Ela continua a falar e a tremer, como se fosse um carro sem freio e com o amortecedor ruim.

— *Brittany?*

— ... e a minha mãe vai me culpar. É minha culpa, eu sei. Mas ela vai surtar e eu vou ter que explicar e esperar que ela...

Antes que ela possa dizer mais uma palavra, eu berro:

— Brittany!

Ela me olha com uma expressão tão confusa que não sei se sinto pena ou se me preocupo por ela estar falando dessa forma tão desconexa e ininterrupta.

— Você é que está surtando — comento, apenas afirmando o óbvio.

Seus olhos são normalmente claros e brilhantes, mas agora estão opacos e sem foco, como se ela não estivesse inteiramente ali.

Ela baixa o olhar e depois olha em volta, para todas as partes, menos para mim.

— Não. Não estou. Estou bem.

Química Perfeita **109**

— Não está mesmo. Olha pra mim.

Brittany hesita.

— Estou bem — diz, agora com os olhos focados em um armário do outro lado do corredor. — Só... esquece tudo o que eu disse.

— Se não olhar pra mim, vou sangrar pelo chão todo e acabar precisando de uma transfusão. Olha pra mim, droga.

Sua respiração ainda está pesada quando ela volta os olhos para mim.

— O que é? Se for me dizer que a minha vida está fora de controle, já estou ciente disso.

— Sei que você não pretendia me machucar — digo. — E, mesmo se pretendesse, provavelmente eu devo ter merecido.

Estou tentando deixar a garota mais tranquila, para que ela não surte no meio do corredor da escola.

— Errar não é crime. Qual é o sentido de ter uma reputação impecável se você não arruiná-la de vez em quando?

— Não tente fazer eu me sentir melhor, Alex. Eu te odeio.

— Te odeio também. Agora, por favor, sai da frente pra que o faxineiro não precise passar o dia limpando o meu sangue do chão. Ele é meu parente, sabe.

Ela balança a cabeça, sem acreditar nem por um instante que o chefe da faxina de Fairfield é meu parente. Certo, ele não é exatamente um parente, mas tem família em Atencingo, o mesmo vilarejo do México onde moram primos da minha mãe.

Em vez de sair da frente, minha parceira de química abre a porta da enfermaria para mim. Acho que ela está bem, embora suas mãos ainda tremam.

— Ele está sangrando — diz ela para a srta. Koto, a enfermeira da escola.

A srta. Koto me faz sentar em uma das macas.

— O que aconteceu?

Olho para Brittany. Ela está com uma expressão preocupada, como se achasse que a qualquer momento posso cair duro bem ali. Espero que o Anjo da Morte tenha essa aparência quando eu bater as botas. Ficaria mais do que feliz de ir para o inferno se um rosto como o de Brittany me recebesse.

— Meus grampos abriram — digo. — Não é grave.

— E como foi que isso aconteceu? — pergunta a srta. Koto, umedecendo um pano branco e passando-o no meu braço. Prendo a respiração, aguardando que o ardor diminua. Não vou dedurar minha parceira, especialmente agora que estou tentando seduzi-la.

— Eu bati nele — diz Brittany, a voz falhando.

A srta. Koto se volta para ela, espantada.

— *Você* bateu nele?

— Foi um acidente — me intrometo, sem ter ideia do motivo pelo qual estou tentando de repente proteger essa garota que me odeia e provavelmente prefere ser reprovada na matéria da sra. P. a fazer dupla comigo.

Meus planos com Brittany não estão funcionando. O único sentimento que ela admitiu ter por mim até agora foi ódio. Mas a ideia de Lucky com a minha moto é mais dolorosa que a porcaria antisséptica que a srta. Koto está passando na minha ferida.

Tenho que conquistar Brittany para ter alguma chance de salvar minha reputação *e* minha Honda. Será que aquele surto significa que na verdade ela não me odeia? Nunca vi essa garota fazer algo fora do script ou cem por cento verdadeiro. Brittany é um robô. Ou pelo menos era o que eu pensava.

Ela sempre agiu como uma princesa na frente de câmeras em todas as vezes que a vi. Quem imaginaria que meu braço ferido a tiraria do sério?

Lanço um olhar para Brittany. Ela está concentrada no meu braço e nos cuidados da srta. Koto. Eu queria voltar para a biblioteca. Poderia jurar que lá ela estava pensando em ficar comigo.

Acabo com uma *la tengo dura* bem ali, diante da srta. Koto, só de pensar nisso. *Gracias a Dios* a enfermeira se dirige ao armário de remédios. Onde está aquele livro grande de química quando mais se precisa dele?

— Vamos nos encontrar na quinta-feira, depois da aula. Sabe, pra trabalhar na estrutura do trabalho — digo à Brittany por dois motivos. Primeiro, preciso parar de pensar em ficar nu com ela, pelo menos enquanto estou na frente da srta. Koto. Depois, quero Brittany só para mim.

— Tenho um compromisso na quinta-feira — responde ela.

Provavelmente com o Cara-de-Burro. É claro que ela prefere estar com esse *pendejo* a estar comigo.

— Sexta-feira, então — digo, testando-a, embora provavelmente não devesse. Testar uma garota como Brittany pode seriamente abalar meu ego, apesar de tê-la flagrado em um momento vulnerável e de ela ainda estar tremendo por ter visto meu sangue. Admito que sou um idiota manipulador.

Ela morde o lábio, que pensa estar pintado da cor errada.

— Também não posso na sexta.

Minha empolgação murcha significativamente.

— E sábado de manhã? — pergunta ela. — Podemos nos encontrar na biblioteca de Fairfield.

— Tem certeza que consegue me encaixar na sua agenda cheia?

— Para com isso. Te encontro lá às dez.

— Encontro marcado — digo, enquanto a srta. Koto, que está claramente escutando a conversa, acaba de enfaixar meu braço com gaze.

Brittany reúne seus livros.

— Não é um encontro, Alex — diz, por cima do ombro.

Pego meu livro e me apresso para alcançá-la no corredor. Ela está caminhando sozinha. A música do alto-falante não está tocando, o que quer dizer que a aula ainda não acabou.

— Pode não ser um encontro, mas você ainda me deve um beijo. Sempre cobro dívidas.

Os olhos da minha parceira de química não estão mais opacos, e sim brilhando de raiva e cheios de fogo. Humm, perigoso. Pisco para ela.

— E não se preocupe com que brilho labial usar no sábado. Você vai ter que passar de novo depois que a gente se pegar.

capítulo 15
Brittany

De uma coisa eu tenho certeza — não vou beijar a boca de Alex Fuentes.

Felizmente, a sra. Peterson nos manteve ocupados com experimentos a semana inteira, mal nos dando tempo para conversar, exceto para decidir quem ia acender o Bico de Bunsen. Mas toda vez que eu via aquele braço enfaixado, eu me lembrava de quando bati nele.

Tento não pensar em Alex enquanto passo batom ao me arrumar para meu encontro com Colin. É sexta-feira, vamos jantar e ver um filme. Depois de conferir três vezes minha maquiagem e minha roupa no espelho e de colocar a pulseira da Tiffany que ele me deu no nosso aniversário de namoro no ano passado, desço para o quintal, onde minha irmã está na piscina com sua fisioterapeuta. Minha mãe, vestindo seu roupão de veludo rosa, está deitada em uma cadeira de praia, lendo uma revista de decoração.

O único som que se ouve é a voz da fisioterapeuta instruindo Shelley.

Mamãe abaixa a revista, o rosto tenso e severo.

— Brit, não volte depois das dez e meia.

— Vamos ao cinema, mãe, na sessão das oito. Voltamos logo depois.

— Você ouviu o que eu disse. Antes das dez e meia. Se tiver que sair do filme mais cedo para estar aqui a tempo, que seja. Os pais do Colin não vão respeitar uma garota sem hora pra chegar em casa.

A campainha toca.

— Deve ser ele — digo.

— É melhor abrir logo. Um garoto como ele não vai esperar pra sempre.

Corro para a porta antes que minha mãe resolva abrir ela mesma e faça nós duas de bobas. Colin está nos degraus da frente, com uma dúzia de rosas vermelhas na mão.

— Pra você — ele diz, me surpreendendo.

Uau! Agora estou me sentindo uma idiota por ter pensado tanto em Alex nesta semana. Abraço e beijo Colin. Um beijo de verdade, nos lábios.

— Deixa eu colocar isso na água — digo, voltando para dentro.

Cantarolo alegremente ao ir para a cozinha, sentindo o doce aroma de minhas flores. Enquanto ponho água no vaso, fico me perguntando se Alex alguma vez deu flores para uma de suas namoradas. Não, ele deve dar facas afiadas de presente para as garotas com quem sai, caso precisem de uma quando estiverem com ele. Estar com Colin é tão…

Chato?

Não. Não somos chatos. Somos prudentes. Confortáveis. Fofos.

Química Perfeita   115

Corto a ponta do caule das rosas e as ponho no vaso. Colin está no pátio, conversando com minha mãe, algo que realmente não quero que ele faça.

— Pronto? — digo.

Colin responde com seu sorriso superbranco de um milhão de dólares.

— Sim.

— Traga-a de volta até às dez e meia — avisa minha mãe. Como se um horário para estar em casa garantisse a integridade da moral e dos bons costumes. É ridículo, mas olho para Shelley e engulo minhas objeções.

— Claro, sra. Ellis — responde Colin.

Quando entramos na Mercedes dele, pergunto:

— Que filme vamos ver?

— Mudança de planos. A empresa do meu pai ganhou ingressos para o jogo dos Cubs. Em um camarote bem atrás da primeira base. Amor, a gente vai ver os Cubbies!

— Que legal. A gente consegue estar de volta às dez e meia? — Porque tenho certeza de que minha mãe vai estar me esperando na porta.

— Se o jogo não se arrastar por muitos tempos extras, sim. Sua mãe acha que você vai virar uma abóbora ou coisa assim?

Seguro sua mão.

— Não. É só que... bom, não quero que ela fique nervosa.

— Sem ofensas, mas a sua mãe é estranha. É uma coroa muito gostosa, mas bem maluca.

Solto a mão dele.

— Credo! Colin, você realmente chamou minha mãe de coroa gostosa? Que coisa mais nojenta!

— Ah, Brit — diz ele, olhando em minha direção. — Ela parece mais sua irmã gêmea do que sua mãe. É gostosa.

É verdade, ela malha o tempo todo e tem o corpo de uma mulher de trinta, não de quarenta e cinco anos. Mas meu namorado achar minha mãe gostosa continua sendo simplesmente nojento.

Chegando ao Wrigley Field, o estádio dos Cubs, vamos para o camarote corporativo do pai de Colin. A sala está cheia de advogados de várias firmas da cidade. Os pais dele nos cumprimentam. Sua mãe me abraça, beija o ar perto do meu rosto e vai embora conversar com os outros convidados.

Vendo Colin cumprimentar as pessoas no camarote, percebo que ele se sente em casa, está em seu ambiente. Ele aperta mãos, sorri e ri de todas as piadas, engraçadas ou não.

— Vamos assistir ao jogo naquelas cadeiras ali? — aponta ele, e lá nos sentamos após pegar cachorros-quentes e refrigerantes no bufê.

— Quero fazer um estágio na Harris, Lundstrom & Wallace no próximo verão — confidencia ele —, e por isso preciso conversar um pouco com eles.

Quando o sr. Lundstrom aparece ao nosso lado, Colin entra em modo corporativo. Observo-o, admirada, conversando com Lundstrom como se fossem velhos amigos. Com certeza meu namorado tem um talento especial para se aproximar de pessoas.

— Ouvi dizer que você quer seguir os passos do seu pai — diz o homem.

— Sim, senhor — responde Colin, e eles começam a falar sobre futebol, ações e tudo em que Colin consegue pensar para manter o sr. Lundstrom interessado.

Megan me liga no celular e conto a ela tudo sobre o jogo e sobre o camarote, e conversamos enquanto espero Colin, que ainda está entretido com Lundstrom. Ela me conta que adorou uma balada chamada Club Mystique, que permite a entrada de menores de vinte e um anos. Diz que eu e Sierra vamos amar o lugar.

No intervalo do sétimo *inning*, Colin e eu nos levantamos e cantamos "Take me out to the ball game". Somos totalmente desafinados, mas não importa, porque os milhares de fãs dos Cubs no estádio são tão desafinados quanto nós. É bom estar assim com Colin, nos divertindo juntos. Fico pensando se não ando julgando nossa relação de uma forma severa demais.

Às 21h45, vou até ele e digo que precisamos ir para casa, embora o jogo ainda não tenha terminado.

Ele pega minha mão. Penso que vai se despedir do sr. Lundstrom, mas, em vez disso, o sr. Lundstrom chama o sr. Wallace.

À medida que os minutos passam, vou ficando mais nervosa. Já há tensão suficiente em minha casa; não quero causar mais problemas.

— Colin... — digo, apertando sua mão. Em resposta, ele coloca seu braço sobre meus ombros.

Quando começa o nono *inning*, já passa das dez horas, então interrompo:

— Desculpem, mas Colin precisa me levar pra casa agora.

O sr. Wallace e o sr. Lundstrom apertam a mão de Colin, e o arrasto para fora.

— Brit, você tem noção de como é difícil conseguir um estágio na HL&W?

— Neste exato momento, não me importo. Colin, eu precisava estar em casa às dez e meia.

— E agora estará em casa às onze. Diga à sua mãe que ficamos presos no trânsito.

Colin não sabe como é a minha mãe quando ela está em um daqueles seus dias. Felizmente, sempre evitei que ele viesse muitas vezes à minha casa. Quando ele aparece, fica só por alguns minutos ou menos. Ele não tem ideia de como é quando minha mãe resolve pegar no meu pé.

Ele me deixa não às onze, mas quase às onze e meia em casa. Colin ainda está empolgado, falando sobre a possibilidade de um estágio na HL&W, enquanto ouvimos os comentários finais sobre o jogo na rádio WGN.

— Tenho que ir — digo, me inclinando para um beijo rápido.

— Fica um pouco aqui comigo — diz ele, a boca muito próxima da minha. — Faz tanto tempo que a gente não se pega. Sinto falta disso.

— Eu também. Mas é tarde — digo, com um olhar de pedido de desculpas. — Vamos ter outras noites juntos.

— Espero que seja logo.

Entro em casa preparada para ouvir gritos. Naturalmente, minha mãe está no vestíbulo, com os braços cruzados.

— Você está atrasada.

— Eu sei.

— Você acha o quê? Que as regras não têm utilidade?

— Não.

Ela suspira.

— Mãe, eu realmente sinto muito. Fomos a um jogo dos Cubs em vez de ir ao cinema, e o trânsito na volta estava horrível.

— Jogo dos Cubs? Lá no centro? Você poderia ter sido assaltada!

— Deu tudo certo, mãe.

Química Perfeita **119**

— Você acha que sabe tudo, Brit, mas não sabe. Até onde sei, você poderia estar morta em algum beco, e eu aqui, achando que você estava no cinema. Olhe a sua bolsa, veja se o dinheiro e a identidade ainda estão aí.

Abro minha bolsa e olho dentro da minha carteira, só para deixá-la feliz. Eu mostro minha identidade e o dinheiro.

— Está tudo aqui.

— Você teve sorte. Desta vez.

— Sempre tomo cuidado quando vou ao centro, mãe. Além disso, o Colin estava comigo.

— Não quero ouvir desculpas, Brit. Você não pensou que seria bom me ligar pra avisar sobre a mudança nos planos e que você chegaria atrasada?

Para que ela pudesse gritar comigo pelo celular e depois outra vez quando eu chegasse? De jeito nenhum. Mas não posso dizer isso, então digo apenas:

— Não pensei nisso.

— Em algum momento você se preocupa com a sua família? O mundo não gira à sua volta, Brittany.

— Sei disso, mãe. Prometo que da próxima vez vou ligar. Estou cansada. Posso ir pra cama agora?

Ela me dispensa com um gesto de mão.

No sábado de manhã, acordo com os gritos da minha mãe. Jogo as cobertas no chão, pulo para fora da cama e corro escada abaixo, para ver o motivo da comoção.

Shelley está em sua cadeira de rodas, encostada na mesa da cozinha. Há comida espalhada em volta de sua boca, em sua blusa e em sua calça. Ela parece uma criança pequena, não uma garota de vinte anos.

— Shelley, se fizer isso de novo, você vai para o seu quarto! — grita minha mãe, colocando uma tigela de mingau na frente dela.

Shelley joga a tigela no chão. Minha mãe engasga e olha fixamente para ela.

— Eu resolvo isso — digo, correndo até minha irmã.

Minha mãe nunca bateu em Shelley. Mas sua frustração quase a faz explodir de raiva, o que machuca do mesmo jeito.

— Não trate sua irmã como um bebê, Brittany — diz mamãe. — Se ela não comer, vai ser alimentada por tubo.

Odeio quando ela faz isso. Pinta o pior cenário possível, em vez de tentar descobrir o que está errado. Quando minha irmã olha para mim, vejo a mesma frustração em seus olhos.

Minha mãe aponta o dedo para Shelley, depois para a comida no chão.

— É por isso que faz meses que não te levo pra comer fora.

— Mãe, para — digo. — Você não precisa falar assim. Ela já está chateada. Pra que piorar tudo?

— E quanto a mim?

A tensão dentro de mim vai crescendo, começando no interior das minhas veias e se espalhando até a ponta dos meus dedos das mãos e dos pés. Ela ferve e explode com tanta força que não consigo segurar.

— Isso não é sobre você! Por que você só pensa em como tudo te afeta? — grito. — Mãe, você não vê que ela está sofrendo?! Em vez de gritar com ela, por que não gasta seu tempo tentando descobrir o que está errado?

Sem pensar, pego um pano, me ajoelho ao lado de Shelley e começo a limpar sua calça.

— Brittany, não! — grita minha mãe.

Eu a ignoro. Entretanto, deveria ter escutado o aviso, pois antes que consiga me afastar, as mãos de Shelley encontram meus cabelos e ela começa a puxar. Com força. No meio de toda essa agitação, esqueci completamente que a mais nova mania de minha irmã é puxar cabelos.

— Ai! — digo. — Shelley, por favor, para!

Tento alcançar suas mãos e apertar os nós de seus dedos para me soltar, como o médico nos ensinou, mas não consigo. Estou na posição errada, agachada aos pés de Shelley, meu corpo torcido. Minha mãe está xingando, a comida voa por todos lados e acho que meu couro cabeludo está ficando em carne viva.

Shelley não me solta, mesmo com minha mãe tentando puxar suas mãos para longe do meu cabelo.

— Os nós dos dedos, mãe! — grito, para fazê-la se lembrar da sugestão do dr. Meir. Caramba, quanto cabelo ela arrancou? Parece que fiquei careca em metade da cabeça.

Depois do meu lembrete, mamãe deve ter pressionado com força os nós dos dedos da minha irmã, porque meu cabelo finalmente fica livre. Ou isso, ou Shelley terminou de arrancar tudo o que tinha conseguido agarrar.

Caio no chão, passando minha mão atrás da cabeça.

Shelley sorri.

Minha mãe franze a testa.

Lágrimas correm dos meus olhos.

— Vou levá-la ao dr. Meir agora — diz minha mãe, sacudindo a cabeça para mim, para deixar claro que me culpa pela situação ter saído do controle. — Isso já se arrastou demais. Brittany, pegue o carro do seu pai e vá até o O'Hare buscá-lo. O avião chega às onze horas. É o mínimo que você pode fazer pra me ajudar.

capítulo 16
Alex

Estou esperando na biblioteca há uma hora. Certo, uma hora e meia. Antes das dez horas, fiquei sentado do lado de fora, em um banco de cimento. No horário marcado, entrei e comecei a examinar o mural de avisos, fazendo de conta que estava interessado nos próximos eventos da biblioteca. Não queria parecer ansioso demais para ver Brittany. Às 10h45, me sentei em um dos sofás da seção juvenil, lendo meu livro de química. Bom, meus olhos apenas passaram pelas páginas, sem registrar as palavras.

Agora são onze horas. Onde ela está?

Eu poderia ir me encontrar com meus amigos. Droga, vou mesmo me encontrar com meus amigos. Mas tenho um impulso estúpido de querer saber o motivo por que Brittany me deu um bolo. Tento me convencer de que é só uma questão de ego, mas no fundo sei que estou preocupado com ela.

Ela insinuou, durante o surto na frente da enfermaria, que sua mãe não é candidata ao prêmio de Mãe do Ano. Será que Brittany não se dá conta de que agora tem dezoito anos e pode sair de casa, se quiser? Se lá é tão ruim assim, por que ficar?

Porque seus pais são ricos.

Se eu saísse de casa, minha nova vida não seria tão diferente da atual. Para uma garota que vive no lado norte, porém, uma vida sem toalhas felpudas e sem empregada para arrumar suas coisas talvez seja pior que a morte.

Estou farto de esperar Brittany, então decido ir até a casa dela para confrontá-la e saber por que ela não apareceu. Sem pensar duas vezes, subo na motocicleta e sigo para o lado norte. Sei onde ela mora... Numa enorme mansão branca, com colunas na fachada.

Estaciono a moto na entrada e toco a campainha. Pigarreio para a voz não arranhar. *Mierda*, o que vou dizer? E por que estou me sentindo todo inseguro, como se precisasse impressioná-la porque ela vai me julgar?

Ninguém atende. Toco de novo.

Onde está a empregada ou o mordomo para abrir a porta quando é preciso? Quando estou quase desistindo e me recriminando com uma boa dose de *que-merda-você-acha-que-está-fazendo*, a porta se abre. Parada na minha frente está uma versão mais velha de Brittany. Obviamente, é a mãe dela. Ao olhar para mim, a decepção em seu sorriso fica evidente.

— Posso fazer algo por você? — pergunta ela, a contragosto. Acho que ela imagina que faço parte da equipe de jardinagem, ou que sou alguém que assedia as pessoas de porta em porta. — Não contribuimos com pedintes neste bairro.

— Hum, não vim pedir coisa alguma. Meu nome é Alex. Só queria saber se a Brittany está, hum, em casa...

Ah, ótimo. Agora balbucio "hum" a cada dois segundos.

— Não.

Sua resposta fria combina com seu olhar gelado.

— Sabe pra onde ela foi?

A sra. Ellis fecha parte da porta, provavelmente torcendo para que eu não espie dentro da casa e veja suas coisas de valor, o que me faria ficar tentado a roubá-las, claro.

— Não dou informações sobre o paradeiro da minha filha. Agora, se você me der licença... — diz, fechando a porta na minha cara.

Fico largado ali, parado na frente da entrada como um completo *pendejo*. Até onde sei, Brittany estava atrás da porta o tempo todo, instruindo a mãe para se livrar de mim. Não seria surpresa alguma se ela fizesse esse tipo de jogo comigo.

Detesto jogos que não posso ganhar.

Volto para minha moto com o rabo entre as pernas, imaginando se eu deveria me sentir como um cachorro que levou um pontapé ou como um pit bull furioso.

capítulo 17
Brittany

— Quem é Alex?

São as primeiras palavras de minha mãe quando chego em casa, trazendo meu pai do aeroporto.

— Um colega da escola, minha dupla no laboratório de química — respondo lentamente. Espera um minuto... — Como você sabe sobre o Alex?

— Ele apareceu aqui depois que você saiu para ir ao aeroporto. Eu mandei ele embora. — Meu cérebro liga os pontos e entendo tudo.

Ah, não!

Esqueci do encontro com Alex nesta manhã.

Penso nele me esperando na biblioteca, e a culpa me envolve. Eu é que não acreditava que ele ia aparecer, e no fim fui eu quem deu o cano. Ele deve estar furioso. Argh, agora estou me sentindo mal.

— Não o quero por aqui — diz ela. — Os vizinhos vão começar a falar de você.

Do mesmo jeito que já falam de sua irmã, sei que ela está pensando.

Espero um dia conseguir morar em um lugar onde não tenha que me preocupar com fofocas de vizinhos.

— Tudo bem — digo a ela.

— Você não pode mudar de parceiro?

— Não.

— Você tentou?

— Sim, mãe. Eu tentei. A sra. Peterson não permite trocas de duplas.

— Talvez você não tenha explicado direito. Vou ligar para a escola na segunda-feira e fazê-los...

Volto toda a minha atenção para ela, ignorando a dor aguda e latejante na parte de trás da minha cabeça, de onde minha irmã arrancou um tufo de cabelo.

— Mãe, eu cuido disso. Não preciso que você ligue para a escola e me faça parecer uma criança de dois anos.

— Esse rapaz, Alex... foi ele quem te ensinou a desrespeitar sua mãe assim? De repente você acha que pode me responder desse jeito, agora que anda com ele?

— Mamãe...

Queria que meu pai estivesse em casa para intervir. Logo depois de chegar, no entanto, ele foi direto para o escritório, para conferir seus e-mails. Gostaria que ele agisse como um árbitro, em vez de ficar só sentado à margem, olhando.

— Porque se você começar a sair com esse tipo de gentinha, as pessoas vão achar que você é gentinha também. Não foi pra isso que seu pai e eu te criamos.

Ah, não. Lá vem o sermão. Prefiro comer um peixe vivo, com escamas e tudo, a ter que ouvir isso agora. Sei o significado oculto por trás de suas palavras. Shelley não é perfeita, por isso eu tenho que ser.

Respiro fundo, tentando me acalmar.

— Mãe, eu entendo. Desculpa.

— Só estou tentando te proteger — diz ela. — E você joga tudo de volta na minha cara.

— Eu sei. Sinto muito. O que o dr. Meir disse sobre a Shelley?

— Ele quer ver sua irmã duas vezes por semana, para algumas avaliações. Vou precisar da sua ajuda para levá-la.

Não menciono a política da srta. Small sobre faltas no treino, porque só serviria para aumentar a tensão. Além disso, quero saber por que ultimamente Shelley anda tão nervosa quanto minha mãe, se não mais.

Por sorte, o telefone toca e minha mãe atende. Corro para o quarto da minha irmã, antes que ela possa voltar e continuar a discussão. Shelley está sentada em seu computador personalizado, batendo no teclado.

— Oi — digo.

Shelley olha para mim. Ela não está sorrindo.

Quero que saiba que não estou chateada com ela, que sei que ela não queria me machucar. Shelley talvez nem entenda direito os motivos pelos quais faz essas coisas.

— Quer jogar damas?

Ela balança a cabeça.

— Ver televisão?

Outra negativa.

— Quero que saiba que não estou brava com você — digo, ao me aproximar com cuidado, mantendo meus cabelos fora do seu alcance e começando a massagear suas costas. — Eu amo você, sabia?

Nenhuma resposta, nenhum balançar de cabeça, nenhuma reação verbal. Nada.

Sento na beirada da cama e fico olhando enquanto ela brinca no computador.

De vez em quando faço algum comentário, para que ela saiba que estou aqui. Shelley pode não precisar de mim agora, mas gostaria que precisasse. Porque sei que vai chegar uma hora em que ela vai precisar de mim e não estarei aqui. Isso me assusta.

Pouco depois, deixo minha irmã em seu computador e vou para o meu quarto. Encontro o número do telefone de Alex na lista de estudantes no site da Fairfield High.

Uso meu celular para ligar.

— Alô? — atende uma voz de menino.

Inspiro fundo.

— Oi — digo. — O Alex está?

— Ele saiu.

Ao fundo, ouço a voz da mãe dele, perguntando:

— *¿Quién és?*

— Quem é? — pergunta o menino.

Noto que estou roendo o esmalte das unhas enquanto falo.

— Brittany Ellis. Eu sou... Ah, uma amiga de Alex, da escola.

— É Brittany Ellis, uma amiga de Alex, da escola — repete o menino para a mãe.

— *Toma el mensaje* — eu a escuto dizer.

— Você é a nova namorada dele? — pergunta o garoto.

Ouço um baque surdo e um "Ai!"; em seguida, ele diz:

— Você quer deixar um recado?

— Diga a ele que a Brittany ligou. Meu número é...

Química Perfeita **129**

capítulo 18
Alex

Agora estou no armazém em que o pessoal da Latino Blood se encontra toda noite. Acabei de terminar meu segundo ou terceiro cigarro: parei de contar.

— Toma uma cerveja e sai dessa depressão — diz Paco, lançando uma Corona para mim. Contei a ele que Brittany me deu um bolo de manhã e tudo o que ele fez foi balançar a cabeça, como se eu devesse saber que ir ao lado norte era uma péssima ideia.

Apanho a lata, mas jogo-a de volta.

— Não, valeu.

— *¿Que tienes, ese?* Não é boa o suficiente pra você?

É Javier, possivelmente o mais estúpido dos membros da Latino Blood. O *büey* consegue controlar o consumo de bebida tanto quanto consegue controlar o uso de drogas. Ou seja, não muito.

Desafio o cara com os olhos, sem dizer uma palavra.

— Estou brincando, cara — balbucia Javier, bêbado.

Ninguém quer se desentender comigo. Durante meu primeiro ano como membro da Latino Blood, provei meu valor em um confronto com uma gangue rival.

Quando eu era criança, achava que poderia salvar o mundo... ou, pelo menos, minha família. *Nunca vou fazer parte de uma gangue*, pensava quando cheguei à idade de fazer parte de uma. *Vou proteger mi familia com as duas mãos.* No lado sul de Fairfield, ou você está em uma gangue ou é inimigo. Eu sonhava com um futuro diferente... Sonhos ilusórios de que poderia me manter fora das gangues e mesmo assim proteger minha família. Mas esses sonhos morreram há muito tempo, junto com meu futuro, na noite em que meu pai foi morto a poucos metros da criança de seis anos que eu era.

Quando me debrucei sobre seu corpo, tudo o que consegui ver foi a mancha vermelha se espalhando na frente da sua camisa. Aquilo me lembrou de um alvo, só que o centro crescia cada vez mais. Logo em seguida, ele arquejou e pronto.

Meu pai estava morto.

Não o abracei nem o toquei. Estava com medo demais. Nos dias que se seguiram, não disse uma palavra. Nem quando a polícia me interrogou consegui falar. Disseram que eu estava em choque, que meu cérebro não sabia processar o que acontecera. Estavam certos. Nem mesmo me lembro de qual era a aparência do homem que atirou nele. Nunca consegui buscar vingança pela morte do meu pai, ainda que toda noite eu repasse na minha cabeça seu assassinato, tentando juntar as peças. Se eu pudesse ao menos lembrar, o canalha com certeza pagaria.

Minha memória do dia de hoje está clara, no entanto. Levar um bolo de Brittany, a mãe dela olhando feio para mim...

Química Perfeita   **131**

coisas que quero esquecer, mas que estão grudadas como cola na minha mente.

Paco bebe metade da cerveja em um gole, sem nem ligar quando o líquido escorre pelos cantos da sua boca e pinga em sua camisa. Na hora em que Javier está conversando com os outros caras, ele me diz:

— A Carmen realmente te estragou, sabia?

— Como assim?

— Você não confia em garotas. A Brittany Ellis, por exemplo...

Solto um xingamento abafado.

— Paco, pensei melhor, joga aquela Corona pra cá.

Pego a Corona no ar, tomo a cerveja de uma vez e amasso a lata vazia na parede.

— Você pode não querer escutar, Alex. Mas vai me ouvir, mesmo estando bêbado. Sua ex-namorada latina, que fala muito e beija todo mundo, te apunhalou pelas costas. E agora você está fazendo uma curva e enfiando a faca nas costas da Brittany.

Escuto, relutante, o que Paco diz, enquanto pego outra cerveja.

— Você está chamando minha dupla de química de "curva"?

— Sim. Mas vai sair pela culatra, cara, porque você realmente gosta dela. Admite.

Não quero admitir.

— Só quero ficar com ela por causa da aposta.

Paco gargalha tão alto que tropeça e cai sentado no chão do armazém. Então aponta para mim com a cerveja na mão.

— Você, meu amigo, é tão bom em mentir pra você mesmo que está começando a acreditar na merda que sai da sua boca. Essas duas garotas são totalmente opostas, cara.

Pego outra cerveja. Enquanto abro a lata, penso nas diferenças entre Carmen e Brittany. Carmen tem olhos escuros sedutores e misteriosos. Brittany tem olhos de um azul-claro transparente, aparentemente inocentes. Será que permanecerão assim quando eu fizer amor com ela?

Merda. Fazer amor? Que entidade tomou conta de mim para eu juntar Brittany e amor na mesma frase? Estou seriamente perdendo o foco.

Passo a próxima meia hora ingerindo o máximo de cerveja possível. Estou me sentindo bem o suficiente para não pensar... sobre coisa alguma.

Uma familiar voz feminina penetra meu torpor.

— Quer curtir em Danwood Beach? — pergunta a voz.

Estou encarando olhos cor de chocolate. Embora meu cérebro esteja enevoado e eu esteja tonto, estou bem o suficiente para assimilar que chocolate é o oposto de azul. Não quero azul. Azul me confunde demais. Chocolate é direto, mais fácil de lidar.

Há algo não muito certo aqui, mas não sei dizer o quê. E quando os lábios de Chocolate estão nos meus, nada mais importa, a não ser apagar Azul da minha mente. Mesmo que eu ainda me lembre que Chocolate pode ser amargo.

— *Sí* — digo quando meus lábios se afastam dos dela. — Vamos curtir! *Vamos a gozar!*

Uma hora depois, estou com água até a cintura. Me faz desejar ser um pirata e navegar por mares distantes. Claro que, no fundo de minha mente turva, sei que estou olhando para o lago Michigan e não para um oceano. Mas neste momento não penso claramente, e ser um pirata parece uma

Química Perfeita **133**

opção bem boa. Sem família, sem preocupações, ninguém de cabelo loiro e olhos azuis olhando para mim.

Braços que se assemelham a tentáculos se enroscam na minha cintura.

— Em que está pensando, *novio*?

— Em virar um pirata — sussurro para o polvo que acabou de me chamar de namorado.

As ventosas do polvo beijam minhas costas e se dirigem para meu rosto. Em vez de me assustar, acho gostoso. Conheço esse polvo, esses tentáculos.

— Você vai ser um pirata, e eu vou ser uma sereia. Você pode me resgatar.

De alguma forma, penso que sou eu quem precisa ser resgatado, pois ela está me afogando com seus beijos.

— Carmen — digo para o polvo de olhos castanhos que acaba de se transformar em uma sereia sedutora. Subitamente fico consciente de que estou bêbado, nu e com água do lago Michigan até a cintura.

— Shhh… relaxa e aproveita.

Carmen me conhece o suficiente para me fazer esquecer a vida real e me ajudar a entrar no mundo da fantasia. Suas mãos e seu corpo se enroscam à minha volta. Ela parece não ter peso algum dentro da água. Minhas mãos encontram lugares onde já estiveram, e meu corpo pressiona um território familiar, mas a fantasia não vem. Quando olho de novo para a margem, o barulho dos meus amigos bagunceiros me lembra de que temos plateia. Meu polvo-sereia adora uma plateia.

Mas eu não.

Pegando a mão da minha sereia, começo a andar de volta para a margem.

Ignorando os comentários dos meus amigos, digo à sereia para se vestir, enquanto enfio a calça jeans. Assim que estamos vestidos, tomo a mão dela mais uma vez e atravessamos o grupo até encontrar um espaço vazio para nos sentarmos, junto dos nossos amigos.

Me encosto em uma pedra grande e estico as pernas. Minha ex-namorada monta em mim, como se nunca tivéssemos terminado e ela nunca tivesse me traído.

Me sinto aprisionado, emboscado.

Ela dá um trago em algo mais forte do que um cigarro e passa-o para mim. Olho para o pequeno baseado enrolado.

— Não é mesclado, é? — pergunto. Estou chapado, mas a última coisa que quero é algum narcótico no corpo, além da cerveja e da maconha. Meu objetivo é ficar entorpecido, não morrer.

Ela o coloca entre meus lábios.

— É só Acapulco gold, *novio*.

Talvez funcione para apagar minha memória de vez e me fazer esquecer assassinatos, ex-namoradas e apostas de fazer sexo selvagem com uma garota que acha que sou a escória da Terra.

Pego o baseado da mão dela e trago.

As mãos da minha sereia sobem pelo meu peito.

— Posso te fazer feliz, Alex — murmura, tão perto que posso sentir o cheiro de álcool e *mota* no hálito dela. Ou pode ser no meu, não tenho certeza. — Me dá outra chance.

Estar bêbado e chapado me deixa confuso. E, quando a imagem de Brittany e Colin abraçados na escola ontem se forma na minha cabeça, puxo o corpo de Carmen mais para perto.

Não preciso de uma garota como Brittany.

Preciso de Carmen, quente e apimentada, minha sereia mentirosa.

capítulo 19
Brittany

Convenci Sierra, Doug, Colin, Shane e Darlene a ir ao Club Mystique hoje à noite, aquela balada que Megan havia mencionado. Fica em Highland Grove, na praia. Colin não gosta de dançar, então acabo dançando com o restante da turma e até mesmo com um cara chamado Troy, um dançarino incrível. Acho que aprendi alguns passos que posso usar nos nossos números de pompom.

Agora estamos na casa da Sierra. Minha mãe sabe que vou dormir aqui hoje, então não preciso me preocupar em ligar ou avisar. Vamos para a praia particular atrás da casa. Sierra e eu estendemos alguns cobertores na areia, e Darlene ficou para trás com os meninos, que estão pegando as cervejas e o vinho no porta-malas do carro de Colin.

— Doug e eu transamos no último fim de semana — diz Sierra, de repente.

— Sério?

— Sim. Eu sei que eu disse que preferiria esperar até a faculdade, mas simplesmente aconteceu. Os pais dele

Química Perfeita   **137**

estavam viajando, fui até lá e uma coisa foi levando a outra, então fizemos.

— Uau. E como foi?

— Sei lá. Pra ser sincera, foi meio estranho. Mas ele foi muito fofo depois, ficou me perguntando se eu estava bem e tal. E, à noite, apareceu na minha casa com três dúzias de rosas vermelhas. Precisei mentir para os meus pais, dizer que eram por causa do nosso aniversário de namoro. Não ia dizer que as flores eram pra comemorar a perda da minha virgindade, né? E você e o Colin?

— O Colin *quer* transar — digo.

— Todo homem com mais de catorze anos *quer* transar — diz ela. — É a função deles, querer sexo.

— Mas eu… não quero. Pelo menos não agora.

— Então sua função é dizer não — diz ela, como se fosse fácil assim. Sierra não é mais virgem, ela disse sim. Por que é tão difícil para mim dizer sim também?

— Como vou saber quando é a hora certa?

— Isso não sou eu quem vai dizer, não é? Acho que quando se sentir pronta, vai querer transar, sem ressalvas nem perguntas. *Sabemos* que eles querem transar. E é você quem resolve se vai acontecer. Ou não. Olha, minha primeira vez não foi divertida ou fácil. Foi meio desajeitada, e na maior parte do tempo me senti meio estúpida. Mas poder errar e se sentir vulnerável é o que faz o sexo com a pessoa que se ama ser gostoso e especial.

Será por isso que nunca quis transar com Colin? No fundo, talvez eu não o ame tanto quanto pensava. Será que sou capaz de amar alguém a ponto de me permitir ficar vulnerável? Realmente não sei.

— O Tyler terminou com a Darlene hoje — sussurra Sierra. — Ele está saindo com uma garota da faculdade.

Se eu não estava com pena de Darlene antes, agora estou. Especialmente porque ela sempre precisa de atenção masculina. É o combustível de sua autoestima. Não me admira ela ter passado a noite toda dando em cima de Shane.

Os meninos e Darlene chegam e estendem mais cobertores na areia. Darlene agarra Shane pela camisa e o puxa de lado.

— Vem, não quer me beijar? — diz.

Shane, com seu cabelo castanho encaracolado, parece querer muito.

Eu a afasto dele e digo, me inclinando para que só ela possa me ouvir:

— Não fica brincando com o Shane.

— Por que não?

— Porque você não gosta dele de verdade. Não o use. Nem deixe ele te usar.

Darlene me empurra para longe.

— Você tem uma visão de mundo bem deturpada, Brit. Ou talvez só goste de apontar as imperfeições de todo mundo, pra continuar sendo sempre a Rainha da Perfeição.

Não é justo. Não queria apontar os erros dela, mas se a vejo indo por um caminho autodestrutivo, não é meu dever como amiga tentar detê-la?

Talvez não. Somos amigas, mas não superamigas. A única pessoa de quem sou realmente próxima é Sierra. Como ouso tentar dar conselhos a Darlene, quando ela sequer teria como fazer o mesmo comigo?

Sierra, Doug, Colin e eu nos sentamos sobre os cobertores e conversamos sobre o último jogo de futebol, em volta de uma fogueira que montamos com gravetos e pedaços de madeira velha.

Química Perfeita   139

Rimos, lembrando das jogadas perdidas, e imitamos o treinador gritando com os jogadores da lateral do campo. Seu rosto fica todo vermelho e, quando está realmente irritado, voa cuspe da sua boca ao gritar. Os jogadores saem do caminho para não levar um banho de saliva. Doug faz uma imitação hilária.

É bom estar sentada aqui com meus amigos e Colin. Por algum tempo, até me esqueço de meu parceiro de química, que vem ocupando tanto meus pensamentos nos últimos dias.

Depois, Sierra e Doug vão passear pela praia, e eu fico encostada em Colin, de frente para o fogo, a luz fazendo brilhar a areia à nossa volta. Darlene e Shane sumiram juntos, apesar de meu conselho, e ainda não voltaram.

Pego a garrafa de Chardonnay que os meninos trouxeram. Eles estão bebendo cerveja e nós vinho, porque Sierra odeia o gosto de cerveja. Levo a garrafa aos lábios e engulo o que resta da bebida. Estou me sentindo meio tonta, mas acho que precisaria beber uma garrafa inteira sozinha para realmente conseguir me soltar.

— Sentiu minha falta neste verão? — pergunto, me inclinando para Colin enquanto ele acaricia meu cabelo, que deve estar todo despenteado. Queria estar bêbada o bastante para não me importar com isso.

Colin pega minha mão e a coloca sobre sua calça. Ele solta um suspiro lento e aflito.

— Sim — diz, com os lábios colados em meu pescoço. — Muito.

Quando tiro a mão, seus braços me envolvem por trás. Ele aperta meus seios como se fossem balões de gás. Nunca havia me importado com o toque de Colin, mas agora estou irritada e incomodada com suas mãos errantes. Encolho os ombros e escapo de seu abraço.

— Qual é o problema, Brit?

— Não sei — digo. Realmente não sei. As coisas com Colin estão estranhas desde o início das aulas. E a imagem de Alex continua invadindo minha cabeça, o que me irrita mais do que tudo. Pego uma cerveja. — Parece forçado — digo, abrindo a lata e tomando um gole. — Não podemos só ficar aqui juntos, sem pegação?

Colin inspira profundamente.

— Brit, eu quero ir até o fim.

Tento beber a lata inteira em um gole só, mas acabo derramando um pouco pelo canto da boca.

— Quer dizer *agora*? — Onde qualquer um dos nossos amigos pode nos ver?

— Por que não? Já esperamos bastante.

— Não sei, Colin — digo, muito assustada por estar tendo essa conversa, embora soubesse que seria inevitável. — Sei lá... acho que pensei que iria acontecer naturalmente.

— O que pode ser mais natural do que transar ao ar livre, na areia?

— E a camisinha?

— Eu tiro antes de gozar.

Isso não soa nada romântico. Eu ficaria o tempo todo preocupada, morrendo de medo de engravidar. Não é assim que quero que seja minha primeira vez.

— Fazer amor significa muito pra mim.

— Pra mim também. Então vamos fazer, agora.

— Você voltou diferente das férias.

— Talvez tenha voltado mesmo — diz ele, na defensiva.

— Talvez tenha percebido que nosso relacionamento precisa

Química Perfeita   **141**

ir pra outro nível. Caralho, Brit. Quem já ouviu falar de alguém virgem no último ano do colégio? Todo mundo já acha que nós transamos, então por que não transar de uma vez? Merda, você deixou até aquele Fuentes achar que poderia pegar você.

Meu coração explode no peito.

— Você acha que prefiro dormir com Alex a dormir com você? — pergunto, meus olhos ficando molhados de lágrimas. Não sei se estou descontrolada assim por causa do álcool ou porque aquelas palavras atingiram o alvo bem em cheio. Estou pensando em Alex. Eu me odeio por isso, e neste momento também odeio Colin, por me obrigar a admitir.

— E quanto a Darlene? — devolvo. Olho em volta, para me certificar de que ela não pode me ouvir. — Vocês dois agem como um casalzinho feliz no laboratório de química.

— Sai dessa, Brit. Beleza, uma garota olha pra mim no laboratório. Não *você*, claro, porque você está sempre ocupada discutindo com Fuentes. O que todo mundo sabe que são só preliminares.

— Isso não é justo, Colin.

— O que está acontecendo? — pergunta Sierra, aparecendo de trás de uma pedra com Doug.

— Nada — respondo. Fico de pé, com minhas sandálias na mão. — Vou pra casa.

Sierra pega sua bolsa.

— Vou com você.

— Não. — Finalmente estou me sentindo meio zonza. É como se eu estivesse tendo uma experiência fora do meu corpo e quisesse passar por isso sozinha. — Não quero nem preciso de companhia. Vou andando.

— Ela está bêbada — diz Doug, olhando para a garrafa de vinho vazia e a lata de cerveja ao meu lado.

— Não estou, não — digo. Pego outra cerveja e abro a lata enquanto começo a caminhar pela praia. Sozinha. Só comigo mesma. Como deve ser.

Sierra diz:

— Não quero que você vá sozinha.

— Quero ficar sozinha agora. Preciso pensar numas coisas.

— Brit, volta pra cá — diz Colin, mas não se levanta.

Eu o ignoro.

— Não caminhe pra além do quarto píer — adverte Sierra. — É perigoso.

Dane-se a segurança. E daí se algo acontecer comigo, afinal? Colin não se importa. Nem meus pais, aliás.

Fechando os olhos, sentindo a areia penetrar entre os dedos dos meus pés, respiro o aroma da brisa fria e pura do lago Michigan que envolve meu rosto. E bebo mais cerveja. Esquecendo de tudo, exceto da areia e da minha bebida, continuo andando, parando apenas para olhar para a água escura, riscada pelo brilho do luar que divide o lago em dois.

Passei por dois píeres. Ou talvez por três. De qualquer forma, não é uma caminhada muito longa até minha casa. Menos de um quilômetro e meio. Na próxima entrada para a praia, é só subir a rua e chego lá. Não é como se nunca tivesse feito isso.

Mas o toque da areia sob meus pés é tão bom, parece uma daquelas almofadas recheadas de feijões, que afundam. E ouço música à frente. Adoro música. Então fecho os olhos e meu corpo se move em direção à canção desconhecida.

Química Perfeita **143**

Não percebi o quanto andei e dancei, até que o som de risadas e vozes falando em espanhol me paralisam. Pessoas usando bandanas vermelhas e pretas na minha frente me dão uma pista: passei do quarto píer.

— Olha só, é Brittany Ellis, a garota-pompom mais sexy de Fairfield High — diz um cara. — Vem cá, *mamacita*. Dança comigo.

Olho desesperada para o grupo, procurando um rosto familiar ou amigável. Alex. Ele está aqui. E sentada em seu colo, de frente para ele, está Carmen Sanchez.

Essa visão me faz despertar.

O cara que me pediu para dançar avança até mim.

— Você não sabe que este lado da praia é só pra mexicanos? — diz ele, se aproximando. — Ou talvez você tenha vindo em busca de um pouco de carne escura. Você sabe o que dizem, a carne escura é mais suculenta.

— Me deixa em paz — digo, minha língua enrolando quando falo.

— Você se acha boa demais pra mim? — Ele se move na minha direção, seus olhos faiscando de raiva. A música para.

Cambaleio para trás. Não estou tão bêbada a ponto de não saber que estou em perigo.

— Javier, pare — diz Alex, em voz baixa. — É uma ordem.

Alex está acariciando o ombro de Carmen, seus lábios a poucos centímetros dos dela. Meu corpo oscila. Isso é um pesadelo e preciso sair daqui, rápido.

Começo a correr, as risadas dos membros da gangue soando nos meus ouvidos. Não consigo correr muito rápido. Sinto como se estivesse em um sonho: meus pés se movem, mas não me levam a lugar algum.

— Brittany, espera! — chama uma voz atrás de mim.

Eu me viro e dou de cara com o garoto que assombra meus sonhos... Sonhos diurnos e sonhos noturnos.

Alex.

O cara que odeio.

O cara que não me sai da cabeça, mesmo eu estando completamente bêbada.

— Ignora o Javier — diz Alex. — Às vezes ele exagera, pra parecer durão.

Estou atordoada. Ele se aproxima e enxuga uma lágrima da minha bochecha.

— Não chore. Eu não deixaria ele te machucar.

Devo dizer que não tenho medo de ser machucada? Tenho medo de perder o controle.

Embora eu não tenha corrido muito, estamos longe o bastante dos amigos de Alex. Eles não podem me ver ou me ouvir.

— Por que você gosta da Carmen? — pergunto, enquanto o mundo se inclina e eu cambaleio na areia. — Ela é má.

Alex estende as mãos para me ajudar, mas me encolho, então ele as enfia nos bolsos.

— Por que isso te importa, caralho? Você me deu o cano.

— Tive que fazer umas coisas.

— Tipo arrumar seu cabelo ou fazer as unhas?

Ou ter meu cabelo arrancado pela minha irmã e tomar uma bronca da minha mãe? Bato o dedo no peito dele.

— Você é um babaca.

— E você é uma vaca — diz ele. — Uma vaca com um sorriso incrível e olhos capazes de fazer qualquer um perder a cabeça. — Ele geme, como se as palavras tivessem saído sem querer e ele quisesse pegá-las de volta.

Esperava que ele dissesse um monte de coisas, mas não isso. Especialmente não isso. Noto seus olhos injetados.

Química Perfeita **145**

— Você fumou maconha, Alex.

— Até fumei, mas você também não parece muito sóbria. Talvez agora seja um bom momento pra me dar aquele beijo que você me deve.

— De jeito nenhum.

— ¿Por qué no? Medo de gostar tanto que acabe se esquecendo do seu namorado?

Beijar Alex? Nunca. Embora eu de fato tenha pensado nisso. Muito. Mais do que deveria. Seus lábios são carnudos e convidativos. Ah, Deus, ele tem razão. Estou bêbada. E definitivamente não estou me sentindo bem. Estou saindo do entorpecimento e passando ao delírio, porque estou pensando em coisas que não deveria estar pensando. Tipo no quanto eu gostaria de provar a sensação dos lábios dele contra os meus.

— Tá bom. Me beija, Alex — digo, avançando e me inclinando para ele. — Então ficaremos quites.

Suas mãos estão apoiadas em meus braços. É isso. Vou beijar Alex e descobrir como é. Ele é perigoso e zomba de mim. Mas é sexy, moreno e bonito. Estar tão perto dele faz meu corpo tremer de excitação e minha cabeça girar. Passo um dedo pelo passador de seu cinto, para me estabilizar. É como se estivéssemos de pé em um daqueles brinquedos de parque de diversão que giram muito rápido.

— Você vai passar mal — diz ele.

— Não vou. Eu estou... adorando girar.

— Não estamos girando.

— Ah — digo, toda confusa. Solto o passador dele e me concentro em meus pés. Eles parecem estar se movendo acima do chão, flutuando sobre a areia. — Estou tonta, só isso. Estou bem.

— Você é que pensa.

— Se você parasse de se mexer, eu me sentiria muito melhor.

— Não estou me mexendo. E odeio te dar más notícias, *mamacita*, mas você está prestes a vomitar.

Ele tem razão. Meu estômago não para de revirar. Alex apoia meu corpo com uma das mãos e, com a outra, segura meu cabelo, erguendo-o e mantendo-o longe do meu rosto, enquanto me dobro e vomito.

Não consigo fazer meu estômago se acalmar. Vomito e tenho mais ânsia. Minha boca emite sons repugnantes de gargarejo e engasgo, mas estou bêbada demais para me importar.

— Olha só — digo, entre golfadas de vômito. — Meu jantar está todo no seu sapato.

capítulo 20
Alex

Olho para baixo, para o vômito no meu sapato.

— Já passei por coisas piores.

Ela se endireita e eu solto seu cabelo, que não consegui deixar de segurar para que não caísse em seu rosto durante o episódio do vômito. Tento não prestar atenção na sensação daqueles cabelos escorregando como fios de seda por meus dedos.

A ideia de ser um pirata e raptá-la para longe em meu navio passa pela minha mente. Embora eu não seja um pirata e ela não seja uma princesa capturada. Somos apenas dois adolescentes que se odeiam. O.k., não a odeio de verdade.

Tiro a bandana da cabeça e a estendo para ela.

— Aqui, limpa o rosto.

Ela a apanha da minha mão e enxuga os cantos da boca como se o pano fosse algum guardanapo de um restaurante chique, enquanto limpo meu sapato no frio lago Michigan.

Não sei o que dizer ou fazer. Estou sozinho… com uma Brittany Ellis muito bêbada. Não estou acostumado a estar sozinho com meninas brancas alcoolizadas, muito menos com as que me atraem. Posso tanto tirar vantagem dela e vencer a aposta, o que seria moleza com ela neste estado, ou...

— Deixa eu achar alguém pra te levar pra casa — digo, antes que minha mente perturbada pense nas milhões de formas de violá-la esta noite. Estou cheio de álcool e, além disso, chapado também. Quando fizer sexo com essa garota, quero estar com todos os sentidos em ação.

Ela aperta os lábios e faz bico como uma criança.

— Não. Não quero ir pra casa. Pra qualquer lugar, menos pra casa.

Caramba, mano.

Estou com um problemão. *Tengo un problema grande.*

Ela ergue os olhos para mim, olhos que brilham à luz da lua como joias raras e caras.

— O Colin acha que eu estou a fim de você, sabia? Ele diz que as nossas discussões são preliminares.

— E são? — pergunto, prendendo a respiração para ouvir a resposta. Por favor, por favor, que eu consiga me lembrar disso amanhã de manhã.

Ela levanta o dedo e diz:

— Segura esse pensamento.

Então ela se ajoelha e vomita a alma novamente. Quando acaba, está fraca demais para caminhar. Parece uma boneca de pano abandonada em uma venda de garagem. Sem saber o que fazer, carrego-a para o lugar em que meus amigos tinham feito uma enorme fogueira.

Quando põe os braços em torno do meu pescoço, sinto que ela precisa de alguém para ser seu herói. Certamente Colin não é essa pessoa. Eu também não sou. Ouvi dizer que, quando era caloura, antes de Colin, ela namorou um cara do segundo ano. Essa garota deve ter experiência.

Então como é que agora parece tão inocente? Sedutora pra caramba, mas inocente?

Todos os olhares se fixam em mim quando me aproximo dos meus amigos. Avistam uma garota branca rica desmaiada em meus braços e imediatamente esperam o pior. Não mencionei que, durante nossa caminhada, minha parceira de química decidiu adormecer nos meus braços.

— O que você fez com ela? — pergunta Paco.

Lucky se levanta, puto da vida.

— Droga, Alex. Perdi minha RX-7?

— Não, idiota. Não pego garotas desmaiadas.

Pelo canto do olho, avisto Carmen furiosa. Merda. Realmente a tratei mal esta noite e mereço sua fúria.

Faço um sinal para Isabel vir até mim.

— Isa, preciso de você.

Isa dá uma olhada em Brittany.

— O que quer que eu faça com ela?

— Me ajuda a tirar ela daqui. Estou bêbado e não posso dirigir.

Isa balança a cabeça.

— Você sabe que ela tem namorado. E que é rica. E branca. E que usa roupas chiques que você nunca vai ser capaz de comprar.

É, sei bem. E estou para lá de cheio de ser lembrado disso.

— Preciso da sua ajuda, Isa. Não de um sermão. Já tenho o Paco pra ficar buzinando no meu ouvido.

Isa ergue as duas mãos.

— Estou apenas constatando os fatos. Você é um cara esperto, Alex. Faça as contas. Não importa o quanto você queira ela em sua vida, ela não pertence ao seu mundo. Um triângulo não cabe em um quadrado. E agora vou calar a boca.

— *Gracias.* — Nem me atrevo a comentar que, se o quadrado for grande o suficiente, um triângulo pequeno pode perfeitamente caber dentro dele. Só é necessário fazer alguns ajustes na equação. Mas estou bêbado e chapado demais para explicar isso agora.

— Meu carro está estacionado do outro lado da rua — diz Isa. Ela solta um enorme suspiro de frustração. — Vem comigo.

Sigo Isabel até o carro, esperando que possamos permanecer em silêncio. Não tenho tanta sorte.

— Fui da turma dela no ano passado também — diz Isa.

— Uhum.

Ela dá de ombros.

— Garota legal. Usa maquiagem demais.

— A maioria das garotas a odeia.

— A maioria das garotas adoraria se parecer com ela. E ter o dinheiro e o namorado dela.

Paro e olho para ela, desgostoso:

— O Cara-de-Burro?

— Ah, por favor, Alex. O Colin Adams é bonitinho, é o capitão do time de futebol americano e é o herói de Fairfield. Você é tipo o Danny Zuko de *Grease*. Fuma, faz parte de uma gangue e namorou as mais gostosas do pedaço. A Brittany é tipo a Sandy... uma Sandy que nunca vai chegar na escola vestida de couro com um cigarro pendurado no canto da boca. Abandone essa fantasia.

Deito minha fantasia no assento traseiro do carro de Isa e deslizo para junto dela. Ela se aconchega, me usando como

Química Perfeita **151**

travesseiro, com seus cachos loiros espalhados sobre o meu colo. Fecho os olhos por um instante, tentando tirar a imagem da cabeça. Não sei o que fazer com as mãos. A direita está no apoio da porta. A esquerda paira sobre Brittany.

Hesito. Quem estou tentando enganar? Não sou um virgenzinho. Sou um cara de dezoito anos que consegue sobreviver ao fato de ter uma garota bonita e desmaiada em seu colo. Por que estou com medo de pôr o braço onde ele fica mais confortável, bem sobre a cintura dela?

Prendo o fôlego e pouso o braço sobre ela. Brittany se aconchega ainda mais e me sinto estranho e meio tonto. São os efeitos do baseado ou... não quero pensar sobre o "ou". O cabelo comprido dela está enroscado na minha coxa. Sem pensar, passo as mãos e observo os fios sedosos caírem lentamente por entre meus dedos. Paro abruptamente. Há uma região irritada e sem cabelos no seu couro cabeludo, atrás da cabeça. Como se ela tivesse feito um teste de drogas para uma vaga de emprego ou algo assim, e eles tivessem arrancado uma amostra muito grande.

Assim que Isa dá ré no carro, Paco a faz parar e salta no banco da frente. Cubro rapidamente a parte careca da cabeça de Brittany, sem querer mostrar a ninguém aquela imperfeição. Não quero analisar os motivos desse gesto, já que vai me fazer pensar demais. E pensar demais, na minha atual condição, vai doer muito.

— Oi, gente. Pensei em aproveitar o passeio — diz Paco.

Ele olha para trás e vê meu braço sobre Brittany. Faz "tsc, tsc" e balança a cabeça.

— Cala a boca — digo.

— Mas eu não disse nada.

Um celular toca. Posso sentir a vibração na calça de Brittany.

— É o dela — digo.

— Atende — instrui Isa.

Já estou com a sensação de ter raptado a garota. Agora vou atender seu celular? Droga. Virando-a um pouco de lado, procuro o aparelho em seu bolso de trás.

— *Contesta* — sussurra Isa, alto, desta vez em espanhol.

— Já vai — sibilo, buscando o celular com dedos desajeitados.

— Eu faço isso — diz Paco, inclinando-se entre os assentos e tentando alcançar o traseiro de Brittany.

Dou um tapa na mão dele.

— Tire as mãos de cima dela.

— Ei, cara, só estava tentando ajudar.

Irritado, apenas encaro meu amigo em resposta.

Escorrego os dedos para dentro do bolso de trás de Brittany, tentando não pensar em qual seria a sensação se não houvesse a calça jeans para atrapalhar. Puxo o telefone aos pouquinhos enquanto ele ainda vibra. Quando consigo enfim liberá-lo, olho quem está ligando.

— É a amiga dela, Sierra.

— Atende — diz Paco.

— *Estás loco, güey?* Não vou falar com um *deles*.

— E por que tirou o celular do bolso dela, então?

Boa pergunta. Não sei responder.

Isa sacode a cabeça.

— É isso o que você ganha ao se misturar com um quadrado.

— A gente devia levar ela pra casa — diz Paco. — Você não pode ficar com ela.

Sei disso. Mas ainda não estou pronto para deixá-la ir.

— Isa, leve ela pra sua casa.

Química Perfeita 153

capítulo 21
Brittany

Estou tendo um pesadelo no qual milhares de Oompa Loompas estão dentro da minha cabeça, martelando meu crânio. Abrindo os olhos para a luz brilhante, estremeço. Os Oompa Loompas ainda estão aqui, e estou acordada.

— Você está de ressaca — diz uma voz feminina.

Aperto os olhos e vejo aquela garota, Isabel, curvada sobre mim. Estamos no que parece ser um pequeno quarto, com paredes pintadas de amarelo-pastel. As cortinas, amarelas também, combinam com as paredes e ondulam ao vento que sopra pelas janelas abertas. Não pode ser a minha casa, porque nunca abrimos as janelas. Estamos sempre com o ar-condicionado ou o aquecedor ligados.

Olho para Isabel.

— Onde estou?

— Na minha casa. Se eu fosse você, não me mexeria. Você pode vomitar de novo e meus pais vão surtar se você manchar o carpete — diz ela. — Sorte nossa que eles estão fora da cidade, então tenho a casa só pra mim até hoje à noite.

— Como cheguei aqui? — A última coisa de que me lembro foi de começar a andar pra casa...

— Você desmaiou na praia. Alex e eu te trouxemos pra cá.

À menção de Alex, meus olhos se abrem de vez. Eu me lembro vagamente de beber, depois de caminhar pela areia e de encontrar Alex e Carmen juntos. E então Alex e eu...

Eu o beijei? Sei que me inclinei para ele, mas então...

Vomitei. Eu me lembro bem de vomitar. O que não é nada condizente com a imagem perfeita que gosto de projetar. Sento devagar, esperando que em breve minha cabeça pare de girar.

— Eu fiz alguma coisa estúpida? — pergunto.

Isa dá de ombros.

— Não tenho certeza. Na verdade, o Alex não deixou a gente chegar muito perto de você. Se quiser chamar "desmaiar nos braços dele" de estúpido, então acho que fez algo do tipo, sim.

Seguro a cabeça com as mãos.

—Ah, não. Isabel, por favor, não conta isso pra ninguém da equipe.

Ela sorri.

— Não se preocupa. Não vou contar pra ninguém que Brittany Ellis é de fato humana.

— Por que você é legal comigo? Quer dizer, quando a Carmen queria me espancar, você me defendeu. E me deixou dormir aqui essa noite, apesar de ter deixado bem claro que não somos amigas.

— Não somos amigas. Mas a Carmen e eu temos uma rivalidade que já é antiga. Eu faria qualquer coisa pra irritá-la. E ela não suporta que o Alex não seja mais o namorado dela.

Química Perfeita **155**

— Por que eles terminaram?

— Pergunta pra ele… está dormindo no sofá da sala. Apagou logo depois de te colocar na minha cama.

Ah, não. Alex está aqui? Na casa da Isabel?

— Ele gosta de você, sabe? — diz Isabel, examinando as unhas em vez de olhar para mim.

Uma revoada de borboletas levanta voo em meu estômago.

— Não gosta, não — digo, mesmo que esteja tentada a pedir mais detalhes.

Ela revira os olhos.

—Ah, qual é. Você sabe, mesmo que não queira admitir.

— Pra alguém que diz que nunca será minha amiga, com certeza você está bem falante nesta manhã.

— Tenho que admitir, eu meio que preferia que você fosse a vaca que algumas pessoas dizem que é — diz ela.

— Por quê?

— Porque é fácil odiar alguém que tem tudo.

Uma risada curta e cínica escapa da minha boca. Não vou contar a verdade para Isabel — que minha vida está afundando sob os dedos dos meus pés, como a areia de ontem à noite.

— Preciso ir pra casa. Onde está meu celular? — pergunto, apalpando meu bolso traseiro. — E minha bolsa?

— Estão com o Alex, acho.

Então sair de fininho sem falar com ele não é uma opção. Eu me esforço para manter os Oompa Loompas sob controle e me arrasto para fora do quarto, à procura de Alex.

Não é difícil encontrá-lo; a casa de Isabel é menor que a casa de praia da Sierra. Alex está deitado em um sofá velho, vestindo sua calça jeans. E nada mais. Seus olhos estão abertos, mas vermelhos e vidrados de sono.

— Ei — diz ele sorrindo, alongando-se.

Ah, meu Deus. Estou com um grande problema. Porque estou deliberadamente encarando Alex. Não consigo evitar que meus olhos devorem aqueles tríceps esculpidos, os bíceps e todos os outros "íceps" que ele tem. As borboletas em meu estômago se multiplicam por dez quando meu olhar errante encontra o dele.

— Ei. — Engulo em seco, com força. — Humm, acho que preciso te agradecer por me trazer pra cá, em vez de me deixar desmaiada na praia.

Seu olhar não hesita.

— Ontem à noite eu percebi uma coisa. Você e eu, nós não somos tão diferentes. Você joga o tempo todo, exatamente como eu. Você usa sua beleza, seu corpo e seu cérebro pra garantir que está sempre no controle.

— Estou de ressaca, Alex. Não consigo nem raciocinar direito e você fica aí dando uma de filósofo.

— Olha só, você está jogando agora. Seja sincera comigo, *mamacita*. Eu te desafio.

Ele está falando sério? Ser sincera? De jeito nenhum. Porque se eu for sincera, vou começar a chorar e talvez surte a ponto de deixar escapar a verdade — que me esforço pra criar uma imagem perfeita, para me esconder atrás dela.

— É melhor eu ir pra casa.

— Devia primeiro ir ao banheiro — diz ele.

Antes que eu possa perguntar por quê, vislumbro meu reflexo em um espelho pendurado na parede.

— Ah, merda! — grito. O rímel está todo borrado sob meus olhos e riscos pretos atravessam meu rosto.

Pareço um cadáver. Atravesso a sala correndo, encontro o banheiro do corredor e paro na frente do espelho. Meu cabelo parece um ninho de ratos pegajoso. Como se o rímel

Química Perfeita **157**

desfigurando meu rosto não fosse ruim o suficiente, estou tão pálida quanto minha tia Dolores sem maquiagem. Há bolsas inchadas sob meus olhos, como se eu armazenasse água para os meses de inverno.

Resumindo: uma visão nada bonita. Para qualquer um dos padrões existentes.

Molho papel higiênico e o esfrego sob os olhos e pelo rosto, até que os riscos pretos desapareçam. Certo, preciso do meu removedor de maquiagem para conseguir tirar tudo. Minha mãe diz que esfregar a região dos olhos estica a pele e pode causar rugas prematuras. Mas circunstâncias extremas exigem medidas extremas. Depois que os riscos de rímel estão imperceptíveis, passo água fria sob os olhos.

Estou plenamente consciente de que isso é apenas uma operação de controle de danos. Só me resta disfarçar as imperfeições e esperar que ninguém mais me veja nesta condição. Uso os dedos como pente, obtendo resultados insignificantes. Então espalho o cabelo, esperando que ele armado fique melhor que meu atual penteado estilo ninho de ratos.

Enxáguo a boca com água e esfrego os dentes com um pouco de pasta de dente, para pelo menos tirar da boca o grosso do gosto de vômito, bebedeira e sono antes de chegar em casa.

Se eu ao menos tivesse trazido um brilho labial...

Mas, infelizmente, não trouxe. Ombros retos e cabeça erguida, abro a porta e volto para a sala, onde vejo Isabel indo para o quarto. Alex se levanta assim que me vê.

— Onde está meu celular? — pergunto. — E, por favor, coloca uma camiseta.

Ele se abaixa e apanha meu celular do chão.

— Por quê?

— A razão pela qual preciso do meu celular — digo, pegando o aparelho — é pra chamar um táxi; e a razão pela qual quero que vista uma camisa é, bom, porque, humm...

— Nunca viu um cara sem camisa?

— Ha, ha. Muito engraçado. Acredite em mim, não há nada aí que eu já não tenha visto.

— Quer apostar? — diz ele, movendo as mãos para baixo e abrindo o botão da calça.

Isabel entra neste exato momento.

— Epa, Alex. Por favor, não tira a calça.

Quando ela olha para mim, levanto as mãos.

— Não olha pra mim. Eu estava prestes a chamar um táxi quando ele...

Sacudindo a cabeça enquanto Alex abotoa a calça novamente, ela caminha até sua bolsa e apanha um molho de chaves.

— Esquece o táxi. Levo você pra casa.

— *Eu* levo ela — corta Alex.

Isabel parece cansada de lidar conosco e nos olha como a sra. Peterson faz durante a aula de química.

— Prefere ir comigo ou com o Alex? — pergunta.

Eu tenho um namorado. Sim, admito que, cada vez que pego Alex olhando para mim, um calor se espalha por meu corpo. Mas isso é normal. Somos dois adolescentes e há uma óbvia tensão sexual entre nós. Basta não fazer coisa alguma a respeito e tudo vai ficar bem.

Porque, se eu fizesse algo, as consequências seriam desastrosas. Eu perderia Colin. Perderia meus amigos. Perderia o controle que tenho sobre minha vida.

Acima de tudo, perderia o que ainda resta do amor de minha mãe.

Se eu não for vista por todos como perfeita, o que houve ontem com minha mãe vai ser fichinha. Ela me trata de acordo com minha imagem. Se alguma de suas amigas do Country Club me vir com Alex, ela pode virar uma pária também. Se suas amigas se afastarem dela, ela vai se afastar de mim. E não posso arriscar que isso aconteça. Esse é o máximo de franqueza que posso me permitir.

— Isabel, me leva pra casa — digo, olhando para Alex.

Ele balança a cabeça de leve, apanha a camisa e as chaves e sai pela porta da frente sem dizer uma palavra. Ouço o ronco de sua motocicleta se afastando.

Acompanho Isabel até o carro em silêncio.

— Você gosta do Alex mais do que só como um amigo, não é? — pergunto.

— Mais como um irmão. A gente se conhece desde que éramos crianças.

Indico o caminho para a minha casa. Ela está dizendo a verdade?

— Você não acha que ele é gostoso?

— Eu o conheço desde a época em que ele chorava como um bebê quando seu sorvete caía no chão, desde que tínhamos quatro anos. Estava lá quando... bom... Basta dizer que passamos por um monte de coisas juntos.

— Que coisas? Pode dar detalhes?

— Não pra você.

Quase consigo ver a parede invisível subindo entre nós.

— Então nossa amizade acaba aqui?

Ela olha para mim de soslaio.

— Nossa amizade acabou de começar, Brittany. Não força a barra.

Estamos chegando à minha casa.

— É a terceira à direita — digo.

— Eu sei — Ela para o carro em frente à minha casa, sem se preocupar em estacionar no meio-fio. Olho para ela. Ela olha para mim. Será que ela espera que a convide para entrar? Não deixo nem meus amigos íntimos entrarem em casa.

— Bom, obrigada pela carona — digo. — E por me deixar dormir na sua casa.

Isabel me dá um breve sorriso.

— Sem problema.

Seguro a maçaneta.

— Não vou deixar que aconteça algo entre mim e Alex. — Apesar de já estar acontecendo alguma coisa por debaixo do pano.

— Bom. Porque se algo acontecer, é melhor se prepararem.

Os Oompa Loompas começam a marchar de novo, então não consigo assimilar direito esse aviso.

Em casa, meus pais estão sentados à mesa da cozinha. Está tudo quieto. Quieto demais. Há vários papéis na frente deles. Folhetos ou algo assim. Eles se endireitam nas cadeiras rapidamente ao me ver, como crianças que foram pegas fazendo algo errado.

— Achei... Achei que você ainda es-estava... na Sierra — diz minha mãe. Meus sentidos entram em alerta. Minha mãe nunca gagueja. E ela nem ameaçou falar um monte sobre minha aparência. Isso não é bom.

— Estava, mas fiquei com uma dor de cabeça horrível — digo, caminhando até a mesa para olhar os folhetos suspeitos em que meus pais estão tão interessados.

"Sunny Acres: lar para pessoas especiais".

— O que vocês estão fazendo?

— Discutindo nossas opções — diz meu pai.

Química Perfeita   **161**

— Opções? Não tínhamos concordado que mandar Shelley pra uma instituição era uma ideia ruim?

Minha mãe se vira para mim.

— Não. *Você* decidiu que mandá-la pra uma instituição era uma ideia ruim. Eu e seu pai ainda estamos discutindo o assunto.

— Vou para a Northwestern no próximo ano pra poder morar aqui e ajudar com a Shelley.

— No próximo ano, você terá que se concentrar nos seus estudos, não na sua irmã. Brittany, escuta — diz meu pai, levantando-se. — Temos que considerar essa opção. Depois do que ela fez com você ontem...

— Não quero nem ouvir falar disso — digo, interrompendo-o. — Não tem a menor chance de eu concordar que vocês mandem a minha irmã embora. — Arranco os folhetos da mesa. Shelley precisa estar com sua família, não em uma instituição, no meio de estranhos. Rasgo os folhetos em dois, jogo-os na lata de lixo e corro para o meu quarto.

— Abra a porta, Brit — diz minha mãe um minuto depois, girando a maçaneta da porta.

Sento na beirada da cama, minha cabeça girando com a imagem de Shelley sendo mandada embora. Não, isso não pode acontecer. Só de pensar já fico doente.

— Você nem mesmo tentou treinar a Baghda. É como se *quisesse* mandar a Shelley embora.

— Não seja ridícula — a voz abafada de minha mãe ressoa atrás da porta. — Há uma nova instituição sendo construída no Colorado. Se você abrir a porta, poderemos ter uma conversa civilizada a respeito.

Nunca vou permitir que isso aconteça. Farei tudo o que estiver ao meu alcance para manter minha irmã em casa.

— Não quero ter uma conversa civilizada. Meus pais querem mandar minha irmã para uma *instituição*, pelas minhas costas, e minha cabeça parece que vai explodir. Me deixa em paz, tá bom?

Alguma coisa está caindo do meu bolso. É a bandana de Alex. Isabel não é minha amiga, mas me ajudou. Alex, o garoto que ontem à noite se preocupou comigo mais do que meu próprio namorado, agiu como meu herói e me disse para ser sincera, real. Será que eu eu sei ser real?

Aperto a bandana contra o peito.

E me permito chorar.

capítulo 22

Alex

Ela me ligou. Se não fosse pelo papel rasgado com seu nome e telefone, anotados pelo meu irmão Luis, nunca acreditaria que Brittany de fato me ligou. Interrogar Luis não adiantou nada. Esse menino tem a memória de uma pulga e mal se lembrava de ter atendido a ligação. A única informação que consegui obter dele foi que ela queria que eu ligasse de volta.

Isso foi ontem à tarde, antes de ela vomitar no meu sapato e desmaiar em meus braços.

Quando eu disse para ela ser sincera, vi o medo em seus olhos. Me pergunto o que será que a assusta. Destruir seu muro de "perfeição" é a minha meta. Sei que há mais nela do que apenas mechas loiras e um corpo sensacional. Segredos que ela vai levar para o túmulo e que está louca para compartilhar com alguém. Ah, cara. Ela é tipo um mistério, e tudo em que posso pensar é em como decifrar as pistas.

Quando eu disse a ela que éramos parecidos, não estava brincando. Essa conexão que temos não vai sumir: só fica mais forte. Porque quanto mais tempo passo com ela, mais perto dela quero ficar.

Tenho o impulso de ligar para Brittany só para ouvir sua voz, mesmo que ela esteja carregada de veneno. Sento no sofá da sala e abro meu celular, adicionando o número dela aos meus contatos.

— Pra quem você está ligando? — pergunta Paco, invadindo minha casa sem ligar ou bater. Isa vem logo atrás dele.

Fecho o celular.

— *Nadie.*

— Então tira a bunda desse sofá e vem jogar bola.

Jogar bola é bem melhor do que ficar sentado pensando em Brittany e em seus segredos, mesmo que eu ainda sinta os efeitos da farra de ontem à noite. Eu e meus amigos vamos até o parque, onde um grupo de caras já está se aquecendo.

Mario, um cara da minha turma cujo irmão morreu em um racha no ano passado, bate em minhas costas.

— Quer ficar no gol, Alex?

— Não.

Tenho o que se chama de personalidade ofensiva. No futebol e na vida.

— E você, Paco?

Paco aceita e assume a posição, indo se sentar na frente da linha do gol. Como sempre, meu amigo preguiçoso permanece sentado até que a bola role para o seu lado do campo.

A maioria dos caras que está jogando é do meu bairro. Crescemos juntos... jogamos neste campo desde que éramos crianças, e até fomos iniciados na Latino Blood ao mesmo tempo. Antes de me envolver com a LB, lembro de Lucky nos dizendo que estar em uma gangue era como ter uma segunda família... Uma família que estaria presente quando a sua própria não estivesse. Ofereceriam proteção e segurança. Parecia perfeito para um garoto que havia acabado de perder o pai.

Com o passar dos anos, aprendi a bloquear as coisas ruins. As surras, as transações sujas de drogas e os tiroteios. E não estou falando apenas de gente inimiga. Sei de caras que tentaram sair, caras que foram encontrados mortos ou tão espancados por sua própria gangue que provavelmente prefeririam estar mortos.

Para ser sincero, bloqueio tudo isso em minha mente porque me apavora. Espera-se que eu seja durão o bastante para não me importar, mas me importo.

Nós nos posicionamos em campo. Imagino que a bola esconde um prêmio. Se eu conseguir protegê-la de todo mundo e chutá-la no gol, vou magicamente me transformar em um cara rico e poderoso que poderá levar a família (e o Paco) para longe deste bairro dos infernos.

Há muitos jogadores bons nos dois times. O adversário tem vantagem, porque temos Paco como goleiro, coçando o saco do outro lado do campo.

— Ei, Paco. Para de bater uma! — grita Mario.

A resposta de Paco é agarrar o saco de forma ostensiva e sacudi-lo nas mãos. Chris chuta a bola bem na direção dele e marca um gol.

Mario pega a bola de dentro da rede e a lança para Paco.

— Se estivesse tão interessado no jogo como está em seus *huevos*, eles não teriam marcado um gol.

— Não é minha culpa se coça, mano. Sua namorada deve ter me passado chatos ontem à noite.

Mario ri, sem acreditar por um instante que a namorada o trairia.

Paco lança a bola para Mario, que a passa para Lucky. Lucky leva a bola para o campo adversário. Ele a joga para mim e tenho minha chance. Driblo pelo campo improvisado, fazendo uma pausa apenas para avaliar a distância que preciso percorrer até chutar para o gol.

Esquivando pela esquerda, passo para Mario, que faz tabelinha comigo. Com um chute rápido, a bola se eleva, rápida, e marcamos.

— Gooooool — grita nosso time, enquanto Mario me cumprimenta, batendo as mãos espalmadas no alto.

Nossa comemoração dura pouco, no entanto. Uma Escalade azul avança de forma suspeita pela rua.

— Reconhece? — pergunta Mario, tenso.

O jogo para assim que os outros percebem que há algo errado.

— Talvez seja retaliação — digo.

Meus olhos não deixam a janela do carro. Quando ele para, estamos todos à espreita de algo ou alguém que saia do carro. Na hora em que sair, estaremos prontos.

Mas eu não estou. Meu irmão Carlos sai do carro, junto com um sujeito chamado Wil. A mãe de Wil é da gangue e recruta novos membros. Espero que meu irmão não seja um deles. Trabalhei duro demais para garantir que Carlos saiba que estou na gangue para que ele não precise estar. Se algum membro da família estiver dentro, o resto passa a estar protegido. Eu estou dentro. Carlos e Luis não, e farei tudo o que estiver ao meu alcance para que continuem assim.

Faço uma expressão neutra e vou até Wil, esquecendo completamente o futebol.

— Carro novo? — pergunto, examinando-o.

Química Perfeita **167**

— É da minha mãe.

— Bacana.

Viro para encarar meu irmão.

— Por onde vocês andavam?

Carlos se encosta no carro, como se andar com Wil não fosse grande coisa. Wil acabou de ser iniciado e agora acha que é o tal.

— No shopping. Abriram uma loja de guitarras legal. Hector foi encontrar a gente lá e...

Será que ouvi direito?

— Hector?

A última coisa que quero é que meu irmão se meta com Hector.

Wil, com sua camiseta grande demais caindo sobre a calça, soca Carlos no ombro para fazê-lo se calar. Meu irmão fecha a boca como se algo estivesse prestes a voar para dentro dela. Juro que vou chutar sua bunda daqui até o México se ele sequer cogitar se juntar à gangue.

— Fuentes, você está dentro ou fora? — grita alguém lá do campo.

Contendo minha raiva, olho para meu irmão e seu amigo capaz de arrastá-lo para o lado sombrio.

— Querem jogar?

— Não. Vamos lá pra minha casa — diz Wil.

Dou de ombros de forma despreocupada, sem me sentir nem um pouco assim. *¡Qué me importa!*

Caminho até o campo, mesmo querendo puxar Carlos pela orelha e arrastá-lo até em casa. Não posso me dar ao luxo de fazer uma cena que chegue aos ouvidos de Hector, já que ele poderia começar a questionar minha lealdade.

Às vezes sinto que a minha vida é uma grande mentira.

Carlos vai embora com Wil. Isso, somado ao fato de que não consigo tirar Brittany da cabeça, me deixa maluco. No campo, quando o jogo recomeça, estou indomável. Subitamente, é como se os jogadores do outro time não fossem caras que conheço, mas inimigos de todos os meus planos. Avanço sobre a bola.

— Falta! — grita o primo de um dos meus amigos, quando esbarro nele.

Levanto as mãos.

— Não foi falta.

— Você me empurrou.

— Não seja um *panocha* — digo, sabendo que estou exagerando.

Quero entrar em uma briga. Estou pedindo. Ele sabe. O cara é mais ou menos da minha altura, do meu peso. Minha adrenalina está alta.

— Quer brigar comigo, *pendejo?* — diz ele, abrindo os braços como um pássaro levantando voo.

Intimidação não funciona comigo.

— Paga pra ver.

Paco corre e se posiciona entre nós.

— Alex, se acalma, cara.

— Ou briga ou joga! — grita alguém.

— Ele está dizendo que marquei uma falta — conto a Paco, com as veias pulsando.

Paco dá de ombros, relaxado.

— Você marcou.

Certo, agora que nem meu melhor amigo me apoia, sei que perdi a jogada. Olho em volta. Todo mundo está esperando para ver o que vou fazer. Minha adrenalina está lá em cima, assim como as expectativas deles. Quero mesmo

Química Perfeita **169**

brigar? Sim, nem que seja só para tirar essa energia bruta do meu corpo. E para esquecer, nem que seja por um minuto, que o telefone da minha parceira de química está salvo no meu celular. E que meu irmão está no radar da gangue para ser recrutado.

Meu melhor amigo me empurra para longe do cara que quer arrancar minha cabeça e me afasta para a lateral do campo. Ele chama dois reservas para assumir nossos lugares.

— Por que você fez isso? — pergunto.

— Pra salvar sua pele, Alex. Você perdeu a noção. Completamente.

— Consigo bater nesse cara.

Paco olha diretamente para mim e diz:

— Você está agindo como um *panocha*.

Afasto as mãos dele de minha camisa e saio bufando, sem entender como, em poucas semanas, consegui ferrar tanto minha vida. Preciso consertá-la. Conversarei com Carlos hoje à noite, quando ele voltar para casa. Ele vai me ouvir. Quanto à Brittany...

Ela não quis que eu a levasse embora da casa da Isa porque não queria ser vista comigo. Foda-se. Carlos não é o único que precisa me ouvir.

Abro o celular e digito o número dela.

— Alô?

— É o Alex — digo, embora ela consiga ver que sou eu. — Me encontra na biblioteca. Agora.

— Não posso.

Só que não é hora do *Show de Brittany Ellis*. É hora do *Show de Alex Fuentes*.

— Vai funcionar assim, *mamacita* — digo, chegando em casa e montando na moto. — Ou você aparece na biblioteca daqui a quinze minutos, ou vou levar cinco amigos até a sua casa pra acampar no gramado da frente hoje à noite.

— Como ousa... — começa ela, mas fecho o celular antes que ela acabe a frase.

Ao ligar o motor da minha moto, tentando bloquear as lembranças da noite anterior, quando ela se aconchegou no meu colo, me dou conta de que não tenho plano algum.

Penso se o *Show de Alex Fuentes* será uma comédia ou, mais provavelmente, uma tragédia. De qualquer maneira, vai ser um reality show que não vale a pena perder.

capítulo 23
Brittany

Estou furiosa quando chego ao estacionamento da biblioteca e paro perto das árvores no final do terreno. A última coisa na minha cabeça agora é o nosso projeto de química.

Alex está esperando por mim, encostado em sua moto. Tiro as chaves da ignição, saio do carro e começo a esbravejar.

— Como se atreve a me dar ordens? — grito. Minha vida inteira está cheia de gente tentando me controlar. Minha mãe... Colin. E agora Alex. Para mim chega. — Se você acha que pode me ameaçar...

Sem dizer nada, Alex tira as chaves da minha mão e se senta no banco do motorista do meu Beemer.

— Alex, o que você acha que está fazendo?

— Entra.

O motor ronca. Ele vai sair e me deixar sozinha no estacionamento da biblioteca.

Fechando os punhos e pisando forte, dou a volta até o lado do assento do passageiro. Quando entro, Alex pisa no acelerador.

— Cadê a minha foto do Colin? — pergunto, olhando para o painel. A foto estava grudada ali há um minuto.

— Não se preocupa, depois eu devolvo. Só não tenho estômago pra ficar olhando pra ele enquanto dirijo.

— Você sabe mesmo dirigir carro com câmbio manual? — resmungo.

Sem piscar ou olhar para baixo, ele coloca o carro em primeira marcha e sai da vaga, cantando os pneus. Meu Beemer segue os comandos de Alex, como se os dois estivessem em completa sincronia.

— Você sabe que está roubando meu carro, né? — Silêncio. — E me sequestrando — acrescento.

Estamos parados em um semáforo. Olho para os carros à nossa volta, feliz que a capota esteja levantada e que ninguém possa nos ver.

— *Mira*, você entrou aqui por vontade própria — diz ele.

— É o *meu* carro. E se formos vistos?

Minhas palavras o irritam bastante, porque os pneus cantam furiosamente assim que o semáforo passa para verde. Ele está estragando meu carro de propósito.

— Para com isso! — ordeno. — Me leva de volta à biblioteca.

Mas ele não me leva. Fica em silêncio, enquanto conduz meu carro por bairros desconhecidos e ruas desertas, como as pessoas fazem nos filmes quando vão se encontrar com traficantes perigosos.

Ótimo. Estou indo comprar drogas pela primeira vez. Se for presa, meus pais vão pagar minha fiança? Eu me pergunto como minha mãe vai explicar isso aos amigos dela. Talvez me mandem para alguma escola militar para delinquentes juvenis. Aposto que gostariam de fazer isso... Mandar Shelley para uma instituição e me mandar para uma escola militar.

Química Perfeita　**173**

Minha vida ficaria ainda mais horrível.

Não vou me meter em atividades ilegais. Sou dona do meu destino, não Alex. Agarro a maçaneta.

— Me deixa sair daqui ou juro que pulo.

— Você está usando cinto de segurança. — Ele revira os olhos. — Relaxa, vamos chegar em dois minutos.

Ele reduz a marcha e desacelera o carro quando entramos em um antigo aeroporto deserto.

— Certo, chegamos — diz, puxando o freio de mão.

— Sim, tá bom. Mas chegamos *onde?* Lamento informar, mas o último lugar habitado passou há, sei lá, uns cinco quilômetros. Não vou sair do carro, Alex. Pode negociar suas drogas sozinho.

— Se eu tinha alguma dúvida de que você é loira natural, não tenho mais — diz ele. — Como se eu fosse te levar a uma compra de drogas. Sai do carro.

— Me diz uma boa razão pra eu sair.

— Porque se não sair, vou te arrastar pra fora. Confia em mim, *mujer.*

Ele enfia as chaves no bolso de trás e sai do carro. Sem outras opções, eu o sigo.

— Escuta, se você queria falar sobre aquecedores de mãos, a gente podia ter feito isso pelo telefone.

Ele me encontra na traseira do meu carro. Estamos frente a frente, no meio do nada.

Há uma dúvida me incomodando o dia todo. Já que estou aqui com ele, posso muito bem perguntar.

— Nós nos beijamos ontem à noite?

— Sim.

— Bom, então não foi nada muito interessante, porque nem me lembro.

Ele ri.

— Eu estou brincando. Não nos beijamos. — Ele se inclina na minha direção. — Quando nos beijarmos, você vai se lembrar. Pra sempre.

Ah, Deus. Gostaria que suas palavras não deixassem meus joelhos bambos. Sei que deveria estar com medo, já que estou sozinha com um membro de uma gangue em um lugar deserto, falando sobre beijos. Mas não estou. No fundo da minha alma, sei que ele não me machucaria nem me forçaria a fazer nada.

— Por que você me sequestrou? — pergunto.

Ele me pega pela mão e me leva até a porta do motorista.

— Entre.

— Por quê?

— Vou te ensinar a dirigir este carro direito, antes que você acabe fundindo o motor.

— Achei que você estivesse com raiva de mim. Por que está me ajudando?

— Porque eu quero.

Ah. Eu não estava esperando por isso, de maneira alguma. Meu coração está começando a derreter, porque faz muito tempo que alguém se importou o suficiente comigo a ponto de fazer algo só para me ajudar. Mas...

— Não é porque quer que eu te pague com favores, é?

Ele balança a cabeça, negando.

— Sério?

— Sério.

— E você não está bravo comigo por causa de qualquer coisa que eu disse ou fiz?

— Estou frustrado, Brittany. Com você. Com meu irmão. Com um monte de merda na minha vida.

Química Perfeita   175

— Então por que me trouxe aqui?

— Não faça perguntas para as quais não está pronta pra ouvir as respostas. O.k.?

— O.k.

Eu me sento no banco do motorista e espero que ele se sente ao meu lado.

— Pronta? — pergunta ele quando termina de se ajeitar no banco do passageiro e de pôr o cinto.

— Sim.

Alex se inclina e põe as chaves na ignição. Assim que solto o freio de mão e ligo o carro, ele morre.

— Você não colocou em ponto morto. Se não pisar na embreagem, vai morrer quando você engatar a marcha.

— Eu sabia disso — digo, me sentindo completamente estúpida. — Você está só me deixando nervosa.

Ele põe o câmbio em ponto morto para mim.

— Coloca o pé esquerdo na embreagem, o pé direito no freio e engata a primeira marcha — instrui.

Quando ponho um pé no acelerador e solto a embreagem, o carro pula para a frente.

Ele se segura no painel, para evitar o choque.

— Para.

Paro o carro e o coloco em ponto morto.

— Você tem que encontrar o ponto certo.

Olho para ele.

— O ponto certo?

— Sim. Sabe, quando você sente a marcha entrando. — Ele gesticula enquanto fala, fingindo que suas mãos são os pedais. — Você solta a embreagem muito rápido. Tira um pé e pressiona o outro, equilibrando… Você tem que sentir a marcha pegando. Tenta de novo.

Coloco o câmbio em primeira marcha e vou soltando a embreagem enquanto acelero.

— Segura — diz ele. — Sinta o ponto ideal. E fique nele.

Solto a embreagem e pressiono o acelerador, mas não até o fim.

— Acho que consegui.

— Solte a embreagem agora, mas não acelere demais.

Tento, mas o carro dá uns pulos e depois morre.

— Você soltou a embreagem de uma vez. Não solte tão depressa. Tenta de novo — diz ele, totalmente imperturbável. Não está chateado, frustrado ou com vontade de desistir. — Você tem que acelerar mais. Não muito, só o suficiente para o carro começar a andar.

Repito os mesmos passos, mas desta vez o carro avança sem sacudir. Estamos na pista, andando a quinze quilômetros por hora.

— Pressione a embreagem — instrui ele, colocando a mão sobre a minha no câmbio e me ajudando a mudar para a segunda marcha. Tento ignorar seu toque suave e o calor de sua mão, tão contraditórios com sua personalidade, e me concentrar apenas em dirigir.

Pacientemente, ele me ensina como reduzir a marcha até pararmos no final da pista. Seus dedos ainda estão entrelaçados aos meus.

— Acabou a aula? — pergunto.

Alex pigarreia.

— Humm, sim. — Ele solta minha mão e passa os dedos por sua juba preta, as mechas caindo soltas sobre a testa.

— Obrigada — digo.

— Sim, bom, meus ouvidos quase sangravam toda vez que ouvia o motor do seu carro arranhando no estacionamento na escola. Não fiz isso pra parecer bonzinho.

Inclino minha cabeça e tento fazer com que ele olhe para mim. Ele não olha.

— Por que é tão importante pra você ser visto como um *bad boy*, hein? Me explica.

capítulo 24
Alex

Pela primeira vez, estamos tendo uma conversa civilizada. Agora tenho que pensar em alguma coisa para demolir o muro de defesa dela.

Ah, cara. Preciso revelar algo que me deixe vulnerável. Se a B. me vir como vulnerável, em vez de idiota, talvez eu consiga algum progresso com ela. E, de alguma forma, sei que ela será capaz de perceber se eu inventar algo.

Não tenho certeza se estou fazendo isso pela aposta, pelo projeto de química ou por mim. Na verdade, sou totalmente a favor de *não* analisar essa parte sobre o que está acontecendo aqui.

— Meu pai foi assassinado na minha frente quando eu tinha seis anos — conto a ela.

Ela arregala os olhos.

— Mesmo?

Assinto. Não gosto de falar disso, não sei se consigo nem que eu queira. As mãos dela, com unhas bem-feitas, cobrem sua boca.

Química Perfeita **179**

— Não sabia disso. Meu Deus, eu sinto muito. Deve ter sido horrível.

— Foi.

Sinto uma sensação boa ao falar disso, ao conseguir falar em alto e bom som. Lembro do sorriso nervoso do meu pai transformando-se em uma expressão de choque logo antes de ele ser assassinado.

Uau, nem acredito que me lembrei da expressão no rosto dele. Por que será que seu sorriso foi substituído por uma expressão de choque? Esse detalhe tinha me passado batido até agora. Ainda estou confuso quando me viro para Brittany.

— Se eu der muita importância pra algo e esse algo for tirado de mim, vou me sentir como me senti no dia em que meu pai morreu. Não quero mais me sentir assim, então, em vez disso, me esforço pra não me importar.

O rosto dela reflete tristeza, dor e compaixão. Dá para ver que não está fingindo.

Suas sobrancelhas ainda estão franzidas quando ela diz:

— Sabe, eu agradeço por você contar isso pra mim. Mas não consigo acreditar que você de fato não dê importância às coisas. Não dá pra se programar assim.

— Quer apostar? — De repente, quero desesperadamente mudar de assunto. — Sua vez de me contar alguma coisa.

Ela desvia o olhar. Não a forço a dizer nada, com medo de que caia em si e queira ir embora.

Será que pode ser mais difícil para ela compartilhar algo — nem que seja uma fresta do seu mundo? Minha vida sempre foi tão ferrada que é difícil acreditar que a dela possa ser de alguma forma pior. Observo enquanto uma lágrima solitária escapa do seu olho e ela rapidamente a enxuga.

— Minha irmã... — começa ela. — Minha irmã tem paralisia cerebral. Ela tem um atraso mental. "Retardada", esse é o termo que muita gente usa. Ela não consegue andar e usa o que chamamos de aproximações verbais e dicas não verbais no lugar de palavras, porque não consegue falar...

Com isso, outra lágrima escorre. Desta vez, ela a deixa descer sem contê-la. Tenho um impulso de enxugá-la, mas sinto que precisa ser deixada intocada. Brittany dá um suspiro profundo.

— E ela anda com raiva de algo, mas não sei de quê. Começou a puxar cabelos, e ontem puxou o meu com tanta força que arrancou um tufo. Minha cabeça sangrou e minha mãe começou a surtar comigo.

Então foi daí que veio a região sem cabelos. Não foi um teste de drogas.

Pela primeira vez, sinto pena dela. Imaginava sua vida como um conto de fadas, em que a pior coisa que poderia acontecer com ela seria um grão de ervilha sob o colchão impedindo-a de dormir à noite.

Parece que não é o caso.

Algo está acontecendo. Sinto uma mudança no ar... Uma compreensão mútua entre nós dois. Faz muito tempo que não me sinto assim. Pigarreio e digo:

— Sua mãe provavelmente briga mais com você porque sabe que você aguenta.

— É. Você deve estar certo. Melhor comigo do que com a minha irmã.

— Não é desculpa, mesmo assim.

Estou sendo sincero agora e espero que ela também.

— Escuta, eu não quero ser um idiota com você — digo. E pronto, lá se vai o *Show de Alex Fuentes*.

Química Perfeita   **181**

— Eu sei. É a sua imagem, é quem é Alex Fuentes. Sua marca, seu logo... Um mexicano perigoso, mortal, gostoso e sexy. Sou mestra nisso de manter falsas aparências. Só que não estava tentando parecer uma boneca loira. Estava mais pra uma aparência perfeita e intocável.

Uau. Rebobinando. Brittany me chamou de gostoso e sexy. Não estava esperando isso de maneira alguma. Talvez eu tenha alguma chance de vencer essa merda de aposta.

— Notou que me chamou de gostoso?

— Como se você não soubesse.

Não sabia que *Brittany Ellis* me achava gostoso.

— Que fique registrado, achei que você era intocável. Mas agora que sei que acha que sou um deus mexicano gostoso e sexy...

— Nunca disse a palavra "deus".

Pouso o dedo sobre seus lábios.

— Shh, deixa eu aproveitar a fantasia por um minuto.

Fecho os olhos. Brittany ri, e aquele som suave ecoa nos meus ouvidos.

— De uma maneira meio deturpada, Alex, acho que entendo você. Embora eu realmente me irrite por você ser tão Neandertal.

Quando abro os olhos, ela está me observando.

— Não conta pra ninguém sobre a minha irmã — diz. — Não gosto que as pessoas saibam coisas sobre mim.

— Somos dois atores da vida real, fazendo de conta que somos quem queremos que as pessoas achem que somos.

— Então agora você entende por que eu ficaria desesperada se meus pais descobrissem que somos... amigos.

— Você teria problemas? Caralho, você tem dezoito anos. Não acha que já pode ser amiga de quem quiser? O cordão umbilical foi cortado, sabia?

— Você não entende.

— Tenta.

— Por que você quer tanto saber?

— Duplas da aula de química não devem saber bastante coisa um sobre o outro?

Ela dá uma risada curta:

— Espero que não.

A verdade é que essa garota não é quem eu pensei que fosse. Desde o instante em que lhe contei sobre meu pai, é como se seu corpo inteiro suspirasse aliviado. Como se o sofrimento de outra pessoa a reconfortasse, fizesse-a sentir que não está sozinha. Ainda não entendo por que ela se importa tanto com a opinião dos outros, por que escolheu uma fachada sem falhas para exibir ao mundo.

Pairando sobre minha cabeça, está "A Aposta". Preciso conseguir que essa garota fique caída por mim. E, apesar de meu corpo dizer "vai fundo", o resto de mim pensa: *Você é um idiota aproveitador, porque ela está vulnerável.*

— Quero as mesmas coisas da vida que você — admito. — Apenas as persigo de forma diferente. Você se adapta ao seu ambiente, eu me adapto ao meu.

Ponho a mão sobre a dela novamente.

— Deixa eu te mostrar que sou diferente. *Oye*, você algum dia sairia com um cara que não pudesse te levar a restaurantes caros ou te comprar joias de ouro e diamantes?

— Claro que sim. — Ela retira a mão de debaixo da minha. — Mas eu tenho namorado.

Química Perfeita   183

— Se não tivesse, daria uma chance a este mexicano aqui?

O rosto dela fica rosa-choque. Será que Colin a faz ruborizar assim?

— Não vou responder isso — diz.

— Por que não? É uma pergunta simples.

— Ah, por favor. Nada em você é simples, Alex. Não vamos nem começar.

Ela engata a primeira marcha.

— Podemos ir agora?

— *Sí*, se quiser. Estamos bem?

— Acho que sim.

Estendo a mão para que ela a aperte. Ela olha as tatuagens nos meus dedos e, em seguida, estende a mão na direção da minha, apertando-a com um aparente entusiasmo.

— A aquecedores de mãos — diz, com um sorriso.

— A aquecedores de mãos — concordo. *E ao sexo*, acrescento silenciosamente.

— Quer voltar dirigindo? Não sei o caminho.

Levo-a de volta em um silêncio confortável, enquanto o sol se põe. Nossa trégua me leva para mais perto de meus objetivos: me formar, a aposta… e outra coisa que não estou pronto para admitir.

Entro com o carro bacana no estacionamento escuro da biblioteca e digo:

— Obrigado por… bom, deixar que eu te raptasse. Acho que nos vemos por aí, então.

Tiro as minhas chaves do bolso da frente. Fico pensando se algum dia vou ser capaz de comprar um carro que não seja enferrujado, usado ou velho. Depois que saio do carro dela, tiro a foto de Colin do bolso de trás e jogo-a no assento vago.

— Espera! — chama Brittany quando estou indo embora.

Me viro para ela e a encontro parada bem na minha frente.

— O quê?

Ela sorri, sedutora, como se quisesse algo mais que uma trégua. Bem mais. Puta merda, será que ela vai me beijar? Fui pego com a guarda baixa agora, o que em geral não acontece. Ela morde o lábio, como se estivesse pensando na próxima jogada. Estou totalmente disponível para beijá-la.

Enquanto meu cérebro processa a situação, ela chega mais perto. E arranca as chaves da minha mão.

— O que você acha que está fazendo? — pergunto.

— Dando o troco por você ter me raptado.

Ela anda para trás e, com toda a força, joga minha chave no meio das árvores.

— *Não acredito* que você fez isso.

Ela recua, olhando para mim o tempo todo enquanto vai em direção ao seu carro.

— Sem ressentimentos. Vingança dói, né, Alex? — diz, tentando manter uma expressão séria.

Observo, estupefato, a minha parceira entrar em seu Beemer. O carro sai do estacionamento sem um solavanco, sem uma engasgada, sem uma trepidação. Arrancada perfeita.

Fico irritado por ter que engatinhar no escuro para tentar achar minhas chaves, ou ter que ligar para Enrique vir me buscar.

Mas também acho graça. Brittany Ellis me venceu no meu próprio jogo.

— É — digo, mesmo ela já estando a um quilômetro — Vingança dói! ¡*Carajo!*

Química Perfeita   **185**

capítulo 25
Brittany

O som da respiração pesada da minha irmã deitada ao meu lado é a primeira coisa que ouço quando a luz do sol da manhã entra em seu quarto. Fui para o quarto de Shelley e fiquei deitada ao lado dela por horas observando seu sono tranquilo, e peguei no sono ali mesmo.

Quando eu era pequena, corria para o quarto da minha irmã sempre que havia uma tempestade. Não para confortar Shelley, mas para que ela pudesse me confortar. Segurava sua mão e, de alguma forma, meus medos se desvaneciam.

Vendo minha irmã mais velha dormir profundamente, não posso acreditar que meus pais queiram mandá-la embora. Shelley é uma grande parte de quem eu sou, e a ideia de viver sem ela parece tão... errada. Às vezes sinto que estamos conectadas de uma maneira que poucas pessoas entendem. Mesmo quando nossos pais não conseguem compreender o que Shelley está tentando dizer, porque está frustrada demais, normalmente eu entendo.

É por isso que fiquei arrasada quando ela arrancou meu cabelo. Nunca pensei que ela pudesse fazer isso comigo.

Mas fez.

— Não vou deixar te mandarem embora — digo suavemente para minha irmã adormecida. — Sempre vou te proteger.

Saio da cama de Shelley. Não há como ficar perto dela agora sem que ela perceba que estou chateada. Então me visto e saio de casa antes de ela acordar.

Confiei em Alex ontem e o céu não desabou. Na verdade, me senti melhor depois de contar a ele sobre Shelley. Se posso fazer isso com Alex, certamente posso tentar também com Sierra e Darlene.

Sentada no carro, na frente da casa de Sierra, penso na minha vida.

Nada está dando certo. O último ano de colégio deveria ser só alegria — fácil e divertido. E até agora teve de tudo, menos alegria. Colin está me pressionando, um cara de uma gangue está se tornando mais do que apenas meu parceiro de laboratório e meus pais vão enviar minha irmã para longe de Chicago. O que mais pode dar errado?

Percebo um movimento vindo da janela do quarto de Sierra, no segundo andar. Primeiro pernas, depois uma bunda. Ah, Deus, é Doug Thompson tentando pular na treliça que sustenta a trepadeira na frente da casa.

Doug deve ter me visto, porque a cabeça de Sierra aparece na janela. Ela acena e me pede para esperar.

O pé de Doug ainda não alcançou a treliça. Sierra está segurando a mão dele, para ajudá-lo a se equilibrar. Ele alcança o apoio, mas as flores o distraem e ele cai, o corpo girando em todas as direções. Mas ele está bem, percebo,

Química Perfeita **187**

porque faz sinal de positivo para Sierra antes de ir embora, correndo.

Fico pensando se Colin escalaria treliças por mim.

Três minutos depois, a porta da frente se abre e Sierra sai, de calcinha e camiseta.

— Brit, o que você está fazendo aqui? São sete horas. Da manhã. Você sabe que hoje é dia de conselho de classe e não tem aula, né?

— Sei, mas minha vida está saindo do controle.

— Entra, vamos conversar — diz ela, abrindo a porta do meu carro. — Estou congelando aqui fora. Ah, por que os verões de Chicago não duram mais?

Ao entrar, tiro os sapatos para não acordar os pais dela.

— Não se preocupa, eles foram para a academia há uma hora.

— Então por que o Doug fugiu pela janela?

Sierra dá uma piscadela.

— Você sabe, pra manter a relação excitante. Os caras amam uma aventura.

Sigo Sierra até seu quarto espaçoso. Ele é todo magenta e verde-maçã, as cores que o decorador de sua mãe escolheu para ela. Eu me jogo na cama extra, enquanto Sierra liga para Darlene.

— Dar, vem pra cá. A Brit está em crise.

Darlene, de pijama e chinelo, chega alguns minutos depois, pois mora a apenas duas casas abaixo, na mesma rua.

— Certo, comece a falar — exige Sierra, quando estamos todas juntas.

De repente, com todos os olhos em mim, não estou mais tão certa de que essa coisa de se abrir seja uma boa ideia.

—Ah, deixa pra lá.

Darlene se ajeita.

— Escuta, Brit. Você me tirou da cama às sete da manhã. Pode falar.

— Sim — diz Sierra. — Somos suas amigas. Se não se abrir com as suas amigas, com quem vai se abrir?

Alex Fuentes. Mas nunca diria isso a elas.

— Por que não vemos uns filmes antigos? — sugere Sierra. — Se Audrey Hepburn não fizer você abrir o coração, não sei mais o que faria.

Darlene solta um grunhido.

— Não acredito que vocês me tiraram da cama pra uma não crise e filmes antigos. Vocês realmente precisam arranjar o que fazer. O mínimo que podem fazer é me contar alguma fofoca. Alguém sabe de alguma coisa?

Sierra nos conduz à sala de estar e nos afundamos nas almofadas do sofá.

— Eu ouvi dizer que a Samantha Jacoby foi vista beijando alguém no depósito do zelador na terça-feira.

— Grande coisa — diz Darlene, pouco impressionada.

— Cheguei a falar que ela estava beijando Chuck, um dos zeladores?

— Agora sim, *isso* é uma boa fofoca, Sierra.

É assim que vai ser se eu contar alguma coisa? Elas vão transformar minha desgraça em fofocas para todos rirem?

Ainda na sala de estar da Sierra, quatro horas, dois filmes e um pote de sorvete mais tarde, estou me sentindo melhor. Talvez tenha sido Audrey Hepburn como Sabrina, mas, de alguma forma, começo a achar que qualquer coisa é possível. O que me faz pensar...

— O que vocês acham do Alex Fuentes? — pergunto.

Sierra joga um pedaço de pipoca na boca.

— O que você quer dizer com "o que achamos de Alex Fuentes"?

— Não sei — digo, incapaz de parar de pensar na atração intensa e inegável que sentimos um pelo outro. — Ele é meu parceiro de laboratório.

— E...? — indaga Sierra, mexendo a mão como quem diz: "E aí, o que você quer dizer com isso?".

Apanho o controle remoto e pauso o filme.

— Ele é gostoso. Admita.

— Eca, Brit — diz Darlene, fingindo enfiar o dedo na garganta e vomitar.

Sierra diz:

— Tá bom, admito que ele é bonito. Mas não é alguém que eu namoraria. Ele é, tipo, *membro de uma gangue*.

— E volta e meia aparece na escola drogado — diz Darlene.

— Eu me sento bem ao lado dele, Darlene, e nunca vi Alex drogado na escola.

— Está brincando, Brit? Ele usa drogas antes da escola *e* também no banheiro masculino, quando cabula aula. E não estou falando apenas de maconha. Ele usa coisas pesadas — afirma Darlene, como se isso fosse um fato.

— Você já viu ele usando drogas? — retruco.

— Escuta, Brit. Não tenho que estar na mesma sala que ele pra saber que ele cheira ou injeta. O Alex é perigoso. Além disso, garotas como nós não se misturam com os Latino Blood.

Eu me reclino nas almofadas de pelúcia do sofá.

— Sim, eu sei.

— O Colin te ama — diz Sierra, mudando de assunto.

O amor, suponho, deve ser algo muito diferente do que o Colin demonstrou sentir por mim na praia, mas não quero falar disso agora.

Minha mãe tentou entrar em contato comigo três vezes. Primeiro no meu celular, que desliguei, mas não adiantou. Ela então ligou duas vezes para a casa de Sierra.

— Sua mãe disse que vai vir até aqui se você não falar com ela — diz Sierra, o telefone pendurado entre os dedos.

— Se ela vier, vou embora.

Sierra me passa o telefone.

— Darlene e eu vamos lá pra fora, pra você poder ter privacidade. Não sei o que está acontecendo, mas fale com ela.

Coloco o telefone no ouvido.

— Olá, mãe.

— Ouça, Brittany, sei que está chateada. Tomamos uma decisão sobre a Shelley ontem à noite. Sei que não é fácil pra você, mas ela tem estado cada vez mais difícil.

— Mãe, ela tem vinte anos e fica irritada quando as pessoas não conseguem entendê-la. Você não acha isso normal?

— Você vai para a faculdade no ano que vem. Não é justo mantê-la em casa. Pare de ser tão egoísta.

Se Shelley está sendo mandada embora porque vou para a faculdade, então a culpa *é* minha.

— Vocês vão mandá-la de qualquer jeito, não importa como eu me sinta, né? — pergunto.

— Sim. Já está resolvido.

capítulo 26
Alex

Quando Brittany entra na sala de aula da sra. P. na sexta-feira, ainda estou pensando em como vou me vingar do fato de ela ter jogado minhas chaves no meio das árvores no fim de semana passado. Demorei quarenta e cinco minutos para achá-las e xinguei Brittany o tempo todo. Certo, reconheço que ela conseguiu me dar o troco. E também tenho que agradecê-la por me ajudar a falar da noite da morte do *papá*. Por causa disso, conversei com o pessoal mais antigo da gangue, para perguntar se sabiam quem poderia ter algo contra meu pai.

Brittany passou a semana inteira desconfiada. Está esperando que eu apronte algo, para me vingar por ela ter jogado minhas chaves nas árvores. Depois da aula, quando estou diante do meu armário, pegando livros para levar para casa, ela aparece subitamente na minha frente, usando seu atraente uniforme de *cheerleader*.

— Me encontre no ginásio de luta romana — ordena.

Agora posso fazer duas coisas: encontrá-la, como ela mandou, ou ir embora da escola. Então pego meus livros e entro no pequeno ginásio. Brittany está lá, segurando seu chaveiro, que está sem nenhuma chave pendurada.

— Que mágica fez minhas chaves desaparecerem? — pergunta. — Vou me atrasar para o jogo se você não me contar. A srta. Small vai me tirar da equipe se eu não estiver lá.

— Joguei em algum lugar. Sabe, você realmente deveria arranjar uma bolsa com zíper. Nunca se sabe quando alguém pode enfiar a mão e tirar alguma coisa de lá de dentro sem que você perceba.

— Bom saber que você é cleptomaníaco. Quer me dar uma dica de onde escondeu?

Encosto na parede do ginásio, pensando o que as pessoas imaginariam se nos flagrassem aqui, juntos.

— Está em um lugar molhado. Bem molhado mesmo — digo, dando uma pista.

— A piscina?

Confirmo com a cabeça.

— Criativo, não?

Ela tenta me empurrar contra a parede.

— Ah, eu vou te matar! É melhor você ir buscar.

Se não a conhecesse, pensaria que está flertando comigo. Acho que ela gosta desse jogo que continuamos a jogar.

— *Mamacita*, achei que você me conhecesse melhor que isso. Você está por sua conta, assim como eu naquele dia, quando você me deixou no estacionamento da biblioteca.

Ela inclina a cabeça, fazendo olhos tristes e um biquinho para mim. Eu não deveria me concentrar nos seus lábios: é perigoso. Mas não consigo evitar.

— Me mostra onde elas estão, Alex. *Por favor.*

Faço-a esperar um pouco antes de ceder. Agora a maior parte da escola está deserta. Metade dos alunos está a

Química Perfeita   **193**

caminho do jogo de futebol americano. E a outra metade está feliz por não estar a caminho do jogo.

Andamos até a piscina. As luzes estão apagadas, mas a claridade do dia ainda entra pelas janelas. As chaves de Brittany estão exatamente onde as joguei: no meio da parte funda. Aponto as brilhantes e prateadas pecinhas submersas.

— Estão ali. Pode ir pegar.

Brittany para com as mãos sobre a saia curta, pensando em como conseguir alcançar as chaves sem se molhar. Então desfila até a vara comprida pendurada na parede, usada para tirar gente se afogando da água.

— Tranquilo — diz.

Porém, quando ela mergulha a vara na água, descobre que não é tão "tranquilo" assim. Contenho uma risada, parado na beira da piscina, vendo-a tentar o impossível.

— Sempre existe a possibilidade de tirar a roupa e entrar nua. Vou ficar vigiando pra ter certeza que ninguém entre aqui.

Ela vem até mim, segurando a vara com firmeza.

— Você bem que gostaria, não é?

— Bom, sim — digo, afirmando o óbvio. — Preciso avisar, entretanto, que se você usar calcinha de vovó, vai acabar com a minha fantasia.

— Pra sua informação, são de cetim cor-de-rosa. E já que estamos compartilhando informações íntimas, você é um cara de sambas-canções ou boxers?

— Nenhuma das duas. Minhas partes ficam livres, se é que você me entende.

Bom, na verdade não estão livres. Mas ela vai ter que descobrir isso sozinha.

— Eca, Alex.

— Não desdenhe antes de provar — digo, indo em direção à porta.

— Você está indo embora?

— Humm... estou.

— Não vai me ajudar a pegar as chaves?

— Humm... não.

Se eu ficar, vou me sentir tentado a pedir que ela abandone o jogo e fique comigo. E, definitivamente, não estou pronto para ouvir a resposta dessa pergunta. Brincar com ela, isso eu sei fazer. Mas mostrar como sou de verdade, como fiz no outro dia, me fez baixar a guarda. Não vou fazer isso de novo. Empurro a porta após um último olhar para Brittany, me perguntando se deixá-la agora faz de mim um idiota, um canalha, um covarde ou todas as respostas anteriores.

Em casa, longe de Brittany e das chaves do seu carro, procuro meu irmão. Prometi a mim mesmo que falaria com Carlos esta semana, e adiei essa conversa enquanto pude. Antes que eu possa fazer algo, ele vai ser recrutado e levar a surra do ritual de iniciação da Latino Blood, como levei anos atrás.

Encontro Carlos em nosso quarto, enfiando algo embaixo da cama.

— O que é isso? — pergunto.

Ele se senta na cama, de braços cruzados.

— *Nada.*

— Não venha com esse papo de *nada*, Carlos. — Empurro-o para o lado e espio embaixo de sua cama. Claro, uma Beretta calibre 25 me encara de volta, rindo de mim. Seguro-a nas mãos.

— Onde conseguiu isto?

Química Perfeita

— Não é da sua conta.

É a primeira vez na vida que tenho vontade de realmente assustar Carlos. Minha vontade é enfiar a arma entre os olhos dele e mostrar como é o cotidiano dos membros da gangue... se sentir ameaçado e inseguro, sem saber que dia pode acabar sendo seu último.

— Sou seu irmão mais velho, Carlos. *Se nos fue mi papá*, e sobrou eu pra tentar fazer com que você tenha algum bom senso.

Olho para a arma. Pelo peso, posso dizer que está carregada. Droga, se disparasse acidentalmente, Carlos poderia ser morto. Se Luis a encontrasse... Merda, isso é grave.

Carlos tenta se levantar, mas o empurro de volta para a cama.

— Você anda por aí armado — diz ele. — Por que eu não posso?

— Você sabe por quê? Porque eu pertenço a uma gangue. Você não. Você vai estudar, ir para a faculdade e viver sua vida.

— Você já planejou tudo, não é? — cospe Carlos. — Bom, eu também tenho um plano.

— Espero que não inclua ser recrutado.

Carlos permanece em silêncio.

Acho que já o perdi, e meu corpo fica tenso como um cabo de aço. Posso evitar a entrada dele na gangue, mas só se Carlos estiver disposto a me deixar intervir. Olho para a foto de Destiny acima da cama dele. Ele a conheceu no verão, em Chicago, quando olhava a queima de fogos do Navy Pier, no Quatro de Julho. A família dela mora em Gurnee e, desde que se conheceram, ele ficou louco por ela. Eles se falam ao telefone toda noite. Ela é esperta, mexicana, e, quando me viu, eu e as minhas tatuagens, na ocasião em que Carlos tentou nos apresentar, ficou tão assustada que começou a olhar para os lados, como se fosse levar um tiro só de estar a menos de dois metros de mim.

— Acha que a Destiny vai querer namorar você, se for um membro de gangue armado? — pergunto.

Nenhuma resposta, o que é bom. Ele está refletindo.

— Ela vai te largar mais rápido do que você consegue dizer "calibre 25".

O olhar de Carlos se volta para a foto dela na parede.

— Carlos, pergunta pra que faculdade ela vai. Tenho certeza de que ela tem um plano. Se quiser o mesmo, você pode conseguir.

Meu irmão ergue os olhos para mim. Está lutando consigo mesmo, escolhendo entre o que ele sabe que vai ser mais fácil para ele — a vida de gangue — e o que ele realmente deseja, mas que é mais difícil, como Destiny.

— Pare de andar com o Wil. Arranje outros amigos e se inscreva no time de futebol da escola, ou alguma coisa assim. Comece a agir como um garoto da sua idade e deixe que eu cuido do resto.

Enfio a Beretta na cintura da minha calça jeans e saio de casa, em direção ao armazém.

capítulo 27
Brittany

Cheguei atrasada ao jogo de futebol. Depois que Alex saiu, tirei a roupa e pulei na piscina de sutiã e calcinha para pegar minhas chaves. Graças a ele, fui rebaixada. Darlene, que era a cocapitã da equipe de pompons, é agora oficialmente a capitã. Demorei meia hora no vestiário para secar o cabelo e reaplicar minha maquiagem. A srta. Small ficou puta com meu atraso. E ainda me disse que eu deveria ficar feliz por ter sido só rebaixada e não suspensa.

Depois do jogo, deitei no sofá da sala com minha irmã. Meu cabelo ainda cheira a cloro, mas estou muito cansada para fazer alguma coisa sobre isso. Enquanto assisto a reality shows, depois do jantar, meus olhos começam a se fechar.

— Brit, acorda. O Colin está aqui — diz minha mãe, me sacudindo.

Olho para Colin, de pé na minha frente. Ele levanta as mãos.

— Pronta?

Ah, saco. Esqueci totalmente da festa de Shane, que está marcada há meses. Não estou com vontade alguma de ir.

— Vamos dar o cano e ficar em casa.

— Está brincando? Todo mundo está esperando que a gente vá. E de jeito nenhum você vai querer perder a festa do ano. — Ele olha para a minha calça de moletom e para a camiseta com laço cor-de-rosa que comprei na caminhada contra o câncer de mama no ano passado. — Eu espero você se arrumar. Corre. Por que não usa aquele minivestido preto que eu adoro?

Eu me arrasto até meu armário para me trocar. No canto, ao lado da minha blusa da DKNY, está a bandana de Alex. Eu a lavei ontem à noite, mas, mesmo assim, fecho os olhos e levo o lenço ao nariz, para checar se o cheiro dele ainda está no tecido. Tudo o que sinto, entretanto, é o perfume do sabão, então fico desapontada. De qualquer modo, não estou pronta para analisar meus sentimentos agora, especialmente com Colin me esperando lá embaixo.

Colocar o minivestido preto, arrumar o cabelo e passar maquiagem leva um tempo. Espero que Colin não fique irritado com a demora. Tenho que estar muito bem-arrumada. Com certeza minha mãe vai fazer algum comentário sobre minha aparência na frente dele.

De volta ao andar de baixo, encontro Colin sentado na beirada do sofá, ignorando Shelley. Acho que ele fica nervoso perto dela.

Minha mãe, "o inspetor", caminha até mim e toca o meu cabelo.

— Passou condicionador?

Antes ou depois do meu mergulho na piscina para recuperar minhas chaves? Empurro sua mão.

Química Perfeita **199**

— Mãe, por favor.

— Você está incrível — diz Colin, aparecendo ao meu lado.

Por sorte, mamãe desiste, obviamente satisfeita e reconfortada com a aprovação de Colin, apesar de meu cabelo não estar perfeito.

Durante a ida para a casa de Shane, observo o cara que é meu namorado há dois anos. A primeira vez que nos beijamos foi durante um jogo de verdade ou desafio na casa de Shane, no segundo ano. Nós nos pegamos na frente de todo mundo, Colin me tomando nos braços e me beijando por uns cinco minutos. Sim, os espectadores cronometraram. Somos um casal desde então.

— Por que você está me olhando assim? — pergunta ele, virando para mim.

— Estava me lembrando da primeira vez que nos beijamos.

— Na casa do Shane. Sim, a gente deu um show pra todo mundo, né? Até os veteranos da época ficaram impressionados.

— Agora somos nós os veteranos.

— E ainda somos o casal de ouro, linda — diz ele, parando em frente à garagem de Shane. — A festa pode começar, o casal de ouro chegou! — grita Colin quando entramos na casa.

Colin se junta aos garotos, enquanto procuro por Sierra. Encontro-a na sala de estar. Ela me abraça e indica o lugar ao seu lado no sofá. Um grupo de meninas da equipe de pompons está aqui, incluindo Darlene.

— Agora que a Brit chegou — diz Sierra —, podemos começar a jogar.

— Quem você prefere beijar? — pergunta Madison.

Sierra se recosta no sofá.

— Vamos começar pelo mais fácil. Pug ou poodle?

Eu rio.

— Quer dizer, os cachorros?

— Sim.

— Certo — digo. Os poodles são bonitos e fofinhos, mas os pugs são mais masculinos e têm aquele olhar de não-se-meta-comigo. Apesar de eu até gostar de coisas bonitas e fofas, um poodle não me serve. — Pug.

Morgan faz uma careta.

— Ai, credo! Poodle, com certeza. Os pugs têm o nariz amassado e aquele problema de ronco. Não dá vontade de beijar.

— Não vamos tentar de verdade, sua imbecil — diz Sierra.

— Eu tenho uma — digo. — O treinador Garrison ou o sr. Harris, o professor de matemática?

Todas as garotas dizem em uníssono:

— Garrison!

— Ele é tão sexy — comenta Megan.

Sierra ri.

— Odeio ser eu a dar a notícia, mas ouvi dizer que ele é gay.

— De jeito nenhum — diz Megan. — Tem certeza? Bom, mesmo se for, eu ainda o pegaria antes do Harris, em qualquer dia.

— Tenho uma — insinua Darlene. — Colin Adams ou Alex Fuentes?

Todos os olhos se voltam para mim. Então Sierra me cutuca, avisando que temos companhia. Colin. Por que Darlene armou para mim desse jeito?

Todos os olhos agora se voltam para Colin, que está logo atrás de mim.

Química Perfeita   **201**

— Opa. Foi mal — diz Darlene, tentando disfarçar sua indiscrição.

— Todo mundo sabe que a Brittany escolheria o Colin — intervém Sierra, enfiando um pretzel na boca.

Megan se irrita:

— Darlene, qual é o seu problema?

— O quê? É só um jogo, Megan.

— Sim, mas acho que estamos jogando um jogo diferente do seu.

— O que isso quer dizer? Só porque você não tem um namorado...

Colin passa por nós e vai para o pátio. Depois de lançar para Darlene um olhar irritado e de agradecer silenciosamente a Megan por tê-la confrontado, vou atrás dele.

Encontro Colin em uma das espreguiçadeiras, ao lado da piscina.

— Mas que merda, você tinha que hesitar quando a Darlene fez aquela pergunta? — diz. — Você me fez de idiota lá.

— Bom, também não estou muito feliz com a Darlene neste momento.

Ele dá uma risada curta.

— Você não entendeu? Não é culpa da Darlene.

— Acha que a culpa é minha? Como se eu tivesse pedido para o Alex ser meu parceiro.

Ele se levanta.

— Também não reclamou.

— Você quer brigar, Colin?

— Talvez eu queira. Você nem sabe como ser uma namorada.

— Como você pode dizer uma coisa dessas? Quem te levou para o hospital quando você torceu o pulso? Quem invadiu o campo e te beijou depois do seu primeiro ponto? Quem foi te visitar todos os dias no ano passado, quando você teve varicela?

O.k., tive aulas de direção não solicitadas e desmaiei bêbada nos braços de Alex, mas eu não sabia o que estava fazendo. Nada aconteceu entre mim e Alex. Sou inocente, mesmo que meus pensamentos não sejam.

— Isso foi no ano passado. — Colin pega minha mão e me puxa em direção à casa. — Quero que você me mostre o quanto se importa. Agora.

Entramos no quarto de Shane, e Colin me puxa para a cama.

Eu o afasto assim que ele beija meu pescoço.

— Para de agir como se eu fosse forçar alguma coisa, Brit — diz ele. A cama range sob seu peso. — Desde o começo das aulas você tem agido como uma merda de uma puritana.

Eu me sento.

— Não quero basear nosso relacionamento em sexo. É como se a gente nem conversasse mais.

— Então converse — diz ele, enquanto sua mão passeia por meu peito.

— Você primeiro. Diga alguma coisa, então eu digo outra.

— Essa é a coisa mais idiota que eu já ouvi. Não tenho o que dizer, Brit. Se você tem algo em mente, coloca pra fora.

Inspiro profundamente, mortificada por me sentir mais confortável com Alex do que aqui, em uma cama, com Colin. Não posso deixar nosso namoro terminar. Minha mãe ia enlouquecer, minhas amigas iam enlouquecer… o sistema solar sairia de alinhamento…

Colin me puxa para si. Não posso terminar com ele só porque estou com medo de transar. Afinal, ele também é

Química Perfeita   **203**

virgem. E está esperando por mim para podermos compartilhar nossa primeira vez juntos. A maioria dos nossos amigos já transaram. Talvez eu esteja sendo boba sobre essa coisa toda. Talvez meu interesse por Alex seja minha desculpa para evitar transar com Colin.

O braço de Colin envolve minha cintura. Passamos dois anos juntos, por que acabar com tudo por causa de uma atração tola por alguém com quem eu nem deveria estar conversando?

Quando os lábios dele estão a centímetros dos meus, meu olhar congela. Na cômoda de Shane há uma foto. Shane e Colin na praia, neste verão. Há duas meninas com eles, e Colin está intimamente enlaçando com os braços a menina bonita com cabelo castanho curto. Os dois estão com um sorriso aberto, como se tivessem um segredo que não pudessem compartilhar.

Aponto para a foto.

— Quem é essa? — pergunto, tentando esconder a inquietação em minha voz.

— Só duas garotas que a gente conheceu na praia — diz ele, inclinando o corpo enquanto olha a foto.

— Qual é o nome da garota que você está abraçando?

— Não sei. Acho que era Mia ou algo assim.

— Vocês parecem um casal — digo.

— Isso é ridículo. Vem cá — diz ele, sentando-se e bloqueando minha visão da foto. — É você quem eu quero agora, Brit.

O que ele quer dizer com *agora*? Como se durante o verão ele quisesse Mia, mas agora me quisesse? Será que estou analisando demais as palavras?

Antes que eu possa continuar pensando, ele ergue meu vestido e meu sutiã até o queixo.

204 SIMONE ELKELES

Estou tentando entrar no clima e me convencer de que minha hesitação é só nervosismo.

— Você trancou a porta? — pergunto, tentando relegar minha inquietação aos cantos escuros da minha mente.

— Sim — diz ele, completamente concentrado em meus seios.

Sabendo que preciso tomar alguma iniciativa, mas com dificuldade para entrar no clima, passo a mão sobre sua calça.

Colin se levanta, tira minha mão e abre o zíper. Ele abaixa as calças até os joelhos e diz:

— Vamos lá, Brit. Vamos tentar algo novo.

Nada disso parece certo, parece ensaiado. Ainda assim eu me aproximo, embora minha mente esteja longe.

A porta se abre e a cabeça de Shane surge no quarto. Um grande sorriso aparece em seu rosto.

— Puta merda! Onde tem um celular quando a gente precisa de um?

— Achei que você tivesse trancado a porta! — digo para Colin, com raiva, puxando rapidamente o sutiã e o vestido para baixo. — Você mentiu pra mim.

Colin apanha o cobertor e se cobre.

— Shane, a gente pode ter alguma privacidade, porra? Brit, para de dar chilique como uma histérica.

— Caso não tenha notado, este é o meu quarto — diz Shane. Ele se encosta na porta e levanta as sobrancelhas para mim. — Brit, fala a verdade. São naturais?

— Shane, você é um porco — digo, afastando-me de Colin.

Colin tenta me segurar quando me levanto da cama.

— Volta aqui, Brit. Desculpa por não ter trancado a porta. Eu me deixei levar pelo clima.

Química Perfeita **205**

O problema é que a porta destrancada é apenas uma parte da razão pela qual estou puta da vida. Ele me chamou de histérica e nem notou. E, ainda por cima, não me defendeu do Shane. Olho para o meu namorado.

— É? Bom, agora estou me "deixando levar" pra longe daqui — digo.

Às três e meia da manhã, estou no meu quarto, encarando o celular. Colin ligou trinta e seis vezes. E deixou dez mensagens. Desde que Sierra me trouxe para casa, eu o ignorei. Principalmente porque preciso deixar minha raiva esfriar. Estou horrorizada por Shane ter me visto seminua. Só no tempo que levei para encontrar Sierra e pedir para ela me levar para casa, pelo menos cinco pessoas já estavam sussurrando sobre meu show no quarto de Shane. Não quero explodir como minha mãe faz, mas estava prestes a perder a cabeça com Shane e Colin na festa.

Mais ou menos na trigésima nona ligação de Colin, minha frequência cardíaca já está tão controlada quanto o possível para esta noite.

Finalmente atendo.

— Para de me ligar — digo.

— Vou parar de ligar quando você ouvir o que eu tenho a dizer — diz Colin do outro lado da linha, a voz cheia de frustração.

— Então fala. Estou ouvindo.

Ouço-o respirar fundo.

— Desculpa, Brit. Desculpa por não trancar a porta. Desculpa por querer fazer sexo. Desculpa por um dos meus melhores amigos achar que ele é engraçado quando não é. Desculpa por eu não conseguir ficar assistindo a você e Fuentes na aula da Peterson. Desculpa por ter mudado durante o verão.

Não sei o que dizer. Ele mudou. E eu, mudei? Ou sou a mesma pessoa de quem ele se despediu antes das férias? Não sei. Mas de uma coisa tenho certeza.

— Colin, eu não quero mais brigar.

— Nem eu. Você pode só tentar esquecer o que aconteceu esta noite? Prometo que vou te compensar. Você lembra do nosso aniversário de namoro no ano passado, quando meu tio levou a gente pra passar o dia em Michigan, no jatinho dele?

Acabamos indo para um resort. Quando chegamos ao restaurante para jantar naquela noite, um enorme buquê de rosas vermelhas estava em nossa mesa, juntamente com uma caixa azul-turquesa. Dentro dela, havia uma pulseira de ouro branco da Tiffany.

— Lembro.

— Vou comprar os brincos que combinam com a pulseira, Brit.

Não tenho coragem de dizer a ele que não são os brincos o que realmente quero. Amo demais aquela pulseira e a uso o tempo todo. Mas o que me surpreendeu não foi o presente; foi Colin ter se esforçado para tornar aquele dia uma ocasião superespecial para nós. É disso que me lembro quando olho para a pulseira. Não do presente, mas do significado por trás dele. Desde que as aulas começaram, só tive pequenos vislumbres daquele Colin.

Os brincos caros seriam um símbolo das desculpas dele e me lembrariam desta noite horrível. Também poderiam servir para fazer com que eu me sentisse culpada e pressionada a dar algo a ele... como minha virgindade. Ele pode não

Química Perfeita   **207**

estar pensando nisso conscientemente, mas só o fato de tudo isso ter surgido em minha mente é um sinal. Não quero essa pressão.

— Colin, não quero brincos.

— Então o que você quer? Me diz.

Levo um tempo para responder. Há seis meses, eu poderia ter escrito um ensaio de cem páginas sobre o que desejava. Desde que as aulas começaram, porém, tudo mudou.

— Agora não sei o que quero. — Me sinto mal por dizer isso, mas é a verdade.

— Bom, quando descobrir, você me conta?

Sim, *se* eu descobrir.

capítulo 28
Alex

Na segunda-feira, tento não dar importância demais ao fato de estar ansioso pela aula de química. Claro que não é a sra. P. que me deixa assim. É Brittany.

Ela entra atrasada na sala de aula.

— Oi — digo.

— Oi — resmunga ela de volta. Sem sorriso, sem olhos brilhantes. Certamente há algo que a perturba.

— Bom, turma — diz a sra. P. —, peguem os lápis. Vamos ver o quanto têm estudado.

Enquanto amaldiçoo silenciosamente a sra. P. por não ter programado para hoje um dia de experiências de laboratório, o que nos permitiria conversar, lanço um olhar para minha parceira. Ela parece totalmente despreparada. Me sentindo protetor, embora não tenha esse direito, levanto a mão.

— Estou com medo de ouvi-lo, Alex — diz a sra. P., me encarando com desgosto.

— É só uma pergunta.

— Prossiga. Seja breve.

— É uma prova com consulta, né?

A professora me olha, irritada, por cima dos óculos.

— Não, Alex, não é com consulta. E, se não tiver estudado, vai tirar um grande F. Entendeu?

Solto meus livros ruidosamente no chão, como resposta.

Depois que a sra. P. entrega a prova, leio a primeira pergunta.

A densidade do Al (alumínio) é de 2,7 g/mm. Que volume corresponde a 10,5 g de Al (alumínio)?

Depois de encontrar a resposta, olho para Brittany. Ela encara a prova com um olhar vazio.

Ao me flagrar olhando para ela, ela faz uma expressão sarcástica.

— O quê?

— Nada. *Nada.*

— Então para de olhar pra mim.

A sra. P. nos observa. Respirando fundo para me acalmar, volto à prova. Ela precisa mesmo fazer isso? Ficar mudando de humor assim? O que será que provocou isso?

Pelo canto do olho, vejo minha parceira pegar o passe para ir ao banheiro no gancho próximo à porta da sala de aula. O problema é que o passe para o banheiro não ajuda a pessoa a evitar a vida. Ela ainda estará aqui quando você voltar. Acredite em mim: já tentei. Os problemas e as coisas ruins não vão embora quando nos escondemos no banheiro.

De volta à sala, Brittany deita a cabeça na mesa enquanto rabisca respostas. Dou uma olhada para ela e sei que não está concentrada, que está fazendo a prova de qualquer jeito. Quando a sra. P. manda que todos entreguem as folhas, minha parceira de química a olha sem expressão.

— Se faz você se sentir melhor — digo baixinho, para que apenas Brittany possa ouvir —, fui reprovado em ciências no oitavo ano porque pus um cigarro aceso na boca de um dos bonecos.

Sem levantar os olhos, ela responde:

— Bom pra você.

A música flui pelo alto-falante, indicando o fim da aula. Observo que o cabelo dourado de Brittany balança menos que o habitual quando ela sai da sala, curiosamente sem estar acompanhada do namorado. Fico pensando se ela acha que tudo vai sempre cair no seu colo, até boas notas.

Eu tenho que batalhar por tudo o que quero. Nada cai no meu colo.

— Oi, Alex.

Carmen está na frente do meu armário. Certo, algumas coisas caem no meu colo, afinal de contas.

— *¿Que pasa?*

Minha ex-namorada se inclina na minha direção, deixando à mostra o V profundo do seu decote.

— Vou com uns amigos para a praia depois da aula. Quer vir?

— Preciso trabalhar — respondo. — Talvez encontre com vocês depois.

Subitamente, me lembro de duas semanas atrás. Após ir até a casa de Brittany só para ser humilhado pela mãe dela, algo dentro de mim se rompeu.

Ficar bêbado para afogar meu ego ferido foi uma ideia estúpida. Queria estar com Brittany, queria ficar com ela — não apenas para estudar, mas para descobrir o que há por baixo daqueles fios loiros. Mas minha parceira de química me ignorou. Carmen não. A lembrança é um pouco nebulosa,

Química Perfeita

porém me lembro de Carmen no lago, enroscando seu corpo ao meu. E dela sentada em cima de mim perto da fogueira, enquanto fumávamos algo bem mais forte que um Marlboro. Naquele meu estado bêbado e chapado, de ego ferido, qualquer garota teria me deixado satisfeito.

Carmen estava lá e devo desculpas a ela, porque embora estivesse se oferecendo, eu não devia ter mordido a isca. Preciso conversar com ela e explicar aquela minha atitude idiota.

Depois da aula, alguns alunos se agrupam em torno da minha moto. Droga, se tiver acontecido algo com Julio, juro que vou socar alguém.

Não preciso empurrar as pessoas, porque um caminho se abre à medida que me aproximo. Todos os olhos estão fixos em mim, enquanto examino minha moto vandalizada. Estão esperando que eu exploda. Afinal, quem ousaria prender uma buzina cor-de-rosa de triciclo no guidão da moto e ainda colar fitas brilhantes nas duas pontas? Ninguém poderia se safar depois de uma dessas.

Exceto Brittany.

Examino a área em volta, mas ela não está por perto.

— Não fui eu — diz Lucky, rapidamente.

Todos os outros murmuram que também não foram eles.

Na sequência, perguntas sussurradas sobre quem poderia ter sido o autor percorrem o grupo. "Colin Adams, Greg Hanson…"

Não presto atenção nisso, porque sei muito bem quem é a culpada. É minha parceira de química, exatamente aquela que me ignorou hoje.

Arranco as fitas com um puxão e desatarraxo a buzina de borracha rosa. Rosa. Será que foi dela algum dia?

— Saiam da minha frente — digo ao bando. Eles se dispersam rapidamente, achando que estou com muita raiva, sem querer ficar presos no fogo cruzado. De vez em quando, agir como durão tem suas vantagens. A verdade? Vou usar a buzina rosa e as fitas como desculpa para falar com Brittany de novo.

Depois de todos desaparecerem, caminho até a lateral do campo de futebol americano. A equipe de *cheerleaders* está ali, treinando como sempre.

— Procurando alguém?

Viro e vejo Darlene Boehm, uma das amigas de Brittany.

— A Brittany está por aí? — pergunto.

— Não.

— Sabe onde ela está?

Alex Fuentes perguntando pelo paradeiro de Brittany Ellis? Espero que ela me diga que não é da minha conta. Ou que eu deveria deixá-la em paz.

Em vez disso, ela responde:

— Foi pra casa.

Murmurando um "obrigado", volto até Julio, digitando no celular o número da oficina do meu primo.

— Oficina Mecânica Enrique.

— É o Alex. Vou me atrasar pro trabalho hoje.

— Recebeu outra detenção?

— Não, não é isso.

— Bom, só não deixe de consertar o Lexus do Chuy. Eu disse a ele que poderia vir buscá-lo às sete horas, e você sabe como o Chuy fica quando não cumprimos o prometido.

— Sem problemas — respondo, pensando no papel de Chuy na gangue. Ele é o cara com quem ninguém quer se desentender, alguém que nasceu sem o chip da empatia no cérebro. Se alguém for desleal, Chuy é o responsável por

Química Perfeita   **213**

tornar a pessoa leal ou garantir que ela nunca nos entregue. Para isso, utiliza todo e qualquer meio possível, mesmo que a pessoa chegue a implorar por sua vida.

— Estarei aí.

Ao bater na porta dos Ellis dez minutos depois, com a buzina rosa e as fitas na mão, tento fazer uma pose de sou-um-cara-durão.

Quando Brittany abre a porta usando uma camiseta velha e um short, sinto o coração na boca.

Seus olhos azul-claros estão muito abertos.

— Alex, o que você está fazendo aqui?

Mostro a buzina e as fitas.

Ela as arranca da minha mão.

— Não acredito que você veio até aqui por causa de uma pegadinha.

— Temos algumas coisas pra conversar. Além das pegadinhas.

Ela engole em seco, nervosa.

— Não estou me sentindo bem, o.k.? Vamos deixar pra conversar na escola.

Ela tenta fechar a porta.

Droga, não acredito que vou fazer como os *stalkers* nos filmes. Empurro a porta. *¡Qué mierda!*

— Alex, não.

— Me deixa entrar. Só um pouco. Por favor.

Brittany balança a cabeça, com aqueles cachos angelicais tocando seu rosto.

— Meus pais não gostam que eu receba gente aqui.

— Eles estão em casa?

— Não.

Ela suspira e abre a porta, hesitante.

Entro. A casa é ainda maior do que parece pelo lado de fora. As paredes são pintadas de um branco luminoso e me lembram um hospital. Tenho certeza de que a poeira não teria coragem de cair no assoalho ou nas bancadas.

O vestíbulo de dois níveis exibe uma escada que poderia competir com a que vi em *A noviça rebelde*, filme a que fomos obrigados a assistir no segundo ano, e o piso brilha como o sol.

Brittany estava certa. Este não é o meu lugar. Mas não importa, porque mesmo não sendo, ela está aqui, e quero estar onde ela estiver.

— E então, sobre o que você quer falar? — pergunta ela.

Gostaria que suas longas pernas esguias não estivessem tão visíveis por causa do short. São uma distração. Desvio o olhar, tentando desesperadamente manter a cabeça fria. E daí se ela tem pernas sedutoras? E daí se tem olhos tão claros quanto contas de vidro? E daí se consegue aguentar uma brincadeira como um cara e ainda dar o troco na mesma hora?

A quem estou enganando? Não tenho motivo algum para estar aqui, além do fato de querer estar perto dela. Que se dane a aposta.

Quero saber como fazer essa garota rir. Quero saber o que a faz chorar. Quero saber qual é a sensação de ter seu olhar sobre mim, como se eu fosse seu cavaleiro de armadura brilhante.

— Buiii! — uma voz distante ecoa pela casa, quebrando o silêncio.

— Espere aqui — ordena Brittany, se apressando pelo corredor à direita. — Já volto.

Não vou ficar aqui plantado no vestíbulo como um idiota. Sigo-a, sabendo que estou prestes a ter um vislumbre do seu mundo íntimo.

capítulo 29
Brittany

Não tenho vergonha da deficiência da minha irmã. Mas não quero que Alex a julgue. Porque se ele rir, não vou aguentar. Ironizo:

— Você não é muito bom em seguir instruções, né?

Ele sorri, como se dissesse: *Eu sou membro de uma gangue, o que você esperava?*

— Preciso cuidar da minha irmã. Você se importa?

— Não. Isso vai me dar a chance de conhecê-la. Confia em mim.

Deveria expulsá-lo daqui, com suas tatuagens e tudo o mais. Deveria, mas não expulso.

Sem outra palavra, eu o levo até nossa escura biblioteca, forrada com painéis de mogno.

Shelley está sentada em sua cadeira de rodas, a cabeça desajeitadamente caída para o lado, assistindo à TV.

Quando ela percebe que tem companhia, seu olhar passa da TV para mim e então para Alex.

— Este é o Alex — explico, desligando a TV. — Um amigo da escola.

Shelley dá a Alex um sorriso torto e bate em seu teclado especial com os nós dos dedos.

— Olá — diz uma voz feminina, computadorizada. Ela bate em outro botão. — Meu nome é Shelley — continua o computador.

Alex se ajoelha para ficar com os olhos na mesma altura dos de Shelley. Esse simples ato de respeito rasga algo dentro de mim que suspeito ser meu coração. Colin sempre ignora minha irmã, tratando-a como se fosse cega e surda, além de física e mentalmente incapacitada.

— Como você está? — diz Alex, pegando a mão endurecida de Shelley na sua e sacudindo-a. — Computador legal.

— É um dispositivo de comunicação pessoal, chamado PCD — explico. — Ele a ajuda a se comunicar.

— Jogo — diz a voz do computador.

Alex se move e fica ao lado de Shelley. Prendo a respiração, observando as mãos dela, para me certificar de que não estejam próximas do cabelo de Alex.

— Tem jogos aí? — pergunta ele.

— Sim — respondo por ela. — Ela é fanática por damas. Shelley, mostre como funciona.

Enquanto Shelley bate lentamente na tela com os nódulos de seus dedos, Alex a olha, aparentemente fascinado.

Quando a tela de damas aparece, Shelley empurra a mão de Alex.

— Você primeiro — diz ele.

Ela balança a cabeça.

— Ela quer que você comece — digo.

— Beleza — diz ele, então bate na tela.

Química Perfeita **217**

Assisto à cena, amolecendo por dentro, enquanto esse cara durão joga calmamente com minha irmã mais velha.

— Você se importa se eu for fazer um lanche pra ela? — digo, desesperada para sair do cômodo.

— Não, pode ir — diz ele, concentrado no jogo.

— Não precisa deixar ela ganhar — digo antes de sair. — Ela joga damas muito bem.

— Ah, obrigado pelo voto de confiança, mas estou tentando ganhar — diz Alex. Ele tem um sorriso genuíno no rosto, não está sendo arrogante ou condescendente. Isso me deixa ainda mais desesperada para escapar logo.

Quando entro na biblioteca com a comida de Shelley, alguns minutos depois, ele diz:

— Ela ganhou.

— Falei que ela é boa. Mas agora chega de jogos — digo para Shelley, me virando depois para Alex. — Espero que você não se importe que eu a ajude a comer.

— Vá em frente.

Ele se senta na cadeira de couro favorita do meu pai, enquanto coloco uma bandeja na frente de Shelley e começo a dar purê de maçã para ela. É uma atividade desajeitada, como sempre. Inclinando a cabeça, vejo que Alex presta atenção quando limpo a boca de minha irmã com uma toalha.

— Shelley — digo. — Você devia ter deixado ele ganhar. Sabe, pra ser educada. — A resposta de Shelley é uma sacudida de cabeça. O purê de maçã escorre pelo queixo dela. — É assim que vai ser, é? — digo, esperando que Alex não ache a cena nojenta. Talvez eu o esteja testando, para ver se ele consegue lidar com um vislumbre da minha vida doméstica. Se isso é um teste, ele está aprovado. — Espera só até o Alex ir embora. Vou te mostrar quem é a campeã de damas.

Minha irmã dá seu doce sorriso torto. É como se mil palavras fossem pronunciadas em uma única expressão. Por um momento, esqueço que Alex ainda me observa. É tão estranho tê-lo dentro da minha vida e da minha casa. Ele não combina com nada disso, mas não parece se importar de estar aqui.

— Por que você estava de mau humor no laboratório de química? — pergunta ele.

Porque minha irmã vai ser mandada embora e porque ontem fui pega com os peitos de fora, com Colin bem na minha frente, de calça abaixada.

— Tenho certeza que ouviu os terríveis rumores.

— Não, não ouvi. Talvez você esteja apenas sendo paranoica.

Talvez. Shane nos viu, e ele tem uma boca grande. Todas as vezes que alguém olhou para mim hoje, imaginei que soubesse de tudo. Olho para Alex.

— Às vezes gostaria que desse pra reiniciar o dia.

— Às vezes gostaria que desse pra reiniciar o ano — responde ele, seriamente. — Ou acelerar o dia.

— Infelizmente, a vida real não tem controle remoto.

Quando Shelley termina de comer, coloco-a na frente da TV e levo Alex até a cozinha.

— Minha vida não parece tão perfeita afinal de contas, né? — pergunto, pegando bebidas da geladeira para nós dois.

Alex olha para mim com curiosidade.

— O quê?

Ele dá de ombros.

— Acho que todo mudo tem problemas. Tenho mais demônios dentro de mim do que um filme de terror.

Química Perfeita   **219**

Demônios? Nada parece incomodar Alex. Ele nunca se queixa da vida.

— Quais são seus demônios? — pergunto.

— *Oye*, se eu te contasse sobre meus demônios, você correria de mim como o diabo foge da cruz.

— Acho que ficaria surpreso com o que realmente me faria correr, Alex. — As badaladas de nosso relógio da sala ecoam pela casa. Um. Dois. Três. Quatro. Cinco.

— Preciso ir — diz Alex. — Que tal estudar amanhã, depois da escola? Na minha casa.

— Sua casa? — Do lado sul?

— Vou te mostrar um pouco da minha vida. Quer ver? — pergunta ele.

Engulo em seco.

— Tá bom. Quero.

Enquanto o levo até a porta, ouço um carro parando na frente da minha casa. Se for minha mãe, estou em apuros. Não importa que nossa reunião tenha sido a mais inocente possível, ela vai surtar.

Olho pela janela ao lado da porta da frente e reconheço o carro esporte vermelho da Darlene.

— Ah, não. Minhas amigas estão aqui.

— Não entre em pânico — diz ele. — Abra a porta. Não dá pra fingir que eu não estou aqui. Minha moto está parada bem na entrada.

Ele tem razão. Não dá para esconder que ele está aqui.

Abro a porta e saio. Alex está bem atrás de mim quando vejo Darlene, Morgan e Sierra subindo a calçada.

— Oi, meninas! — digo. Talvez, se agir de forma inocente, elas não façam um grande estardalhaço por Alex estar aqui. Toco o cotovelo de Alex. — A gente estava só discutindo nosso projeto de química. Né, Alex?

— É.

As sobrancelhas de Sierra sobem. Acho que Morgan está prestes a pegar o celular, sem dúvida para informar às outras Ms que viu Alex Fuentes saindo da minha casa.

— Quer que a gente vá, pra ficarem sozinhos? — pergunta Darlene.

— Não seja ridícula — respondo, rápido demais.

Alex caminha até sua moto, a camisa mostrando o contorno de suas costas perfeitas e musculosas, a calça jeans evidenciando as curvas de sua perfeita e musculosa...

Depois de colocar o capacete, ele aponta para mim.

— Até amanhã.

Amanhã. Na casa dele.

Concordo, assentindo.

Depois que Alex está fora de vista, Sierra diz:

— O que foi tudo isso?

— Química — murmuro.

A boca de Morgan está aberta, em estado de choque.

— Vocês estavam fazendo *aquilo*? — pergunta Darlene.

— Porque sou sua amiga há dez anos e posso contar nos dedos de uma das mãos as vezes em que fui convidada a entrar na sua casa.

— Ele é meu parceiro de laboratório.

— Ele é *membro de uma gangue*, Brit. Nunca se esqueça disso — diz Darlene.

Sierra sacode a cabeça e diz:

— Você está a fim de alguém além do seu namorado? Colin falou para o Doug que você anda agindo de forma estranha ultimamente. Como suas amigas, estamos aqui pra enfiar um pouco de bom senso na sua cabeça.

Eu me sento na varanda na frente de casa e as ouço enumerar fatos sobre reputação, namorados e lealdade por quase meia hora. E o que dizem faz sentido.

— Jura pra mim que não tem nada acontecendo entre você e o Alex — pede Sierra só para mim, enquanto Morgan e Darlene esperam por ela no carro.

— Não tem nada acontecendo entre a gente — digo. — Juro.

capítulo 30
Alex

Estou na aula de cálculo quando o segurança bate na porta e diz ao professor que preciso ser acompanhado para fora da sala. Revirando os olhos, pego meus livros e deixo o cara se satisfazer ao me humilhar diante de uma plateia.

— O que foi agora? — pergunto. Ontem fui retirado da sala por ter começado uma guerra de comida no pátio. Não comecei. Posso ter participado, mas não iniciei.

— Vamos dar uma voltinha na quadra de basquete.

Sigo o cara até a quadra.

— Alejandro, danificar a propriedade da escola é algo muito grave.

— Não danifiquei coisa alguma — digo.

— Recebi uma dica de que foi você.

Uma dica? Sabe a frase "Quem tem fama deita na cama"? Bom, provavelmente a pessoa que me dedurou é o culpado.

— O que foi danificado?

O guarda aponta para o chão da quadra, onde alguém pichou com spray uma imitação bem malfeita do símbolo da gangue Latino Blood.

Química Perfeita **223**

— Pode explicar isso?

— Não — retruco.

Outro segurança se junta a nós.

— É melhor a gente verificar o armário dele — sugere.

— Boa ideia.

Tudo o que vão encontrar lá é uma jaqueta de couro e livros.

Quando estou colocando a senha do cadeado, a sra. P. passa por nós.

— Qual é o problema? — pergunta.

— Vandalismo. Na quadra de basquete.

Abro meu armário e me afasto para deixá-los inspecionar seu interior.

— Ahá — diz o segurança, enfiando a mão lá dentro e retirando da primeira prateleira uma lata de tinta spray preta. Ele a exibe para mim.

— Ainda vai alegar que é inocente?

— Armaram pra mim.

Eu me volto para a sra. P., que me fuzila com os olhos, como se eu tivesse matado seu gato.

— Não fui eu, sra. P., precisa acreditar em mim.

Consigo me imaginar sendo arrastado para a cadeia por algo que algum outro idiota fez.

Ela balança a cabeça.

— Alex, a prova está bem aí. Quero acreditar em você, mas está difícil.

Os seguranças me enquadram, um de cada lado, e sei o que vai acontecer em seguida. A sra. P. levanta a mão, fazendo-os parar.

— Alex. Explique.

Fico tentado a não explicar e a deixá-los acreditar que fui eu que danifiquei a propriedade da escola. Provavelmente não vão me escutar, de qualquer modo. Mas a sra. P. está me olhando como uma adolescente rebelde que quer provar que está todo mundo errado.

— O símbolo não está certo — digo. Mostro meu antebraço — Este é o símbolo da gangue Latino Blood. É uma estrela de cinco pontas, com dois tridentes saindo por cima e um LB no meio. O desenho na quadra tem uma estrela de seis pontas com duas setas. Ninguém da gangue cometeria esse erro.

A sra. P. diz aos seguranças:

— Onde está o dr. Aguirre?

— Em uma reunião com o superintendente. A secretária disse que ele não quer ser perturbado.

Peterson olha o relógio.

— Tenho uma aula daqui a quinze minutos. Joe, fale com o dr. Aguirre pelo seu walkie-talkie.

Joe, o segurança, não parece muito feliz.

— Senhora, fomos contratados pra lidar com este tipo de situação.

— Eu sei. Mas o Alex é meu aluno, e acredite em mim quando digo que ele não pode faltar à aula hoje.

Joe dá de ombros e pede ao dr. Aguirre para encontrá-lo no saguão L.

Quando a secretária pergunta se é uma emergência, a sra. P. pega o walkie-talkie de Joe e diz que considera aquilo uma emergência pessoal dela:

— ... e, por favor, peça ao dr. Aguirre para comparecer ao saguão L imediatamente.

Dois minutos depois, Aguirre aparece, com uma expressão severa.

— Do que se trata?

Química Perfeita

— Vandalismo na quadra — informa o segurança Joe.

Aguirre fica tenso.

— Droga, Fuentes, você de novo, não.

— Não fui eu — respondo.

— Então quem foi?

Dou de ombros.

— Dr. Aguirre, ele está dizendo a verdade — intervém Peterson. — Pode me mandar embora se eu estiver errada.

O diretor balança a cabeça e se volta para o segurança.

— Peça a Chuck pra ir até a quadra e ver o que dá pra fazer pra limpar aquilo.

Ele aponta a lata de tinta para mim.

— Mas estou avisando, Alex. Se eu descobrir que foi você, não vai ser apenas suspenso, vai ser preso. Entendeu?

Quando os seguranças vão embora, Aguirre diz:

— Alex, eu não te contei isso antes, mas vou contar agora. Eu achava que o mundo inteiro era meu inimigo quando estava no Ensino Médio. Não era muito diferente de você, sabe... Demorei muito tempo pra entender que meu pior inimigo era eu mesmo. Quando me dei conta disso, consegui transformar minha vida. Saiba que a sra. Peterson e eu não somos seus inimigos.

— Sei disso — respondo, e acredito mesmo que seja verdade.

— Ótimo. Agora, acontece que eu estou no meio de uma reunião muito importante. Se me dão licença, estarei no meu escritório.

— Obrigado por acreditar em mim — digo à sra. P. assim que ele vai embora.

— Você sabe quem vandalizou a quadra? — pergunta ela.

Olho bem nos olhos dela e digo a verdade.

— Não tenho ideia. Mas tenho bastante certeza de que não foi nenhum dos meus amigos.

Ela suspira.

— Se você não estivesse em uma gangue, Alex, não se meteria nessas confusões.

— É, mas me meteria em outras.

capítulo 31
Brittany

— **Parece que alguns de vocês** não consideram minha matéria importante — diz a sra. Peterson, começando a entregar a prova de ontem.

Quando ela vem na direção da mesa que divido com Alex, me afundo na cadeira. A última coisa de que preciso é da ira dessa professora.

— Bom trabalho — diz ela, colocando minha prova virada para baixo na minha frente. Depois ela se dirige a Alex. — Para alguém que quer ser um professor de química, você está começando muito mal, sr. Fuentes. Talvez eu pense duas vezes antes de ficar ao seu lado da próxima vez, se não vier preparado para a minha aula.

Com o indicador e o polegar, ela coloca a prova de Alex na frente dele, como se a folha fosse repugnante demais para ser tocada com o resto dos dedos.

— Venha me ver depois da aula — diz a ele, antes de continuar entregando o restante das provas.

Não consigo entender por que a sra. Peterson não acabou comigo. Viro minha prova e vejo um A no topo da folha. Esfrego meus dedos sobre os olhos para acordar. Deve haver algum erro. Levo menos de um segundo para perceber quem é o responsável por minha nota. A verdade me atinge como um soco no estômago. Olho para Alex, que está guardando sua péssima prova dentro do livro.

— Por que fez isso? — Espero a sra. Peterson terminar sua conversa com Alex depois da aula então me aproximo dele. Estou parada ao lado de seu armário, e ele não está me dando quase nenhuma atenção. Ignoro todos os olhares que sinto queimando às minhas costas.

— Não sei do que você está falando — diz ele.

Aah!

— Você trocou nossas provas.

Alex bate a porta do armário.

— Escuta, não foi grande coisa.

Só que foi. Ele se afasta, como se esperasse que eu deixasse o assunto para lá. Eu o tinha visto trabalhar cuidadosamente em sua prova, mas quando vi o grande F vermelho na folha, reconheci minha própria prova.

Depois das aulas, me apresso para a porta da frente da escola, para encontrá-lo. Ele está em sua moto, pronto para partir.

— Alex, espera!

Inquieta, eu enrolo o cabelo atrás das orelhas.

— Sobe — ordena ele.

— O quê?

Química Perfeita   **229**

— Sobe na moto. Se quer me agradecer por salvar sua pele na matéria da sra. P., vem comigo até a minha casa. Eu não estava brincando ontem. Você me mostrou um pouco da sua vida, agora é a minha vez de mostrar um pouco da minha. É justo, certo?

Dou uma olhada em volta. Algumas pessoas estão nos olhando, provavelmente prontas para espalhar as fofocas sobre nós. Se eu realmente for com ele, os rumores vão se espalhar como um raio.

O som de Alex acelerando a moto chama minha atenção de volta para ele.

— Não tenha medo do que vão pensar.

Olho para ele, da calça jeans rasgada e da jaqueta de couro à bandana vermelha e preta que acaba de amarrar em volta da cabeça. As cores de sua gangue.

Eu deveria estar apavorada. Mas então me lembro da maneira como ele tratou Shelley ontem.

Dane-se tudo.

Coloco minha mochila nas costas e subo na moto.

— Segura firme — diz ele, colocando minhas mãos em torno de sua cintura. A simples sensação de suas mãos fortes sobre as minhas é incrivelmente íntima. Eu me pergunto se ele também sente isso, mas descarto a ideia. Alex Fuentes é um cara durão. Experiente. Um mero toque de mãos nunca vai fazer seu estômago revirar.

Deliberadamente, ele passa a ponta dos dedos sobre os meus antes de segurar o guidão. Ah. Meu. Deus. No que estou me metendo?

À medida que nos afastamos do estacionamento da escola, seguro mais forte na barriga definida de Alex. A velocidade da moto me assusta. Me sinto tonta, como se estivesse descendo uma montanha-russa sem barra de segurança.

A moto para em um semáforo vermelho. Eu me inclino para trás.

Ouço sua risada quando ele acelera mais uma vez, assim que a luz fica verde. Aperto sua cintura e enterro meu rosto em suas costas.

Quando finalmente ele para e abaixa o suporte da moto, examino os arredores. Nunca estive na rua dele. As casas são tão… pequenas. A maioria é térrea. Um gato não conseguiria passar no espaço entre elas. Tento evitar, mas o lugar me deixa triste.

Minha casa tem pelo menos sete, talvez até oito ou nove vezes o tamanho da casa de Alex. Eu sei que este lado da cidade é pobre, mas…

— Isso foi um erro — diz Alex. — Vou te levar pra casa.

— Por quê?

— Entre outras coisas, sua cara de nojo.

— Não estou com nojo. Acho que eu tenho pena…

— Nunca tenha pena de mim — adverte ele. — Sou pobre, não sem-teto.

— Isso significa que você vai me convidar pra entrar? Os caras do outro lado da rua estão bem espantados com a garota branca.

— Na verdade, por aqui você é uma "branca de neve".

— Odeio neve — digo.

Seus lábios se curvam em um sorriso.

— Não é por causa do clima, *guapa*. É por conta da sua pele, branca como a neve. Só me siga e não olhe para os vizinhos, mesmo que te encarem.

Sinto sua cautela enquanto me leva para dentro.

Química Perfeita **231**

— Bom, é isso — diz, fazendo um gesto largo.

A sala de estar deve ser menor do que qualquer cômodo da minha casa, mas parece quente e acolhedora. Há duas mantas listradas sobre o sofá, com as quais eu adoraria me cobrir em noites frias. Não temos mantas em casa. Só temos edredons… sob medida, feitos para combinar com a decoração.

Ando pela casa de Alex passando os dedos sobre os móveis. Avisto uma prateleira com velas meio derretidas diante do retrato de um homem atraente. Sinto o calor do corpo de Alex quando ele para atrás de mim.

— Seu pai? — pergunto.

Ele assente.

— Não consigo imaginar como seria perder meu pai. — Mesmo ele não sendo muito presente, sei que é alguém permanente na minha vida. Estou sempre exigindo mais de meus pais. Será que eu deveria me considerar sortuda só de tê-los por perto?

Alex estuda a foto.

— Quando acontece, você fica entorpecido e tenta negar. Quer dizer, você sabe que ele se foi e tudo, mas é como se você estivesse em um nevoeiro. Então a vida de repente volta à rotina e você segue em frente. — Ele dá de ombros. — No fim, você acaba parando de pensar muito nisso e segue a vida. Não há outra escolha.

— É meio como um teste. — Vejo meu reflexo no espelho da parede oposta. Passo os dedos pelo cabelo, distraída.

— Você está sempre fazendo isso.

— Fazendo o quê?

— Arrumando o cabelo ou a maquiagem.

— Qual o problema em tentar manter uma boa aparência?

— Nenhum, a menos que se torne uma obsessão.

Abaixo as mãos, desejando poder colá-las ao lado do corpo.

— Não sou obcecada.

Ele dá de ombros.

— É tão importante assim pra você que as pessoas te achem linda?

— Não me importo com o que as pessoas pensam — minto.

— Porque você é... bonita, quero dizer. Mas não deveria se preocupar tanto com isso.

Sei disso. Mas as expectativas significam muito lá de onde eu venho.

Falando em expectativas...

— O que a sra. Peterson disse depois da aula?

— Ah, o de sempre. Que se eu não levar sua matéria a sério, ela vai tornar minha vida miserável.

Engulo em seco, sem saber se devo revelar meu plano.

— Vou contar a ela que você trocou as provas.

— Não faça isso — diz ele, afastando-se de mim.

— Por que não?

— Porque não importa.

— Importa. Você precisa de boas notas pra entrar...

— Onde? Em uma boa faculdade? Me dá a porra de um tempo. Não vou para a faculdade e você sabe disso. Os alunos ricos se preocupam com as notas, como se elas fossem um símbolo do seu valor. Não preciso disso, então não me faça esse favor. Vou passar com um C nessa matéria. Apenas garanta que aqueles aquecedores de mãos fiquem sensacionais.

Se depender de mim, vamos tirar um A+ no projeto.

— Onde é o seu quarto? — pergunto, mudando de assunto. Deixo a mochila no chão da sala. — O quarto diz muito sobre uma pessoa.

Ele gesticula para uma porta. Três camas ocupam a maior parte do pequeno cômodo, sobrando espaço suficiente apenas para uma cômoda pequena. Ando pelo quarto.

— Divido com meus dois irmãos — afirma Alex. — Não tenho muita privacidade por aqui.

— Deixa eu adivinhar qual é a sua cama — digo, sorrindo.

Examino as áreas ao redor de cada cama. Uma pequena foto de uma linda garota latina está colada em uma das paredes.

— Humm... — murmuro, olhando para Alex e me perguntando se a garota que me encara é o seu tipo ideal.

Dou a volta lentamente e avalio a próxima cama. Fotos de jogadores de futebol estão coladas acima dela. A cama está uma bagunça, com roupas espalhadas desde o travesseiro até o pé.

Nada adorna a parede perto da terceira cama, como se a pessoa que dorme ali fosse apenas um visitante. É quase triste: as duas primeiras paredes dizem tanto sobre as pessoas que dormem perto delas, e esta está totalmente nua.

Eu me sento na cama de Alex, a cama solitária e vazia, e meus olhos se encontram com os dele.

— Sua cama diz muito sobre você.

— É? O que diz?

— Gostaria de saber por que você acha que não vai ficar aqui por muito tempo — digo. — A não ser que seja porque você realmente queira ir para a faculdade.

Ele se apoia no batente da porta.

— Não vou embora de Fairfield. Nunca.

— Não quer um diploma?

— Agora você está parecendo o maldito conselheiro vocacional da escola.

— Você não quer ir embora e começar a viver sua própria vida? Longe do seu passado?

— Você acha que ir para a faculdade é uma fuga — afirma ele.

— Fuga? Alex, você não tem ideia do que está falando. Estou indo pra uma faculdade em que possa ficar perto da minha irmã. Antes ia para a Northwestern, agora vou para a Universidade do Colorado. Minha vida é ditada pelos caprichos dos meus pais e para onde eles pretendem mandar minha irmã. Você quer uma saída fácil, então fica por aqui.

— Você acha que é fácil ser o homem da casa? Merda, tenho que evitar que minha mãe se envolva com algum idiota ou que meus irmãos injetem merda em seus braços ou fumem crack. Isso já é suficiente pra me manter aqui.

— Sinto muito.

— Já te falei, nunca tenha pena de mim.

— Não — digo, erguendo os olhos para encontrar os dele. — Você tem uma ligação tão forte com a sua família, mas não tem nada permanente do lado da sua cama, como se fosse partir a qualquer momento. Sinto muito por você.

Ele se afasta, encerrando a conversa.

— Terminou com a psicanálise? — pergunta.

Eu o sigo até a sala, ainda curiosa sobre o que Alex pretende para o futuro. Parece estar pronto para sair desta casa... ou deste planeta. Será que, de alguma forma, ele está se preparando para a sua morte, ao não colocar coisas permanentes ao seu lado? Ou será que pensa que está destinado a terminar como o pai?

Química Perfeita **235**

Era isso o que queria dizer com "seus demônios"?

Durante as duas horas seguintes, no sofá da sala, bolamos um projeto para nossos aquecedores de mãos. Alex é muito mais inteligente do que eu pensava; aquele A em sua prova não foi um acaso. Ele dá um monte de ideias para pesquisarmos on-line e na biblioteca sobre como produzir os aquecedores de mãos, além de vários usos para eles, para também incorporarmos ao nosso projeto. Precisamos dos produtos químicos que a sra. Peterson vai fornecer, sacos impermeáveis para embrulhar esses produtos e, por uns pontos extras, decidimos envolver os sacos plásticos com algum material que ainda vamos escolher em uma loja de tecidos. De propósito, mantenho a discussão focada na química, cuidando para não tocar em qualquer assunto muito pessoal.

Ao fechar meu livro, pelo canto dos olhos, vejo Alex passando a mão no cabelo.

— Escuta, não quis ser grosso naquela hora.

— Tudo bem. Eu sou muito curiosa.

— Tem razão.

Fico de pé, me sentindo desconfortável. Ele puxa meu braço e me faz sentar de novo.

— Não — diz. — Eu quis dizer que você tem razão sobre mim. Não deixo nada permanente aqui.

— Por quê?

— Meu pai — diz Alex, olhando para a foto na parede oposta. Ele fecha os olhos. — Deus, tinha tanto sangue. — Alex abre os olhos e vê meu olhar. — Se tem uma coisa que eu aprendi, é que ninguém está aqui pra sempre. Temos que viver o momento, todos os dias… aqui, agora.

— E o que você quer agora? — Agora eu quero curar as feridas dele e esquecer as minhas.

Ele toca meu rosto com a ponta dos dedos.

Minha respiração para.

— Você quer me beijar, Alex? — sussurro.

— *Dios mío*, quero te beijar... quero sentir o gosto dos seus lábios, da sua língua. — Ele contorna meus lábios suavemente com a ponta dos dedos. — Você quer que eu te beije? Ninguém ficaria sabendo, só nós dois.

capítulo 32
Alex

A língua de Brittany umedece seus lábios perfeitos em forma de coração, que agora estão brilhantes e, ah, tão convidativos.

— Não me provoca assim — gemo, com os lábios a centímetros dos dela.

Os livros dela caem sobre o carpete. Seus olhos os seguem, mas se eu perder sua atenção, talvez nunca recupere este momento. Meus dedos vão até seu queixo, erguendo-o e suavemente forçando-a a olhar para mim.

Ela levanta os olhos em minha direção, aqueles olhos vulneráveis.

— E se significar alguma coisa? — ela pergunta.

— E daí?

— Prometa que não vai significar nada.

Encosto a cabeça no sofá.

— Não vai significar nada.

Esse papel não deveria ser meu? O do cara que define as regras do "sem compromisso"?

— E sem língua — acrescenta.

— *Mi vida*, se eu te beijar, garanto que vai ter língua.

Ela hesita.

— Prometo que não vai significar nada — reforço.

Eu realmente não acho que ela vai fazer isso de verdade. Acho que ela está me atiçando, testando para ver o quanto aguento antes de desistir. Mas quando suas pálpebras se fecham e ela se aproxima, eu me dou conta de que vai realmente acontecer. A garota dos meus sonhos, essa garota que é mais parecida comigo que qualquer outra pessoa que já conheci, quer me beijar.

Assumo o controle assim que ela inclina a cabeça. Nossos lábios se tocam por um breve instante antes de eu mergulhar os dedos em seu cabelo e de continuar a beijá-la lenta e suavemente. Acaricio seu rosto, sentindo sua pele macia como a de um bebê em meus dedos ásperos. Meu corpo implora para que eu me aproveite da situação, mas meu cérebro (o de dentro da cabeça) me impede.

Um suspiro satisfeito escapa da boca de Brittany, como se ela pudesse ficar nos meus braços para sempre.

Roço a ponta da minha língua em seus lábios, estimulando-a a abrir a boca. Sua língua encontra a minha, experimentando. Nossas bocas e línguas se misturam em uma dança lenta e erótica, até que o som da porta da frente se abrindo faz Brittany pular para trás.

Droga. Fico puto. Primeiro, por me perder no beijo de Brittany. Depois, por querer que aquele momento durasse para sempre. Por fim, puto com minha mãe e meus irmãos por chegarem em casa na pior hora possível.

Assisto à Brittany tentando parecer ocupada, abaixando-se e pegando seus livros. Minha mãe e meus irmãos estão parados na soleira da porta, com os olhos arregalados.

Química Perfeita **239**

— Oi, mãe — digo, mais agitado do que gostaria.

Pelo olhar severo no rosto de *mi'amá*, sei que ela não está feliz por flagrar nossa pegação, como se aquilo fosse só uma prévia do que ia acontecer.

— Luis e Carlos, vão para o quarto — ela manda, entrando na sala e se recompondo. — Não vai me apresentar sua amiga, Alejandro?

Brittany se levanta, com os livros nas mãos.

— Oi, eu sou a Brittany.

Mesmo com o cabelo dourado de sol bagunçado pelos meus dedos e pelo passeio de moto, ela ainda está incrivelmente linda. Brittany estende a mão em um cumprimento.

— Alex e eu estávamos estudando química.

— O que eu vi não era estudo — diz minha mãe, ignorando sua mão.

Brittany se encolhe.

— *Mamá*, deixa ela em paz — digo, brusco.

— Minha casa não é um puteiro.

— *Por favor, mamá* — replico, exasperado. — Foi só um beijo.

— Beijos levam a fazer *niños*, Alejandro.

— Vamos embora daqui — digo, completamente constrangido. Pego minha jaqueta no sofá e a visto.

— Sinto muito se a desrespeitei de alguma forma, sra. Fuentes — diz Brittany, visivelmente sem graça.

Minha mãe pega de novo as sacolas que estava carregando, ignora o pedido de desculpas e entra na cozinha.

Quando saímos, escuto Brittany dar um suspiro profundo. Juro que parece que ela está por um fio. Não é assim que deveria acontecer: levar garota para casa, beijar garota, mãe insultar garota, garota ir embora chorando.

— Não fica chateada. Ela só não está acostumada a me ver com garotas dentro de casa.

Os expressivos olhos azuis de Brittany parecem distantes e frios.

— Isso não deveria ter acontecido — diz ela, jogando os ombros para trás, em uma postura tão rígida quanto a de uma estátua.

— O quê? O beijo, ou você ter gostado tanto dele?

— Tenho namorado — diz, enquanto brinca com a alça da sua mochila de marca.

— Está tentando me convencer ou convencer você mesma? — pergunto.

— Não faz isso. Eu não quero chatear minhas amigas. Não quero chatear minha mãe. E o Colin... só estou muito confusa agora.

Abro os braços e elevo a voz, algo que geralmente evito porque, como diz Paco, significa que eu me importo. Não me importo. Por que deveria? Minha mente diz para eu calar a porra da boca, e ao mesmo tempo as palavras jorram, incontroláveis.

— Não entendo. Ele te trata como se você fosse um prêmio.

— Você nem sabe como são as coisas entre mim e Colin...

— Então me fala, droga — digo, incapaz de disfarçar a aspereza na minha voz. Tento reprimir o que quero dizer de verdade, mas acabo falando de uma vez. — Porque aquele beijo... aquele beijo significou alguma coisa. Você sabe disso tão bem quanto eu. Desafio você a me dizer que com o Colin é melhor que isso.

Ela desvia o olhar, depressa.

— Você não entenderia.

— Tente.

— Quando as pessoas me veem com o Colin, comentam sobre como somos perfeitos. Sabe, o Casal Dourado. Entende?

Encaro-a, incrédulo. Aquilo vai além de todas as merdas que eu imaginava.

— Entendo. Só não consigo acreditar que estou ouvindo isso. Ser perfeita importa tanto assim pra você?

Faz-se um silêncio longo e frágil. Capto uma centelha de tristeza em seus olhos de safira, mas ela logo desaparece. Em um instante, a expressão de Brittany torna-se calma e séria.

— Não tenho sido muito boa nisso ultimamente, mas sim. Importa — ela admite, por fim. — Minha irmã não é perfeita, então eu tenho que ser.

Essa é a coisa mais patética que eu já ouvi. Balanço a cabeça, desgostoso, e aponto para Julio.

— Sobe. Vou te levar de volta para a escola pra você pegar seu carro.

Calada, Brittany monta em minha moto. Ela se mantém tão afastada de mim que quase não a sinto na garupa. Chego a pensar em dar uma volta maior, para que o caminho dure mais.

Ela trata a irmã com paciência e adoração. Deus sabe que eu não seria capaz de alimentar um irmão colherada por colherada, de enxugar sua boca. A garota acusada de ser egocêntrica tem muito mais que só uma dimensão.

Dios mío, eu admiro Brittany. De alguma forma, ela traz algo que está faltando na minha vida, algo... certo.

Mas como vou convencê-la disso?

capítulo 33
Brittany

Vou esquecer que beijei Alex, ainda que tenha passado a noite acordada, revivendo aquele momento na cabeça. Enquanto dirijo para a escola, no dia seguinte ao beijo que nunca aconteceu, pergunto a mim mesma se devo começar a ignorar Alex. Embora isso não seja possível, já que temos aula de química juntos.

Ah, não. Aula de química. Será que Colin vai suspeitar de alguma coisa? Talvez alguém tenha visto Alex e eu indo embora juntos ontem e tenha contado a ele. Ontem à noite desliguei meu celular para não ter que falar com ninguém.

Argh. Queria que minha vida não fosse tão complicada. Tenho um namorado. Tudo bem que ele tem agido de forma agressiva ultimamente, interessado apenas em sexo, e que estou farta disso.

Mas ter Alex como meu namorado nunca funcionaria. A mãe dele já me odeia. Sua ex-namorada quer me matar — outro mau sinal. E ele fuma, o que não é legal. Eu poderia fazer uma lista enorme de todos os seus pontos negativos.

Química Perfeita   **243**

Certo, também podem existir alguns pontos positivos. Mas são poucos, insignificantes demais para mencionar.

Ele é inteligente.

Seus olhos são tão expressivos que revelam bem mais do que ele gostaria.

Ele é leal aos seus amigos, à família, e até mesmo à sua moto.

Ele me tocou como se eu fosse feita de cristal.

Ele me beijou como se pudesse ficar me saboreando pelo resto da vida.

A primeira vez que o vejo depois do beijo é durante o almoço. Quando entro na fila para pegar comida, Alex está um pouco adiante. Uma garota, Nola Linn, está entre nós. E ela está enrolando.

A calça jeans de Alex está desbotada e rasgada no joelho. Mechas negras cobrem seus olhos, e fico ansiosa para arrumá-las. Se Nola não demorasse tanto para escolher uma fruta...

Alex nota que estou olhando para ele. Rapidamente dirijo minha atenção à sopa do dia. Minestrone.

— Xícara ou tigela, querida? — pergunta Mary, a merendeira.

— Tigela — respondo, fingindo estar muito interessada na forma como ela pega a sopa com uma concha e a derrama na tigela.

Pego minha sopa e deixo Nola para trás, correndo para chegar ao caixa. Bem atrás de Alex.

Como se soubesse que o estou seguindo, ele se vira. Seus olhos perfuram os meus e, por um instante, é como se o resto do mundo desaparecesse, como se só nós dois existíssemos. O desejo de pular em seus braços e sentir seu calor me envolvendo é tão poderoso… Será que é cientificamente possível se viciar em outro ser humano?

Pigarreio.

— Sua vez — digo, fazendo sinal para o caixa.

Ele se move, levando sua bandeja com uma fatia de pizza.

— Vou pagar o dela também — diz, apontando para mim.

A moça do caixa aponta o dedo para mim.

— O que você pegou? Tigela de minestrone?

— Sim, mas… Alex, não precisa pagar pra mim.

— Não se preocupa. Posso pagar por uma tigela de sopa — diz ele, na defensiva, dando três dólares à moça.

Colin aparece ao meu lado.

— Dá o fora. Arranja sua própria namorada pra olhar — diz, aproximando-se de Alex e, em seguida, enxotando-o com as mãos.

Rezo para que Alex não perca a paciência e conte a Colin que nos beijamos. Todos na fila estão nos observando. Posso sentir os olhares fixos na minha nuca. Alex apanha seu troco e, sem olhar para trás, segue para o pátio exterior do refeitório, onde normalmente se senta.

Eu me sinto egoísta por querer o melhor dos dois mundos. Quero manter a imagem em que trabalhei tão duro para construir. E essa imagem inclui Colin. Mas também quero Alex. Não consigo parar de desejar que ele me abrace novamente e me beije até eu ficar sem fôlego.

Colin diz à caixa:

— Pago o dela e o meu.

A caixa olha para mim, confusa.

— Aquele outro garoto já não pagou pra você?

Colin espera que eu a corrija. Quando fico em silêncio, ele me lança um olhar de repulsa e vai embora do refeitório, pisando duro.

Química Perfeita **245**

— Colin, espera! — digo, mas ele não ouve, ou me ignora.

A próxima vez que o vejo é na aula de química, mas Colin só entra na sala quando o sinal toca, então não conseguimos conversar.

Durante a aula, temos que fazer outro exercício de experiência e observação. Alex sacode tubos de ensaio cheios de nitrato de prata e cloreto de potássio líquidos.

— Sra. P., os dois parecem água pra mim — diz Alex.

— As aparências enganam — responde a sra. Peterson.

Meu olhar se perde nas mãos de Alex. Essas mãos agora ocupadas em medir a quantidade certa de nitrato de prata e de cloreto de potássio são as mesmas que ontem contornaram lentamente os meus lábios.

— Terra para Brittany.

Pisco, acordando do meu devaneio. Alex está segurando um tubo de ensaio cheio de líquido transparente na frente do meu rosto.

Então me lembro de que devo ajudá-lo a misturar os líquidos.

— Ah, desculpa. — Pego o outro tubo de ensaio e despejo seu conteúdo no tubo que ele está segurando.

— A gente tem que anotar o que acontece — diz ele, usando uma barra de vidro para misturar as substâncias.

Uma sólida mancha branca aparece magicamente dentro do líquido transparente.

— Ei, sra. P.! Acho que encontramos a resposta para nossos problemas com o buraco da camada de ozônio — provoca Alex.

A sra. Peterson balança a cabeça.

— Então, o que vemos no tubo? — ele pergunta para mim, lendo a folha que a sra. Peterson nos entregou no início da aula. — Eu diria que o líquido transparente agora é provavelmente nitrato de potássio, e o sólido branco é cloreto de prata. Qual é a sua hipótese?

Quando ele me entrega o tubo, nossos dedos se tocam. E param ali. Sinto um formigamento que não consigo ignorar.

Ergo o olhar. Nossos olhos se encontram e, por um momento, acho que ele está tentando me enviar uma mensagem secreta, mas sua expressão logo se fecha, e ele desvia o olhar.

— O que quer que eu faça? — sussurro.

— Vai ter que descobrir isso sozinha.

— Alex...

Mas ele não vai me dizer o que fazer. Acho que sou uma vaca só por pedir conselhos a Alex, sabendo que ele não tem como ser imparcial.

Quando estou perto dele, me sinto animada, como costumava me sentir na manhã de Natal.

Por mais que eu tente ignorar, olho para Colin e sei...

Sei que nosso relacionamento não é mais como costumava ser. Acabou. E quanto mais cedo eu terminar com Colin, mais cedo vou parar de me perguntar por que ainda estou com ele.

Encontro com Colin depois da aula, perto da porta dos fundos da escola. Ele está vestido para o treino de futebol. Infelizmente, Shane está ao lado dele.

Shane levanta o celular.

— Querem repetir a cena daquela noite? Posso eternizar o momento e enviar pra vocês por e-mail. Daria uma ótima proteção de tela ou, melhor ainda, um vídeo no YouTube.

— Shane, some da minha frente antes que eu perca a paciência — diz Colin, encarando Shane até ele ir embora.

— Brit, onde você estava ontem à noite?

Química Perfeita   **247**

Quando não respondo, Colin diz:

— Não precisa me dizer, acho que já sei.

Isso não vai ser fácil. Agora entendo por que as pessoas terminam relacionamentos por e-mail e mensagens de texto. Terminar frente a frente é muito difícil, porque você tem que encarar a pessoa e testemunhar a sua reação. Enfrentar sua ira ou tristeza. Passei tanto tempo evitando brigas e neutralizando os problemas nos meus relacionamentos com as pessoas à minha volta, que esse confronto é doloroso.

— Eu e você sabemos que isso não está mais dando certo — digo, da forma mais gentil que consigo.

Colin me encara com os olhos cerrados.

— O que você está dizendo?

— Precisamos dar um tempo.

— Dar um tempo ou terminar?

— Terminar — digo, calmamente.

— Isso é por causa do Fuentes, né?

— Desde que você voltou das férias de verão, o nosso relacionamento se resume a se pegar. Nunca mais conversamos, e estou cansada de me sentir culpada por não arrancar minhas roupas e abrir minhas pernas só pra provar que te amo.

— Você não quer me provar *coisa alguma*.

Mantenho minha voz baixa, para que os outros alunos não possam me ouvir.

— Por que você precisa que eu prove alguma coisa? Só o fato de você precisar que eu prove meu amor é um sinal de que isso não está dando certo.

— Não faz isso. — Ele joga a cabeça para trás e geme. — *Por favor*, não faz isso.

Nós alimentamos o pedestal estereotipado da estrela de futebol com a capitã da torcida no qual todos nos puseram. Por anos, coubemos nessa caixinha. E agora vamos ficar sob uma análise microscópica por causa da nossa separação, rumores serpenteando à nossa volta. Só a ideia do que está por vir me dá arrepios.

Mas não posso mais fingir que isso ainda funciona. Essa decisão provavelmente vai me assombrar por muito tempo. No entanto, se meus pais podem mandar minha irmã embora porque é bom para eles, e Darlene pode dar para qualquer um que apareça em seu caminho porque isso a faz se sentir melhor, por que eu não posso fazer o que é certo para mim?

Coloco minha mão no ombro de Colin, tentando ignorar seus olhos molhados. Ele dá de ombros.

— Diz alguma coisa — insisto.

— O que você quer que eu diga, Brit? Que estou feliz porque você está terminando comigo? Desculpa, mas não estou sentindo isso.

Ele seca os olhos com a palma das mãos. Isso me faz querer chorar também, e meus olhos começam a lacrimejar. É o fim de algo que achamos que fosse real, mas que acabou sendo apenas mais um dos papéis que fomos obrigados a encenar. Isso é o que me deixa mais triste. Não o rompimento, mas o que nosso relacionamento representava... minha fraqueza.

— Transei com a Mia — diz ele de repente. — Neste verão. Sabe, aquela garota da foto.

— Você só está dizendo isso pra me machucar.

— Estou dizendo porque é verdade. Pergunta pro Shane.

— Então por que você voltou pra cá e fingiu que ainda éramos o casal perfeito?

— Porque é o que todos esperavam. Até você. Não negue.

Suas palavras doem, mas é verdade. Cansei de ser a menina "perfeita", de viver em função das vontades dos outros, incluindo as minhas.

Química Perfeita **249**

É hora de cair na real. Depois da conversa com Colin, a primeira coisa que faço é dizer à srta. Small que vou dar um tempo da equipe de pompom. Um enorme peso parece sair dos meus ombros. Vou para casa, passo um tempo com Shelley e faço a lição de casa. Depois do jantar, ligo para Isabel Avila.

— Deveria estar surpresa por você me ligar. Mas não estou — diz.

— Como foi o treino?

— Nada bom. Darlene não é uma boa capitã, e a srta. Small sabe disso. Você não devia ter saído.

— Não saí. Só preciso descansar um pouco. Mas não liguei pra falar da equipe. Olha, eu queria que você soubesse que eu terminei com o Colin hoje.

— E está me contando isso porque...

É uma boa pergunta, uma pergunta que normalmente eu não teria respondido.

— Precisava conversar com alguém. Sei que tenho amigas pra quem posso ligar, mas eu meio que queria conversar com alguém que não fosse começar a espalhar fofocas no minuto seguinte. Minhas amigas têm bocas muito grandes.

Sierra é a única pessoa de quem sou mais próxima, mas menti para ela sobre o Alex. Além disso, seu namorado, Doug, é o melhor amigo de Colin.

— Como sabe que eu não vou sair contando? — pergunta Isabel.

— Não sei. Mas você não me contou nada sobre o Alex quando perguntei, então deduzi que é boa em guardar segredos.

— Sou. Então fale.

— Não sei como dizer isso.

— Não tenho o dia todo, sabe?

— Beijei o Alex — confesso.

— Alex? *¡Bendita!* Isso foi antes ou depois de terminar com o Colin?

Estremeço.

— Não foi planejado.

Isabel ri tanto e tão alto que tenho que afastar o celular da orelha.

— Tem certeza de que *ele* não planejou isso? — pergunta, quando consegue voltar a falar.

— Apenas aconteceu. Estávamos na casa dele e fomos interrompidos quando a mãe dele chegou e viu a gente...

— O quê? A mãe dele viu vocês? Na casa dele? *¡Bendita!* — Ela começa a falar em espanhol, e não tenho ideia do que ela está falando.

— Não entendo espanhol, Isabel. Fala comigo.

— Ah, desculpa. A Carmen vai cagar um tijolo quando descobrir.

Pigarreio.

— Não vou contar pra ela — acrescenta Isabel rapidamente. — Mas a mãe do Alex é uma mulher severa. Quando ele namorou Carmen, sempre manteve ela longe da mãe. Não me interprete mal, ela ama os filhos. Mas é superprotetora, como a maioria das mães mexicanas. Ela expulsou você de lá?

— Não, mas tenho quase certeza de que me chamou de puta.

Mais riso do outro lado da linha.

— Não foi engraçado.

— Desculpa — diz Isabel, ainda rindo. — Queria ser uma mosca pra ter visto quando ela pegou vocês.

— Obrigada pela sua compreensão — digo, seca. — Melhor eu desligar agora.

— Não! Desculpa por rir. É só que, quanto mais conversamos, mais descubro que você é uma pessoa totalmente diferente daquela que eu imaginava. Acho que posso entender por que Alex gosta de você.

— Obrigada, acho. Lembra quando eu disse que não deixaria nada acontecer entre nós dois?

— Sim. Só pra que eu entenda a ordem dos acontecimentos, isso foi antes do beijo, certo? — Ela ri, então continua: — Estou só brincando, Brittany. Se gosta dele, garota, vá em frente. Mas tenha cuidado, porque apesar de achar que ele gosta de você mais do que desejaria admitir, é bom manter a guarda alta.

— Não vou me importar se algo acontecer entre nós dois, mas não se preocupe. Sempre mantenho minha guarda alta.

— Eu também. Bom, a não ser naquela noite em que você dormiu na minha casa. Eu meio que dei uns pegas no Paco. E não posso contar para as minhas amigas, porque elas acabariam comigo.

— Você gosta dele?

— Não sei. Nunca pensei nele desse jeito, mas ficar com ele foi meio que legal. Como foi o beijo com Alex?

— Bom — digo, pensando em como foi sensual. — Na verdade, Isabel, foi mais que bom. Foi *incrivelmente* incrível.

Isabel começa a rir, e desta vez rio junto.

capítulo 34
Alex

Brittany saiu correndo da escola hoje, seguindo o Cara--de-Burro. Antes de ir embora, vi os dois tendo uma conversa íntima perto do campo de trás. Ela o escolheu, e não a mim, o que na verdade não deveria me surpreender. Quando ela me perguntou na aula de química o que deveria fazer, eu devia ter dito para largar aquele *pendejo*. Então eu estaria feliz agora, em vez de puto.

¡Es un cabrón de mierda!

Ele não a merece. O.k., eu também não.

Depois da escola, fui para o armazém para ver se conseguia alguma informação sobre meu pai. Mas não adiantou. Os caras que conheceram *mi papá* naquela época não tinham muito a dizer, exceto que ele estava sempre falando dos filhos. A conversa parou de vez quando um Satin Hood alvejou o armazém com uma rajada de balas, um sinal de que estão prontos para se vingar e não vão parar até conseguir. Não sei se deveria me sentir agradecido ou preocupado de o armazém ficar em um terreno escondido atrás da antiga estação

Química Perfeita   **253**

de trem. Ninguém sabe que estamos aqui, nem mesmo a polícia. Principalmente a polícia.

Resisto ao *pá-pá-pá* do tiroteio. No armazém, no parque... onde for, eu o espero. Algumas ruas são mais seguras do que outras, mas aqui, no armazém, os rivais sabem que é nosso território sagrado. E esperam retaliação.

É o costume. Você desrespeita nosso território, nós desrespeitamos o seu. Ninguém se feriu desta vez, então a retaliação não envolverá assassinato. Mas vai haver retaliação. Eles esperam. E não vamos desapontá-los.

Do meu lado da cidade, o ciclo da vida depende do ciclo da violência.

Após tudo se acalmar, tomando o longo caminho de casa, me vejo dirigindo em direção à casa de Brittany. Não consigo evitar. No trajeto, assim que cruzo os trilhos, um carro de polícia me para, e dois caras de uniforme saltam para fora.

Em vez de me informar o motivo de eu ter sido parado, um dos tiras me manda descer da moto e pede a minha carteira de motorista.

Entrego-a a ele.

— Por que fui parado?

O cara com minha carteira a examina e diz:

— Você pode fazer perguntas depois que eu fizer as minhas. Está em posse de alguma droga, Alejandro?

— Não, senhor.

— Alguma arma? — pergunta o outro policial.

Hesito antes de dizer a verdade:

— Sim.

Um dos policiais saca a própria arma do coldre e a aponta para o meu peito. O outro me manda ficar de mãos para cima e, em seguida, ordena que eu me deite no chão, enquanto chama reforço. Merda. Fui pego mesmo.

— Que tipo de arma? Seja específico.

Franzo a testa antes de dizer:

— Uma Glock 9 mm.

Ainda bem que devolvi a Beretta para Wil, ou seria flagrado com duas armas.

Minha resposta deixa o policial meio nervoso, seu dedo no gatilho tremendo um pouco.

— Onde está?

— Na minha perna esquerda.

— Não se mova. Vou desarmar você. Se ficar parado, não vai se machucar.

Depois de pegar minha arma, o segundo policial veste luvas de borracha e diz com uma voz autoritária de que a sra. P. se orgulharia:

— Está com alguma seringa, Alejandro?

— Não, senhor — respondo.

Ele se ajoelha sobre minhas costas e me algema.

— Levante-se — ordena, me puxando para ficar de pé, e me faz deitar sobre o capô do carro. Me sinto humilhado quando o cara me apalpa. Merda, mesmo sabendo que ser preso era inevitável, não estou pronto para isso. Ele me mostra minha arma:

— Podemos dizer que foi por isso que o paramos.

— Alejandro Fuentes, você tem o direito de ficar calado — recita um dos policiais. — Tudo o que disser pode e será usado contra você em um tribunal…

A cela tem cheiro de mijo e cigarro. Ou talvez os caras que tiveram o azar de estarem trancados aqui comigo é que

Química Perfeita **255**

cheiram a mijo e cigarro. De qualquer forma, mal posso esperar para sair desta droga de lugar.

Para quem posso ligar para pagar minha fiança? Paco não tem dinheiro. Enrique investiu toda a sua grana na oficina. Minha mãe vai me matar quando descobrir que fui preso. Me encosto nas grades de ferro da cela, tentando pensar, embora isso seja quase impossível neste lugar fedorento.

A polícia chama isso de cela, mas é apenas uma forma bonita de dizer "jaula". Graças a *Dios*, é a primeira vez que entro aqui. E, merda, espero que seja a última. *¡Lo juro!*

O pensamento é perturbador, porque eu sempre soube que sacrifiquei minha vida por meus irmãos. De que me serviria ficar trancafiado pelo resto da vida? Porque, lá no fundo, não quero essa vida para mim. Quero que minha mãe se orgulhe de mim por algo diferente de ser um membro de gangue. E quero desesperadamente que Brittany pense que estou do lado dos bons.

Bato com a parte de trás da cabeça nas barras de metal, mas os pensamentos não vão embora.

— Já vi você na Fairfield High. Estudo lá — diz um cara branco e baixinho, da minha idade. O panaca está usando uma camisa polo coral e calça branca, como se viesse de um torneio de golfe com um grupo de cidadãos respeitáveis.

O Cara Branco tenta parecer descolado, mas com essa camisa coral… Bom, parecer descolado é o menor de seus problemas. Ele poderia muito bem ter "mais um garoto rico do lado norte" tatuado na testa.

— Por que você está aqui? — pergunta o Cara Branco, como se essa fosse uma pergunta comum entre duas pessoas comuns, em um dia comum.

— Porte de arma ilegal.

— Faca ou arma de fogo?

Lanço um olhar irritado.

— Por que isso importa?

— Só estou puxando assunto — diz o Cara Branco.

Será que todos os brancos são assim? Falam só para ouvir o som da própria voz?

— E você, por que está aqui?

O Cara Branco suspira.

— Meu pai chamou a polícia, dizendo que eu roubei o carro dele.

Ergo os olhos.

— Seu pai enfiou você neste buraco dos infernos? De propósito?

— Ele achou que fosse me dar uma lição.

— Sim — respondo. — A lição é que seu velho é um idiota.

O pai deveria ter ensinado o filho a se vestir melhor, em vez disso.

— Minha mãe vai pagar a fiança.

— Tem certeza?

O Cara Branco se endireita.

— Ela é advogada, e meu pai já fez isso antes. Algumas vezes. Acho que ele faz isso pra deixar minha mãe puta e chamar a atenção dela. Eles são divorciados.

Balanço a cabeça. Gente branca.

— É verdade — diz o Cara Branco.

— Fuentes, pode fazer sua ligação agora — late o policial do outro lado das grades.

Mierda, com toda a conversa mole do Cara Branco, ainda não decidi para quem ligar para pagar minha fiança.

A ideia me atinge como aquele enorme F vermelho na minha prova de química. Só há uma pessoa com dinheiro

Química Perfeita   **257**

e meios para me tirar desta confusão: Hector. O cabeça da gangue.

Nunca pedi um favor a Hector. Porque nunca se sabe quando ele vai pedir um favor em troca. Além disso, ficar devendo a ele significa dever mais que dinheiro.

Às vezes, na vida, não há escolhas desejáveis.

Três horas depois, após um juiz me repreender até que meus ouvidos quase sangrassem, para só então definir minha fiança, Hector me tira do fórum. Ele é um homem poderoso, com o cabelo alisado para trás, mais escuro que o meu, e uma expressão que logo avisa que não gosta de ser enrolado.

Respeito muito Hector, porque foi ele o cara que me iniciou na Latino Blood. Ele cresceu na mesma cidade que meu pai, conhecia-o desde que eram crianças. Hector sempre manteve um olho em mim e na minha família depois que meu pai morreu. Ele me ensinou expressões como "segunda geração" e usava palavras como "legado". Nunca vou esquecer.

Hector me dá um tapinha nas costas e seguimos para o estacionamento.

— Você pegou o juiz Garret. Ele é um filho da mãe durão. Você deu sorte que a fiança não foi mais alta.

Assinto, sem querer nada além de ir para casa. Quando o carro se afasta do fórum, digo:

— Vou pagar de volta, Hector.

— Não se preocupa com isso, cara — diz ele. — Irmãos se ajudam. Pra dizer a verdade, fiquei surpreso por ser a primeira vez que você vai preso. Você é mais limpo que qualquer outro cara da Latino Blood.

Mantenho os olhos fixos na janela do carro de Hector. As ruas estão tão calmas e escuras quanto o lago Michigan.

— Você é um garoto esperto, esperto o bastante pra subir na gangue — diz Hector.

Eu arriscaria a vida por alguns dos caras da Latino Blood, mas subir dentro da gangue? Venda de drogas e armas é apenas um dos negócios ilegais que acontecem no topo. Gosto de estar onde estou, surfando na onda perigosa, mas sem de fato mergulhar fundo na água.

Eu deveria estar feliz por Hector cogitar a ideia de me dar mais responsabilidades dentro da LB. Brittany e tudo o que ela representa não passam de uma fantasia.

— Pense nisso — diz Hector, ao chegar à minha casa.

— Vou pensar. Obrigado por pagar minha fiança — respondo.

— Ei, fica com essa — Hector puxa uma pistola de debaixo do assento. — *El policía* confiscou a sua.

Hesito, recordando o momento em que o policial me perguntou se eu estava portando alguma arma. *Dios mío*, foi humilhante ter uma arma apontada para mim enquanto pegavam minha Glock. Mas recusar a arma de Hector seria considerado desrespeito, e eu jamais o desrespeitaria. Pego a arma e a enfio na cintura da calça jeans.

— Ouvi dizer que você tem feito perguntas sobre seu *papá*. Meu conselho é que deixe isso pra lá, Alex.

— Não posso. Você sabe disso.

— Bom, se descobrir algo, me fala. Estou sempre do seu lado.

— Eu sei. Valeu, cara.

A casa está calma. Entro em meu quarto, onde meus dois irmãos dormem. Abro a gaveta de cima da cômoda e enterro a arma sob o fundo de madeira, onde ninguém pode encontrá-la acidentalmente. É um truque que Paco me ensinou.

Química Perfeita **259**

Deito na cama e cubro os olhos com o braço, torcendo para conseguir dormir um pouco esta noite.

O dia passa rapidamente diante dos meus olhos. A imagem de Brittany, seus lábios nos meus, seu hálito doce misturado com o meu, persiste na minha mente.

Quando finalmente adormeço, o rosto angelical dela é a única imagem que mantém o pesadelo do meu passado à distância.

capítulo 35
Brittany

Os rumores estão circulando freneticamente por Fairfield: Alex foi preso. Preciso descobrir se é verdade. Encontro Isabel entre a primeira e a segunda aula. Ela está conversando com um grupo de amigas, mas as deixa e me puxa de lado.

Isabel me conta que Alex foi preso ontem, mas saiu sob fiança. Ela não tem ideia de onde ele pode estar, mas vai perguntar por aí. Disse que me espera entre a terceira e a quarta aula, perto do meu armário. Corro até lá no intervalo depois da terceira aula, esticando o pescoço para ver se ela apareceu. Isabel está esperando por mim.

— Não conta pra ninguém que eu te dei isso — diz, me entregando um pedaço de papel dobrado.

Finjo procurar algo em meu armário e o desdobro. Há um endereço escrito nele.

Eu nunca matei aula antes. Mas, claro, ninguém que eu tenha beijado foi preso antes também.

Isso é sobre ser verdadeira. Comigo mesma. E agora vou ser verdadeira com Alex também, como ele sempre quis. É assustador, e não estou convencida de estar fazendo a coisa certa. Mas não posso ignorar essa atração magnética que Alex exerce sobre mim.

Digito o endereço no GPS. Ele me leva para o lado sul, para um lugar chamado Oficina Mecânica Enrique. Há um homem parado na calçada em frente. Sua boca se abre assim que me vê.

— Estou procurando por Alex Fuentes.

O cara não responde.

— Ele está aí? — pergunto, envergonhada. Talvez ele não fale inglês.

— O que você quer com Alejandro? — pergunta, afinal, o homem.

Meu coração está batendo tão forte que consigo ver minha camiseta subir a cada batida.

— Preciso falar com ele.

— Vai ser melhor pra ele se o deixar em paz — diz o cara.

— *Está bien*, Enrique — diz uma voz familiar. Eu me viro para Alex, encostado na porta da oficina, um pano sujo pendurado no bolso e uma chave inglesa na mão. O cabelo escapando da bandana está despenteado, e ele parece mais másculo que qualquer outro garoto que eu já tenha visto.

Quero abraçá-lo. Preciso que ele me diga que está tudo bem, que nunca mais será preso.

Alex me olha fixamente.

— Acho que vou deixar vocês dois sozinhos — tenho a impressão de ouvir Enrique dizer, mas estou muito concentrada em Alex para poder escutar direito.

Meus pés estão grudados no chão, então fico aliviada quando ele vem na minha direção.

— Humm — começo. *Por favor, me deixe ir até o fim.* — Ah, soube que você foi preso. Queria ver se você estava bem.

— Matou aula pra ver se eu estava bem?

Confirmo com a cabeça, já que minha língua não quer trabalhar.

Alex recua.

— Bom, então... agora que você viu que estou *bem*, pode voltar para a escola. Tenho que voltar ao trabalho. Minha moto foi confiscada ontem à noite, e preciso de dinheiro pra recuperá-la.

— Espera! — grito. Respiro fundo. É isso. Vou abrir meu coração. — Não sei por que ou quando eu comecei a me apaixonar por você, Alex. Mas aconteceu. Desde o primeiro dia de aula, quando quase atropelei sua moto, não consigo mais parar de pensar em como seria se eu e você ficássemos juntos. E aquele beijo... meu Deus, juro que nunca experimentei uma coisa parecida em toda a minha vida. *Significou* algo. Se o sistema solar não saiu de alinhamento naquele instante, tenho certeza que nunca vai sair. Sei que é loucura, porque a gente é diferente. E, se alguma coisa acontecer entre nós, não quero que ninguém na escola saiba. Não que você tenha que concordar em ter uma relação secreta comigo, mas tenho que pelo menos descobrir se é possível. Terminei com o Colin, com quem tinha um relacionamento muito público, e estou pronta pra algo privado. Privado e verdadeiro. Sei que estou tagarelando como uma idiota, mas se você não disser alguma coisa logo ou me der alguma pista do que está pensando, então eu...

— Fala de novo — pede ele.

— Todo esse discurso imenso? — Eu me lembro de alguma coisa sobre o sistema solar, mas estou aérea demais para conseguir repetir tudo.

Química Perfeita   **263**

Ele se aproxima.

— Não. A parte sobre você se apaixonando por mim.

Meus olhos encontram os dele.

— Penso em você o tempo todo, Alex. E realmente quero te beijar de novo.

Os cantos de sua boca se inclinam para cima.

Incapaz de sustentar seu olhar, examino o chão.

— Não ria de mim. — Posso aguentar qualquer coisa agora, menos isso.

— Não se afaste de mim, *mamacita*. Eu nunca riria de você.

— Eu não queria gostar de você — admito, olhando-o.

— Eu sei.

— Isso provavelmente não vai dar certo — digo.

— Provavelmente não.

— Minha vida familiar não é nem um pouco perfeita.

— Somos dois — diz ele.

— Estou disposta a descobrir o que é isso que está acontecendo entre nós. E você?

— Se não estivéssemos no meio da rua — diz ele. — Eu mostraria pra você…

Eu o interrompo, agarrando seu cabelo grosso na base do pescoço e puxando sua cabeça para baixo. Se não podemos ter privacidade, me contento com ser verdadeira. Além disso, todo mundo que não pode saber sobre nós está na escola.

As mãos de Alex estão coladas ao corpo, mas, quando abro meus lábios, ele geme contra minha boca e a chave inglesa cai no chão, com um estrondo.

Suas mãos fortes me envolvem, fazendo com que eu me sinta protegida. Sua língua de veludo se mistura com a minha, criando dentro do meu corpo uma sensação de derretimento desconhecida. Isso é mais do que beijar, é... bom, parece ser muito mais.

Suas mãos nunca param de se mover: uma traça círculos nas minhas costas, enquanto a outra acaricia meu cabelo.

Alex não é o único a explorar. Minhas mãos passeiam por seu corpo, sentindo seus músculos tensos e aumentando minha consciência de sua presença. Roço em seu rosto, e a barba de um dia arranha minha pele.

O som alto de Enrique pigarreando nos separa.

Alex olha para mim com intensa paixão.

— Tenho que voltar ao trabalho — diz, a respiração irregular.

— Ah. Sim, claro. — Subitamente envergonhada por nossa exibição pública, dou um passo para trás.

— Podemos nos ver hoje, mais tarde? — pergunta.

— Minha amiga Sierra vai jantar em casa.

— Aquela que está sempre mexendo na bolsa?

— Humm, sim. — Preciso mudar de assunto ou vou acabar convidando Alex para jantar também. Consigo até ver a cena: minha mãe, fervendo de raiva e de desgosto, dividindo a mesa com Alex e suas tatuagens.

— Minha prima Elena vai se casar no domingo. Quer ir comigo ao casamento? — pergunta ele.

Olho para o chão.

— Minhas amigas não podem saber sobre nós. Ou meus pais.

— Não vou contar.

— E as pessoas no casamento? Todos nos verão juntos.

— Ninguém da escola estará lá. Só minha família, e vou me certificar de que fiquem de boca fechada.

Não posso. Mentir e sair escondida nunca foram meus pontos fortes.

Química Perfeita **265**

Eu o empurro para mais longe de mim.

— Não consigo pensar quando você está tão perto.

— Bom. Agora sobre o casamento...

Deus, olhar para ele me faz querer ir.

— Que horas?

— Meio-dia. Vai ser uma experiência que você não vai esquecer. Confia em mim. Pego você às onze horas.

— Eu ainda não disse "sim".

— Ah, mas está prestes a dizer — diz ele, com sua voz rouca, suave.

— Por que não nos encontramos aqui às onze horas? — Sugiro, apontando para a oficina.

Se minha mãe descobrir sobre nós, vai ser um inferno.

Ele ergue meu queixo e me faz olhar para ele.

— Por que não tem medo de estar comigo?

— Está brincando? Estou aterrorizada. — Eu me concentro nas tatuagens que percorrem seus braços de alto a baixo.

— Não vou fingir que levo uma vida limpinha. — Ele toma minha mão, palma contra palma. Será que está pensando sobre a diferença de cor da nossa pele, seus dedos ásperos contra o esmalte das minhas unhas? — De certa forma, somos opostos — diz.

Entrelaço meus dedos nos dele.

— Sim, mas de outras somos muito parecidos.

Isso o faz sorrir, até Enrique pigarrear novamente.

— Encontro você aqui, às onze horas, no domingo — digo.

Alex recua, acena com a cabeça e pisca para mim.

— Desta vez, é um encontro.

capítulo 36
Alex

— **Mano, ela estava te beijando** como se aquele fosse o último beijo da vida dela. Se ela beija desse jeito, imagina só como ela...

— Cala a boca, Enrique.

— Ela vai te destruir, Alejo — continua Enrique, me chamando pelo meu apelido em espanhol. — Olha pra você, na cadeia ontem à noite e agora faltando à escola pra recuperar sua moto. Certo, ela tem uma *buena torta*, mas vale a pena?

— Tenho que voltar para o trabalho — digo, com as palavras de Enrique girando na cabeça. Enquanto trabalho sob uma Blazer pelo resto da tarde, tudo o que consigo pensar em fazer é beijar minha *mamacita* de novo e de novo.

Sim, ela realmente vale a pena.

— Alex, Hector está aqui. Com Chuy — diz Enrique às seis horas, quando estou pronto para ir para casa.

Limpo as mãos no macacão.

— Onde eles estão?

— No meu escritório.

Química Perfeita   **267**

Uma onda de receio me invade ao me dirigir ao escritório. Quando abro a porta, Hector está lá, como se fosse o dono do lugar. Chuy está no canto, um observador não tão inocente.

— Enrique, é um assunto particular.

Não tinha notado Enrique atrás de mim, agindo como meu aliado, caso eu precisasse. Aceno para meu primo. Tenho sido leal à gangue, não há motivo para Hector duvidar de mim. A presença de Chuy faz deste encontro um acontecimento. Se fosse só Hector, eu não estaria tão tenso.

— Alex — diz Hector, assim que Enrique sai do nosso campo de visão. — Não é melhor nos encontramos aqui em vez de no fórum?

Dou um sorriso para ele e fecho a porta.

Hector faz um gesto na direção do sofá pequeno e rasgado no fundo da sala.

— Sente-se.

Ele espera até que eu esteja sentado.

— Preciso que você me faça um favor, amigo.

Não há por que adiar o inevitável:

— Que tipo de favor?

— Um carregamento precisa ser entregue no dia 31 de outubro.

É daqui a mais de um mês e meio. Na noite do Dia das Bruxas.

— Não mexo com drogas — interrompo. — Você sabe disso desde o primeiro dia.

Encaro Chuy como um arremessador de beisebol faria se alguém do seu time se afastasse demais da base.

Hector para na minha frente e põe a mão no meu ombro.

— Você precisa superar o que aconteceu com o seu velho. Se quiser liderar a gangue, vai ter que mexer com drogas.

— Então não conte comigo.

A mão de Hector fica rígida e Chuy dá um passo à frente. Uma ameaça silenciosa.

— Gostaria que fosse simples assim — retruca Hector. — Preciso que você faça isso pra mim. E, sinceramente, você me deve isso.

Merda. Se eu não tivesse sido preso, não teria essa dívida com ele.

— Sei que você não vai me desapontar. Aliás, como vai sua mãe? Não a vejo há um tempo.

— Está bem — digo, pensando o que *mi'amá* tem a ver com esta conversa.

— Diga a ela que mandei um oi, o.k.?

O que isso quer dizer?

Hector abre a porta, faz um gesto para que Chuy o siga e me deixa refletindo.

Recosto-me, olhando fixo para a porta fechada, e fico pensando se tenho estômago para lidar com drogas. Se eu quiser manter minha família a salvo, tenho que tomar a decisão certa.

Química Perfeita **269**

capítulo 37
Brittany

— **Não consigo acreditar que você** terminou com o Colin. — Sierra está pintando as unhas na minha cama, depois do jantar. — Espero que não se arrependa dessa decisão, Brit. Vocês estavam juntos há tanto tempo. Pensei que você amasse ele. Partiu o coração dele, sabia? Ele ligou para o Doug chorando.

Eu me sento.

— Quero ser feliz. Colin não me faz mais feliz. Ele admitiu que me traiu durante o verão, com uma garota que conheceu na viagem. Ele transou com ela, Sierra.

— O quê? Não acredito.

— É verdade. Já tinha acabado antes do Colin viajar, nas férias. Só demorei um pouco pra perceber que não dava mais pra continuar fingindo.

— E então, você trocou ele pelo Alex? O Colin acha que você está misturando mais do que apenas substâncias químicas com seu parceiro de laboratório.

— Não — minto. Apesar de Sierra ser minha melhor amiga, ela acredita em uma barreira social intransponível. Quero contar a verdade a ela, mas não consigo. Agora não.

Sierra fecha o vidro de esmalte e suspira, magoada.

— Brit, eu sou sua melhor amiga, quer você acredite ou não. Você está mentindo pra mim. Admita.

— O que você quer que eu diga? — pergunto.

— Que tal a verdade, pelo menos uma vez? Jesus, Brit. Eu entendo que você não queira que a Darlene saiba de porra nenhuma, porque ela anda totalmente desequilibrada emocionalmente. E também entendo que você não queira as três Ms sabendo de tudo. Mas esta sou eu. Sua melhor amiga. Sabe, aquela que conhece Shelley e que já viu sua mãe explodir com você.

Sierra pega a bolsa e pendura no ombro.

Não quero que ela fique com raiva de mim, então tento explicar o que passa pela minha cabeça.

— E se você quiser contar algo para o Doug? Não quero te colocar em uma situação em que você precise mentir pra ele.

Sierra me lança um olhar de desprezo, parecido com o que uso o tempo todo.

— Vai se foder, Brit. Obrigada por deixar claro que minha melhor amiga não confia em mim. — Antes de sair do meu quarto, ela se vira e diz: — Você sabe como algumas pessoas têm audição seletiva? Você faz divulgação seletiva. Vi você conversando toda animada com a Isabel Avila hoje na escola. Se eu não te conhecesse, diria que você estava contando seus segredos pra ela. — Sierra levanta as mãos. — Sim, admito que estou com ciúmes por minha melhor amiga estar, obviamente, compartilhando as coisas com outra amiga, não comigo. Quando perceber que eu torço como uma louca pra você ser feliz, me liga.

Química Perfeita 271

Ela está certa. Mas essa coisa com Alex é tão nova, e estou me sentindo tão vulnerável a respeito... Isabel é a única que conhece nós dois, por isso fui falar com ela.

— Sierra, você é a minha melhor amiga. Você sabe disso — digo, esperando que ela acrdite em mim. Posso estar tendo problemas de confiança neste momento, mas isso não anula o fato de ela ser a melhor amiga que tenho.

— Então comece a agir de acordo — diz ela antes de sair.

Seco uma gota de suor que escorre lentamente pela minha testa enquanto dirijo para encontrar Alex no dia do casamento.

Escolhi um vestido creme bem leve, de alças. Meus pais vão estar em casa quando eu voltar, então coloquei uma muda de roupa dentro da mochila. Assim, minha mãe vai ver a Brittany que sempre espera ver quando eu chegar em casa — uma filha perfeita. Quem se importa se é tudo fachada, desde que isso a faça feliz? Sierra estava certa; faço mesmo divulgação seletiva.

Dobro uma esquina, entrando na rua da oficina. Quando vejo Alex esperando por mim, apoiado em sua moto no estacionamento, meu coração palpita.

Jesus. Estou encrencada.

Ele não está usando sua bandana. O cabelo preto e grosso dele cobre sua testa, desafiando o mundo a penteá-lo. Calça preta e uma camisa de seda preta substituem a calça jeans e a camiseta de sempre. Ele parece um mexicano jovem, destemido. Não consigo evitar um sorriso quando estaciono ao seu lado.

— *Guapa*, parece que você tem um segredo.

Tenho, penso, saindo do carro. *Você*.

— *Dios mío*. Você está... *preciosa*.

Dou um giro completo.

— Este vestido está bom?

— Vem cá — diz ele, me puxando contra seu corpo. — Não quero mais ir ao casamento. Prefiro ter você só pra mim.

— De jeito nenhum — digo, percorrendo lentamente com um dedo o contorno de seu rosto.

— Você adora me provocar.

Amo esse lado brincalhão de Alex. Ele consegue me fazer esquecer tudo sobre aqueles seus demônios.

— Vim aqui pra assistir a um casamento latino, e é o que vou ver — digo.

— E eu aqui, pensando que você tinha vindo pra me ver.

— Você tem um grande ego, Fuentes.

— Isso não é tudo o que eu tenho. — Ele me prende contra meu carro, a respiração no meu pescoço mais quente que o sol a pino. Fecho os olhos, esperando seus lábios nos meus, mas, em vez disso, ouço sua voz. — Me dá as suas chaves — diz, estendendo o braço e pegando-as da minha mão.

— Você não vai jogar as chaves nos arbustos, né?

— Não me dê ideias.

Alex abre a porta do carro e se senta no banco do motorista.

— Não vai me convidar pra entrar? — pergunto, confusa.

— Não. Vou estacionar seu carro dentro da oficina, pra não ser roubado. Este é um encontro de verdade. Vou dirigir.

Aponto para a moto dele.

— Não pense que vou subir nessa coisa.

Sua sobrancelha esquerda se levanta um pouco.

— Por que não? Julio não é bom o bastante pra você?

— Julio? Você chama sua moto de Julio?

Química Perfeita **273**

— Em homenagem ao meu tio, que ajudou meus pais a virem do México pra cá.

— Adoro Julio. Só não quero subir nele usando este vestido curto. A menos que você queira que todo mundo veja minha calcinha.

Ele coça o queixo, pensativo.

— Não seria uma visão pra se desprezar.

Cruzo os braços sobre o peito.

— Estou brincando. Vamos no carro do meu primo. — Entramos em um Camaro preto, estacionado do outro lado da rua.

Depois de alguns minutos, ele pega um cigarro de um maço sobre o painel. O clique do isqueiro me faz encolher.

— O que foi? — pergunta ele, o cigarro aceso balançando em seus lábios.

Ele pode fumar, se quiser. Este até pode ser um encontro de verdade, mas não sou sua namorada de verdade. Balanço a cabeça.

— Nada.

Ele solta a fumaça do cigarro, que queima minhas narinas mais do que o perfume da minha mãe. Abaixo o vidro da minha janela até o fim, segurando a tosse.

Quando paramos em um semáforo, ele me olha.

— Se você não gosta que eu fume, é só dizer.

— Certo, não gosto que você fume — digo.

— E por que não falou? — pergunta ele, esmagando o cigarro no cinzeiro do carro.

— Não consigo acreditar que você realmente goste disso — digo, quando o carro volta a andar.

— Isso me relaxa.

— Eu te deixo nervoso?

Seu olhar desce de meus olhos para meus peitos e continua até onde o vestido encontra minhas coxas.

— Nesse vestido, deixa.

capítulo 38
Alex

Se eu continuar olhando para as pernas longas dela, vou provocar um acidente.

— Como está a sua irmã? — pergunto, mudando de assunto.

— Está esperando vencer você nas damas de novo.

— É mesmo? Fala pra ela que, naquele dia, eu facilitei pra ela. Estava tentando impressionar você.

— Perdendo?

Dou de ombros.

— Funcionou, não?

Noto que ela mexe no vestido, como se precisasse ajeitá-lo para *me* impressionar. Para acalmar sua ansiedade, deslizo meus dedos por seu braço, apanhando sua mão logo depois.

— Diga a Shelley que voltarei pra uma revanche.

Ela se volta para mim, os olhos azuis faiscando.

— Verdade?

— Absoluta.

Durante o trajeto, tento falar de amenidades. Não funciona. Não sou o tipo de cara que fala de amenidades.

Então acho ótimo que Brittany pareça satisfeita em não conversar.

Em pouco tempo, estaciono em frente a um pequeno sobrado de tijolos.

— O casamento não é em uma igreja?

— Não o de Elena. Ela queria se casar na casa dos pais.

Pouso a mão no final das costas dela enquanto caminhamos até a casa. Não me pergunte por que sinto a necessidade de mostrar que ela é minha. Talvez, lá no fundo, eu *seja* mesmo um Neandertal.

Quando entramos, a música dos *mariachis* soa, vinda do quintal. Há gente em quase todo o canto. Presto atenção na reação de Brittany, pensando se ela está se sentindo magicamente transportada para o México. Além disso, minha família não mora em casas grandes com piscinas, como aquelas a que ela está acostumada.

Enrique e um punhado de outros primos gritam boas-vindas para nós. Todos estão falando espanhol, o que é totalmente normal entre nós, só que minha convidada só fala inglês. Estou acostumado a ser esmagado de beijos por minhas tias e a receber tapas animados nas costas de meus tios. Não tenho certeza se ela está. Puxo Brittany para mais perto de mim, para demonstrar que não a esqueci, e tento apresentá-la à minha família, mas desisto assim que me dou conta de que ela não vai nunca lembrar de todos os nomes.

— *¡Ese!* — diz uma voz atrás de nós.

Eu viro e vejo Paco.

— Tudo certo? — digo, batendo nas costas de meu amigo. — Brittany, tenho certeza que você já viu *mi mejor* amigo na escola. Não se preocupe, ele sabe que não deve dizer a ninguém que te viu aqui.

— Minha boca é um túmulo — diz ele, fazendo de conta que tranca a boca e joga a chave fora.

— Oi, Paco — diz ela, rindo.

Jorge se aproxima de nós, com um smoking branco e uma rosa vermelha na lapela.

Bato nas costas de meu futuro primo.

— Oi, cara, você realmente fica bem quando se arruma.

— Você também não fica tão mal. Vai me apresentar à sua amiga, ou não?

— Brittany, este é o Jorge. É o pobre coitado... quero dizer, o sortudo que vai casar com minha prima Elena.

Jorge a abraça.

— Os amigos de Alex são nossos amigos.

— Onde está a noiva? — pergunta Paco.

— Lá em cima, no quarto dos pais, chorando.

— De felicidade? — tento adivinhar.

— Não, cara. Entrei lá pra dar um beijo nela e agora ela está pensando em cancelar tudo, diz que dá azar ver o noivo antes do casamento — diz Jorge, dando de ombros.

— Boa sorte — comento. — Elena é supersticiosa. Provavelmente vai pedir que você faça alguma mandinga pra afastar o azar.

Enquanto Paco e Jorge pensam no que Elena vai mandá-lo fazer para afastar o azar, pego Brittany pela mão e a levo para fora da casa. Uma banda está tocando. Mesmo sendo *pochos*, mantemos nossas tradições e nossa cultura. Nossa comida é apimentada, nossas famílias são grandes e unidas, e gostamos de dançar músicas que fazem nossos corpos se mexerem sozinhos.

— Paco é seu primo? — pergunta Brittany.

— Não, ele só gosta de pensar que é. Carlos, esta é a Brittany — digo, quando chegamos perto do meu irmão.

— É, eu sei — diz Carlos. — Esqueceu que eu vi vocês dois trocando saliva?

Brittany fica em silêncio, espantada.

— Olha a boca — eu digo, dando um tapa na cabeça de Carlos.

Brittany pousa a mão no meu peito.

— Está tudo bem, Alex. Não precisa me proteger de todo mundo.

Carlos faz um ar insolente.

— Está tudo bem, mano. Você não precisa proteger ela. Bom, talvez só de *mamá*.

Agora chega. Discuto com Carlos em espanhol para que Brittany não entenda.

— *Vete, cabrón, no molestes.*

Será que ele está tentando deixar minha convidada sem graça? Depois de me xingar, Carlos se dirige para onde está a comida.

— Onde está seu outro irmão? — pergunta Brittany.

Estamos no meio do quintal, sentados em uma das mesinhas alugadas. Passo o braço pelo encosto da cadeira dela.

— O Luis está bem ali. — Aponto para um canto em que meu irmãozinho é o centro das atenções, fazendo imitações de animais. Ainda preciso avisá-lo que esse tipo de talento não atrai muitas garotas quando se chega ao ensino médio.

Os olhos de Brittany não saem dos quatro filhos do meu primo, todos com menos de sete anos, correndo pela festa. Marissa, de dois anos, decidiu que seu vestido não era confortável e jogou-o em um canto do quintal.

— Provavelmente parecem um bando de *mojados* bagunceiros pra você.

Ela sorri.

Química Perfeita   **279**

— Não. Parecem um bando de crianças se divertindo em um casamento ao ar livre. Quem é aquele? — pergunta, quando um cara de uniforme militar passa por nós. — Outro primo?

— É. Paul acabou de voltar do Oriente Médio. Acredite ou não, ele era da Python Trio, uma gangue de Chicago. Antes de entrar para o Exército ele realmente se detonava com drogas. — Ela me lança um olhar. — Já disse, não me meto com drogas. Não mais, pelo menos — digo com firmeza, querendo que ela acredite em mim. — Nem vendo.

— Promete?

— Sim — digo, lembrando da praia, quando fiquei doidão com a Carmen. Foi a última vez. — Não importa o que já ouviu sobre mim, eu sempre fico longe de coca, porque essa droga não é brincadeira. Acredite se quiser, mas eu gostaria de continuar com todos os neurônios com que nasci.

— E o Paco? — pergunta ela. — Ele se droga?

— Às vezes.

Brit observa Paco de longe, rindo e se divertindo com a minha família, querendo desesperadamente fazer parte dela, em vez da dele. Sua mãe foi embora há alguns anos, deixando-o em uma situação péssima com o pai. Não o culpo por querer uma válvula de escape.

Minha prima Elena finalmente aparece em um vestido branco bordado, e o casamento começa.

Quando os noivos recitam os votos, fico atrás de Brittany e a abraço, aconchegando-a em meus braços. O que será que ela vai usar em seu casamento? Provavelmente haverá fotógrafos profissionais e gente filmando, para eternizar esse momento.

— *Ahora los declaro marido y mujer* — diz o padre.

Os noivos se beijam e todos aplaudem.

Brittany aperta minha mão.

capítulo 39
Brittany

Dá para ver que Jorge e Elena estão loucamente apaixonados um pelo outro. Fico pensando se estarei apaixonada assim pelo meu futuro marido.

Penso em Shelley. Ela nunca terá um marido, nunca terá filhos. Sei que meus filhos vão amá-la tanto quanto a amo; nunca faltará amor para ela. Mas será que ela não vai sentir falta de algo que nunca terá: seu próprio marido e sua própria família?

Olhando para Alex, percebo que não consigo me ver envolvida com gangues e quem sabe mais o quê. Não é para mim. Mas esse cara, bem no meio de tudo o que sou contra, está ligado a mim como nenhuma outra pessoa. Minha missão é fazer com que mude de vida, para que um dia as pessoas possam dizer que somos um casal perfeito.

Quando a música nos envolve, passo meus braços ao redor da cintura de Alex e deito a cabeça em seu peito. Ele tira do meu pescoço as mechas de cabelo soltas e me abraça, enquanto nos movemos ao sabor da melodia.

Química Perfeita

Um homem se aproxima da noiva com uma nota de cinco dólares.

— É uma tradição — explica Alex. — Ele está pagando pra dançar com a noiva. É chamada de dança da prosperidade.

Observo, fascinada, enquanto o homem prende a nota de cinco dólares na cauda do vestido da noiva com um alfinete de segurança.

Minha mãe ficaria horrorizada.

Alguém grita com o cara que agora dança com a noiva e todos riem.

— O que é tão engraçado?

— Estão dizendo que ele prendeu a nota muito perto da bunda dela.

Observo os casais na pista de dança e tento imitar seus movimentos, movendo meu corpo no ritmo da música. Quando a noiva para de dançar, pergunto a Alex se ele não vai dançar com ela.

Quando ele responde que sim, eu o empurro para a pista.

— Vá dançar com a Elena. Vou conversar com sua mãe.

— Tem certeza que quer fazer isso?

— Sim. Eu a vi quando chegamos e não quero ignorá-la. Não se preocupa comigo. Preciso fazer isso.

Ele tira uma nota de dez dólares da carteira. Tento não olhar, mas vejo que agora ela está vazia. Ele está prestes a dar todo o dinheiro que tem consigo para a noiva. Será que não vai fazer falta? Sei que Alex trabalha na oficina mecânica, mas o dinheiro que ganha ali provavelmente vai todo para a família.

Ando de costas até que nossas mãos se soltam.

— Volto logo.

Na fileira de mesas em que as mulheres estão arrumando as bandejas de comida, encontro a mãe de Alex. Ela está usando um vestido vermelho e parece mais nova do que a minha mãe. As pessoas acham minha mãe bonita, mas a sra. Fuentes tem aquela beleza atemporal das estrelas de cinema. Seus olhos são grandes e castanhos, seus cílios chegam até as sobrancelhas, e sua pele levemente bronzeada é impecável.

Toco em seu ombro enquanto ela está colocando guardanapos na mesa.

— Olá, sra. Fuentes — digo.

— Brittany, certo? — pergunta ela.

Assinto. *Reapresentação concluída, Brittany. Pare de enrolar.*

— Humm, queria te dizer uma coisa desde que cheguei aqui. E agora parece um momento tão bom quanto qualquer outro, mas acho que estou começando a divagar sem chegar a lugar nenhum. Faço isso quando estou nervosa.

A mulher me olha como se eu tivesse um parafuso solto.

— Continue — pede.

— Sim. Bom, sei que começamos com o pé errado. E me desculpe se a senhora se sentiu desrespeitada de alguma forma na última vez em que nos encontramos. Só queria que a senhora soubesse que não fui à sua casa com a intenção de beijar Alex.

— Perdoe a minha curiosidade, mas quais são suas intenções?

— Como?

— Quais são suas intenções com o Alex?

— Eu... não tenho certeza do que a senhora quer que eu responda. Pra ser sincera, nem a gente sabe no que isso vai dar.

A sra. Fuentes põe a mão em meu ombro.

— Deus sabe que não sou a melhor mãe do mundo. Mas me preocupo mais com meus filhos do que com minha própria vida, Brittany. E farei qualquer coisa pra protegê-los. Vejo o jeito que ele olha pra você e isso me assusta. Eu não suportaria vê-lo ser machucado outra vez por alguém de quem ele gosta.

Ouvir a mãe de Alex falar sobre ele me faz querer ter uma mãe que se importe comigo e me ame tanto quanto ela o ama.

Tentar ignorar o que a sra. Fuentes diz é quase impossível. Suas palavras criam um caroço do tamanho de uma bola de golfe na minha garganta.

A verdade é que ultimamente nem me sinto parte da minha própria família. Sou alguém que meus pais esperam que faça e diga coisas certas o tempo todo. E tenho desempenhado esse papel por muito tempo, para que eles possam se concentrar em Shelley, que é quem realmente precisa de atenção.

É tão difícil, às vezes, ficar tentando desesperadamente ser perdoada por ser uma garota "normal". Meus pais nunca me disseram que eu não preciso ser perfeita o tempo todo. A verdade é que minha vida é um amontoado de infinitos e gigantescos sentimentos de culpa.

Culpa por ser a filha normal.

Culpa por sentir que preciso garantir que Shelley seja tão amada quanto eu.

Culpa por temer que meus filhos sejam como minha irmã.

Culpa por ficar envergonhada quando as pessoas veem Shelley em lugares públicos.

Isso nunca vai parar. E como poderia, se nasci entupida de culpa até a orelha? Para a sra. Fuentes, família significa amor e proteção. Para mim, família significa culpa e amor condicional.

— Sra. Fuentes, não posso prometer que nunca vou magoar Alex. Mas não consigo ficar longe dele, mesmo que seja isso que a senhora queira. Já tentei. — Porque estar com Alex me tira de minha própria escuridão. Posso sentir as lágrimas brotando nos cantos dos meus olhos e rolando pelo meu rosto. Atravesso a multidão, até encontrar um banheiro.

Paco está saindo dali e passo correndo por ele.

— Talvez seja melhor você esperar um pouco antes de...

— a voz de Paco some quando fecho a porta, me trancando. Secando os olhos, encaro o espelho. Meu rosto está uma bagunça. O rímel está escorrendo e... Ah, não adianta. Encostada na parede, eu me deixo escorregar e me sento no piso frio de cerâmica. Agora entendo o que Paco estava tentando me dizer. Este lugar cheira mal, fede muito... quase a ponto de eu querer vomitar. Coloco a mão no nariz, tentando ignorar o cheiro ofensivo, enquanto penso nas palavras da sra. Fuentes.

Fico sentada no chão do banheiro, enxugando os olhos com papel higiênico e fazendo o possível para manter meu nariz tampado.

Uma batida forte suspende meu ataque de choro.

— Brittany, você está aí? — A voz de Alex atravessa a porta.

— Não.

— Por favor, saia.

— Não.

— Então me deixa entrar.

— Não.

— Quero te ensinar uma coisa em espanhol.

— O quê?

— *No es gran cosa.*

— O que isso quer dizer? — pergunto, com o papel higiênico ainda colado no rosto.

— Eu te digo, se você me deixar entrar.

Química Perfeita   **285**

Giro a trava até ouvir um clique.

Alex entra.

— Significa que não é grande coisa.

Depois de trancar a porta atrás de si, ele se agacha ao meu lado e me pega em seus braços, me puxando para perto. Então fareja o ar algumas vezes.

— Puta merda. O Paco passou por aqui?

Faço que sim.

Ele alisa meu cabelo e murmura algo em espanhol.

— O que minha mãe te disse?

Enterro meu rosto em seu peito.

— Ela só estava sendo honesta — murmuro contra sua camisa.

Uma batida forte na porta nos interrompe.

— *Abre la puerta, soy Elena.*

— Quem é?

— A noiva.

— Me deixem entrar! — ordena Elena.

Alex abre a porta. Uma visão em pregas brancas com dezenas de notas de dólar presas por alfinetes de segurança na parte de trás de seu vestido entra no banheiro e, em seguida, fecha a porta atrás de si.

— Certo, o que está acontecendo? — Ela franze o nariz. — O Paco passou por aqui?

Alex e eu acenamos com a cabeça.

— Que merda esse cara come pra sair do outro lado cheirando tão podre? Droga — ela diz, cobrindo o nariz com um lenço de papel.

— Foi uma cerimônia linda — digo, falando através de meu próprio papel. Esta é a situação mais estranha e surreal em que já estive.

Elena segura minha mão.

— Venha e aproveite a festa. Minha tia pode parecer meio agressiva, mas não faz por mal. Além disso, acho que lá no fundo ela até que gosta de você.

— Vou te levar pra casa — diz Alex, fazendo o papel de meu herói. Eu me pergunto quando é que ele vai se cansar disso.

— Não, não vai coisa nenhuma, ou vou trancar vocês dois neste banheiro fedido pra serem obrigados a ficar.

Acredito mesmo que Elena faria isso.

Outra batida na porta.

— *Vete, vete.*

Não sei o que Elena disse, mas ela certamente falou com entusiasmo.

— *Soy Jorge.*

Encolho os ombros e olho para Alex, pedindo uma explicação.

— É o noivo — diz ele, olhando para mim.

Jorge entra. Ele não é tão grosseiro quanto o resto de nós, pois não menciona o cheiro de cadáver no ar, apesar de farejar alto algumas vezes e seus olhos começarem a lacrimejar.

— Vamos, Elena — diz Jorge, tentando cobrir o nariz discretamente, sem muito resultado. — Os convidados estão perguntando por você.

— Não vê que estou conversando com meu primo e sua convidada?

— Sim, mas…

Elena levanta uma das mãos para silenciá-lo, segurando o papel sobre o nariz com a outra.

— Já disse, estou conversando com meu primo e sua convidada — declara, decidida. — E ainda não terminei.

Química Perfeita **287**

— Você — diz Elena, apontando diretamente para mim. — Vem comigo. Alex, quero que você e seus irmãos cantem.

Alex balança a cabeça.

— Elena, não acho...

Elena levanta uma das mãos na frente de Alex, fazendo até mesmo ele ficar calado.

— Não pedi pra você achar nada. Pedi que você se junte a seus irmãos e cante pra mim e meu novo marido.

Elena abre a porta e me puxa pela casa, parando só quando chegamos ao quintal. Ela me solta e toma o microfone do vocalista da banda.

— Paco! — anuncia ela. — Sim, estou falando com você — diz Elena, apontando para Paco, que conversa com um grupo de meninas. — Da próxima vez que quiser cagar, vá fazer isso na casa de outra pessoa.

A comitiva de meninas de Paco se afasta rindo, deixando-o sozinho.

Jorge corre para o palco e tenta conter sua esposa. O pobre homem luta, enquanto todos riem e aplaudem.

Quando Elena finalmente sai do palco, Alex conversa com o líder da banda. Então os convidados gritam, pedindo para Alex e seus irmãos cantarem.

Paco se senta ao meu lado.

— Ah, desculpa pela coisa no banheiro. Tentei avisar — diz, timidamente.

— Tudo bem. Acho que Elena já fez você passar vergonha o suficiente. — Eu me inclino para ele e pergunto: — Mas, sério, o que você acha de mim e de Alex juntos?

— Falando sério? Provavelmente você é a melhor coisa que já aconteceu a ele.

capítulo 40
Alex

Depois da morte de meu pai, nossa mãe tentou nos afastar da tristeza com música. Carlos, Luis e eu dançávamos pela casa, e nos revezávamos, cantando com ela. Acho que era a forma dela de esquecer a dor, ao menos por algum tempo. À noite, eu costumava escutá-la soluçando em seu quarto. Nunca abri a porta, mas ficava ansioso para começar a cantar e fazer todo o seu sofrimento ir embora.

Falo com a banda antes de assumir o microfone.

— Preferia não me expor ao ridículo na frente de todos, mas os irmãos Fuentes não podem ignorar um pedido especial da noiva. Elena pode ser muito persuasiva.

— É, eu sei! — grita Jorge.

Elena dá um soco no braço dele. Ele se encolhe. Ela sabe como bater. Jorge então beija a esposa, feliz demais para dar importância a isso.

Meus irmãos e eu começamos a cantar. Não é nada sério. Fazemos um pot-pourri de músicas de Enrique Iglesias, Shakira e minha banda favorita, Maná. Quando me

Química Perfeita   **289**

agacho para cantar para meus priminhos, dou uma piscadela para Brittany.

É aí que noto um burburinho e sussurros espantados entre os convidados. É Hector. Ele resolveu dar o ar da graça, o que é raro. Ele atravessa a multidão, vestido em um terno caro, e todos mantêm os olhos fixos nele.

Assim que acabo de cantar, volto para o lado de Brittany. Sinto um impulso de protegê-la.

— Quer um cigarro? — pergunta Paco, tirando um maço de Marlboro do bolso da calça.

Dou uma olhada para Brittany antes de responder:

— Não.

Paco me encara com curiosidade, em seguida, dá de ombros, pegando um cigarro.

— Cantou bem, Alex. Se tivesse continuado por mais uns minutos, eu teria sua *novia* na palma da minha mão.

Ele chamou Brittany de minha namorada. Será que ela é minha namorada?

Levo-a até um isopor cheio de bebidas e Paco vem atrás de mim. Tomo cuidado para não levá-la para perto de Hector.

Mario, o amigo de um dos meus primos, está ao lado do isopor, vestindo as cores da Python Trio e uma calça jeans larga, que fica caindo. Os caras da Python Trio são nossos aliados, mas se Brittany visse Mario na rua, provavelmente fugiria na direção oposta.

— Oi, Alex, Paco — diz ele.

— Vi que se você se arrumou para o casamento — resmungo.

— *Cabrón*, essas roupas de macaco são pra caras brancos — diz Mario, sem ligar para o fato de que minha garota é branca. — Vocês, das gangues de subúrbio, são muito moles. No centro é que estão os caras mais firmes.

— Certo, durão — diz Paco, botando banca. — Diga isso a Hector.

Olho irritado para Mario.

— Mario, se você continuar a falar merda assim, vou te dar a oportunidade de ver em primeira mão se somos moles de verdade... *nunca* subestime a LB.

Mario recua.

— Bom, tenho um encontro marcado com uma garrafa de Corona. A gente se vê depois, *güey*.

— Parece que ele está com drogas nos bolsos — diz Paco, observando Mario por trás.

Olho para Brittany, que parece mais pálida que o normal.

— Você está bem?

— Você ameaçou esse cara — murmura ela. — Tipo, ameaçou *de verdade*.

Em vez de responder, pego sua mão e a levo até a beira da pista de dança improvisada, que é, na verdade, uma parte da grama. Está tocando uma música lenta.

Quando a puxo para perto de mim, ela se afasta.

— O que você está fazendo?

— Dance comigo — digo. — Não discuta. Só me abrace e dance comigo.

Não quero ouvir nada sobre o fato de eu pertencer a uma gangue, sobre isso assustá-la e sobre como ela quer que eu saia da gangue para ficarmos juntos.

— Mas...

— Não pense sobre o que eu disse ao Mario — sussurro no ouvido dela. — Ele estava testando a gente, checando o quanto somos leais ao Hector. Se sentir alguma tensão, a gangue dele pode se aproveitar disso. É que todas as gangues estão separadas entre Folk e People. Cada gangue pertence a um dos dois, e as que pertencem ao Folk são rivais das que pertencem ao People. O Mario é...

— Alex — interrompe Brittany.

— Sim.

— Prometa que nada vai acontecer com você.

Não posso.

— Só dance comigo — digo baixinho, enquanto me envolvo em seus braços e dançamos.

Olhando por cima do ombro de Brittany, vejo Hector e minha mãe em uma discussão acalorada. De que será que falam? Ela começa a se afastar dele, até que ele a segura pelo braço e a puxa de volta, dizendo algo em seu ouvido. Bem quando estou prestes a parar de dançar para descobrir o que diabos está acontecendo, *mi'amá* sorri para Hector de um modo travesso e ri de algo que ele disse. Estou claramente sendo paranoico.

As horas passam e escurece na cidade. A festa ainda está correndo solta quando Brittany e eu vamos em direção ao carro. Na volta para Fairfield, ficamos em silêncio.

— Vem cá — digo com ternura, quando estaciono nos fundos da oficina. Ela se inclina por sobre a divisória, reduzindo a distância entre nós.

— Eu me diverti muito — sussurra. — Bom, menos na hora em que me escondi no banheiro... e quando você ameaçou aquele cara.

— Esquece isso e me beija — digo.

Afundo as mãos em seu cabelo. Ela envolve meu pescoço com os braços, enquanto desenho o vale entre seus lábios com a língua. Abro sua boca e aprofundo o beijo. É como um tango, em que os primeiros movimentos são lentos, ritmados, e depois, quando estamos os dois ofegantes e nossas línguas se encontram, se transforma em uma dança quente e rápida, que não quero que acabe. Os beijos de Carmen podem ter sido quentes, mas os de Brittany são mais sensuais, sedutores e extremamente viciantes.

Ainda estamos no carro, mas é apertado e os assentos dianteiros não nos dão espaço suficiente. Quando me dou conta, estamos no assento traseiro. Também não é o ideal, mas quase não percebo.

Estou inebriado com os gemidos e beijos de Brittany, suas mãos em meu cabelo. E o cheiro de baunilha. Eu não pretendo ir muito longe esta noite. Mas, sem pensar, minha mão se move lentamente por sua coxa nua.

— É tão gostoso — diz ela, ofegante.

Reclino-a, enquanto minhas mãos exploram seu corpo. Meus lábios acariciam a curva da sua nuca, enquanto abro seu vestido e seu sutiã. Em resposta, ela desabotoa minha camisa. Assim que está aberta, seus dedos passeiam sobre meu peito e meus ombros, fazendo minha pele arder.

— Você é... perfeito — arqueja ela.

Neste momento, não vou discutir. Movendo-me para baixo, minha língua segue um traçado sobre a sedosa pele dela, exposta à brisa noturna. Ela agarra minha nuca, me encorajando. O gosto dela é tão bom. Bom demais. *¡Caramelo!*

Me afasto um pouco e capturo seu olhar no meu, aquelas safiras brilhantes reluzindo de desejo. Isso sim é perfeito.

— Quero você, *chula* — murmuro, a voz rouca. Ela pressiona o corpo contra o volume na minha calça, e o prazer, misturado com dor, é quase insuportável. Mas quando começo a tirar sua calcinha, ela segura minha mão e a afasta.

Química Perfeita **293**

— Eu não... não estou pronta pra isso. Alex, para.

Saio de cima dela e me endireito de volta no assento, esperando meu corpo se acalmar. Não posso olhá-la enquanto ela ajusta a roupa, cobrindo o corpo novamente. Droga, fui rápido demais. Eu sabia que não deveria ficar muito empolgado, que precisava segurar minha onda com essa garota. Passando a mão pelo meu cabelo, solto um longo suspiro.

— Desculpa.

— Não, você que tem que me desculpar. Não é sua culpa. Eu te encorajei, e você tem todo o direito de estar aborrecido. Olha, eu acabei de sair de uma relação com o Colin e tem muita coisa acontecendo lá em casa.

Ela enfia o rosto nas mãos.

— Estou tão confusa.

Brittany apanha a bolsa e abre a porta.

Sigo-a, com a camisa preta aberta, voando ao vento atrás de mim como a capa de um vampiro. Ou de um anjo da morte.

— Brittany, espera.

— Por favor, abre a porta da garagem. Preciso do meu carro.

— Não vá.

Digito o código.

— Desculpa — diz ela, mais uma vez.

— Para de pedir desculpas. Escuta, não importa o que aconteceu, não estou com você só pra transar. Eu me deixei levar pelo jeito como a gente se deu bem esta noite, pelo seu cheiro de baunilha, que eu queria sentir pra sempre e... merda, eu realmente estraguei tudo, não foi?

Brittany entra no seu carro.

— A gente pode ir devagar, Alex? Está tudo acontecendo rápido demais pra mim.

— Sim — digo, assentindo. Enfio as mãos nos bolsos, para conseguir resistir à vontade de puxá-la para fora do carro.

E ela realmente vai embora.

Eu me deixei envolver por suas mãos explorando meu corpo e fui além do limite. Esqueço tudo quando ela está tão perto.

A aposta.

Essa história com Brittany tem a ver com uma aposta, não com me apaixonar por uma garota do lado norte. Não posso esquecer que só estou interessado nela por conta da aposta, e é melhor ignorar o que estou suspeitando ser sentimentos reais.

Sentimentos não podem fazer parte deste jogo.

capítulo 41
Brittany

Entro em um McDonald's, onde posso passar despercebida, e troco o vestido por uma calça jeans e um moletom rosa, então dirijo de volta para casa.

Estou assustada, porque quando estou com Alex tudo é muito mais visceral. Quando estou com ele, tudo é muito mais intenso. Meus sentimentos, minhas emoções, meu desejo. Nunca fui viciada em Colin, nunca quis estar com ele vinte e quatro horas por dia, sete dias por semana. Desejo Alex. Ah, Deus. Acho que estou me apaixonando por ele.

Mas sei que amar alguém significa perder uma parte de mim mesma. E esta noite, no carro, quando Alex pôs a mão sob meu vestido, tive medo de perder o controle. Minha vida inteira sempre girou em torno de manter o controle, então isso não é bom. Me deixa assustada.

Caminho para a porta da frente de minha casa, planejando me esgueirar até meu quarto e guardar o vestido no armário, sem que ninguém veja. Infelizmente, minha mãe está parada no saguão, esperando por mim.

— Onde você estava? — pergunta, com sua voz severa, segurando meu livro e meu caderno de química. — Você disse que ia à academia e depois ia estudar com aquele rapaz, Hernandez.

Sou pega no pulo. Hora de calar ou confessar.

— O sobrenome dele é Fuentes, não Hernandez. E sim, estava com ele.

Silêncio.

Os lábios de minha mãe formam uma linha fina e apertada.

— É óbvio que você não estava estudando. O que há nessa mochila? — indaga. — Drogas? Está escondendo drogas aí?

— Não uso drogas — respondo, brusca.

Ela ergue uma sobrancelha e aponta para minha mochila.

— Abra — ordena.

Bufando, eu me ajoelho e abro o zíper da mochila. Eu me sinto como se fosse uma condenada em uma prisão. Tiro o vestido e mostro a ela.

— Um vestido? — pergunta minha mãe.

— Fui a um casamento com Alex. A prima dele se casou.

— Aquele garoto fez você mentir pra mim. Ele está te manipulando, Brittany.

— Ele não me fez mentir, mãe — digo, exasperada. — Que tal me dar um pouco de crédito? Fiz tudo sozinha.

Ela está a ponto de explodir de raiva, posso ver pelo modo como seus olhos brilham e suas mãos tremem.

— Se alguma vez... ALGUMA VEZ eu te encontrar com aquele garoto de novo, não terei problema algum em convencer seu pai a te mandar para um internato pelo resto do seu último ano. Você não acha que eu já tenho preocupações o bastante com a Shelley? Prometa que não terá mais nenhum contato com ele fora da escola.

Prometo e, em seguida, corro para o meu quarto e ligo para Sierra.

— Como estão as coisas? — pergunta ela.

— Sierra, preciso de uma melhor amiga agora.

— E resolveu me escolher? Nossa, estou lisonjeada — diz ela, seca.

— Certo, menti pra você. Gosto do Alex. Muito.

Silêncio.

Silêncio.

— Sierra, você está aí? Ou está me ignorando?

— Não estou te ignorando, Brit. Estou só me perguntando por que você resolveu me contar agora.

— Porque preciso falar sobre isso. Com você. Você me odeia?

— Você é minha melhor amiga.

— E você, a minha.

— Melhores amigas continuam sempre melhores amigas, mesmo quando uma resolve perder a cabeça e namorar um marginal. Não é?

— Espero que sim.

— Brit, nunca mais minta pra mim.

— Nunca mais. E pode contar pro Doug, se ele prometer não contar pra mais ninguém.

— Obrigada por confiar em mim, Brit. Você pode até achar que não, mas significa muito pra mim.

Depois de contar a história inteira para Sierra e desligar, me sentindo muito bem pelas coisas terem voltado ao normal com ela, minha outra linha toca. É Isabel.

— Preciso falar com você — diz Isabel quando atendo.

— O que aconteceu?

— Você viu o Paco hoje?

Humm... lá se foi meu segredo.

— Sim.

— Falou de mim?

— Não. Por quê? Era pra falar?

— Não. Sim. Ah, não sei. Estou tão confusa.

— Isabel, só fala pra ele como se sente. Funcionou pra mim, com o Alex.

— Sim, mas você é Brittany Ellis.

— Quer saber como é ser Brittany Ellis? Vou te dizer. Sou tão insegura quanto qualquer outra pessoa. E sofro mais pressão ainda pra tentar esconder, pra que a imagem que fazem de mim não se quebre e todo mundo perceba que, na verdade, sou como qualquer outra pessoa. E isso me torna mais vulnerável, mais vigiada e mais suscetível a fofocas.

— Então acho que você provavelmente não vai ficar feliz com os boatos que estão se espalhando sobre você e o Alex no meu grupo de amigos. Você quer saber o que estão falando?

— Não.

— Tem certeza?

— Sim. Se você se considera minha amiga, não me conte nada.

Porque, se eu souber dos boatos, vou ficar tentada a combatê-los.

E, neste exato segundo, tudo o que eu quero é apenas viver na felicidade da ignorância.

capítulo 42
Alex

Depois de Brittany fugir da oficina para ficar longe de mim, não estou com vontade de conversar, então espero conseguir evitar *mi'amá* ao chegar em casa. Assim que chego, porém, um olhar de relance para o sofá da sala me faz abandonar essa esperança.

A televisão está desligada, as luzes estão baixas e meus irmãos foram provavelmente mandados para o quarto.

— Alejandro — começa ela —, eu não queria esta vida pra nós.

— Eu sei.

— Espero que a Brittany não coloque ideias na sua cabeça que não deviam estar aí.

Dou de ombros.

— Como o quê? Ela odiar o fato de eu estar em uma gangue? Você pode não ter escolhido esta vida pra mim, mas com certeza você não se opôs quando eu fui recrutado.

— Não fale assim, Alejandro.

— Porque a verdade dói demais? Estou em uma gangue pra proteger você e meus irmãos, *mamá*. Você sabe disso, mesmo que a gente não fale a respeito — digo, e minha voz fica mais alta para combinar com minha frustração. — Foi uma escolha feita há muito tempo. Você pode fazer de conta de que não me encorajou, mas... — tiro a camisa, mostrando minhas tatuagens da gangue —, olha bem pra mim. Pertenço a uma gangue, como *papá*. Quer que eu seja traficante também?

Lágrimas escorrem pelo rosto dela.

— Se eu achasse que havia outra forma...

— Você estava assustada demais pra ir embora deste buraco, e agora estamos presos aqui. Não ponha a culpa em mim ou na minha garota.

— Não é justo — diz ela, levantando-se.

— O que não é justo é que você viva como uma viúva em luto eterno desde que o *papá* morreu. Por que não voltamos para o México? Diga ao tio Julio que ele desperdiçou a poupança dele aos nos mandar para os Estados Unidos. Ou você tem medo de voltar ao México e dizer à sua família que fracassou aqui?

— Não vamos ter essa conversa.

— Acorda. — Abro bem os braços. — O que tem aqui que faz valer a pena ficar? Seus filhos? Porque isso é desculpa furada. É esta a imagem do sonho americano pra você? — Aponto para a fotografia do meu pai. — Ele era um membro de gangue, não um santo.

— Ele não tinha escolha — diz ela, chorando. — Ele nos protegia.

— E agora eu é que estou nos protegendo. Vai colocar minha imagem ali também, quando me matarem? E Carlos? Porque ele é o próximo da fila, sabe. E Luis, depois dele.

Mi'amá me dá um tapa com força, depois se afasta. *Dios mío*, odeio fazê-la sofrer. Toco no braço dela e o seguro para abraçá-la e pedir perdão, mas ela se encolhe.

Química Perfeita   301

— Mamãe? — pergunto, querendo saber o que há de errado. Não fui violento, mas ela está agindo como se eu tivesse sido.

Ela se solta da minha mão e dá as costas pra mim, mas não posso deixar para lá. Dou um passo e levanto a manga de seu vestido. Para meu horror, descubro um machucado feio em seu antebraço. É roxo, preto e azul, e está bem ali, na minha frente. Minha mente retorna ao casamento, para quando vi minha mãe e Hector discutindo algo em particular.

— Hector fez isso com você? — pergunto baixinho.

— Você tem que parar de fazer perguntas sobre seu *papá* — me diz ela, puxando a manga do vestido rapidamente para cobrir o hematoma.

A raiva cresce em minhas entranhas e se espalha assim que me dou conta de que *mi'amá* foi machucada para me dar um aviso.

— Por quê? Quem Hector está tentando proteger?

Será que ele está protegendo alguém da LB, ou algum membro de uma gangue associada à LB? Queria poder apenas perguntar a Hector. Mais ainda, queria poder me vingar e dar uma surra nele por machucar minha mãe, mas Hector é intocável. Todos sabem que, se eu desafiá-lo, será como se eu estivesse me colocando contra a gangue.

Ela me olha severamente.

— Não me pergunte nada sobre isso. Há coisas que você não sabe, Alejandro. Coisas que não deveria saber nunca. Deixa isso pra lá.

— Acha que viver na ignorância é bom? *Papá* era um membro de gangue e traficava drogas. Não tenho medo da verdade, caramba. Por que todo mundo em torno de mim quer esconder a verdade?

Minhas mãos estão úmidas e as mantenho rígidas ao lado do corpo. Um som vindo do corredor atrai minha atenção. Me viro e vejo meus dois irmãos, com os olhos arregalados e confusos.

Merda.

Assim que avista Luis e Carlos, minha mãe prende a respiração. Eu faria qualquer coisa para diminuir sua dor.

Dou um passo na direção dela e pouso a mão suavemente em seu ombro.

— *Perdón, mamá.*

Ela afasta minha mão e, reprimindo um soluço, corre para o quarto, batendo a porta atrás de si.

— É verdade? — pergunta Carlos, com a voz tensa.

Faço que sim.

— É.

Luis balança a cabeça e franze a testa, confuso.

— O que vocês estão dizendo? Não entendo. Achei que *papá* fosse um homem bom. *Mamá* sempre disse que ele era um homem bom.

Vou até meu irmãozinho e puxo a cabeça dele para o meu peito.

— É tudo mentira! — deixa escapar Carlos. — Você, ele. É mentira. *¡Mentiras!*

— Carlos… — digo, soltando Luis e segurando o braço do meu outro irmão.

Ele olha para a minha mão com asco, a raiva subindo.

— Esse tempo todo eu achei que você tinha entrado na gangue pra proteger a gente. Mas você está só seguindo os passos do *papá*. Nada de herói. Você gosta de ser LB, mas me proíbe de entrar. Não é um pouco hipócrita, irmão?

— Talvez.

— Você é uma desgraça pra esta família, sabe disso, não é?

Assim que solto o braço dele, Carlos abre violentamente a porta e desaparece.

A voz baixa de Luis quebra o silêncio.

— Às vezes homens bons precisam fazer coisas que não são boas, não é?

Despenteio o cabelo dele. Luis é bem mais inocente do que eu era nessa idade.

— Sabe, acho que você ainda vai ser o Fuentes mais esperto, irmãozinho. Agora, vá para a cama e me deixe falar com o Carlos.

Encontro Carlos sentado na escadinha atrás de casa, que fica de frente para o quintal do vizinho.

— Foi assim que ele morreu? — pergunta, assim que me sento ao seu lado. — Em uma transação de drogas?

— Foi.

— Ele levou você junto?

Assinto, em silêncio.

— Você só tinha seis anos, que canalha! — Carlos solta um suspiro desgostoso. — Sabe, eu vi o Hector hoje na quadra de basquete da Main Street.

— Fique longe dele. A verdade é que eu não tinha escolha depois da morte de *papá*, e agora estou encalacrado. Se você acha que eu estou na LB porque gosto, tente de novo. Não quero que você seja recrutado.

— Eu sei.

Lanço-lhe um olhar severo, como aqueles que minha mãe me lançava quando eu enfiava bolas de tênis nas meias-calças dela e as arremessava para ver se voavam alto.

— Escute, Carlos, e escute bem. Se concentre na escola pra poder ir para a universidade. Seja alguém.

Ao contrário de mim.

Há um longo silêncio.

— Destiny também não quer que eu entre na LB. Ela quer ir para uma universidade e se formar em enfermagem.

— Ele dá uma risadinha. — Ela disse que seria bom se a gente fosse para a mesma universidade.

Fico calado, escutando, porque ele precisa que eu pare de lhe dar conselhos e deixe que ele resolva tudo sozinho.

— Eu gosto da Brittany, sabe — diz ele.

— Eu também.

Lembro de pouco tempo atrás, quando estávamos no carro. Eu me deixei levar demais. Espero que não tenha estragado tudo com ela também.

— Vi ela falando com a *mamá* no casamento. Foi corajosa.

— Pra dizer a verdade, ela foi chorar no banheiro.

— Pra alguém tão esperto, você é *loco* de achar que pode dar conta de tudo.

— Sou duro na queda — digo. — E estou sempre preparado para o pior.

Carlos dá batidinhas em minhas costas.

— De alguma forma, irmão, acho que namorar uma garota do lado norte é mais difícil do que pertencer a uma gangue.

Esta é a deixa perfeita para que eu conte a verdade a meu irmão.

— Carlos, você vê caras na LB falando de irmandade, de honra e de lealdade, e sei que parece ótimo. Mas eles não são família, sabe. E a irmandade só dura enquanto você estiver disposto a fazer tudo o que eles querem.

Minha mãe abre a porta e nos olha. Parece tão triste. Adoraria poder mudar sua vida e lhe tirar o sofrimento, mas sei que não posso.

Química Perfeita   **305**

— Carlos, deixa eu falar com o Alejandro a sós.

Depois de Carlos entrar em casa, impossibilitado de ouvir, minha mãe se senta ao meu lado. Está com um cigarro na mão, o primeiro que a vejo fumar em muito tempo.

Aguardo que ela fale primeiro. Eu já falei o bastante por hoje.

— Cometi muitos erros na vida, Alejandro — diz, soprando fumaça na direção da lua —, e alguns não podem ser desfeitos, não importa o quanto eu reze para o Senhor lá em cima.

Ela estende a mão e prende meu cabelo atrás das orelhas.

— Você é um adolescente que tem responsabilidades de homem. Não é justo.

— *Está bien.*

— Não, não está. Também cresci rápido demais. Nem me formei no ensino médio, porque engravidei de você.

Ela me encara, como se tivesse voltado no tempo e estivesse se vendo como adolescente há um tempo não tão distante.

— Ah, eu queria tanto um bebê. Seu pai queria esperar até acabar o ensino médio, mas eu quis que acontecesse antes. Tudo o que eu queria no mundo era ser mãe.

— Você se arrepende? — pergunto.

— De ser mãe? De jeito nenhum. De seduzir seu pai e garantir que ele não usasse preservativo? Sim.

— Não quero ouvir isso.

— Bom, vou contar, você querendo ou não. Tome cuidado, Alex.

— Estou tomando.

Ela dá outro trago no cigarro e balança a cabeça.

— Não, você não entendeu. Você pode até ser cuidadoso, mas as garotas não vão ser. Garotas são manipuladoras. Eu sei, porque sou uma delas.

— Brittany é…

— O tipo de garota que pode te obrigar a fazer coisas que você não quer.

— Acredita em mim, mãe. Ela não quer um bebê.

— Não, mas vai querer outras coisas. Coisas que você não vai poder dar pra ela.

Olho as estrelas, a lua, o universo imensurável.

— Mas e se eu quiser dar?

Ela solta o ar lentamente, e a fumaça sai da sua boca em um longo fio.

— Com trinta e cinco anos, já sou velha o bastante pra ter visto gente morrer achando que poderia mudar o mundo. Não importa o que você pense, seu pai morreu tentando acertar a vida dele. Sua visão dos fatos está distorcida, Alejandro. Você era só um menininho, jovem demais para entender.

— Tenho idade suficiente agora.

Uma lágrima escapa de um de seus olhos e ela a enxuga.

— Bom, agora é tarde demais.

capítulo 43
Brittany

— **Brit, por favor,** me explica novamente por que estamos pegando Alex Fuentes e levando ele pro lago Geneva com a gente — diz Sierra.

— Minha mãe me proibiu de encontrar com ele fora da escola, então o lago Geneva é um lugar perfeito pra ficar com ele. Lá ninguém vai nos reconhecer.

— Exceto nós.

— E eu sei que vocês não vão me dedurar. Certo?

Vejo Doug revirando os olhos. Eu achei que fosse uma boa ideia quando pensei nisso. Passar o dia no lago Geneva em um encontro duplo seria um programa bem divertido. Bom, assim que Sierra e Doug superarem o choque inicial de ver Alex e eu como um casal.

— Por favor, Doug, não me enche mais o saco por causa disso.

— O cara é um fracassado, Brit — responde Doug, entrando no estacionamento da escola, onde Alex deve estar esperando por nós. — Ela é a sua melhor amiga, Sierra. Faz ela voltar à razão.

— Eu tentei, mas você conhece ela. É teimosa.

Suspiro.

— Vocês podem parar de falar de mim como se eu não estivesse aqui? Eu gosto do Alex. E ele de mim. Quero dar uma chance pra nós.

— E vai fazer isso como? Mantendo um caso secreto pra sempre? — pergunta Sierra.

Graças a Deus, chegamos ao estacionamento e não preciso responder. Alex está sentado na calçada, ao lado de sua moto, as pernas esticadas para a frente. Mordo meu lábio enquanto abro a porta de trás do carro.

Quando ele vê Doug dirigindo com Sierra ao seu lado, os músculos de sua mandíbula ficam tensos.

— Entra, Alex — digo, deslizando para a lateral do banco.

Ele se inclina para dentro do carro.

— Não sei se isso é uma boa ideia.

— Não seja bobo. O Doug prometeu ser legal. Não é verdade, Doug?

Prendo minha respiração enquanto espero a resposta.

Doug assente, sem revelar qualquer emoção.

— Claro — ele diz, em um tom de voz completamente neutro.

Qualquer outro cara iria embora, tenho certeza. Mas Alex entra no carro e se senta ao meu lado.

— Pra onde vamos? — pergunta.

— Lago Geneva — respondo. — Já esteve lá?

— Não.

— Fica a uma hora de viagem daqui. Os pais do Doug têm uma casa lá.

Durante o percurso, mais parece que estamos em uma biblioteca, em vez de em um carro. Ninguém diz uma palavra.

Química Perfeita **309**

Quando Doug entra em um posto para abastecer, Alex sai do carro, se afasta e acende um cigarro.

Eu me afundo ainda mais no banco. Não foi assim que imaginei este dia. Sierra e Doug em geral são muito engraçados juntos, mas esta viagem está tão divertida quanto um funeral.

— Você pode pelo menos tentar conversar? — pergunto à minha melhor amiga. — Tipo, você pode passar horas falando sobre o tipo de cão que prefere beijar, mas não pode sequer falar duas palavras na frente de um cara de quem gosto?

Sierra se vira para me encarar.

— Desculpa. É só que... Brit, você consegue alguém melhor. Muito melhor.

— Como Colin, você quer dizer.

— Como qualquer um — diz Sierra, bufando, e se vira de volta para a frente.

Alex entra no carro e sorrio debilmente para ele. Quando ele não sorri de volta, seguro sua mão na minha. Ele não corresponde, mas também não tira a mão. Será um bom sinal?

Quando saímos do posto, Alex diz:

— Um pneu está meio solto. Você está ouvindo esse barulho vindo de trás, do lado esquerdo?

Doug dá de ombros.

— Está assim já faz um mês. Não tem problema.

— Encosta, que eu arrumo — diz Alex. — Se ele soltar enquanto estivermos na estrada, estamos fritos.

Dá para ver que Doug não quer confiar na avaliação de Alex, mas depois de cerca de dois quilômetros ele encosta no meio-fio, com muita má vontade.

— Doug — diz Sierra, apontando para a livraria de livros eróticos na frente da qual paramos —, sabe que tipo de gente vem aqui?

— Neste momento, amor, eu realmente não dou a mínima — diz ele, virando-se para Alex. — Muito bem, sabichão. Conserte o carro.

Alex e Doug saem.

— Desculpa ter ficado irritada — digo para Sierra.

— Desculpa também.

— Acha que Doug e Alex vão começar a brigar?

— Talvez. É melhor a gente ir lá pra distrair os dois.

Lá fora, Alex tira as ferramentas do porta-malas.

Depois de levantar o carro, Alex segura a chave de roda na mão. Doug está com as mãos nos quadris e o queixo levantado, em uma pose de desafio.

— Thompson, o que você está fazendo? — pergunta Alex.

— Não gosto de você, Fuentes.

— Acha que você é minha pessoa favorita? — devolve Alex, ajoelhando-se ao lado do pneu e começando a apertar os parafusos.

Olho para Sierra. Devemos intervir? Sierra dá de ombros. Eu dou de ombros. Não estão trocando socos... ainda.

Um carro freia ao nosso lado, cantando os pneus. Quatro caras latinos estão lá dentro, dois na frente, dois atrás. Alex os ignora, enquanto retira o macaco e o coloca de volta no porta-malas.

— Ei, *mamacitas*! Que tal esquecer esses idiotas e vir conosco? Garanto que vocês vão gostar — grita um deles pela janela.

— Vão se foder — responde Doug, gritando de volta.

Um dos caras sai do carro e avança para Doug. Sierra grita algo, mas não estou prestando atenção. Em vez disso, observo Alex tirar a jaqueta e bloquear o caminho do sujeito.

— Sai do meu caminho — ordena o cara. — Não se rebaixe protegendo esse babaca branco.

Química Perfeita **311**

Alex está com o nariz encostado no cara, a chave de roda na mão.

— Se você se meter com o babaca branco, se mete comigo também. É simples assim. *Comprendes, amigo?*

Outro cara sai do carro. Estamos com sérios problemas.

— Meninas, peguem as chaves e entrem no carro — ordena Alex, com um tom preciso.

— Mas…

Há uma calma letal em seus olhos. Ah, Deus. Ele está falando muito sério. E Doug joga as chaves para Sierra. E agora? Vamos sentar no carro e assistir à briga?

— Não vou a lugar algum — digo a ele.

— Nem eu — diz Sierra.

Um cara no outro carro põe a cabeça para fora da janela.

— Alejo, é você?

Alex relaxa a postura.

— Tiny? O que você está fazendo com esses *pendejos?*

O cara chamado Tiny diz algo em espanhol para seus amigos e eles voltam para o carro. Parecem quase aliviados por não terem que brigar com Alex e Doug.

— Digo assim que me contar o que está fazendo com um monte de gringos — diz Tiny.

Alex ri.

— Dá o fora daqui.

Quando estamos todos de volta ao carro, ouço Doug dizer:

— Obrigado por ficar do meu lado.

Alex murmura:

— Não foi nada.

Ninguém mais fala até chegarmos aos arredores do lago Geneva. Doug estaciona na frente de um bar de esportes, para almoçarmos. Lá dentro, Sierra e eu pedimos saladas, e Doug e Alex pedem hambúrgueres.

Na mesa, enquanto esperamos a comida, ninguém conversa. Chuto Sierra sob a mesa.

— Então, humm, Alex — começa ela. — Viu algum filme bom nos últimos tempos?

— Não.

— Já se inscreveu em alguma universidade?

Alex balança a cabeça.

Surpreendentemente, Doug se ajeita na cadeira e assume o comando.

— Quem te ensinou tanto sobre carros?

— Meu primo — diz Alex. — Nos fins de semana, eu ia para a casa dele e ficava vendo ele ressuscitar os carros.

— Meu pai tem um Karmann Ghia 1972 parado na garagem. Ele acha que o carro vai voltar a funcionar por mágica.

— O que há de errado com o carro? — pergunta Alex.

Enquanto Doug explica, Alex ouve atentamente. Então eles começam a discutir os prós e os contras de comprar peças recondicionadas no eBay. Encosto na cadeira e relaxo. A tensão anterior parece se desintegrar quanto mais eles conversam.

Depois de comer, caminhamos pela Main Street. Alex pega minha mão, e eu não consigo pensar em nada que preferiria estar fazendo, em vez de estar aqui com ele.

— Ah, aquela nova galeria — diz Sierra, apontando para o outro lado da rua. — Olha, estão fazendo uma festa de inauguração. Vamos lá!

— Legal — digo.

— Espero do lado de fora — diz Alex, enquanto atravessamos a rua atrás de Sierra e Doug. — Galerias não são muito a minha praia.

Química Perfeita   313

Não é verdade. Quando ele vai perceber que não precisa viver de acordo com o estereótipo que impuseram a ele? Estando lá dentro, ele vai ver que é tão bem-vindo em uma galeria quanto em uma oficina mecânica.

— Vamos — digo, puxando-o para dentro. Sorrio enquanto entramos na galeria.

Há uma enorme variedade de comida. Cerca de quarenta pessoas estão passeando e olhando as obras de arte.

Percorro o lugar com Alex, que ainda está tenso ao meu lado.

— Relaxa — digo.

— É fácil pra você dizer — murmura ele.

314   SIMONE ELKELES

capítulo 44
Alex

Me trazer para uma galeria talvez não tenha sido a melhor ideia que Brittany já teve. Quando Sierra puxou-a de lado para mostrar a ela um quadro, nunca me senti mais deslocado na vida.

Ando por ali e examino a bancada de comida, agradecido por já termos comido. Quase não dá para chamar aquilo de comida, na verdade. Tem sushi, que fico tentado a enfiar no micro-ondas para tornar comestível, e sanduíches do tamanho de uma moedinha.

— Acabou o wasabi.

Ainda estou concentrado em identificar as variedades de comida, quando alguém bate nas minhas costas.

Eu viro e me deparo com um sujeito loiro e baixo. Ele lembra o Cara-de-Burro, e eu imediatamente tenho vontade de empurrá-lo para longe.

— Acabou o wasabi — diz ele, de novo.

Se eu soubesse o que diabos é wasabi, talvez pudesse responder. Mas não sei, então não respondo. E fico me sentindo idiota.

Química Perfeita **315**

— Você não fala inglês?

Minha mão se fecha, pronta para o soco. *Sim, falo inglês, imbecil. Mas da última vez em que estive na aula de inglês, a palavra "wasabi" não estava em nenhuma prova de ortografia.* Em vez de responder, ignoro o cara e me afasto para olhar um dos quadros.

Paro na frente de um que mostra uma garota e um cachorro andando no que parece ser uma imitação ruim do planeta Terra.

— Aí está você — diz Brittany, vindo para o meu lado. Doug e Sierra estão bem atrás dela.

— Brit, este é Perry Landis — diz Doug, apontando para o sósia do Colin. — O artista.

— *Meudeusdocéu*, seu trabalho é incrível! — diz Brittany, babando em cima dele. Ela fala "meudeusdocéu" como se realmente fosse uma cabeça de vento. Está de brincadeira comigo?

O cara olha por cima do ombro dela, para ver seu próprio quadro.

— O que acha deste? — ele pergunta.

Brittany pigarreia:

— Acho que mostra uma percepção profunda da relação entre o homem, o animal e a Terra.

Ah, por favor. Quanta besteira.

Perry passa o braço em torno dela e tenho vontade de começar uma briga no meio da galeria.

— Dá pra notar que você é muito profunda.

Profunda o caramba. Ele quer levá-la para a cama… O que nunca vai acontecer, se eu puder falar algo a respeito.

— Alex, o que você acha? — pergunta Brittany, se virando para mim.

— Bom… — esfrego o queixo, enquanto encaro o quadro. — Acho que a coleção inteira vale um dólar e cinquenta, no máximo.

Sierra arregala os olhos e cobre a boca com a mão, chocada. Doug tosse e cospe a bebida. E Brittany? Olho para minha namorada, pensando: "Vamos ver o que acontece".

— Alex, Perry merece um pedido de desculpas — diz Brittany.

Certo, logo após ele pedir desculpas por me perguntar sobre o wasabi. Sem chance.

— Estou indo embora — digo. Em seguida, viro as costas para todos e saio da galeria. *Me voy.*

Do lado de fora, eu pego um cigarro de uma garçonete do outro lado da rua, que está em seu intervalo. Só consigo pensar na expressão da Brittany quando me mandou pedir desculpas.

Não estou acostumado a receber ordens.

Droga. Odiei ver aquele artista idiota passar o braço pelos ombros da minha garota. Imagino que todos os caras queiram colocar as mãos nela de alguma forma, só para poder dizer que a tocaram. Também quero tocá-la, mas quero que ela só queira a mim. Não que me dê ordens como a um cachorrinho, ou que só me dê a mão quando não está se exibindo.

Isso realmente não está seguindo o caminho esperado.

— Vi você sair da galeria. Só mauris frequentam aquele lugar — diz a garçonete, depois de eu devolver o isqueiro.

Wasabi. Agora mauris. Parece mesmo que não sei falar inglês.

— Mauris?

— Os tipos mauricinhos. Sabe, empolados, de colarinho branco.

Química Perfeita   317

— Bom, não sou mesmo um desses. Estou mais para um cara de colarinho azul que seguiu um grupo de mauris até lá.

Dou uma boa tragada, grato pela nicotina. Me sinto imediatamente calmo. Bom, meus pulmões provavelmente estão encolhendo, mas tenho a séria impressão de que vou morrer antes que eles possam me abandonar.

— Sou Mandy Colarinho Azul — diz a garçonete, estendendo a mão e abrindo um sorriso. Ela tem cabelo castanho-claro com mechas roxas. É bonitinha, mas não é nenhuma Brittany.

Aperto sua mão.

— Alex.

Ela observa minhas tatuagens.

— Tenho duas. Quer ver?

Não muito. Tenho a impressão de que ela deve ter ficado bêbada uma noite qualquer e acabou tatuando o peito... ou a bunda.

— Alex! — Brittany grita meu nome da frente da galeria.

Ainda estou fumando e tentando esquecer que ela me trouxe aqui porque sou seu segredinho sujo. Não quero mais ser uma droga de segredo.

Minha pseudonamorada atravessa a rua e seus sapatos de marca estalam no chão, me lembrando de que ela está uma classe acima da minha. Ela nos olha, Mandy e eu, com interesse, dois colarinhos azuis fumando juntos.

— Mandy ia me mostrar as tatuagens dela — conto a Brittany, para irritá-la.

— Tenho certeza que ia. Você ia mostrar as suas também? — Ela me encara, acusadora.

— Não gosto de drama — diz Mandy. Ela joga o cigarro fora e pisa nele com a ponta do tênis.

— Boa sorte, vocês dois. Deus sabe que vão precisar.

Dou outro trago, desejando que Brittany não me tentasse desse jeito.

— Volta para a galeria, *guapa*. Vou pegar um ônibus pra casa.

— Pensei que a gente teria um dia *agradável*, Alex, em uma cidade em que ninguém nos conhece. Você não gostaria de ser anônimo às vezes?

— Acha que é *agradável* esse artista imbecil achar que eu sou um ajudante de garçom? Prefiro ser conhecido como membro de gangue a ser confundido com garçom imigrante.

— Você nem deu uma oportunidade a ele. Se relaxasse e deixasse o sentimento de inferioridade de lado, poderia ficar bem. Você pode ser um deles.

— Todo mundo é falso aqui. Até você. Acorda, senhorita "Meudeusdocéu"! Não quero ser um deles. Entendeu? *¿Entiendes?*

— Perfeitamente. E, pra sua informação, não sou falsa. Pode chamar do que você quiser, mas eu chamo isso de ser educada e elegante.

— No seu círculo social, não no meu. No meu círculo, usamos outro nome pra isso. E nunca, nunca mais me mande pedir desculpas como se fosse minha mãe. Juro, Brittany, da próxima vez que você fizer isso, está tudo acabado.

Ah, não. Os olhos dela ficam opacos. Ela vira as costas para mim e tenho vontade de me dar um chute na bunda por magoá-la.

Jogo o cigarro fora.

— Desculpa. Não queria ser grosso. Bom, queria. Mas é porque não me senti confortável ali dentro.

Química Perfeita **319**

Brittany não me olha. Estendo a mão para acariciar as costas dela, e fico grato por ela não tentar me evitar.

Continuo argumentando.

— Brittany, adoro passar um tempo com você. Caramba, quando eu chego na escola, te procuro em todo canto. Só quando vejo esses fios angelicais de raios de sol — digo, alisando seu cabelo —, sei que posso encarar o dia.

— Não sou um anjo.

— É, pra mim. Se me desculpar, vou até lá e peço desculpas para aquele artista.

Ela abre os olhos.

— Mesmo?

— Sim. Não quero. Mas vou… por você.

A boca dela se curva em um sorriso leve.

— Não faça isso. Fico feliz por você dizer que faria isso por mim, mas você tem razão. Os quadros dele são péssimos.

— Ah, aqui estão vocês — diz Sierra. — Procuramos pelos pombinhos por toda a parte. Vamos pegar a estrada e chegar logo no chalé.

Já no chalé, Doug esfrega as mãos, animado.

— Banho de ofurô ou filme? — pergunta.

Sierra vai até a janela que dá para o lago.

— Vou apagar se colocarmos um filme.

Neste momento, estou sentado com Brittany no sofá da sala de estar, tentando lidar com o fato de que esta enorme casa é a casa de campo de Doug. É maior do que a casa em que moro. E um ofurô? Meu Deus, os ricos têm tudo mesmo.

— Não tenho calção de banho — eu digo.

— Não se preocupa — responde Brittany. — Doug deve ter algum na casa da piscina que você possa usar.

Na casa, Doug vasculha uma gaveta à procura de calções.

— Só tem dois aqui.

Doug ergue uma sunga Speedo minúscula e a mostra para mim.

— Está boa pra você, grandão?

— Aí não cabe nem minha bola direita. Por que não usa essa e eu uso isto aqui? — digo, passando a mão por trás de Doug e pegando um calção tipo short. Noto que as garotas desapareceram.

— Pra onde elas foram?

— Trocar de roupa. E falar de nós, tenho certeza.

No pequeno vestiário, enquanto tiro a roupa e visto o calção, penso sobre minha vida em casa. Aqui, no lago Geneva, é tão fácil esquecer a realidade por um tempo. Não tenho que me preocupar com quem está me protegendo.

Quando saio do vestiário, Doug diz:

— Ela vai ter que ouvir muita merda por estar com você, sabe. As pessoas já estão começando a falar.

— Olha, Douggie. Gosto mais dessa garota do que me lembro de gostar de qualquer coisa na vida. Não vou desistir dela. E só vou começar a ligar pro que os outros acham quando eu tiver batido as botas.

Doug sorri e abre os braços.

— Ah, Fuentes, acho que acabamos de ter um momento de "amizade masculina". Quer um abraço?

— Não nesta vida, branquelo.

Doug bate em minhas costas e seguimos para o ofurô. Apesar de tudo, acho que, se não uma ligação afetiva, ao menos estamos começando a nos entender. De qualquer forma, não vou abraçá-lo.

— Muito sexy, gato — diz Sierra, examinando a sunga de Doug.

Química Perfeita **321**

Doug está andando como um pinguim, gingando enquanto tenta ficar confortável.

— Juro por Deus que vou tirar isto aqui assim que entrar no ofurô. Está apertando meu saco.

— Não precisava ouvir isso — geme Brittany, cobrindo as orelhas com as mãos. Ela está usando um biquíni amarelo que deixa muito pouco para a imaginação. Será que ela sabe que parece um girassol, pronta para irradiar seu brilho sobre todos que olham para ela?

Doug e Sierra entram no ofurô.

Pulo para dentro e me sento ao lado de Brittany. Nunca estive em um desses antes, então não tenho certeza de qual é o protocolo. Vamos ficar sentados aqui e conversar, ou vamos separar os casais e namorar? Gosto da segunda opção, mas Brittany parece nervosa.

Especialmente quando Doug joga a sunga para fora do ofurô.

Franzo a testa.

— Qual é, cara.

— O que foi? Quero poder ter filhos um dia, Fuentes. Essa coisa estava prendendo minha circulação.

Brittany sai do ofurô e se enrola em uma toalha.

— Vamos lá pra dentro, Alex.

— Podem ficar aqui — diz Sierra. — Vou fazer ele vestir a bolsinha de bolas de gude de novo.

— Deixa pra lá. Aproveitem o ofurô. Vamos pra dentro — diz Brittany.

Quando saio da tina, ela me entrega uma toalha.

Passo o braço por sua cintura, enquanto caminhamos até o chalé.

— Tudo bem com você?

— Tudo. Achei que *você* estivesse chateado.

— Estou tranquilo. Mas... — Lá dentro, apanho uma escultura de vidro contorcido e a examino — ver esta casa, esta vida... Quero estar aqui com você, mas olho em volta e me dou conta de que nunca vou pertencer a esse meio.

— Você está pensando demais. — Ela se ajoelha no carpete e dá batidinhas no chão. — Vem aqui e deite de barriga pra baixo. Sei fazer massagem sueca. Vai te relaxar.

— Você não é sueca — digo.

— Bom, nem você. Então, se eu fizer errado, você nunca vai notar a diferença.

Deito ao lado dela.

— Achei que íamos com calma nesta relação.

— Uma massagem nas costas é inofensiva.

Meus olhos passeiam por seu corpo fenomenal, coberto apenas por um biquíni.

— Acho que você precisa saber que já fui *íntimo* de garotas muito mais vestidas que isso.

Ela me dá um tapa no traseiro.

— Comporte-se.

Quando suas mãos começam a se mover pelo meu corpo, solto um gemido. Cara, isso é tortura. Estou tentando me comportar, mas as mãos dela são gostosas demais, e meu corpo parece funcionar sozinho.

— Você está tenso — diz ela, em meu ouvido.

Claro que estou tenso. Tenso com as mãos dela pelo meu corpo todo. Minha resposta é outro gemido.

Depois de alguns minutos da massagem de Brittany, gemidos e sussurros altos chegam até nós, vindos do ofurô.

Doug e Sierra claramente pularam a parte da massagem do cronograma.

— Você acha que eles estão transando? — pergunta ela.

— Ou isso, ou Doug é um cara muito religioso — digo, me referindo aos gritos de "Ah, meu Deus!" a cada dois segundos.

— Isso te deixa excitado? — pergunta ela, baixinho, em meu ouvido.

— Não, mas se você continuar me massageando assim, pode esquecer o papo de ir devagar.

Eu sento e a encaro.

— O que não consigo entender é se você gosta de provocar e está brincando comigo, ou se realmente é inocente.

— Não sou provocadora.

Arqueio uma sobrancelha e olho para minha coxa, onde ela pousou a mão. Ela a recolhe rapidamente.

— Certo, não pretendia pôr a mão aí. Bom, quero dizer, não de verdade. Apenas… o que quero dizer é…

— Gosto quando você gagueja — digo, puxando-a para perto de mim e lhe mostrando minha própria versão de massagem sueca, até sermos interrompidos por Sierra e Doug.

Duas semanas depois, recebo uma notificação de que tenho uma audiência sobre meu flagrante de posse de arma. Escondo isso da Brittany, porque ela surtaria. E provavelmente ficaria repetindo que um defensor público não é tão bom quanto um advogado particular. Só que não posso contratar um advogado bacana.

Enquanto penso, preocupado, no meu destino, parado na frente da escola, alguém esbarra em mim e quase perco o equilíbrio.

— Que…? — empurro de volta.

— Desculpa — diz o cara, nervoso.

Percebo que o cara é ninguém menos que o Cara Branco, aquele da cadeia.

— Vem me encarar, nerd! — grita Sam.

Avanço e entro no meio.

— Sam, qual é seu problema?

— Esse *pendejo* pegou minha vaga — responde Sam, apontando para o Cara Branco.

— E daí? Você não encontrou outra?

Sam permanece ali, tenso, pronto para acabar com o Cara Branco. Ele conseguiria, sem dúvida.

— É, encontrei outra.

— Então deixa o cara em paz. Eu o conheço. Ele é legal.

Sam ergue as sobrancelhas.

— *Conhece* esse cara?

— Escuta — digo, dando uma olhada para o Cara Branco, feliz que esteja usando uma camisa azul de botões e não aquela coral. Ainda é um estilo nerd, mas pelo menos consigo ficar sério quando digo: — Esse cara já foi preso mais vezes do que eu. Pode parecer um total *pendejo*, mas, por baixo desse cabelo esquisito e dessa camisa brega, é durão.

— Você está me zoando, Alex — diz Sam.

Saio da frente e dou de ombros.

— Não diga que não avisei.

O Cara Branco dá um passo à frente, tentando parecer durão. Mordo o lábio para não rir e cruzo os braços sobre o peito, como se estivesse esperando a briga começar. Meus amigos da LB também esperam, prontos para ver Sam levar porrada de um nerd branco.

Sam olha para mim, depois para o Cara Branco, e então recua.

Química Perfeita **325**

— Se você estiver tirando uma com a minha cara, Alex...

— Verifique a ficha corrida dele. Roubo de automóveis é sua especialidade.

Sam reflete sobre seu próximo passo. O Cara Branco não espera. Vem até mim, com o punho levantado.

— Se precisar de algo, Alex, já sabe quem estará aqui pra você.

Meu punho encosta no do Cara Branco. Ele desaparece um segundo depois, e eu fico feliz que ninguém tenha percebido que o punho dele tremia de medo.

Encontro o Cara Branco no armário dele entre o primeiro e o segundo tempo.

— Estava falando sério? Que, se eu precisasse de algo, você me ajudaria?

— Depois de hoje de manhã, te devo a minha vida, Alex — diz o Cara Branco. — Não sei por que você me defendeu, mas eu estava apavorado.

— Esta é a regra número um. Não deixe niguém perceber que você está apavorado.

O Cara Branco bufa. Acho que é a risada dele: ou isso, ou ele está com uma sinusite séria.

— Vou tentar me lembrar disso da próxima vez que um membro de gangue ameaçar minha vida.

Ele estende a mão para que eu a aperte.

— Meu nome é Gary Frankel.

Seguro a mão dele e a aperto rapidamente.

— Olha, Gary — começo —, minha audiência é na semana que vem, e eu preferiria não ter que contar com um defensor público. Acha que sua mãe pode me ajudar?

Gary sorri.

— Acho que sim. Ela é muito boa. Se você for réu primário, provavelmente ela pode conseguir que você pegue só uma condicional curta.

— Não vou poder...

— Não se preocupe com dinheiro, Alex. Aqui está o cartão dela. Vou avisar que você é um amigo meu, e ela vai defendê-lo *pro bono*.

Gary se afasta pelo corredor e fico pensando como é curioso que a pessoa menos provável às vezes possa se tornar aliada. E como uma garota loira é capaz de fazer alguém pensar que o futuro é algo pelo que se pode esperar ansiosamente.

capítulo 45
Brittany

Depois do jogo de sábado à tarde, que vencemos graças a um passe de Doug a quatro segundos do final da partida, converso com Sierra e com as três Ms na beirada do campo. Estamos tentando decidir onde vamos celebrar a vitória.

— Que tal a Lou Malnati? — sugere Morgan.

Todas concordam, porque é a melhor pizzaria da cidade. E Megan, que está de dieta, pode pedir a salada especial da casa, então está resolvido.

Quando estamos discutindo a logística, vejo Isabel conversando com Maria Ruiz e vou até elas.

— Ei, meninas — digo. — Querem ir à Lou Malnati com a gente?

As sobrancelhas de Maria se enrugam, expressando sua confusão. Mas as de Isabel não.

— Claro — diz ela.

Maria olha para Isabel, depois para mim, depois de volta para Isabel. Fala algo em espanhol para a amiga, depois diz que vai nos encontrar no restaurante mais tarde.

— O que ela disse?

— Queria saber por que nos convidou pra sair com as suas amigas.

— E o que você respondeu?

— Disse que eu sou uma das suas amigas. Mas, só pra você saber, meus amigos me chamam de Isa, não de Isabel.

Volto com ela até minhas amigas, depois olho para Sierra, que, não faz muito tempo, admitiu ter ciúmes da minha amizade com Isabel. Mas, em vez de agir com frieza, ela sorri para Isa e pede a ela para mostrar como se faz o mortal de costas de uma das rotinas. Por isso ela é minha melhor amiga. Madison parece tão atordoada quanto Maria quando informo a todas que Maria e Isabel vão conosco à pizzaria, mas não diz coisa alguma.

Talvez, apenas talvez, este seja um pequeno passo em direção ao que o dr. Aguirre chama de "construir uma ponte". Não sou tão ingênua a ponto de achar que posso mudar Fairfield da noite para o dia, mas, nas últimas semanas, o modo como eu via determinadas pessoas mudou. Espero que a maneira como me veem tenha mudado também.

No restaurante, me sento ao lado de Isabel. Vários jogadores do time de futebol chegam, e a pizzaria fica lotada de estudantes da Fairfield High. Darlene entra com Colin. Ele está com o braço em volta dos ombros dela, como se fossem um casal.

Sierra, do outro lado da mesa, diz:

— Me digam que a mão dela não está no bolso traseiro dele. Isso é tão ridículo.

— Não me importo — digo, eliminando qualquer preocupação de que eu possa estar chateada. — Se eles querem namorar, bom pra eles.

Química Perfeita **329**

— Ela só está fazendo isso porque quer ter o que você tinha. Pra ela, é uma competição. Primeiro, tomou sua posição na equipe, agora está colocando as garras em Colin. Da próxima vez que checarmos, ela vai ter mudado o nome para Brittany.

— Muito engraçado.

— Você fala isso agora — diz ela. Então se aproxima e sussurra: — Mas não vai ser tão engraçado se a próxima coisa sua que ela quiser for o Alex.

— É, *isso* não tem graça.

Doug entra, e Sierra acena para ele. Não cabe outra cadeira em nossa mesa, então ela senta no colo dele. Eles começam a se beijar, e essa é minha deixa para me virar e conversar com Isabel.

— Como estão indo as coisas com Você-Sabe-Quem? — pergunto, sabendo que não posso mencionar o nome de Paco, porque Isabel não quer que Maria saiba de nada.

Ela suspira.

— Não estão indo.

— Por que não? Não conversou com ele, como disse que ia fazer?

— Não. Ele tem agido como um *pendejo*, ignorando completamente o fato de termos ficado juntos naquela noite. Estou achando que ele não diz nada porque não quer nada comigo.

Penso sobre como rompi com Colin e fui atrás de Alex. Toda vez que deixo de fazer o que é esperado de mim e faço o que me parece ser o certo, me sinto mais forte.

— Arrisca, Isa. Garanto que vale a pena.

— Você acabou de me chamar de Isa.

— Eu sei. Tudo bem?

Ela empurra meu ombro, brincando.

— Sim, *Brit*. Tudo bem.

Conversar com Isa sobre Paco faz com que eu me sinta ousada, e me sentir ousada faz com que eu pense em Alex. Assim que acabamos de comer, todo mundo começa a ir embora. Enquanto caminho até o carro, ligo para Alex do celular.

— Sabe onde é o Club Mystique?

— Sim.

— Me encontra lá às nove horas.

— Por quê? Está tudo bem?

— Você vai ver — digo e desligo. Só então vejo que Darlene está bem atrás de mim. Será que ela me ouviu falando com Alex?

— Encontro hoje à noite? — indaga.

Isso responde minha pergunta.

— O que eu fiz pra você me odiar tanto? Em um minuto somos amigas, e no minuto seguinte, você está conspirando contra mim.

Darlene dá de ombros e joga o cabelo para trás. Esse gesto basta para mostrar que já não posso considerá-la minha amiga.

— Acho que cansei de viver na sua sombra, Brit. É hora de abdicar do seu trono. Você foi a princesa de Fairfield High por tempo demais. É hora de dar a outra pessoa a chance de estar no centro do palco.

— Pode ficar com o palco. Espero que goste — digo. Ela não sabe que, para começar, nunca quis isso. Se fiz alguma coisa, foi usar o palco para encenar melhor o teatro que eu apresento para o mundo.

Quando chego ao Club Mystique, às nove horas, Alex se esgueira por trás de mim. Eu me viro e passo os braços ao redor de seu pescoço.

— Uau, garota — diz ele, surpreso. — Achei que a gente estava mantendo esta coisa entre nós em segredo. Lamento

Química Perfeita   331

informar, mas tem um bando de gente da Fairfield aqui, e gente do lado norte bem ali. E estão olhando pra nós.

— Não me importo. Não mais.

— Por quê?

— Só se vive uma vez.

Ele parece gostar da minha resposta, pois me pega pela mão e me leva até o fim da fila. Está frio aqui fora, então ele abre sua jaqueta de couro e me abraça, me envolvendo em seu calor enquanto esperamos para entrar.

Olho para ele, nossos corpos apertados um contra o outro.

— Você vai dançar comigo esta noite? — pergunto.

— Claro.

— Colin nunca quis dançar comigo.

— Eu não sou o Colin, *guapa*, e nunca serei.

— Ótimo. Agora eu tenho você, Alex. E descobri que é tudo o que eu preciso. Estou pronta pra compartilhar isso com o mundo.

Dentro da balada, Alex vai imediatamente para a pista de dança comigo. Ignoro os olhares fixos dos estudantes da Fairfield do meu lado da cidade. Puxo Alex para perto de mim, e dançamos juntos ao ritmo da batida.

Nós nos movemos em sincronia, como se fôssemos um casal desde sempre, cada movimento de um em harmonia com o do outro. Pela primeira vez, não tenho medo do que as pessoas podem pensar sobre estarmos juntos. No próximo ano, na faculdade, não vai importar quem veio de qual lado da cidade.

Troy, o cara com quem dancei da última vez que vim ao Club Mystique, bate em meu ombro, enquanto a música faz a pista de dança vibrar.

— Quem é o novo cara? — pergunta.

— Troy, este é o meu namorado, Alex. Alex, este é o Troy.

— Oi, cara — diz Alex, apertando a mão de Troy rapidamente.

— Tenho a sensação de que esse aí não vai cometer o mesmo erro que o outro — diz Troy.

Não respondo, porque sinto as mãos de Alex em torno da minha cintura e das minhas costas. Sinto que é tão certo estar aqui com ele. Acho que ele gostou quando o chamei de meu namorado, e eu me senti muito bem dizendo isso em voz alta. Reclino minhas costas contra seu peito e fecho os olhos, deixando o ritmo da música e o movimento de nossos corpos se fundirem.

Depois de dançar mais um pouco, precisamos de um descanso e saímos da pista. Pego meu celular e digo:

— Faz uma pose!

A primeira foto que tiro é dele tentando posar como um garoto mau e descolado. Isso me faz rir. Tiro mais uma, antes que ele faça outra pose.

— Vamos tirar uma de nós dois — diz ele, me puxando para perto. Pressiono meu rosto contra o dele, enquanto ele pega meu celular e o afasta o mais longe que consegue, congelando este momento perfeito com um clique. Depois de tirar a foto, ele me puxa para seus braços e me beija.

Me inclinando contra Alex, examino a multidão. No primeiro andar, à direita do balcão, está Colin — a última pessoa que pensei que encontraria aqui. Colin odeia isso, ele odeia dançar.

Seus olhos irritados se encontram com os meus, e ele dá um grande show, beijando a garota a seu lado. É Darlene. E ela o beija de volta com tudo, enquanto ele agarra sua bunda e se esfrega nela. Ela sabia que eu estaria aqui esta noite com o Alex, e então obviamente planejou tudo isso.

Química Perfeita　　**333**

— Quer ir embora? — pergunta Alex quando avista Colin e Darlene.

Eu me viro para encará-lo e, mais uma vez, fico sem fôlego só de olhar para seu rosto bonito e forte.

— Não. Mas está tão quente aqui. Tire a sua jaqueta.

Ele hesita antes de responder.

— Não posso.

— Por que não?

Ele estremece.

— Diga a verdade, Alex.

Ele pega uma mecha solta de cabelo que está caída sobre meu rosto e a ajeita atrás da minha orelha.

— *Mujer*, esta não é uma área da Latino Blood. É território da gangue Fremont 5, nossa rival. Seu amigo Troy é um deles.

O quê? Quando sugeri que viéssemos aqui, nem pensei em territórios ou alianças de gangues. Só queria dançar.

— Meu Deus. Alex, eu te coloquei em perigo. Vamos sair daqui! — digo freneticamente.

Alex me puxa para perto e sussurra em meu ouvido:

— Só se vive uma vez, não é isso o que você disse? Dance comigo de novo.

— Mas…

Ele me interrompe com um beijo tão intenso que até me esqueço por que estava nervosa. Quando recupero meus sentidos, estamos de volta à pista de dança.

Desafiamos as probabilidades e dançamos perigosamente perto dos tubarões, mas nos safamos sem um arranhão. O perigo que espreitava ao redor apenas acabou aumentando nossa consciência um do outro.

No banheiro feminino, Darlene está retocando a maquiagem no espelho. Eu a vejo. Ela me vê.

— Oi — digo.

Darlene passa por mim sem dizer uma palavra. E isso é apenas uma amostra de como é ser uma pária no norte, mas não me importo.

No fim da noite, quando Alex me leva até meu carro, pego sua mão e olho para as estrelas.

— Se você pudesse fazer um pedido pra uma estrela agora, o que pediria? — pergunto.

— Para o tempo parar.

— Por quê?

Ele dá de ombros.

— Porque eu poderia viver pra sempre neste momento. O que você desejaria?

— Que a gente fosse para a faculdade juntos. Enquanto você quer impedir que o futuro aconteça, eu espero ansiosamente por ele. Não seria ótimo se fôssemos para a mesma faculdade? Estou falando sério, Alex.

Ele se afasta de mim.

— Pra alguém que quer ir devagar, você anda planejando as coisas com bastante antecedência.

— Eu sei. Desculpa. Não consigo evitar. Fiz uma inscrição adiantada para a Universidade do Colorado, pra ficar perto da minha irmã. O lugar pra onde meus pais vão mandá-la fica a poucos quilômetros do campus. Não custa nada você se inscrever também, né?

— Acho que não.

— Mesmo?

Ele aperta minha mão.

— Qualquer coisa pra te fazer sorrir assim.

capítulo 46
Alex

— **Preciso de uma atualização** no caso Brittany — diz Lucky, quando me encontra do lado de fora do armazém. — Há caras fazendo apostas por fora, e a maioria está apostando em você. Eles sabem de algo que eu não sei?

Dou de ombros e olho para Julio, reluzente por ter sido lavado por mim mais cedo. Se minha moto pudesse falar, imploraria para ser salva de Lucky. Mas não vou soltar nenhuma informação sobre Brittany. Não ainda, pelo menos.

Hector vem até nós e, com um gesto, faz Lucky se afastar.

— Precisamos conversar, Fuentes — diz, em tom profissional —, sobre aquele favor que você me deve. No Dia das Bruxas, você vai alugar um carro, dirigir até o ponto de entrega e trocar a mercadoria por verdinhas. Acha que pode fazer isso?

Meu irmão está certo. Tenho o sangue do *papá* correndo nas veias. Se eu fizer o negócio com as drogas, vou garantir meu futuro na gangue, que é meu por herança. Outras crianças herdam dinheiro ou o negócio da família. Eu herdei uma vaga na gangue.

— Não há nada que eu não possa fazer — digo, mesmo sentindo um aperto na boca do estômago. Menti conscientemente para Brittany. O rosto dela se iluminou ao falar da possibilidade de estudarmos na mesma faculdade. Não pude contar a verdade a ela, de que não somente vou ficar na gangue, como também estou prestes a *trocar mercadoria por verdinhas*.

Hector me dá tapinhas nas costas.

— Aí está meu cara. Sabia que a gangue ia fazer você superar seu medo. *¿Somos hermanos, c'no?*

— *¡Seguro!* — respondo, para que saiba que sou leal a ele e à gangue. Não é do envolvimento com drogas que tenho medo. É que lidar com isso significa o fim de todos os meus sonhos. Ao fazer isso, cruzarei a linha. Como *papá*.

— Alô, Alex.

Paco está parado a alguns passos. Eu não tinha nem notado que Hector já tinha ido embora.

— O que foi?

— Preciso da sua ajuda, *compa* — diz Paco.

— Você também?

Ele me lança aquele olhar de sou-Paco-e-estou-puto.

— Só vem dar uma volta comigo.

Três minutos depois, estou no assento do carona de um Camaro vermelho emprestado.

Suspiro.

— Vai me contar pra que precisa de ajuda ou vai me manter neste suspense?

— Na verdade, vou manter o suspense.

Leio uma placa de BEM-VINDOS na beira da estrada.

— Winnetka?

O que será que Paco quer nesta cidadezinha rica de subúrbio?

Química Perfeita   337

— Confiança — diz Paco.

— O quê?

— Melhores amigos têm que confiar um no outro.

Encosto, totalmente consciente de que estou resmungando como um daqueles caras de filmes de faroeste ruins. Primeiro, concordei em fazer uma transação com drogas, e agora estou indo para um subúrbio de classe alta sem nenhum motivo aparente.

— Ah, aqui está — diz Paco.

Olho para a placa.

— Você deve estar brincando.

— Não.

— Se estiver planejando assaltar o lugar, vou ficar no carro.

Paco revira os olhos.

— Não estamos aqui pra roubar um bando de jogadores de golfe.

— Então por que me arrastou até aqui?

— Quero praticar minha tacada. Vem, sai daí e me ajuda.

— Está fazendo doze graus lá fora. Estamos no meio de outubro, Paco.

— Tudo é uma questão de prioridade e percepção.

Fico sentado no carro, pensando em como ir para casa. Andar vai demorar muito. Não sei onde é o ponto de ônibus mais próximo e... E vou dar um soco em Paco por me trazer à porcaria de um campo de golfe.

Vou até onde Paco está colocando uma cesta de bolas. Deus, tem provavelmente uma centena delas ali.

— Onde você conseguiu esse taco? — pergunto.

Paco o balança no ar, como se estivesse fazendo uma jogada.

— Do cara que aluga as bolas. Quer um pra jogar um pouco?

— Não.

Paco aponta com o taco para um banco de madeira verde atrás dele.

— Então, senta ali.

Enquanto me sento, meu olhar paira sobre os outros caras batendo bolas em suas seções, olhando para nós, desconfiados, pelo canto dos olhos. Estou consciente demais de quem Paco e eu somos e de que nos vestimos de forma muito diferente do restante dos caras que frequentam o local. Jeans, camisetas, tatuagens e bandanas na cabeça nos tornam muito visíveis em relação aos outros jogadores, que usam camisas de golfe de mangas compridas, docksides e nenhuma marca distintiva em sua pele.

Geralmente, não me importaria, mas após a conversa com Hector, quero voltar para casa, não ficar dando as caras na rua. Pouso os cotovelos nos joelhos e assisto a Paco fazer papel de bobo em público.

Ele apanha uma bolinha branca e a coloca sobre um círculo de borracha preso na grama artificial. Quando ele balança o taco, faço uma careta. O taco erra a bolinha e bate na grama. Paco pragueja. O cara ao lado dá uma olhada para ele e vai para outra seção.

Paco tenta de novo. Dessa vez o taco bate na bola, mas ela apenas rola na grama em frente a ele. Meu amigo continua tentando, mas a cada nova tacada se expõe ao ridículo. Será que ele acha que está batendo em um disco de hóquei?

— Acabou? — pergunto, quando ele já lançou metade das bolinhas da cesta.

— Alex — responde Paco, apoiando-se no taco como se fosse uma bengala —, você acha que eu fui feito pra jogar golfe?

Química Perfeita **339**

Olhando-o bem nos olhos, respondo:

— Não.

— Ouvi você falando com Hector. Também não acho que você foi feito pra lidar com drogas.

— É por isso que estamos aqui? Você está tentando me provar algo?

— Me escuta — insiste Paco —, eu estou com a chave do carro no bolso e não vou pra lugar algum até acabar de arremessar todas essas bolas, então é melhor você me ouvir. Não sou inteligente como você. Não tenho opções na vida, mas você, você é inteligente o bastante pra ir para a faculdade e ser médico ou um guru da informática, ou qualquer coisa desse tipo. Assim como não fui feito pra bater em bolinhas de golfe, você não foi feito pra traficar drogas. Deixa eu fazer a entrega por você.

— De jeito nenhum, irmão. Agradeço por você fazer papel de bobo só pra me mostrar seu ponto, mas sei o que preciso fazer — digo.

Paco ajeita uma nova bolinha, arremessa, e de novo a bola apenas rola pela grama.

— Aquela Brittany é bonita mesmo. Ela vai para a faculdade?

Sei o que meu amigo está fazendo: infelizmente é muito óbvio.

— Vai. Para o Colorado.

Para estar perto da irmã, que é a pessoa de quem ela gosta mais do que de si mesma.

Paco assobia.

— Tenho certeza de que ela vai encontrar um monte de caras no Colorado. Sabe, caras másculos com chapéu de caubói.

340 SIMONE ELKELES

Meus músculos se enrijecem. Não quero pensar nisso, então ignoro Paco até estarmos de volta ao carro.

— Quando é que você vai parar de enfiar o nariz nos meus assuntos? — pergunto.

Ele dá uma risadinha.

— Nunca.

— Então imagino que não ligue que eu meta o nariz nos seus. O que aconteceu entre você e a Isa, hein?

— A gente ficou. Acabou.

— Você pode achar que acabou, mas não me parece que ela acha o mesmo.

— É, bom, isso é problema dela.

Paco liga o rádio e aumenta o som.

Ele nunca namorou porque tem medo de se aproximar muito de alguém. Nem Isa sabe sobre os abusos que ele sofreu em casa. Entendo os motivos dele para ficar distante de uma garota de quem gosta, sem dúvida. Porque o caso é que, às vezes, quem brinca com fogo pode acabar se queimando de verdade.

capítulo 47
Brittany

— **Paco, o que você está fazendo aqui?** — A última pessoa que eu esperava ver na minha casa é o melhor amigo do Alex.

— Eu meio que preciso falar com você.

— Quer entrar?

— Tem certeza que é uma boa ideia? — ele pergunta, nervoso.

— Claro — Bom, provavelmente não é uma boa ideia na opinião dos meus pais, mas na minha é. Não é como se eles de repente fossem resolver não mandar Shelley embora. Estou cansada de fingir, de ter medo da ira da minha mãe. Além disso, esse cara é o melhor amigo do Alex, e ele me aceita como sou. Tenho certeza de que não foi fácil para ele vir aqui. Abrindo a porta, deixo Paco entrar. E se ele me perguntar sobre Isabel, o que eu digo? Ela me fez jurar segredo.

— Quem está na porta, Brit?

— Este é o Paco — explico para minha mãe. — É um amigo da escola.

342 SIMONE ELKELES

— O jantar está na mesa — diz ela, sem qualquer sutileza. — Diga ao seu amigo que não é educado visitar as pessoas na hora do jantar.

Eu me volto para Paco.

— Quer jantar aqui? — Estou sendo rebelde e me sinto tão bem. É quase catártico.

Ouço os passos de minha mãe pisando forte na cozinha.

— Ah, não, obrigado — diz Paco, abafando uma risada.

— Pensei que talvez a gente pudesse conversar sobre o Alex.

Não sei se estou aliviada por ele não perguntar o que sei sobre Isabel, ou nervosa, já que, se ele veio até aqui, deve ser algo sério.

Conduzo Paco pela casa. Passamos por Shelley, que está folheando uma revista na sala de televisão.

— Shelley, este é o Paco. Ele é amigo do Alex. Paco, esta é minha irmã, Shelley.

Ao ouvir o nome de Alex, Shelley dá um grito de alegria.

— Ei, Shelley — cumprimenta Paco.

Ela abre um grande sorriso.

— Shell-bell, preciso que me faça um favor. — Shelley concorda balançando a cabeça enquanto sussurro. — Preciso que você mantenha a mamãe ocupada, pra eu poder conversar com o Paco.

Shelley sorri, e sei que ela fará isso por mim.

Minha mãe aparece na sala, ignorando Paco e eu, e sai empurrando Shelley para a cozinha.

Olho para Paco cautelosamente, enquanto saímos para o pátio, para ficar longe dos ouvidos de mães curiosas.

— Você está bem?

— Alex precisa de ajuda. Ele não quer me ouvir. Uma grande venda de drogas vai acontecer, e Alex é o *elmero mero*, o homem que vai comandar o show.

Química Perfeita 343

— Alex não participaria de uma venda de drogas. Ele me prometeu.

O olhar no rosto de Paco me diz que ele sabe de coisas que eu não sei.

— Tentei argumentar com ele — diz Paco. — Essa venda... É com grandes traficantes. Algo não me parece certo, Brittany. Hector está obrigando Alex a fazer isso, e eu não tenho a menor ideia do motivo. Por que Alex?

— O que eu posso fazer? — pergunto.

— Diga a ele pra arranjar um jeito de pular fora. Se alguém pode fazer isso, com certeza é ele.

Dizer a ele? Alex odeia que alguém diga o que ele deve fazer. Não consigo imaginar por que ele concordaria em participar de uma venda de drogas.

— Brittany, o jantar já está frio! — Minha mãe grita da janela da cozinha. — E seu pai acabou de chegar em casa. Vamos nos sentar como uma família, pelo menos uma vez, por favor?

O som de pratos quebrando faz minha mãe voltar para dentro. Uma manobra brilhante de Shelley, não tenho dúvida.

Mas não é função da minha irmã me proteger de contar a verdade aos meus pais.

— Espera aqui — digo. — A menos que queira testemunhar uma discussão da família Ellis.

Paco esfrega as mãos.

— Isso deve ser melhor do que as brigas da minha família.

Vou até a cozinha e dou um beijinho no rosto do meu pai.

— Quem é seu amigo? — pergunta meu pai, cautelosamente.

— Paco, este é o meu pai. Pai, este é meu amigo Paco.

Paco diz:

— Oi.

Meu pai acena com a cabeça. Minha mãe faz uma careta.

— Paco e eu temos que ir.

— Aonde? — pergunta meu pai, completamente confuso.

— Ver o Alex.

— Não, você não vai — interrompe minha mãe.

Meu pai levanta as mãos, perdido.

— Quem é Alex?

— Aquele outro garoto mexicano de quem eu estava falando outro dia — diz minha mãe com firmeza. — Não se lembra?

— Hoje não me lembro de nada, Patricia.

Minha mãe se levanta com um prato cheio de comida na mão e o atira na pia. O prato quebra, e comida voa por todos os lados.

— Nós te demos tudo o que você poderia querer, Brittany — diz minha mãe. — Um carro novo, roupas de grife...

Minha paciência acaba.

— Isso é completamente superficial, mãe. Claro, do lado de fora todo mundo enxerga vocês como muito bem-sucedidos, mas como pais vocês são realmente uma merda. Eu daria um C– para os dois em criação de filhos, e vocês têm sorte de eu não ser a sra. Peterson, ou iriam repetir de ano. Por que você tem tanto medo de que vejam que temos problemas, assim como o resto do mundo?

Peguei impulso e agora não consigo parar.

— Escutem, Alex precisa da minha ajuda. Uma das coisas que me faz ser quem sou é minha lealdade com as pessoas que guardo no coração. Se isso magoa ou assusta vocês, sinto muito — digo.

Shelley emite uma sucessão de ruídos e todos nos voltamos para ela.

— Brittany — diz a voz do PCD preso à cadeira de rodas dela. Os dedos de Shelley estão ocupados digitando as palavras: — Boa. Menina.

Seguro a mão da minha irmã antes de continuar a falar com meus pais.

— Se quiserem me expulsar, ou me renegar por ser quem sou, então vão em frente e acabem logo com isso.

Estou assustada. Assustada por Alex, por Shelley e por mim. É hora de enfrentar todos os meus medos, ou vou me afundar em tristeza e culpa por toda a minha vida. Não sou perfeita. E é hora do mundo inteiro entender isso também.

— Mãe, vou falar com o assistente social da escola.

Minha mãe faz uma careta de desgosto.

— Isso é burrice. E vai manchar seu histórico escolar pelo resto da sua vida. Você não precisa de um assistente social.

— Sim, preciso. — Fico rígida e acrescento: — Você também precisa. Todos nós precisamos.

— Escute bem, Brittany. Se você sair por aquela porta... não volte.

— Você está sendo rebelde — interrompe meu pai.

— Eu sei. E é tão bom. — Pego minha bolsa. É tudo o que tenho, tirando as roupas que estou usando. Abro um enorme sorriso e estendo minha mão para Paco. — Pronto pra ir?

Ele não perde tempo e pega minha mão.

— Sim. — Quando entramos no carro, ele diz: — Você é durona. Nunca pensei que tivesse essa ferocidade toda aí dentro.

Paco me leva para a parte mais escura de Fairfield. Seguimos para um grande armazém em uma estrada isolada da periferia. Como se a Mãe Natureza estivesse nos enviando um aviso, nuvens escuras e ameaçadoras cobrem o céu, e um frio congelante preenche o ar.

Um cara corpulento nos para.

— Quem é a branca de neve? — pergunta.

Paco diz:

— Ela está limpa.

O cara me olha de cima a baixo sugestivamente, antes de liberar nossa passagem.

— Se ela começar a meter o nariz onde não deve, é a sua cabeça que vai rolar, Paco — adverte o cara.

Tudo o que eu quero fazer é tirar Alex daqui e levá-lo para longe desta sensação quase insuportável de perigo iminente.

— Ei — diz uma voz grave perto de mim. — Se precisar de algo pra ficar alta, fala comigo, *sí*?

— Vem comigo — diz Paco, agarrando meu braço e me puxando para um corredor. Vozes vêm do lado oposto do armazém… A voz de Alex.

— Deixa eu ir até ele sozinha — digo.

— Não é uma boa ideia. Espera até o Hector acabar de falar com ele — diz Paco, mas não escuto.

Caminho em direção à voz de Alex. Ele está falando com outros dois caras. A conversa parece séria. Um deles entrega uma folha de papel a Alex. É quando ele me nota.

Alex diz algo ao outro em espanhol, antes de dobrar o papel e enfiá-lo no bolso da calça. Sua voz é áspera e dura, assim como sua expressão.

— O que você está fazendo aqui? — pergunta ele.

— Eu só…

Não consigo terminar a frase, porque ele segura meu braço.

— Você vai embora neste instante. Quem te trouxe aqui?

Química Perfeita **347**

Estou tentando pensar em uma resposta, quando Paco surge da escuridão.

— Alex, por favor. Paco pode ter me trazido até aqui, mas foi ideia minha.

— Você, *culero* — ele diz, me soltando e encarando Paco.

— Este não é seu futuro, Alex? — pergunta Paco. — Por que tem vergonha de mostrar sua futura casa para a sua *novia*?

Alex dá um soco, acertando a mandíbula de Paco, que cai. Corro até ele e depois lanço um olhar agudo, de advertência, a Alex.

— Não acredito que você fez isso! — grito. — Ele é o seu melhor amigo, Alex.

— Não quero que você veja este lugar! — Um fio de sangue escorre da boca de Paco.

— Você não deveria ter trazido a Brittany aqui — diz Alex, agora calmo. — Este lugar não é pra ela.

— Nem pra você, irmão — diz Paco, também calmo. — Agora, leva ela embora. Ela já viu o suficiente.

— Vem comigo — ordena Alex, estendendo a mão para mim.

Em vez de ir até ele, seguro o rosto de Paco e examino os danos.

— Meu Deus, você está sangrando — digo, começando a perder o controle. Sangue é suficiente para me deixar doente. Sangue e violência me tiram do sério.

Paco afasta delicadamente a minha mão.

— Vou ficar bem. Vá com ele.

Uma voz cresce da escuridão, falando em espanhol com Alex e Paco.

Estremeço com a autoridade daquela voz. Eu não estava com medo antes, mas agora definitivamente estou. É a voz do cara que conversava com Alex há pouco. O homem está vestindo um terno escuro e uma camisa social branca. Eu o vi de relance no casamento. Seus cabelos são pretos e lisos, e sua pele é escura. Um olhar, e entendo que ele é alguém muito poderoso na Latino Blood. Dois caras grandes e de aparência assustadora param um de cada lado dele.

— Nada, Hector — dizem Alex e Paco, em uníssono.

— Leva ela daqui, Fuentes.

Alex pega minha mão e me apressa para deixarmos o armazém. Quando por fim saímos, inspiro profundamente.

capítulo 48
Alex

— **Vamos embora daqui.** Você e eu, *mi amor*. ¡*Vamos!*

Solto um suspiro de alívio quando subo em Julio e sinto Brittany atrás de mim. Ela abraça minha cintura, apertando forte, quando saio em disparada do estacionamento.

Vamos a toda pelas ruas, que acabam virando apenas manchas. Não paro nem quando a chuva começa a cair forte.

— Podemos parar agora? — grita ela, em meio à tempestade ensurdecedora.

Estaciono debaixo de uma velha ponte abandonada, perto do lago. A chuva pesada bate no cimento à nossa volta, mas temos nosso próprio abrigo.

Brittany salta da moto.

— Você é um idiota — diz ela. — Não pode traficar drogas. É perigoso e estúpido, e você me prometeu. Você está se arriscando a ir para a cadeia. *Cadeia*, Alex. Você pode não se importar, mas eu me importo. Não vou deixar você arruinar sua vida.

— O que você quer que eu diga?

— Nada. Tudo. Diga *algo* pra eu não ficar aqui me sentindo uma imbecil completa.

— A verdade é... Brittany, olha pra mim.

— Não consigo — diz ela, olhando para a chuva torrencial. — Estou tão cansada de pensar em todas as possibilidades assustadoras.

Puxo-a para perto de mim.

— Não pense, *muñeca*. Tudo vai acabar se resolvendo.

— Mas...

— Sem "mas". Confie em mim.

Minha boca se fecha sobre a dela. O cheiro de chuva molhada e de baunilha acalma meus nervos.

Minha mão acaricia a parte de baixo de suas costas, e suas mãos agarram meus ombros encharcados, me encorajando a continuar. Minhas mãos escorregam para baixo de sua camiseta e meus dedos contornam seu umbigo.

— Vem cá — digo, levantando-a até que esteja montada em mim, em cima da moto.

Não consigo parar de beijá-la. Sussurro como é gostoso senti-la, misturando espanhol e inglês em todas as frases. Desço meus lábios para seu pescoço e fico ali até que ela se incline e me deixe tirar sua camiseta. Posso fazê-la esquecer o que existe de ruim. Quando estamos juntos assim, caramba, não consigo pensar em nada além dela.

— Estou perdendo o controle — admite ela, mordendo o lábio. Adoro a sua boca.

— *Mamacita*, eu já perdi faz tempo — digo, me esfregando nela para que ela saiba exatamente quanto controle já perdi.

Em ritmo lento, ela move os quadris contra meu corpo, um convite que não mereço. Meus dedos arranham sua boca. Ela os beija, antes de eu deslizar minha mão devagar por seu queixo, chegando até o pescoço e depois entre os peitos.

Ela segura minha mão.

— Não quero parar, Alex.

Cubro o corpo dela com o meu.

Posso facilmente tê-la. Ela está pedindo isso. Mas Deus me perdoe se eu abandonar minha consciência.

A questão é aquela aposta *loca* que fiz com Lucky. E também o que minha mãe disse sobre a facilidade de engravidar uma mulher.

Quando fiz a aposta, não sentia nada por esta garota branca e complicada. Mas agora… droga, não quero pensar sobre meus sentimentos. Detesto sentimentos: só servem para acabar com a vida das pessoas. E Deus pode me fulminar agora mesmo, porque quero fazer amor com Brittany, e não simplesmente transar com ela sobre minha moto, como se ela fosse uma qualquer.

Afasto minhas mãos de seu *cuerpo perfecto*, o que provavelmente é a primeira coisa sensata que faço esta noite.

— Não posso fazer isso assim. Não aqui — digo, a voz rouca pelo excesso de emoções. Essa garota está me oferecendo seu corpo, mesmo sabendo quem sou e o que estou prestes a fazer. A realidade é dura de engolir.

Imagino que ela esteja constrangida, talvez até brava. Mas Brittany se aconchega em meu peito e me abraça. *Não faça isso comigo*, quero dizer a ela. Em vez disso, apenas a envolvo com os braços e aperto-a com força.

— Amo você — escuto-a dizer, tão baixinho que poderiam ser seus pensamentos.

Não diga isso, fico tentado a dizer. *¡No! ¡No!*

Meu peito se aperta e seguro-a com mais força ainda. *Dios mío*, se as coisas fossem diferentes, eu não a deixaria nunca. Enfio o rosto em seu cabelo e fantasio sobre levá-la para longe de Fairfield.

Permanecemos assim por um bom tempo, até bem depois de a chuva parar, e então a realidade cai sobre nós. Ajudo-a a saltar da moto, para que possa vestir a camiseta.

Brittany levanta os olhos para mim, com uma expressão esperançosa.

— Você vai mesmo fazer essa entrega de drogas?

Salto de cima de Julio e caminho até o fim da ponte.

Estendo a mão para a água fria, que ainda pinga. Deixo que as gotas caiam sobre minha pele.

— Tenho que fazer isso — digo, de costas para Brittany. Ela para ao meu lado.

— Por quê? Por que você tem que fazer algo que pode acabar com você na cadeia?

Encosto a mão em sua bochecha macia e alva e dou um sorriso triste.

— Você não sabia que membros de gangue mexem com drogas? Faz parte do trabalho.

— Então abandone o trabalho. Com certeza deve ter um jeito...

— Quando alguém quer sair, eles promovem um desafio. Às vezes é tortura, às vezes é espancamento. Se a pessoa sobreviver, está fora. Acredite quando digo, *preciosa*, que só uma vez vi alguém sair vivo de um desafio. E o cara preferia estar morto, de tanta porrada que levou. Meu Deus, você não vai entender nunca. Minha família precisa disso.

— Pelo dinheiro?

Minha mão cai do rosto dela.

Química Perfeita　　**353**

— Não, não pelo dinheiro.

Jogo a cabeça para trás e faço uma careta de frustração.

— *Por favor*, vamos mudar de assunto?

— Sou contra você fazer qualquer coisa ilegal.

— *Cariño*, você precisa de um santo. Ou pelo menos de um padre. E não sou nenhum dos dois.

— Não sou importante pra você?

— É.

— Então prova isso pra mim.

Tiro a bandana da cabeça e passo os dedos no cabelo.

— Sabe como tem sido difícil pra mim? *Mi madre* espera que eu proteja a família ao pertencer à gangue, mas está em completa negação. Hector quer que eu prove que sou leal à LB, e você... A única pessoa com quem sinto que algum dia poderia começar uma nova vida quer que eu prove meu amor, fazendo algo que pode pôr minha família em perigo. Tenho que fazer isso, sabe. E ninguém, nem mesmo você, vai conseguir me fazer mudar de ideia. *Olvídalo*.

— Você vai pôr em risco o que temos?

— Droga, não faz isso. Não precisamos pôr nada em risco.

— Se você começar a traficar drogas, acabou. Arrisquei tudo por você... por nós. Meus amigos. Meus pais. Tudo. Não pode fazer o mesmo?

Jogo minha jaqueta para ela quando seus dentes começam a bater de frio.

— Aqui. Vista isto.

E pronto. Esta é minha vida. Se ela não consegue aguentar, pode voltar para Colin Adams. Ou para quem ela conseguir transformar em um boneco Ken.

Ela me diz para levá-la até a casa de Sierra.

— Acho que deveríamos trabalhar separados no projeto de química — ela sugere, devolvendo minha jaqueta assim que chegamos à mansão à beira-mar. — Você quer montar os aquecedores de mãos ou prefere escrever o texto?

— O que você quiser.

— Bom, eu escrevo bem...

— Certo. Eu faço o resto.

Ela me encara.

— Alex, não precisa acabar assim.

Fico olhando as lágrimas encherem seus olhos. Preciso ir embora daqui antes que comecem a escorrer pelo seu rosto. Isso definitivamente me desmontaria.

— Precisa, sim — digo, e acelero.

capítulo 49
Brittany

Depois de eu usar duas caixas de lenços de papel, Sierra desistiu de tentar me animar e me deixou chorar até dormir. Pela manhã, peço a ela que deixe as janelas fechadas e as persianas abaixadas. Não há nada de errado em ficar na cama o dia todo, não é?

— Obrigada por não dizer "eu avisei" — agradeço, enquanto procuro algo para vestir no armário dela, depois ser obrigada a levantar.

Ela está de pé junto à cômoda, passando maquiagem.

— Não estou dizendo, mas com certeza estou pensando.

— Obrigada — digo, seca.

Sierra tira uma calça jeans e uma camisa de manga longa de seu armário.

— Aqui, vista isso. Você não vai ficar tão bem nas minhas roupas quanto nas suas, mas ainda vai ficar melhor que qualquer outra garota de Fairfield.

— Não diga isso.

— Por que não? É verdade.

— Não, não é. Meus lábios são muito cheios.

— Os meninos acham sexy. E as estrelas de cinema pagam muito caro pra ter lábios cheios.

— Meu nariz é torto.

— Só de um certo ângulo.

— Meus peitos são desiguais.

— São grandes, Brit. Os caras são obcecados por peitos grandes. Não estão nem aí se são desiguais. — Ela me empurra até a frente do espelho. — Reconheça, você é linda como uma modelo. Certo, seus olhos estão vermelhos e você está com olheiras por chorar a noite toda. Mas, levando tudo isso em consideração, você está com tudo. Olhe-se no espelho, Brit, e diga em voz alta: *Sou um arraso.*

— Não.

— Vamos, vai. Você vai se sentir melhor. Olhe bem no espelho e grite: *Meus peitos são incríveis!*

— Nah, nah.

— Você pode, pelo menos, admitir que seu cabelo é lindo? Eu olho para Sierra.

— Você fala com você mesma diante do espelho?

— Falo. Quer ver? — Ela me empurra para o lado e encara seu reflexo. — Nada mal, Sierra — diz a si mesma. — Doug é um cara de sorte.

Ela se vira para mim.

— Viu? É fácil.

Em vez de rir, começo a chorar.

— Sou tão feia assim? — ela pergunta.

Balanço a cabeça.

— É por que não tenho roupas de grife? Sei que sua mãe te expulsou de casa, mas será que ela deixa a gente ir lá, saquear seu armário? Não sei por quanto tempo você vai conseguir ficar usando minhas roupas tamanho M no seu corpo tamanho P.

Minha mãe não ligou para cá ontem à noite procurando por mim. Eu meio que esperava que ela ligasse, mas, até aí, ela raramente satisfaz minhas expectativas. E meu pai... bom, ele nem deve saber que não dormi em casa. Eles que fiquem com as minhas roupas. No entanto, vou ter que entrar lá sorrateiramente durante o dia, para visitar Shelley.

— Quer um conselho? — pergunta Sierra.

Olho para ela com cautela.

— Não sei. Você sempre odiou a ideia de eu ficar com o Alex.

— Não é verdade, Brit. Eu não disse nada antes, mas ele é realmente um cara legal quando baixa a guarda. Eu me diverti naquele dia em que fomos ao lago Geneva. Doug também, e ele até disse que é divertido sair com o Alex. Não sei o que aconteceu entre vocês dois, mas ou você esquece ele ou vai atrás, com tudo o que tiver no seu arsenal.

— É assim que você faz com o Doug?

Ela sorri.

— Às vezes, o Doug precisa de uns empurrões. Quando nosso relacionamento começa a ficar morno demais, faço alguma coisa pra dar uma sacudida. Não interprete o meu conselho como uma desculpa pra ir atrás do Alex. Mas se ele é quem você realmente quer, bom, então quem sou eu pra dizer que você não deve ir atrás dele? Odeio te ver triste, Brit.

— Eu estava feliz com ele?

— Mais pra obcecada. Mas, sim, você parecia feliz. Mais feliz do que em muito, muito tempo. Quando se gosta tanto de alguém, os pontos baixos são tão baixos quanto os altos são altos. Faz sentido?

— Sim. Também me faz parecer bipolar.

— O amor faz isso com as pessoas.

capítulo 50
Alex

Estou tomando café da manhã no dia seguinte à visita de Brittany ao armazém, quando avisto uma cabeça raspada na minha porta da frente.

— Paco, se eu fosse você, ficaria bem longe de mim — grito.

Mi'amá me dá um tapa na nuca.

— Isso não é jeito de tratar seus amigos, Alejandro.

Volto a comer, enquanto ela abre a porta para aquele... traidor.

— Você não pode estar com raiva de mim ainda, Alex — diz Paco. — Está?

— Claro que ele não está com raiva de você, Paco. Agora sente-se e coma. Fiz *chorizo con huevos*.

Paco tem a audácia de dar um tapinha no meu ombro:

— Eu perdoo você, irmão.

Levanto os olhos. Olho primeiro para *mi'amá*, para garantir que ela não está prestando atenção, depois para Paco.

— *Você* me perdoa?

— Você está com o lábio bem inchado, hein Paco? — diz minha mãe, examinando o dano que causei nele.

Paco toca de leve no lábio.

— É, caí em cima de um soco. Sabe como é.

— Não, não sei. Só sei que, se cair demais em socos, vai acabar no hospital — avisa ela, balançando o dedo na direção dele. — Bom, vou para o trabalho. E, Paco, fique longe de punhos hoje, *sí*? Tranque a porta quando for sair, Alejandro, *porfis*...

Olho severamente para Paco.

— O que foi?

— Você sabe *o quê*. Como pôde levar Brittany até o armazém?

— Sinto muito — diz Paco, enquanto come nossa comida.

— Não, não sente.

— Certo, tem razão. Não sinto.

Olho com nojo quando ele usa os dedos para pegar comida e enfiá-la na boca.

— Não sei por que aguento você — digo.

— Então, o que aconteceu entre você e a Brittany ontem à noite? — pergunta Paco, enquanto me segue até o lado de fora de casa.

Meu café da manhã está ameaçando voltar, e não é devido aos hábitos alimentares de Paco. Agarro-o pelo colarinho.

— Está tudo acabado entre eu e a Brittany. Não quero nem ouvir o nome dela de novo.

— Falando no diabo — diz ele, esticando o pescoço. Solto Paco e me viro, esperando ver Brittany. Mas ela não está ali, e a próxima coisa que sinto é o soco de Paco no meu rosto.

— Agora estamos quites. E, amigo, você deve estar muito caído pela srta. Ellis para me ameaçar caso eu diga o nome

Química Perfeita   **361**

dela. Sei que poderia me matar só com as mãos — diz Paco —, mas tenho que admitir... não acredito que você faria isso.

Enquanto testo os movimentos do maxilar, sinto gosto de sangue.

— Não teria tanta certeza. Mas vou prometer algo: não vou bater em você, se parar de interferir na minha vida. O que inclui Hector *e* a srta. Ellis.

— Preciso te dizer que interferir na sua vida é o que me mantém vivo. Nem a surra que meu velho me deu ontem à noite, quando estava bêbado como um gambá, me divertiu tanto quanto a sua vida.

Abaixo a cabeça.

— Desculpa, Paco. Eu não devia ter batido em você. Você já aguenta demais por causa do seu velho.

Paco murmura um "sem problema".

A primeira vez que lamentei ter usado os punhos em alguém foi na noite de ontem. Paco já levou tantas surras do pai que provavelmente tem cicatrizes permanentes pelo corpo. Sou um idiota completo por bater nele. Além disso, de certa forma, fico feliz que meu relacionamento com Brittany tenha acabado. Sou incapaz de controlar meus sentimentos e emoções quando estou perto dela.

Minha única esperança é que eu consiga evitá-la fora das aulas de química. Até parece. Mesmo que ela não esteja comigo, a imagem dela não sai da minha cabeça.

Uma coisa boa de ter terminado com a Brittany: passei a ter tempo, nesses dois últimos dias, para pensar sobre o assassinato do meu pai. Aquela noite está voltando em flashes. Algo não se encaixa, mas não consigo saber o que é. Meu pai sorriu, conversou e ficou chocado e nervoso quando puxaram a arma. Ele não deveria ter se mantido cauteloso o tempo todo?

Hoje é Dia das Bruxas, e esta noite é a que Hector escolheu para fazer a entrega das drogas. Passei o dia inteiro irritado. Trabalhei em sete carros, desde trocar óleo até substituir juntas usadas que estavam vazando.

Deixei a arma de Hector na gaveta da cômoda do meu quarto, pois não queria estar armado até realmente precisar. O que é, na verdade, uma idiotice, porque esta vai ser apenas a primeira das muitas transações de drogas que farei durante a vida.

Você é como seu velho. Dou de ombros, afastando a voz dentro de minha cabeça que me perturbou o dia inteiro. *Como el viejo.*

Não consigo evitar. Lembro de todas as vezes que *papá* disse: "Somos *cuates*, Alejandro. Você e eu somos os mais próximos". Ele sempre falava espanhol, como se ainda estivesse no México. "Algum dia você vai ser forte como seu *padre?*", perguntava ele, em espanhol. Sempre o admirei como se ele fosse um deus.

Claro, papá. Quero ser como você.

Meu pai nunca me disse que eu poderia ser melhor ou me sair melhor que ele. Mas hoje à noite vou provar que sou uma cópia fiel do meu velho. Tentei ser diferente, dizendo para Carlos e Luis que eles podem seguir um caminho diferente também. Sou um idiota por pensar que fui um modelo de comportamento para eles.

Meus pensamentos vão até Brittany. Tentei esquecer que ela vai com outra pessoa ao baile do Dia das Bruxas. Ouvi dizer que ela vai com o antigo namorado. Tento afas-

Química Perfeita **363**

tar de minha mente o fato de que outro cara vai pôr as mãos nela.

Ele vai beijá-la esta noite, tenho certeza. Quem não desejaria beijar aqueles lábios doces e suaves?

Vou trabalhar até a hora em que terei de sair para a transação. Porque, se eu ficar em casa sozinho, vou enlouquecer, pensando em tudo isso.

Afrouxo a mão que segura um rebite, e ele cai bem no meio da minha testa. Não culpo a mim mesmo, culpo Brittany. E às oito horas da noite, estou tão furioso quanto possível com minha parceira de química, quer seja justificável ou não.

capítulo 51
Brittany

Estou na frente da oficina de Enrique, fazendo exercícios de meditação para evitar ficar nervosa. O Camry de Enrique não está à vista, então sei que Alex está sozinho.

Vou seduzi-lo.

Se o que estou usando não prender a atenção dele, nada mais vai servir. Estou dando tudo de mim... trouxe toda a artilharia. Bato na porta, fecho os olhos, apertando-os, e rezo para que tudo saia como o planejado.

Abro meu longo casaco de cetim prateado, e o ar frio da noite castiga minha pele exposta. Quando o rangido da porta me alerta para a presença de Alex, lentamente abro os olhos. Mas não são os olhos pretos dele que estão olhando para meu corpo quase nu. É Enrique quem está olhando para meu sutiã de renda rosa e minha saia de *cheerleader*, como se tivesse ganhado na loteria.

Morta de vergonha, eu me enrolo no casaco. Se pudesse me enrolar duas vezes, eu o faria.

— Hum, Alex — chama Enrique, rindo. — Tem uma pessoa fantasiada aqui pra te ver.

Química Perfeita **365**

Meu rosto provavelmente está vermelho como uma beterraba, mas estou determinada a ir até o fim. Estou aqui para mostrar a Alex que não vou abandoná-lo.

— Quem é? — pergunta a voz dele, de algum lugar de dentro da garagem.

— Eu já estava de saída — diz Enrique, passando por mim. — Diga ao Alex pra trancar tudo. *Adiós*.

Enrique desce a rua escura, cantarolando para si mesmo.

— *Yo*, Enrique. *¿Quién está ahí?* — A voz de Alex some assim que ele chega à frente da oficina. Ele olha para mim com desprezo. — Está perdida, ou seu carro quebrou?

— Nenhuma das anteriores — digo.

— Brincando de travessuras ou gostosuras do meu lado da cidade?

— Não.

— Acabou, *mujer. ¿Me oyes?* Por que você continua aparecendo na minha vida e fodendo com a minha cabeça? Além disso, você não deveria estar no baile de Dia das Bruxas com algum cara da faculdade?

— Eu dispensei meu par. Podemos conversar?

— Escuta, tenho uma tonelada de trabalho pra fazer. Por que você veio aqui? E onde está Enrique?

— Ele, ah, saiu — digo, nervosa. — Acho que o assustei.

— Você? Acho que não.

— Mostrei pra ele o que estou usando sob este casaco.

Alex ergue as sobrancelhas.

— Me deixa entrar antes que eu congele aqui. Por favor. — Olho para trás. A escuridão parece convidativa, agora que meu sangue corre mais devagar. Aperto mais o casaco contra meu corpo, minha pele se eriça. Eu estremeço.

Suspirando, ele me deixa entrar na oficina e tranca a porta. Há um aquecedor no meio do lugar, graças a Deus. Eu me aproximo e esfrego as mãos.

— Escuta, a verdade é que estou feliz por você estar aqui. Mas a gente não terminou?

— Eu queria dar outra chance pra nós dois. Fingir que somos só parceiros de laboratório na aula tem sido uma tortura. Sinto sua falta. Não sente a minha?

Ele parece cético. Sua cabeça está inclinada para o lado, como se não tivesse certeza de ter ouvido direito.

— Você sabe que eu ainda estou na gangue, né?

— Eu sei. Aceito o que você puder me dar, Alex.

— Nunca vou ser capaz de satisfazer suas expectativas.

— E se eu disser que não tenho expectativa alguma?

Alex inspira fundo e expira lentamente. Sei que ele está pensando muito no assunto, porque sua expressão fica séria.

— Deixa eu te falar uma coisa — diz ele. — Você pode me fazer companhia enquanto eu termino meu jantar. Não vou nem perguntar o que você está… ou não está… usando sob esse casaco. Combinado?

Sorrio timidamente e aliso meu cabelo.

— Combinado.

— Você não precisa fazer isso por mim — diz ele, tirando suavemente a minha mão do meu cabelo. — Vou pegar um cobertor pra você não se sujar.

Espero até ele pegar um cobertor verde-claro de lã em um armário.

Nós nos sentamos sobre o cobertor e Alex olha para o relógio.

— Quer um pouco? — pergunta, apontando para a comida.

Talvez comer algo acalme meus nervos.

Química Perfeita   **367**

— O que é isso?

— *Enchiladas*. *Mi'amá* faz *enchiladas* maravilhosas.

Ele espeta um pouco com um garfo e dá para mim.

— Se não está acostumada com comida apimentada...

— Adoro comida picante — interrompo, levando o garfo à boca. Começo a mastigar, apreciando a mistura de sabores. Quando eu engulo, porém, minha língua lentamente pega fogo. Em algum lugar, por trás de toda a queimação, há sabor, mas as chamas o escondem.

— Quente — é tudo o que consigo dizer, enquanto tento engolir.

— Eu disse. — Alex me passa a xícara que está usando. — Aqui, beba. Leite geralmente resolve, mas só tenho água.

Apanho o copo. O líquido esfria minha língua, mas, quando paro de beber é como se alguém acendesse as chamas novamente.

— Água... — peço.

Ele enche outro copo.

— Aqui, beba mais, embora eu não ache que vá ajudar muito. Logo passa.

Em vez de beber, desta vez ponho minha língua dentro da água fria e a deixo lá. Ahhh...

— Você está bem?

— *U aeço eim?* — pergunto com a língua para fora, sem conseguir falar direito.

— Sua língua assim na água, na verdade, é bem erótica. Quer outra mordida? — ele pergunta, maliciosamente, agindo como o Alex que conheço.

— *Muto ingaçadu*.

— Sua língua ainda está queimando?

Tiro a língua da água.

— Parece que um milhão de jogadores de futebol estão pisando nela com chuteiras.

— Ah — diz, rindo. — Sabe, uma vez ouvi dizer que beijar melhora.

— Esse é o seu jeito de dizer que quer me beijar?

Ele olha em meus olhos, seu olhar escuro me hipnotizando.

— *Guapa*, sempre quero te beijar.

— Acho que não vai ser tão fácil, Alex. Quero respostas. Respostas primeiro, beijos depois.

— É por isso que você veio aqui nua sob esse casaco?

— Quem disse que eu estou nua por baixo do casaco? — digo, me aproximando.

Alex coloca o prato no chão.

Se minha boca ainda está queimando, quase já não percebo. Agora é minha vez de ficar em vantagem.

— Vamos jogar um jogo, Alex. Eu o chamo de "Faça uma pergunta, tire uma peça de roupa". Cada vez que você fizer uma pergunta, tem que tirar uma peça de roupa. E cada vez que eu perguntar, também tenho que tirar uma peça.

— Acho que posso fazer sete perguntas, *querida*. Quantas você tem?

— Tire alguma coisa, Alex. Você fez sua primeira pergunta.

Concordando, ele tira um sapato.

— Por que não começa pela camiseta? — pergunto.

— Perceba que você acaba de fazer uma pergunta. Acho que é sua vez de tirar...

— Não fiz uma pergunta — insisto.

— Você me perguntou por que não começo pela minha camiseta — ele sorri.

Meu pulso se acelera. Tiro minha saia de *cheerleader*, mantendo o casaco bem fechado.

— Agora são quatro.

Ele está tentando ficar distante, mas seus olhos denunciam uma fome que já vi antes. E aquele sorriso bobo desaparece definitivamente quando ele lambe os lábios.

— Preciso muito de um cigarro. Pena que parei de fumar de novo. Quatro, você disse?

— Isso soou perigosamente como uma pergunta, Alex.

Ele balança a cabeça.

— Não, espertinha, isso não foi uma pergunta. Boa tentativa. Humm, vamos ver. Qual a verdadeira razão de você ter vindo aqui?

— Porque queria te mostrar o quanto eu te amo — respondo.

Alex pisca algumas vezes, mas fora isso não demonstra emoção alguma. Desta vez, ele tira a camiseta e a joga para o lado, mostrando o abdômen bronzeado.

Ajoelho ao lado dele, esperando provocá-lo e deixá-lo desequilibrado.

— Você tem vontade de ir para a faculdade? A verdade.

Ele hesita.

— Sim. Se a minha vida fosse diferente.

Tiro uma sandália.

— Você já transou com o Colin? — pergunta.

— Não.

Ele tira o outro sapato, seu olhar fixo em mim.

— Você já transou com a Carmen? — pergunto.

Ele hesita novamente.

— Você não quer saber disso.

— Sim, quero. Quero saber tudo. Com quantas pessoas esteve, a primeira pessoa com quem transou...

Ele esfrega a nuca, como se houvesse um nó de tensão que ele tentasse aliviar.

— São muitas perguntas. — Ele resmunga um pouco.

— Carmen e eu... então, humm, sim, transamos. A última vez foi em abril, quando descobri que ela transava comigo e com um monte de outros caras. Antes de Carmen, tudo é meio nebuloso. Eu passei um ano saindo com uma garota diferente a cada uma ou duas semanas. E dormi com a maioria delas. Foi um desastre.

— Você sempre usou proteção?

— Sim.

— Me fale sobre a primeira vez.

— Minha primeira vez foi com Isabel.

— Isabel Avila? — pergunto, totalmente atordoada.

Ele balança a cabeça.

— Não é o que você está pensando. Aconteceu no verão, antes do primeiro ano. Nós dois queríamos deixar pra trás essa coisa de virgindade e descobrir se sexo era mesmo tudo aquilo que dizem. Foi uma bosta. Fui péssimo e ela riu a maior parte do tempo. Nós dois concordamos que transar com um amigo que é praticamente um irmão é uma ideia horrível. Certo, já contei tudo. Agora, por favor, tire esse casaco.

— Ainda não, *muchacho*. Se dormiu com tantas pessoas, como sei que não pegou alguma doença? Você fez algum exame?

— Na clínica, quando grampearam meu braço, eles fizeram vários exames. Confia em mim, estou limpo.

— Eu também. Caso você esteja se perguntando. — Tiro minha outra sandália, contente por ele não fazer com que eu me sinta estúpida ou reclame por eu ter feito mais de uma pergunta. — Sua vez.

— Já pensou em fazer amor comigo? — Ele tira uma meia, antes mesmo que eu responda a pergunta.

capítulo 52
Alex

— **Sim — ela responde.** — Você pensa em fazer amor comigo?

Fico acordado a maioria das noites fantasiando dormir ao lado dela... amando ela.

— Neste momento, *muñeca*, fazer amor com você é a única coisa que ocupa minha mente.

Olho meu relógio. Preciso sair daqui a pouco. Traficantes não ligam para a vida pessoal de ninguém. Não posso me atrasar, mas quero tanto Brittany.

— Seu casaco é o próximo. Tem certeza que quer continuar?

Tiro a outra meia. Agora, para ficar nu, só faltam a calça e a cueca.

— Sim, quero continuar. — Ela abre um sorriso amplo, e seus lindos lábios cor-de-rosa brilham. — Apague a luz antes de eu... tirar o casaco.

Apago as luzes da oficina e observo Brittany no cobertor, desabotoar o casaco com dedos trêmulos. Estou em transe,

Química Perfeita **373**

ainda mais quando ela olha para mim com aqueles olhos claros iluminados de desejo.

Brittany vai abrindo o casaco lentamente, e meus olhos permanecem fixos no presente que me espera lá dentro. Ela vem em minha direção e tropeça em um sapato largado.

Seguro-a, acomodo-a no cobertor macio e me deito em cima dela.

— Obrigada por não me deixar cair — diz, sem fôlego.

Ajeito uma mecha de cabelo de seu rosto e me movo para o lado. Quando ela enrosca os braços em meu pescoço, tudo o que quero fazer é proteger essa garota pelo resto de minha vida. Afasto seu casaco e me inclino para trás. Um sutiã de renda cor-de-rosa me encara de volta. Nada além disso.

— *Como un ángel* — sussurro.

— Nosso jogo acabou? — pergunta, nervosa.

— Acabou, definitivamente, *cariño*. Porque o que vamos fazer agora não é nenhum jogo.

Seus dedos com unhas feitas passeiam sobre meu peito. Será que ela consegue sentir meu coração batendo sob sua mão?

— Eu trouxe proteção — ela diz.

Se eu soubesse... se tivesse a menor ideia de que esta noite seria "a noite"... eu teria me preparado. Acho que nunca acreditei plenamente que chegaria a acontecer com Brittany. Ela enfia a mão no bolso do casaco e uma dúzia de preservativos se espalha sobre o cobertor.

— Está planejando virar a noite?

Constrangida, ela cobre o rosto com as mãos.

— Só peguei um monte.

Tiro as mãos dela do rosto e encosto minha testa na sua.

— Estou brincando. Não fique tímida comigo.

Ao deslizar o casaco por seus ombros, já sei que vou odiar ter que deixá-la esta noite. Queria que pudéssemos passar a noite toda juntos. Mas desejos só são concedidos em contos de fadas.

— Não vai… não vai tirar seu jeans? — pergunta.

— Em breve.

Adoraria poder me demorar e fazer esta noite durar para sempre. É como estar no paraíso e saber que a próxima parada é o inferno. Lentamente, traço uma trilha de beijos do pescoço até os ombros dela.

— Eu sou virgem, Alex. E se eu fizer tudo errado?

— Não existe *errado* aqui. Não estamos em uma aula da Peterson. Somos só nós, você e eu. O resto do mundo não existe agora, o.k.?

— Certo — ela responde, suavemente. Seus olhos estão úmidos. Será que está chorando?

— Não mereço você. Você sabe disso, *cariño*, não é?

— Quando é que você vai se dar conta de que é um dos mocinhos?

Quando não respondo, ela puxa minha cabeça em direção à sua.

— Meu corpo é seu hoje à noite, Alex. Você quer?

— Meu Deus, quero.

Enquanto damos um amasso, tiro o jeans e a cueca e a abraço com força, absorvendo a maciez e o calor de seu corpo contra o meu.

— Você está com medo? — murmuro em seu ouvido quando nós dois estamos prontos e não consigo esperar mais.

— Um pouco, mas confio em você.

— Relaxa, *preciosa*.

— Estou tentando.

— Não vai dar certo se não relaxar.

Eu me afasto e, com mãos trêmulas, pego um preservativo.

— Tem certeza disso? — pergunto.

— Sim, sim, tenho certeza. Amo você, Alex — diz. — Amo você — diz de novo, quase desesperadamente.

Deixo as palavras dela penetrarem em meu corpo e avanço devagar, sem querer machucá-la. Quem estou enganando? A primeira vez, para uma garota, machuca, não importa o quanto se é cuidadoso.

Quero dizer a ela como me sinto, contar como ela agora é o centro do meu ser. Mas não consigo. As palavras não vêm.

— Vá em frente — ela diz, sentindo minha hesitação.

Então vou, e quando ela prende a respiração, desejo poder tirar sua dor.

Ela dá um suspiro e enxuga uma lágrima que escorre pelo rosto. Vê-la tão emocionada me desmonta. Pela primeira vez desde que vi meu pai morto diante de mim, sinto uma lágrima cair do meu olho.

Ela segura minha cabeça em suas mãos e beija minha lágrima.

— Está tudo bem, Alex.

Mas não está. Preciso tornar este momento perfeito. Porque posso nunca mais ter outra chance, e ela precisa saber como pode ser bom.

Me concentro totalmente nela, desesperado para tornar este momento especial. Depois, puxo-a para perto. Ela se enrosca em mim e acaricio seu cabelo. Ficamos ambos em um silêncio confortável pelo máximo de tempo possível.

Não acredito que ela me ofereceu seu corpo. Eu deveria me sentir vitorioso. No entanto, *me siento una mierda*.

Vai ser impossível proteger Brittany pelo resto da vida de todos os outros caras que querem estar perto dela, que querem vê-la como vi. Tocá-la como toquei. Meu Deus, não quero deixá-la nunca mais.

Mas é tarde demais. Não posso perder mais tempo. Afinal, ela não vai ser minha para sempre, e não posso fazer de conta que vai.

— Você está bem? — pergunto.

— Estou ótima. Mais que ótima.

— Preciso mesmo ir embora — digo, lançando um olhar para o relógio digital em cima de um dos carrinhos de ferramentas.

Brittany descansa o queixo no meu peito.

— Você vai sair da gangue, né?

Fico tenso.

— Não — respondo, com a voz cheia de angústia. Droga, por que ela tinha que me perguntar isso agora?

— Está tudo diferente agora, Alex. Fizemos amor.

— O que fizemos foi incrível. Mas não muda nada.

Ela se levanta, apanha as roupas e começa a se vestir em um canto.

— Então sou só mais uma garota que você pode acrescentar à lista de garotas com quem já transou?

— Não diga isso.

— Por que não? É a verdade, não é?

— Não.

— Então prove isso pra mim, Alex.

— Não posso — gostaria de poder dizer algo diferente. Ela tem que saber que sempre vai ser assim, que sempre vou ter de deixá-la por causa da gangue, de novo e de novo. Essa garota loira que ama de corpo e alma, tão intensamente, é como uma droga viciante. Ela merece mais.

Química Perfeita   **377**

— Sinto muito — digo após vestir o jeans. O que mais posso dizer?

Ela desvia os olhos e caminha para a saída da garagem como um robô.

Quando ouço pneus cantando, meus instintos protetores despertam. Um carro está vindo em nossa direção... a RX-7 de Lucky.

Mas é tarde demais: carregada com um bando de caras da gangue, a RX-7 para de repente na nossa frente.

— ¡No lo puedo creer, ganaste la apuesta! — berra ele pela janela.

Tento esconder Brittany atrás de mim, mas não adianta. Claras como o dia, eles avistam suas sedutoras pernas nuas, não cobertas pelo casaco.

— O que ele está dizendo? — pergunta ela.

Tenho vontade de tirar minha calça e entregar a ela para que se cubra. Se ela descobrir nossa aposta, vai achar que foi por isso que transei com ela. Tenho que tirá-la daqui, rápido.

— Nada. Ele está falando besteiras — respondo. — Entra no carro. Porque, se você não entrar, eu mesmo vou te colocar dentro dele.

Ouço o rangido da porta do carro de Lucky ao mesmo tempo em que Brittany abre a dela.

— Não fique com raiva de Paco — diz ela, deslizando para o assento do motorista.

Do que ela está falando?

— Vá — ordeno, sem ter tempo de perguntar o que ela quis dizer. — Conversamos depois.

Ela sai em disparada.

— Porra, cara — diz Lucky, olhando com admiração a traseira da BMW dela. — Eu tinha que descobrir se o Enrique estava me zoando ou não. Você realmente transou com a Brittany Ellis, não foi? Filmou?

Minha resposta é um soco selvagem no estômago de Lucky, que o faz cair de joelhos. Subo na moto e ligo o motor. Quando vejo o Camry de Enrique, paro ao lado dele.

— Escuta, Alejo — diz ele, pela janela aberta. — *Lo siento mucho...*

— Eu me demito — interrompo, antes de jogar as chaves da oficina para meu primo e seguir em frente.

Ao dirigir para casa, meus pensamentos se concentram em Brittany e no quanto ela significa para mim.

Então tomo um choque de realidade.

Não vou fazer a entrega das drogas.

Agora entendo todos esses filmes água com açúcar dos quais sempre ri. Porque agora eu é que sou o idiota piegas que topa arriscar tudo pela garota. *Estoy enamorado...* estou apaixonado.

Que se dane a gangue. Posso proteger minha família sem deixar de ser sincero comigo mesmo. Brittany estava certa. Minha vida é importante demais para que eu a arrisque em uma venda de drogas. A verdade é que quero me candidatar à universidade e fazer algo bom com o meu futuro.

Não sou como meu pai. Ele era um homem fraco, que escolheu o caminho mais fácil. Vou aceitar o desafio que for para sair da gangue. Que se dane o risco. E se eu sobreviver, voltarei para Brittany como um homem livre. ¡*Lo juro!*

Não sou traficante. Vou decepcionar Hector, mas meus motivos para estar na gangue são ajudar a proteger minha vizinhança e minha família, não vender drogas. Desde quando isso se tornou uma necessidade?

Química Perfeita **379**

Desde que a polícia parou minha moto, a bola de neve só cresceu. Fui preso e Hector pagou minha fiança. Logo depois, fiz perguntas a outros membros antigos da gangue sobre a noite em que meu pai morreu. Hector e minha mãe entraram em uma discussão acalorada. Mamãe tinha hematomas pelo corpo. E então, Hector começou a me pressionar para traficar drogas.

Paco tentou me avisar: estava convencido de que havia algo errado.

Analisando os fatos, as peças lentamente começam a se encaixar. *Dios*, será que a verdade sempre esteve bem diante de mim? Sei quem pode me contar a verdade sobre a noite em que meu pai morreu.

Corro para casa e encontro *mi'amá* em seu quarto.

— Você sabe quem matou *papá*.

— Alejandro, não.

— Foi alguém da gangue, não foi? Na noite do casamento, você e Hector estavam falando disso. Ele sabe quem foi. Você também.

Seus olhos se enchem de lágrimas.

— Estou avisando, Alejandro. Não faça isso.

— Quem foi? — pergunto, ignorando seu pedido.

Ela desvia o olhar.

— Me fala! — grito o mais alto que posso. Minhas palavras a fazem se encolher.

Por tanto tempo, só pensei em diminuir a dor da minha mãe, não pensei em perguntar o que ela sabia sobre o assassinato do meu pai. Ou talvez eu não quisesse saber, por ter medo da verdade. Não posso deixar isso ir mais longe do que já foi.

Sua respiração é lenta e entrecortada, e ela tapa a boca com a mão.

— Hector... foi Hector.

Enquanto absorvo a verdade, o pavor, o choque e a dor se alastram por meu corpo como um fogo incontrolável. Minha mãe levanta os olhos para mim, cheios de tristeza.

— Eu só queria proteger você e seus irmãos. Só isso. Seu pai queria sair da gangue e foi morto por isso. Hector queria que você o substituísse. Ele me ameaçou, Alejandro, e disse que, se você não entrasse, a família inteira acabaria como seu pai...

Não consigo ouvir mais. Hector armou para que eu fosse preso, para que eu ficasse devendo um favor a ele. E armou a venda de drogas, me enganando para que eu pensasse estar dando um passo adiante, quando estava apenas dando mais um passo para dentro de sua armadilha. Corro para minha cômoda, decidido quanto ao que fazer: confrontar o assassino do meu pai.

A arma não está mais lá.

— Você mexeu na minha gaveta? — rosno para Carlos, agarrando-o pela gola e erguendo-o do sofá em que estava sentado.

— Não, Alex — diz Carlos — ¡*Créeme!* Paco esteve aqui mais cedo e foi até o quarto, mas disse que era só pra pegar uma das suas jaquetas emprestada.

Paco levou minha arma. Deveria ter imaginado. Mas como é que Paco sabia que eu não estaria em casa para pegá-lo no flagra?

Brittany.

Brittany me atrasou hoje de propósito. Pediu para que eu não ficasse com raiva de Paco. Ambos estavam tentando me proteger, porque fui estúpido e covarde demais para me defender sozinho e encarar os fatos que estavam bem diante de mim.

Química Perfeita 381

As palavras de Brittany ao entrar no carro ecoam em meus ouvidos.

Não fique com raiva de Paco.

Vou correndo até o quarto de *mi'amá*.

— Se eu não voltar hoje, você vai ter que levar Carlos e Luis para o México — digo.

— Mas Alejandro...

Sento na beirada de sua cama.

— *Mamá*, Carlos e Luis estão em perigo. Salve os dois da minha sina. Por favor.

— Alex, não fale assim. Seu pai falava assim.

Sou exatamente como *papá*, tenho vontade de dizer, e cometi os mesmos erros que ele. Não vou deixar isso acontecer com meus irmãos.

— Prometa. Preciso te ouvir dizendo isso. Estou falando sério.

Lágrimas escorrem por seu rosto. Ela me beija e me abraça com força.

— Prometo... Prometo.

Monto em Julio e ligo para alguém a quem nunca pensei que pediria um conselho: Gary Frankel. Ele me incentiva a fazer algo que nunca pensei que faria: ligar para a polícia e informar a eles tudo o que está acontecendo.

capítulo 53
Brittany

Estou sentada na entrada da garagem da casa de Sierra há cinco minutos. Ainda não acredito que Alex e eu fizemos isso. Não me arrependo de um único minuto, mas ainda não acredito.

Esta noite percebi um desespero em Alex, como se ele quisesse provar alguma coisa para mim por meio de ações, em vez de palavras. Estou brava comigo mesma por ter me emocionado, mas não pude evitar. As lágrimas corriam de alegria, felicidade, amor. E, quando vi uma lágrima escapar do olho dele, eu a beijei… Queria salvar aquela lágrima para sempre, porque foi a primeira vez que Alex me deixou vê-lo assim, vulnerável. Alex não chora; não se deixa emocionar por coisa alguma.

Esta noite o mudou, quer ele queira enfrentar o fato ou não. Eu também mudei.

Entro na casa de Sierra. Ela está sentada no sofá da sala.

Meu pai e minha mãe estão acomodados ao lado dela.

— Isso parece demais com uma intervenção — digo.

Química Perfeita **383**

Sierra responde:

— Não é uma intervenção, Brit. É uma conversa.

— Por quê?

— Não é óbvio? — responde meu pai. — Você não está mais morando em casa.

Permaneço ali, na frente dos meus pais, imaginando como chegamos a este ponto. Minha mãe está usando uma calça social preta e seu cabelo está preso em um coque, como se estivesse vestida para um funeral. Meu pai está de jeans e regata, e seus olhos estão vermelhos. Ficou acordado a noite inteira, dá para ver. Talvez minha mãe também tenha ficado, mas ela jamais deixaria isso transparecer. Usaria colírio para esconder.

— Não posso mais interpretar a filha perfeita. Não sou perfeita — digo com calma e equilíbrio. — Conseguem aceitar isso?

As sobrancelhas do meu pai se juntam, como se ele lutasse para manter a compostura.

Minha mãe balança a cabeça, como se não conseguisse entender por que estou causando tanta confusão.

— Brit, isso já durou tempo demais. Pare de fazer manha, deixe de criar caso e de ser egoísta. Seu pai e eu não queremos que você seja perfeita. Queremos que seja o melhor que você pode ser, só isso.

— Por que Shelley, não importa o quanto tente, não consegue corresponder às suas expectativas?

— Não ponha Shelley no meio disso — diz meu pai. — Não é justo.

— Por que não? Tudo isso é sobre ela. — Me sinto derrotada, como se as palavras que saem da minha boca não bastassem para tentar explicar, não fossem as corretas. Eu me largo em uma das macias poltronas de veludo na frente deles.

— Só pra constar, não fugi. Estou na casa da minha melhor amiga.

Minha mãe puxa um fiozinho da calça.

— Graças a Deus. Ela tem nos contado o que acontece com você, fazendo relatórios diários.

Olho para a minha melhor amiga, ainda sentada no canto como testemunha do descontrole emocional dos Ellis. Sierra levanta a mão, culpada, enquanto vai em direção à porta para atender a campainha e entregar doces para os atrasados do Dia das Bruxas.

Minha mãe se apruma na ponta do sofá.

— O que é necessário pra que você volte para casa?

Espero demais dos meus pais, com certeza mais do que são capazes de me dar.

— Não sei.

Meu pai coloca a mão na testa, como se estivesse com dor de cabeça.

— É *tão ruim assim* lá em casa?

— É. Bom, não é ruim. Mas estressante. Mãe, você me estressa. E pai, odeio esse seu vaivém, como se nossa casa fosse o seu hotel. Somos todos estranhos sob o mesmo teto. Amo vocês dois, mas não quero ser sempre "o melhor que eu puder ser". Só quero ser eu. Quero ser livre pra tomar minhas próprias decisões e aprender com os meus erros, sem pirar, sem sentir culpa e sem me preocupar por não atender às suas expectativas. — Seguro as lágrimas. — Não quero desapontar vocês. Sei que Shelley não pode ser como eu. Sinto muito… por favor, não a mandem pra longe por minha causa.

Meu pai se ajoelha ao meu lado.

Química Perfeita   385

— Não peça desculpas, Brit. Não vamos mandá-la pra longe por sua causa. A deficiência de Shelley não é culpa sua. Não é culpa de ninguém.

Minha mãe está quieta e imóvel, olhando para a parede como se estivesse em transe.

— A culpa é minha — diz.

Todos os olhares se voltam para ela, pois essas eram as últimas palavras que esperávamos que saíssem da sua boca.

— Patricia? — pergunta meu pai, tentando chamar sua atenção.

— Mãe, do que você está falando? — pergunto.

Ela continua a olhar para a frente.

— Todos esses anos, eu me culpei.

— Patricia, a culpa não é sua.

— Quando tive Shelley, levei-a para creches — conta minha mãe em voz baixa, como se falasse para si mesma. — Admito que invejava as outras mães com crianças normais, que conseguiam manter a cabeça erguida por conta própria e pegar as coisas sozinhas. A maior parte do tempo, recebia olhares de pena. Eu odiava. Fiquei obcecada pela ideia de que eu poderia ter prevenido a deficiência dela, comendo mais vegetais e me exercitando mais. Me culpei pela condição dela mesmo quando seu pai insistiu que não era minha culpa. — Ela olha para mim e sorri, melancólica. — Então veio você. Minha princesa loira de olhos azuis.

— Mãe, não sou uma princesa, e a Shelley não é alguém de quem se deve sentir pena. Nem sempre vou namorar o cara que você quer que eu namore, nem sempre vou me vestir do jeito que você quer e, pode ter certeza, nem sempre vou agir do jeito que você quer. Shelley não vai corresponder aos seus desejos também.

— Eu sei.

— Você vai ficar bem com isso?

— É provável que não.

— Você é tão crítica. Ai, Deus, eu faria qualquer coisa para você parar de me culpar por cada coisinha que dá errado. Me ame pelo que eu sou. Ame a Shelley pelo que ela é. Pare de se concentrar nas coisas ruins, a vida é curta demais.

— Você não quer que eu fique preocupada sabendo que você decidiu namorar um membro de uma gangue?

— Não. Sim. Não sei. Se eu achasse que você não o julgaria, teria te contado. Se você o conhecesse de verdade... Ele é muito mais do que as pessoas veem por fora. Se preferir que eu fuja só pra ficar com ele, é o que vou fazer.

— Ele é membro de uma gangue — diz minha mãe, dura.

— O nome dele é Alex.

Meu pai se inclina para trás.

— Saber o nome dele não muda o fato de que ele está em uma gangue, Brittany.

— Não, não muda. Mas já é um avanço. Vocês preferem que eu seja sincera ou que eu fuja?

Levou uma hora até minha mãe concordar em tentar, e também aceitar, não ficar tanto em cima de mim. E para meu pai se comprometer a chegar em casa antes das seis da tarde duas vezes por semana.

Concordei em apresentar o Alex a eles, para que possam conhecê-lo. E em contar sempre aonde vou e com quem. Eles não toparam aprovar ou gostar dos namorados que escolho, mas foi um começo. Quero tentar fazer as coisas do jeito certo, porque juntar as peças é muito melhor que deixar do jeito que está.

capítulo 54
Alex

A transação deve acontecer aqui, na reserva de Busse Woods.

O estacionamento e seu entorno estão escuros, mas há um raio de luar para me guiar. O lugar está deserto, exceto pelo sedã azul com os faróis acesos. Entro no bosque e vislumbro uma silhueta sombria deitada no chão.

Corro até ela e o pânico me invade. Reconheço minha jaqueta ao chegar mais perto. É como ver minha própria morte bem na minha frente.

Ajoelhando, viro o corpo lentamente.

Paco.

— Ah, merda — grito, sentindo seu sangue quente encharcar minhas mãos.

Os olhos de Paco estão opacos, mas ele mexe a mão devagar e agarra meu braço.

— Eu caguei tudo.

Descanso sua cabeça em minhas pernas.

— Eu falei pra você não se meter na minha vida. Não morra agora, você não pode morrer agora — digo, com a voz engasgada. — Meu Deus, você está sangrando muito.

Sangue vermelho-vivo escorre de sua boca.

— Estou com medo — sussurra ele, fazendo uma careta de dor.

— Não me abandona. Aguenta firme, vai ficar tudo bem.

Seguro Paco com força, sabendo que acabo de mentir para ele. Meu melhor amigo está morrendo. Não há volta. Sinto sua dor como se fosse minha.

— Olhem quem está aqui... o falso Alex e seu amiguinho, o verdadeiro Alex. Que Noite das Bruxas, não?

Me viro para o som da voz de Hector.

— Que pena não ter conseguido ver que era em Paco que eu estava atirando — continua ele. — Cara, vocês são tão diferentes à luz do dia. Acho que eu preciso fazer um exame de vista.

Ele aponta uma arma para mim.

Não estou com medo. Estou com raiva. E preciso de respostas.

— Por que você fez *isso*?

— Se quer mesmo saber, a culpa é do seu pai. Ele queria sair da gangue. Mas isso não existe, Alex. Ele era o melhor que tínhamos, seu *padre*. Logo antes de morrer, ele tentou sair. A última entrega era o desafio dele, Alex. Uma transação de pai e filho. Se os dois sobrevivessem, ele ganharia.

Ele ri, um cacarejo que reverbera em meus ouvidos.

— O idiota nunca teve chance. Você se parece demais com ele. Eu achei que poderia te treinar pra assumir o lugar do seu pai, pra ser um grande traficante de armas e drogas. Mas não, você é mesmo como seu ele. Um covarde... *un rajado*.

Química Perfeita   **389**

Olho para Paco. Mal está respirando, o ar quase não chega a seus pulmões. Uma grande mancha vermelha que parece um centro de alvo está aumentando, me fazendo lembrar de meu *papá*. Desta vez, no entanto, não tenho seis anos. E está tudo muito claro.

— A gangue traiu a gente, irmão — são as últimas palavras de Paco antes que seus olhos fiquem totalmente sem brilho e ele amoleça em meus braços.

— Largue ele, agora! Ele está morto, Alex. Como seu pai. Levanta e me enfrenta! — grita Hector, sacudindo a arma no ar, como um lunático.

Deito cuidadosamente o corpo sem vida de Paco no chão e fico de pé, pronto para lutar.

— Ponha as mãos na cabeça pra que eu consiga vê-las. Sabe, quando eu matei *el viejo*, você chorou como um *escuincle*, um bebê, Alex. Chorou em meus braços, nos braços do cara que o matou. Irônico, não?

Eu só tinha seis anos. Se soubesse que havia sido Hector, nunca teria me unido à Latino Blood.

— Por que fez isso, Hector?

— Garoto, você não vai aprender nunca, vai? Veja, seu *papá* achava que era melhor que eu. Mostrei a ele, não foi? Ele se gabava de que o lado sul de Fairfield era melhor, porque a escola ficava em uma vizinhança rica. Dizia que em Fairfield não haveria gangues. Mas eu mudei isso, Alex. Mandei meus homens entrarem e fazerem cada família de cada casa pertencer a mim. Ou vinham comigo ou perdiam tudo. Isso, meu jovem, é o que faz de mim *el jefe*.

— Faz de você um louco.

— Louco. Gênio. A mesma coisa.

Hector me cutuca com a arma.

— Agora se ajoelhe. Acho que este é um bom lugar pra você morrer. Bem aqui no bosque, como um animal. Quer morrer como um animal, Alex?

— Você é o animal, idiota. E poderia pelo menos me olhar nos olhos enquanto me mata, como fez com meu pai.

Quando Hector se vira para mim, finalmente tenho uma chance. Agarrando seu pulso, forço-o para o chão.

Hector pragueja e fica em pé de novo rapidamente, com a arma ainda na mão. Uso sua desorientação a meu favor e chuto-o na cintura. Girando, Hector bate em minha cabeça com a coronha de sua arma. Caio de joelhos, lamentando o fato de não ser invencível.

Lembranças de *mi papá* e de Paco me dão força para reagir no escuro. Estou consciente de que Hector está tentando obter um bom ângulo para atirar em mim.

Quando o chuto de volta, tenho que fazer um esforço para continuar de pé. A Glock de Hector está diretamente apontada para o meu peito.

— Aqui é a polícia de Arlington Heights! Larguem as armas e ergam as mãos onde possamos vê-las!

Através das árvores do bosque e da neblina, mal consigo ver as luzes vermelhas e azuis piscando ao longe.

Levanto as mãos.

— Desista, Hector. O jogo acabou.

Hector segura a arma com firmeza, ainda apontada para meu peito.

— Abaixe a arma — grita o policial. — Agora!

Os olhos de Hector estão furiosos. Posso sentir sua raiva, apesar dos dois metros que nos separam.

Sei que o ele vai fazer. *Es un cabrón.*

Química Perfeita   **391**

A cena toda acontece muito rápido. Quando os tiros começam, eu me desloco para a esquerda.

Pá-pá-pá.

Recuando aos tropeços, sei que fui atingido. A bala queima pela minha pele, como se alguém estivesse derramando tabasco em mim.

Em seguida, meu mundo fica escuro.

capítulo 55
Brittany

Às cinco da manhã, acordo com o celular tocando. É Isabel, provavelmente querendo conselhos sobre Paco.

— Você sabe que horas são? — pergunto assim que atendo o celular.

— Ele morreu, Brittany. Ele se foi.

— Quem? — pergunto, agitada.

— Paco. E... eu não sabia se devia ligar pra você, mas você vai acabar descobrindo de qualquer jeito que Alex estava lá também e...

Meus dedos apertam o celular.

— Onde está Alex? Ele está bem? Por favor, me diga que ele está bem. Eu imploro, Isa, por favor.

— Ele foi baleado.

Por um segundo, acho que ela vai dizer as temidas palavras. *Ele está morto.* Mas ela não diz.

— Ele está em cirurgia, no Hospital Lakeshore.

Antes que ela termine de falar, já estou arrancando o pijama e me vestindo, desesperada. Apanho as chaves do carro

Química Perfeita   **393**

e saio pela porta, ainda agarrada ao celular, enquanto Isabel me conta os detalhes que sabe.

— Ai, meu Deus, ai, meu Deus, ai, meu Deus — repito pelo caminho até o hospital, depois do telefonema de Isabel. Quando estive com Alex na noite passada, tinha certeza de que ele me escolheria em vez da transação de drogas. Ele pode ter traído nosso amor, mas eu não posso fazer o mesmo.

Soluços profundos me torturam. Paco me assegurou ontem que Alex não faria a transação, mas... ah, Deus. Paco tomou o lugar de Alex e acabou morto. Pobre, doce Paco.

Tento afastar as imagens de Alex não sobrevivendo à cirurgia. Uma parte de mim morrerá com ele.

Pergunto à recepcionista onde posso me informar sobre o estado de Alex.

A moça pede para eu soletrar o nome dele e digita as letras no teclado. O som me deixa louca. Ela está demorando tanto que quero agarrá-la pelos ombros e chacoalhá-la para que seja mais rápida.

Ela me olha com curiosidade.

— Você é da família?

— Sim.

— Parentesco?

— Irmã.

A moça balança a cabeça com descrença, depois dá de ombros.

— Alejandro Fuentes foi trazido com um ferimento de bala.

— Ele vai ficar bem, não vai? — choramingo.

A moça bate no teclado outra vez.

— Parece que vai passar a manhã em cirurgia, srta. *Fuentes*. A sala de espera é a aquela cor de laranja à direita do saguão. O médico informará o diagnóstico do seu irmão assim que terminar a cirurgia.

Eu me agarro ao balcão.

— Obrigada.

Na sala de espera, congelo ao ver a mãe e os dois irmãos de Alex reunidos num canto, sentados em cadeiras alaranjadas. Sua mãe me olha primeiro. Os olhos estão vermelhos e lágrimas escorrem por seu rosto.

Minha mão vai para minha boca e não consigo evitar que um soluço escape.

Não consigo segurar. As lágrimas escorrem dos meus olhos, e através da minha visão borrada, vejo a sra. Fuentes abrir os braços para mim.

Dominada pela emoção, corro para seu abraço.

Ele mexeu a mão.

Levanto minha cabeça da cama de Alex. Fiquei sentada ao lado dele a noite toda, esperando que acordasse. A mãe e os irmãos não saíram de seu lado também.

O médico disse que poderia levar horas até ele recuperar a consciência.

Umedeço uma toalha de papel do quarto do hospital na pia e a levo à testa de Alex. Fiz isso durante toda a noite, enquanto ele suava e se debatia em um sono agitado.

Ele pisca várias vezes. Posso dizer que está lutando contra os sedativos porque ele força os olhos, tentando abri-los.

— Onde eu estou? — Sua voz é irregular e fraca.

— No hospital. — A mãe corre para o lado dele.

— Você foi baleado — acrescenta Carlos, com a voz cheia de agonia.

Química Perfeita **395**

As sobrancelhas de Alex se juntam, confusas.

— Paco... — diz ele, a voz contida.

— Não pense sobre isso agora — digo, tentando controlar minha emoção, porém com pouco sucesso. Preciso ser forte por ele agora, não posso desapontá-lo.

Ele parece estar prestes a alcançar a minha mão, mas uma expressão de dor atravessa seu rosto e ele a afasta de mim. Tenho tanto para contar, tanto a dizer. Gostaria de poder reiniciar o dia, para mudar o passado. Queria poder salvar Paco e Alex de seus destinos.

Seus olhos ainda estão vidrados de sonolência quando ele me olha e diz:

— Por que você está aqui?

Observo enquanto a mãe esfrega seu braço, tentando confortá-lo.

— A Brittany ficou a noite inteira aqui, Alex. Está preocupada com você.

— Deixa eu falar com ela. Sozinho — diz, fraco.

Os irmãos e a mãe saem do quarto, dando-nos privacidade.

Quando estamos sozinhos, ele estremece de dor ao se ajeitar na cama.

Então me olha com raiva.

— Quero que você vá embora.

— Você não quer dizer isso — respondo, alcançando sua mão. Ele não pode realmente querer isso.

Ele afasta a mão de mim, como se meu toque o queimasse.

— Sim. Eu quero.

— Alex, vamos passar por isso. Eu te amo.

Ele vira a cabeça e encara o chão. Engole em seco e pigarreia.

— Eu trepei com você por causa de uma aposta, Brittany — diz suavemente, mas as palavras saem claras como água. — Não significou nada pra mim. Você não significa nada pra mim.

Dou um passo para trás enquanto as dolorosas palavras de Alex são assimiladas aos poucos pelo meu cérebro.

— Não — sussurro.

— Eu e você... Foi um jogo. Apostei com Lucky a RX-7 dele, que eu conseguiria trepar com você antes do Dia de Ação de Graças.

Quando Alex se refere ao amor como uma trepada, me encolho. Chamar de sexo já deixaria um gosto amargo na boca. Chamar de trepada faz meu estômago revirar. Mantenho as mãos, sem força, ao lado do corpo. Quero que ele retire o que disse.

— Você está mentindo.

Ele tira os olhos do chão e olha·bem para os meus. Ah, Deus. Não há emoção alguma ali. Os olhos dele são afiados como suas palavras.

— Você é patética, se acha que essa coisa entre nós era realmente verdade.

Balanço a cabeça violentamente.

— Não me machuque, Alex. Não você. Não agora — Meus lábios tremem ao murmuar um quase silencioso, mas suplicante "por favor". Quando ele não responde, dou outro passo para trás, quase tropeçando enquanto penso sobre mim, a verdadeira Brittany, que apenas Alex conhece. Em um sussurro arranhado, digo: — Confiei em você.

— O erro foi seu, não meu.

Ele toca o ombro esquerdo e se contrai de dor, antes de um grupo de amigos dele invadir o quarto. Oferecem condo-

Química Perfeita   **397**

lências e prestam solidariedade, e eu fico congelada no canto, completamente ignorada.

— Foi *tudo* pela aposta? — pergunto, acima da comoção.

As seis pessoas no quarto olham para mim. Até Alex. Isabel vem em minha direção, mas levanto a mão e a detenho.

— É verdade? Alex fez uma aposta pra transar comigo? — pergunto, porque ainda não consigo me convencer disso. Não pode ser verdade.

Todos os olhos se deslocam para ele, mas os de Alex penetram nos meus.

— Contem pra ela — ordena ele.

Um cara chamado Sam levanta a cabeça.

— Bom, ah... Sim, é. Ele ganhou a RX-7 do Lucky.

Vou até a porta do quarto, tentando manter a cabeça erguida. Uma expressão dura e fria surge no rosto de Alex.

Minha garganta ameaça se fechar enquanto falo:

— Parabéns, Alex. Você venceu. Espero que goste do carro novo.

Quando toco a maçaneta para sair dali, o cortante olhar de Alex se transforma em puro alívio. Aparentando calma, saio do quarto. Escuto Isabel vir atrás de mim assim que alcanço o corredor, mas corro dela, do hospital, de Alex. Infelizmente, não posso fugir do meu coração. Dói, no fundo do meu corpo. E sei que nunca mais serei a mesma.

capítulo 56
Alex

Estou no hospital há uma semana. Odeio enfermeiras, médicos, seringas, exames... e, particularmente, batas de hospital. Acho que quanto mais fico neste lugar, mais rabugento me torno. Certo, eu provavelmente não deveria ter xingado a enfermeira que tirou meu cateter. Mas seu jeito animado me irritou.

Não quero ver nem falar com pessoa alguma. Quanto menos gente envolvida na minha vida, melhor. Mandei Brittany embora e foi muito doloroso machucá-la. Mas não tive escolha. Quanto mais perto de mim ela chegar, mais sua vida ficará em perigo. Não posso deixar o que aconteceu com Paco acontecer com a garota que...

Pare de pensar nela, digo a mim mesmo.

As pessoas de quem gosto sempre morrem, é simples. Meu pai. Agora, Paco. Fui um idiota ao pensar que poderia ter tudo.

Quando ouço uma batida na porta, grito:

— Vai embora!

Química Perfeita   **399**

A batida se torna mais persistente.

— Que droga, me deixa em paz!

Quando a porta se entreabre, arremesso uma xícara. Mas ela não atinge um funcionário do hospital, e sim a sra. P., bem no peito.

— Ah, não. Você, não — resmungo.

A sra. P. está usando óculos novos, enfeitados com cristais.

— Não é exatamente a recepção que eu esperava, Alex — diz ela. E saiba que ainda posso deixá-lo em detenção por xingar.

Viro de lado para não ter que olhar para ela.

— Veio aqui pra me dar um papel de detenção? Porque se for isso, pode esquecer. Não vou voltar para a escola. Obrigado pela visita. E sinto muito por ter que ir embora tão rápido.

— Não vou a lugar algum antes que você me escute.

Ah, por favor, não. Qualquer coisa, menos ter de ouvir lição de moral dela. Aperto o botão para chamar a enfermeira.

— *Podemos fazer algo por você, Alex?* — ressoa uma voz pelo interfone.

— Estou sendo torturado.

— *O que disse?*

A sra. P. vem até mim e tira o interfone da minha mão.

— Ele está brincando. Desculpe por perturbar.

Ela coloca o interfone na mesinha de cabeceira do quarto, deliberadamente fora do meu alcance.

— Não dão pílulas de felicidade neste lugar?

— Não quero ficar feliz.

A sra. P. se inclina para a frente e sua franja reta encosta na parte de cima de seus óculos.

— Alex, sinto muito pelo que aconteceu com o Paco. Ele não era meu aluno, mas soube como vocês eram próximos.

Olho pela janela para evitá-la. Não quero falar sobre o Paco.

Não quero falar sobre assunto algum.

— Por que veio aqui?

Ouço um farfalhar quando ela tira algo da bolsa.

— Trouxe alguns exercícios pra você, pra recuperar o tempo perdido até voltar para a escola.

— Não vou voltar, já disse. Vou largar a escola. Não deveria ficar surpresa, sra. P. Sou membro de gangue, lembra?

Ela dá a volta na cama e entra em meu campo de visão.

— Acho que estava enganada sobre você. Eu tinha certeza que você seria aquele que quebraria o padrão.

— Bom, talvez eu fosse, antes do meu melhor amigo ser morto. Era pra ter sido eu, sabe.

Fico olhando para o livro de química na mão dela. E isso me lembra o que eu era e o que nunca poderei ser.

— Ele não deveria ter morrido, droga! Deveria ter sido eu! — grito.

A sra. P. não muda de expressão.

— Mas você não morreu. Acha que está fazendo um favor a Paco largando a escola e desistindo de tudo? Considere isso como um presente que ele te deu, Alex, em vez de uma maldição. Paco não pode voltar. Você pode.

A sra. P. pousa o livro de química no peitoral da janela.

— Já tive mais alunos que morreram do que jamais imaginei ser possível. Meu marido insiste para que eu saia de Fairfield e vá dar aulas em uma escola sem membros de gangues, que vivem a vida esperando morrer ou acabar como traficantes.

Sentada na beirada da minha cama, ela olha as próprias mãos.

— Fico em Fairfield na esperança de conseguir fazer alguma diferença, ser um exemplo a seguir. O dr. Aguirre acredita que podemos fechar os buracos, e eu também. Se eu puder mudar a vida de apenas um de meus alunos, posso...

— Mudar o mundo? — interrompo.

— Talvez.

— Não pode. O mundo é o que é.

Ela levanta os olhos para mim, totalmente convicta.

— Ah, Alex. Você está tão enganado. O mundo é o que você faz dele. Se acredita que não pode mudar nada, então vá e siga o caminho já traçado pra você. Mas há outras estradas a escolher; são apenas mais difíceis de percorrer. Mudar o mundo não é fácil, mas eu certamente vou continuar tentando. E você?

— Não.

— É sua prerrogativa. Vou continuar tentando mesmo assim. — Ela faz uma pausa e, em seguida, diz: — Quer saber como sua parceira de química está se saindo?

Balanço a cabeça.

— Não. Não me importo.

As palavras quase ficam presas na minha garganta.

Ela solta um suspiro de frustração, depois vai até o peitoril da janela e pega o livro de química.

— Devo levar isso de volta comigo ou deixar aqui?

Não respondo.

— Queria ter escolhido biologia em vez de química — digo, quando ela abre a porta para ir embora.

Ela pisca maliciosamente para mim.

— Não, não preferia. E, só pra você saber, o dr. Aguirre virá visitá-lo mais tarde. Sugiro que não jogue nada nele quando ele abrir a porta.

$$* * *$$

Quando saí do hospital após duas semanas, minha mãe nos levou para o México. Um mês depois, consegui um emprego de camareiro em um hotel de San Miguel de Allende, perto da casa da minha família. Um hotel agradável, com paredes caiadas e pilastras na entrada principal. Eu também atuava como intérprete quando necessário, já que meu inglês era melhor do que o da maioria dos funcionários. Quando saía com os caras após o trabalho, tentavam me apresentar garotas mexicanas. Eram bonitas, sensuais e definitivamente sabiam como seduzir um cara. O problema era que não eram Brittany.

Eu precisava tirá-la da cabeça. E rápido.

Tentei. Uma noite, uma garota americana, hóspede do hotel, me levou para seu quarto. Primeiro, achei que seria necessário fazer sexo com outra garota loira para apagar aquela noite com Brittany da minha memória. Mas quando eu estava quase lá, congelei.

Me dei conta, então, de que Brittany havia estragado todas as outras garotas para mim.

Não é por causa de seu rosto, nem mesmo por seus olhos. A aparência dela faz com que o mundo a veja como linda, mas é o que ela tinha por dentro que a faz diferente. O jeito doce com que limpava o rosto da irmã, o modo como levava a química tão a sério, a maneira como me mostrou seu amor, mesmo sabendo o que e quem eu era. Eu estava prestes a fazer uma transação com drogas, algo que ela era terminantemente contra, e ela continuou me amando mesmo assim.

Então agora, três meses após o tiro, estou de volta a Fairfield, pronto para enfrentar o que a sra. P. chamaria de meu maior medo.

Química Perfeita   **403**

Enrique está sentado em sua mesa na oficina, balançando a cabeça. Falamos da noite do Dia das Bruxas, e o perdoei pelo envolvimento dele em informar Lucky de que eu estava com Brittany.

Enrique solta um suspiro longo e lento, após eu contar a ele o que estou prestes a fazer.

— Você pode morrer — diz, levantando os olhos para mim.

Concordo com a cabeça.

— Eu sei.

— Não vou poder ajudar. Nenhum dos seus amigos da Latino Blood vai poder te ajudar. Reconsidere, Alex. Volte para o México e aproveite o resto da sua vida.

Fiz minha escolha e não tenho intenção de voltar atrás.

— Não vou ser covarde. Preciso fazer isso. Preciso sair da gangue.

— Por ela?

— Sim.

E por meu *papá*. E por Paco. E por mim e pela minha família.

— Qual é a vantagem de sair da Latino Blood se acabar morto? — pergunta Enrique. — Sua iniciação vai parecer uma festa se comparada a isso. Vão fazer até os antigos participarem.

Em vez de responder, entrego a ele um pedaço de papel com um número de telefone.

— Se alguma coisa acontecer comigo, ligue pra este cara. É o único amigo que tenho que não tem conexões.

Nem com a Latino Blood e nem com a Brittany.

Nesta noite, vou enfrentar um galpão cheio de pessoas que me consideram um traidor. Fui chamado de um monte de outras coisas também. Há uma hora, eu disse a Chuy, que assumiu o lugar de Hector, que queria sair: um rompimento limpo com a Latino Blood. Só um pequeno detalhe... para fazer isso, preciso sobreviver a um desafio — um ataque coletivo.

Chuy, rígido e severo, avança na minha direção com uma bandana da gangue. Examino a assembleia. Meu amigo Pedro está no fundo, desviando os olhos. Javier e Lucky estão aqui também, com os olhos brilhando de excitação. Javier é um maluco, e Lucky não ficou feliz por ter perdido a aposta, embora eu nunca tenha recebido o prometido. Ambos vão adorar bater em mim sem que eu possa revidar.

Enrique, meu primo, está encostado na parede, no canto do galpão. Ele será chamado a participar do desafio, para ajudar a quebrar todos os ossos possíveis do meu corpo até que eu apague. Lealdade e comprometimento significam tudo para a LB. Ao quebrar essa lealdade, a pessoa quebra também o comprometimento... torna-se um inimigo aos olhos deles. Pior ainda, já que a pessoa *era* um deles. Se Enrique tentar me proteger, será destruído.

Eu me mantenho altivo enquanto Chuy cobre meus olhos com a bandana. Sou capaz de fazer isso. Se tudo me levar à Brittany no final, terá valido a pena. Não quero nem pensar na outra opção.

Depois que minhas mãos são amarradas atrás das minhas costas, sou levado a um carro e empurrado para o assento traseiro. Duas pessoas também se sentam, cada uma de um lado. Não tenho ideia de para onde vamos. Já que Chuy está no comando agora, tudo é possível.

Um bilhete. Não escrevi um bilhete. E se eu morrer e Brittany nunca souber o que sinto por ela? Talvez seja até melhor. Ela

Química Perfeita   **405**

vai conseguir continuar a seguir com sua vida mais facilmente se pensar que sou um idiota que a traiu e nunca olhou para trás.

Quarenta e cinco minutos depois, o carro sai da estrada. Consigo perceber pelo cascalho sob os pneus. Talvez saber onde estou tornasse tudo menos assustador, mas não consigo ver coisa alguma. Não estou nervoso. Estou mais ansioso para saber se serei um dos sortudos que sobrevivem. E, caso eu sobreviva, será que alguém vai me encontrar? Ou vou morrer sozinho em algum celeiro, galpão ou prédio abandonado? Talvez não me batam. Talvez me levem para o topo de algum prédio e apenas me empurrem dali. *Se acabó.*

Não. Chuy não iria gostar disso. Ele gosta de ouvir os gritos e os gemidos dos caras fortes sendo obrigados a se ajoelhar.

Não vou lhe dar essa satisfação.

Sou tirado do carro. Pelo som dos meus pés sobre o cascalho e as pedras, imagino que estamos no meio do nada. Ouço mais carros estacionando, mais pés seguindo atrás de nós. Uma vaca muge à distância.

Será um mugido de advertência? A verdade é que quero fazer isso. Ser interrompido apenas adiaria o inevitável. Estou disposto. Estou pronto. Vamos adiante.

Me pergunto se vou ser pendurado pelas mãos em um galho de árvore, como um bode expiatório.

Ah, cara, detesto o desconhecido. *Estoy perdido.*

— Fique aqui. — São as ordens.

Como se eu tivesse algum outro lugar para ir.

Alguém vem em minha direção. Consigo ouvir o ruído do cascalho a cada passo.

— Você é uma desgraça pra esta irmandade, Alejandro. Protegemos você e sua família, e você decidiu nos dar as costas. É verdade?

Adoraria que minha vida fosse um romance de John Grisham. Os heróis sempre parecem estar a um passo da morte, e então conseguem elaborar um plano brilhante. O que normalmente envolve esconder a informação que pode destruir o vilão. Como se isso não bastasse, se o herói acabar morto, o vilão está arruinado para sempre.

— Foi Hector que traiu a gangue — respondo. — *El traidor*.

A resposta para o fato de eu chamar Hector de traidor é um soco pesado no queixo. Droga, não estava pronto para isso. Não vejo porcaria nenhuma com esta venda. Tento não me encolher.

— Entende as consequências de sair da gangue?

Mexo com o maxilar para a frente e para trás.

— Sim.

Ouço pedrinhas sendo trituradas sob sapatos, e um grupo de pessoas se aproxima. Sou eu o alvo da vez.

Um silêncio esquisito paira no grupo. Ninguém ri, ninguém emite um som. Alguns dos caras à minha volta foram meus amigos a vida inteira. Como Enrique, devem estar enfrentando uma guerra interior. Não os culpo. Sortudos são aqueles não escolhidos para lutar hoje.

Sem aviso, levo um soco na cara. Tentar ficar ereto é difícil, ainda mais sabendo que outras pancadas virão. Uma coisa é estar em uma luta que se pode ganhar, outra é saber que não se tem chance alguma.

Algo afiado corta minhas costas.

Em seguida, levo uma pancada nas costelas.

Cada golpe atinge alguma parte do meu corpo: nenhum centímetro é deixado intacto. Uma lasca aqui, um soco ali. Cambaleio algumas vezes, apenas para ser reerguido e receber outro soco pesado.

Química Perfeita   **407**

Há um talho nas minhas costas, que arde como se chamas estivessem lambendo minha pele. Consigo distinguir os socos de Enrique, porque não vêm com tanta fúria quanto dos outros.

Lembranças de Brittany impedem que eu grite de dor. Vou ser forte por ela... por nós. Não vou deixá-los decidir se vou viver ou morrer. Sou o dono do meu destino, não a gangue.

Não tenho a mínima noção de quanto tempo se passa. Meia hora? Uma hora? Meu corpo está enfraquecendo. Tenho dificuldade em ficar de pé. Sinto cheiro de fumaça. Será que vão me empurrar pra uma fogueira? A bandana ainda está firme sobre meus olhos, mas ela já não é mais necessária, porque tenho quase certeza de que eles estão inchados e fechados.

Tenho vontade de me abandonar e de despencar no chão, mas me forço a me manter de pé.

Provavelmente devo estar irreconhecível agora, com sangue quente escorrendo pelas feridas no rosto e no corpo. Sinto minha camisa ser rasgada e se desfazer em farrapos, expondo a cicatriz do tiro que levei de Hector. Um soco me atinge bem ali. É dor demais.

Desmorono no chão, o rosto esfregando o cascalho.

Já não tenho mais certeza de que vou aguentar. *Brittany. Brittany. Brittany.* Enquanto eu repetir esse mantra mentalmente, sei que ainda estou vivo.

Brittany. Brittany. Brittany.

Será que o cheiro de fumaça é real, ou o que estou sentindo é o cheiro da morte?

Através da névoa espessa em minha mente, penso escutar alguém dizer:

— Não acha que já é o bastante?

Então ouço um distante, mas distinto:

— Não.

Protestos se seguem. Se ao menos eu pudesse me mexer. *Brittany. Brittany. Brittany.*

Mais protestos. Ninguém nunca protesta durante esses desafios. Não é permitido. O que está acontecendo? O que virá a seguir? Deve ser pior do que a surra, pois ouço muita discussão.

— Segurem ele com o rosto virado pra baixo — ressoa a voz de Chuy. — Ninguém trai a gangue sob a minha supervisão. Que isso sirva de lição pra qualquer um que pense em nos trair. O corpo de Alejandro Fuentes vai ficar marcado pra sempre, como recordação da sua traição.

O cheiro de queimado fica mais próximo. Não tenho ideia do que está prestes a acontecer, até que minhas costas são tocadas por algo que parece carvão em brasa.

Acho que gemi. Ou grunhi. Ou gritei. Não sei mais. Não sei mais coisa alguma. Não consigo mais pensar. Tudo o que consigo fazer é *sentir*. É como se tivessem me jogado dentro de uma fogueira — esta tortura é pior do que qualquer coisa que eu pudesse ter imaginado. O cheiro de carne queimada arde em minhas narinas, e me dou conta de que os carvões não são carvões, afinal. O animal está me marcando a ferro. *El dolor, el dolor...*

Brittany. Brittany. Brittany.

capítulo 57
Brittany

É 1º de abril. Não vejo Alex há cinco meses, desde o dia do hospital. A fofoca sobre Paco e Alex finalmente acabou, e os psicólogos e assistentes sociais extras foram embora da escola.

Na última semana, eu disse para a assistente social que consegui dormir mais de cinco horas durante a noite, mas é mentira. Desde o tiroteio, tenho problemas para dormir, sempre acordando no meio da noite, porque minha cabeça não para de reviver a conversa horrível que tive com Alex no hospital. A assistente disse que vai levar muito tempo para eu conseguir me livrar dos sentimentos de traição.

O problema é que não me sinto traída. Está mais para triste e murcha. Depois de todo esse tempo, ainda vou dormir olhando as fotos dele no meu celular, da noite em que fomos ao Club Mystique.

Depois de ser liberado do hospital, Alex saiu da escola e desapareceu. Ele pode até ter saído da minha vida fisicamente, mas será sempre uma parte de mim. Não posso deixá-lo ir embora assim, mesmo se eu quisesse.

Uma coisa positiva em toda essa loucura é que minha família levou Shelley ao Colorado para conhecer Sunny Acres, e minha irmã realmente gostou. Eles têm atividades todos os dias, praticam esportes e até mesmo celebridades os visitam a cada três meses. Quando Shelley ouviu que pessoas famosas faziam visitas, shows e ajudavam, teria caído no chão de emoção, se não estivesse presa à cadeira de rodas.

Permitir que minha irmã escolhesse o próprio caminho foi difícil, mas consegui. E não surtei. Saber que tudo foi escolha de Shelley fez com que eu me sentisse muito melhor.

Mas agora estou sozinha. Alex levou um pedaço do meu coração quando foi embora. Estou guardando o que sobrou como aprendizado. Cheguei à conclusão de que a única vida que posso controlar é a minha. Alex escolheu o caminho dele. E esse caminho não me inclui.

Eu ignoro os amigos dele na escola, e eles me ignoram também. Todos nós fingimos que o início do ano dos veteranos não aconteceu. Exceto Isabel. Nós nos falamos às vezes, mas é doloroso. Temos um acordo silencioso entre nós, e me ajuda saber que tenho alguém que está enfrentando a mesma dor que eu.

Ao abrir o armário antes da aula de química, em maio, encontro um par de aquecedores de mãos pendurados nos ganchos internos. A pior noite da minha vida voltou para me aterrorizar com força total.

Alex esteve aqui? Ele mesmo colocou os aquecedores no meu armário?

Por mais que eu queira esquecê-lo, não consigo. Eu li que os peixinhos dourados têm uma memória de cinco segundos. Invejo eles. Minha memória de Alex, meu amor por ele, durará a vida inteira.

Química Perfeita   **411**

Aperto os aquecedores macios contra o peito e me ajoelho ao lado do armário, chorando. Argh. Sou só uma sombra do que eu era.

Sierra se junta a mim.

— Brit, o que foi?

Estou imóvel. Incapaz de me recompor.

— Vamos — diz Sierra, me puxando. — Está todo mundo olhando.

Darlene passa por nós.

— Sério, já não está na hora de esquecer aquele seu namorado membro de gangue que te largou? Você está ficando patética — diz, se assegurando de que a plateia ao redor possa ouvi-la.

Colin aparece ao lado de Darlene. Ele franze o rosto, com raiva:

— Alex mereceu o que teve — sibila.

Certo ou errado, lute pelo que acredita. Minhas mãos já estão cerradas em punhos quando avanço em direção a ele. Colin desvia do meu soco, então agarra meus pulsos e os torce atrás das minhas costas.

Doug dá um passo à frente.

— Solta a Brittany, Colin.

— Fica fora disso, Thompson.

— Cara, humilhar a Brit porque ela te deixou por outro cara é muito estúpido.

Colin me empurra para o lado e ergue as mangas.

Não posso permitir que Doug lute a minha batalha.

— Se quiser brigar com ele, vai ter que passar por cima de mim — digo.

Para a minha surpresa, Isabel aparece na minha frente.

— E de mim também.

Um mexicano chamado Sam empurra Gary Frankel para o lado de Isabel.

— Este cara aqui pode quebrar o seu braço com um tapa, idiota. Sai da minha frente antes que eu jogue ele pra cima de você — diz Sam.

Gary, que está vestindo uma camisa coral e calças brancas, rosna para parecer durão. Não funciona.

Colin olha para a esquerda e para a direita procurando apoio, mas não encontra nenhum.

Eu pisco, descrente. Talvez o universo estivesse desordenado antes, mas agora está finalmente se alinhando.

— Vamos, Colin — ordena Darlene. — A gente não precisa dessa galera estúpida, de jeito nenhum.

Juntos, eles se afastam. Quase sinto pena dos dois. Quase.

— Estou tão orgulhosa de você, Douggie — diz Sierra, jogando-se nele. Eles começam a se beijar imediatamente, sem se importar com quem os assiste ou com as regras de Fairfield.

— Eu amo você — diz Doug quando dão uma pausa.

— Eu amo você também — murmura Sierra com voz de bebê.

— Arrumem um quarto — grita alguém.

Mas eles continuam se beijando até uma música tocar nos alto-falantes. A multidão se dispersa. Ainda estou segurando os aquecedores.

Isabel se ajoelha ao meu lado.

— Eu nunca disse ao Paco como eu me sentia, sabe. Nunca corri o risco, e agora é tarde demais.

— Sinto muito, Isa. Eu corri o risco e perdi o Alex mesmo assim, então talvez você esteja melhor que eu.

Ela dá de ombros, e sei que está tentando manter a compostura para não desmoronar na escola.

Química Perfeita **413**

— Eu acho que vou acabar superando isso um dia. Não é provável, mas posso ter esperanças, não posso? — Ela endireita os ombros e se levanta, com uma expressão corajosa no rosto. Eu a observo caminhar para a aula, imaginando se ela fala sobre isso com outros amigos ou só se abre comigo.

— Vamos — diz Sierra, se soltando do abraço de Doug e me puxando para a saída da escola. Esfrego meus olhos com as costas das mãos e sento no meio-fio, ao lado do carro dela, sem me importar se estou matando aula.

— Estou bem, Sierra. Mesmo.

— Não, você não está bem. Brit, sou sua melhor amiga. Estarei sempre aqui, antes e depois dos seus namorados. Então coloca tudo pra fora. Sou toda ouvidos.

— Eu amava ele.

— Uau, estou pasma. Me fala algo que eu não sei.

— Ele me usou. Transou comigo pra vencer uma aposta. E eu *ainda* o amo. Sierra, eu *sou* patética.

— Você transou e não me contou? Tipo, achei que fosse uma fofoca. Sabe, do tipo mentirosa.

Inclino a cabeça nas mãos, frustrada.

— Estou brincando. Nem quero saber. Tudo bem, eu quero, mas só se você quiser me contar — diz Sierra. — Enfim, esquece isso agora. Eu via o jeito que o Alex olhava pra você, Brit. Foi por isso que não te enchi mais o saco, por você gostar dele. E não tinha como ele estar fingindo. Não sei quem falou pra você sobre essa suposta aposta...

Ergo os olhos.

— Ele me falou. E os amigos confirmaram. Por que não consigo esquecê-lo?

Sierra balança a cabeça, como se quisesse apagar o que disse.

— Primeiro de tudo. — Ela segura meu queixo e me força a olhar para ela. — Alex sentia algo por você, ainda que tenha admitido ou não, ainda que tenha ou não sido uma aposta. Você sabe disso, Brit, ou não estaria segurando esses aquecedores de mãos desse jeito. Segundo, ele está fora da sua vida, mas você deve a si mesma, ao amigo zoeiro dele, Paco, e a mim continuar firme, mesmo que não seja fácil.

— Não posso deixar de pensar que Alex me afastou de propósito. Se eu ao menos pudesse falar com ele, poderia ter algumas respostas.

— Talvez Alex não tenha as respostas. E por isso foi embora. Se ele quiser desistir da vida, ignorar o que está bem na frente dele, que seja. Mas mostre a ele que você é mais forte do que isso.

Sierra está certa. Pela primeira vez em muito tempo sinto que posso sobreviver ao resto do último ano. Alex pegou um pedaço do meu coração naquela noite em que fizemos amor, e ele sempre o terá. Mas isso não significa que a minha vida deva ficar parada indefinidamente. Não posso viver em função de fantasmas.

Sou mais forte agora. Espero que seja, pelo menos.

Duas semanas depois, sou a única no vestiário do ginásio. O barulho de salto me faz olhar para cima. É Carmen Sanchez. Eu não me apavoro. Em vez disso, me levanto e olho direto para ela.

— Ele voltou pra Fairfield, sabia? — contou.

— Eu sei — digo, me lembrando dos aquecedores de mãos no meu armário. Mas já foi embora. Como um sussurro. Ele esteve lá e então desapareceu.

Química Perfeita   **415**

Ela parece quase nervosa, vulnerável.

— Sabe aqueles ursos gigantes de pelúcia que servem de prêmio daquelas brincadeiras de parque de diversão? Aqueles que nunca ninguém ganha, a não ser uns poucos sortudos? Eu nunca ganhei um.

— É, também nunca ganhei.

— Alex era o meu grande prêmio. Eu odiei você por tirar ele de mim — admitiu.

Dou de ombros.

— É, bom, pode parar de me odiar. Fiquei sem ele também.

— Eu não te odeio mais — ela diz. — Eu segui em frente.

Engulo em seco e então digo:

— Eu também.

Carmen ri. Assim que ela sai do vestiário, eu a ouço murmurar:

— Mas Alex com certeza não esqueceu.

O que isso quer dizer?

cinco meses depois
Brittany

O cheiro de agosto no Colorado é definitivamente diferente do cheiro em Illinois. Eu balanço meu novo corte de cabelo, curto, sem me importar em suavizar os fios arrepiados enquanto desempacoto caixas no meu dormitório na universidade.

Minha colega de quarto, Lexie, é do Arkansas. Ela é como uma fada, baixinha e meiga; poderia facilmente passar por uma descendente da Sininho. Juro que nunca a vi nem erguer a sobrancelha. Sierra, na Universidade de Illinois, não teve tanta sorte com sua colega de quarto, Dara. A garota dividiu o armário e o quarto em dois, e levanta às cinco e meia da manhã todos os dias (até nos fins de semana) para se exercitar... no quarto. Sierra está infeliz, mas está passando a maior parte do tempo no dormitório do Doug, então não é tão ruim.

— Tem certeza que não quer vir com a gente? — pergunta Lexie, o sotaque sulista escoando a cada palavra. Ela vai com um grupo de calouras para o pátio, onde haverá um tipo de festa de boas-vindas.

Química Perfeita **417**

— Preciso terminar de esvaziar estas caixas, e então vou ver a minha irmã. Prometi que a visitaria assim que terminasse de desempacotar tudo.

— Certo — diz Lexie, provando um monte de roupas para conseguir o "visual perfeito" para a noite. Quando ela finalmente encontra uma, arruma o cabelo e retoca a maquiagem. Ela me lembra de como eu era antes, a Brittany que se esforçava tanto para agradar os outros.

Meia hora depois, quando Lexie sai, sento na minha cama e pego meu celular. Abrindo-o, olho para minha foto com Alex. Eu me odeio por ter essa necessidade de olhar. Tantas vezes me forcei a deletar as fotos, apagar o passado. Mas não consigo.

Vou até minha mesa e pego a bandana de Alex, limpa e cuidadosamente dobrada. Toco o tecido leve, me lembrando de quando ele me deu. Para mim, ela não é uma lembrança da gangue. É uma lembrança de Alex.

Meu celular toca, me trazendo de volta ao presente. É alguém da Sunny Acres. Quando atendo, uma voz feminina pergunta:

— Brittany Ellis?

— Sim.

— Aqui é a Georgia Jackson, da Sunny Acres. Está tudo bem com Shelley, mas ela quer saber se você virá aqui antes ou depois do jantar.

Olho para o relógio. São quatro e meia.

— Diga a ela que estarei aí em quinze minutos. Estou saindo agora.

Após desligar, guardo a bandana de novo na gaveta da mesa e enfio o celular na bolsa.

Pegar um ônibus para o outro lado da cidade não leva muito tempo e, antes que eu perceba, já estou cruzando o saguão da Sunny Acres, onde a recepcionista disse que minha irmã estaria.

Avisto Georgia Jackson primeiro. Ela é a ligação entre mim e Shelley quando telefono, todos os dias, para saber dela. Seu carinho e gentileza me dão boas-vindas.

— Onde está Shelley? — pergunto, olhando pela sala.

— Jogando damas, como sempre — diz Georgia, apontando para o canto. Shelley não está virada para mim, mas reconheço a parte de trás de sua cabeça e sua cadeira de rodas.

Ela está dando gritinhos, uma dica de que acaba de ganhar o jogo.

Enquanto me aproximo, tenho um vislumbre de quem está jogando com ela. O cabelo escuro deveria ser uma dica de que minha vida está prestes a virar de cabeça para baixo, mas não percebo isso logo de cara. Congelo.

Não pode ser. Deve ser minha imaginação.

Mas, quando ele se vira e aqueles familiares olhos escuros encontram os meus, a realidade atinge minha coluna como um raio.

Alex está aqui. A dez passos de mim. Ai, Deus, cada sentimento que tenho por ele me inunda como uma onda gigante. Não sei o que fazer ou dizer. Então me viro para Georgia, imaginando se ela sabia que Alex estaria aqui. Um olhar para o rosto esperançoso dela me diz que sim.

— Brittany está aqui — ouço ele dizer a Shelley, antes de se levantar e cuidadosamente virar a cadeira dela para que ela possa me ver.

Como um robô, caminho em direção à minha irmã e a envolvo em um abraço. Quando a solto, Alex está bem na minha frente, usando calças cáqui e uma camisa xadrez azul.

Química Perfeita **419**

Eu só consigo olhar para ele, me sentindo enjoada. O mundo não passa de um borrão, e só o que consigo ver é *ele*.

Finalmente, encontro a minha voz.

— A-Alex...? O-o que você está fazendo aqui? — pergunto, mal conseguindo pronunciar as palavras.

Ele dá de ombros.

— Prometi uma revanche para a Shelley, não foi?

Nós ficamos ali, olhando um para o outro, alguma força invisível nos impedindo de olhar para outro lado.

— Você veio até o Colorado pra jogar damas com a minha irmã?

— Bom, não foi a única razão. Vou começar uma universidade aqui. A sra. P. e o dr. Aguirre me ajudaram a fazer o supletivo depois que deixei a gangue. Vendi Julio. Estou trabalhando na União dos Estudantes e fiz um empréstimo estudantil.

Alex? Na universidade? As mangas da camisa, asseadamente abotoada nos pulsos, escondem a maior parte de suas tatuagens latinas.

— Você deixou a gangue? Achei que tivesse dito que era muito perigoso sair, Alex. Você disse que quem tenta pode morrer.

— Eu quase morri. Se não fosse por Gary Frankel, eu não teria sobrevivido.

— Gary Frankel? — O cara mais legal e nerd da escola? Pela primeira vez, avalio o rosto de Alex e vejo uma nova cicatriz acima de seu olho, além de outras desagradáveis na orelha e no pescoço. — Ai, meu Deus! O-o que fizeram c-com você?

Ele segura minha mão e a leva ao peito. Seus olhos escuros e intensos continuam como na primeira vez em que os notei no estacionamento, naquele primeiro dia do último ano da escola.

— Demorou muito tempo pra eu perceber que tinha que consertar tudo. As escolhas que eu fiz. A gangue. Ser espancado até quase perder a vida e ser marcado como gado não foram nada comparado a perder você. Se eu pudesse retirar cada palavra que disse no hospital, eu o faria. Pensei que se te afastasse, eu poderia te proteger do que aconteceu com Paco e com meu pai. — Ele ergue os olhos e me encara. — Nunca mais afastarei você de mim, Brittany. Nunca. Prometo.

Espancado? Marcado? Me sinto mal e lágrimas fazem meus olhos arder.

— Ei! — Ele passa seus braços ao meu redor, roçando as mãos nas minhas costas. — Está tudo certo, eu estou bem — murmura de novo e de novo. A voz dele é tão doce.

É delicioso senti-lo perto de mim. É muito bom.

Ele descansa a testa contra a minha.

— Você precisa saber de uma coisa. Concordei com aquela aposta porque lá no fundo eu sempre soube que, se me envolvesse emocionalmente com você, isso me mataria. E quase matou. Você foi a única garota que me fez arriscar tudo por um futuro que valesse a pena.

Ele se endireita e se afasta um pouquinho para me olhar nos olhos.

— Sinto tanto. *Mujer*, me diga o que você quer, e eu farei. Se ficar longe de você, te deixando em paz pelo resto da vida, é o que vai te deixar feliz, diga. Mas se ainda me quiser, farei o melhor pra ser *isso...* — aponta para suas roupas. — Como posso provar que mudei?

— Eu também mudei — digo a ele. — Não sou mais a garota que eu era antes. E desculpa, mas essas roupas... não são você.

Química Perfeita **421**

— É o que você quer.

— Você está errado, Alex. Eu quero *você*. Não uma imagem falsa. Eu definitivamente prefiro você de jeans e camiseta, porque é o que você realmente é.

Ele olha para a sua roupa e ri.

— Você está certa. — Ele faz uma pausa. — Uma vez você me disse que me amava. Ainda ama?

Minha irmã observa a conversa. Ela sorri com amor para mim, me dando força para dizer a verdade a ele.

— Nunca deixei de amar você. Mesmo quando tentei te esquecer desesperadamente, não consegui.

Ele solta um longo e lento suspiro, esfregando a testa com alívio. Seus olhos parecem vidrados, cheios de emoção. Sinto meus olhos se enchendo de lágrimas de novo, então o agarro pela camisa.

— Não quero brigar o tempo todo, Alex. Namorar deve ser divertido. O amor deve ser bom. — Eu o puxo para mim. — S-será que algum dia será bom pra nós?

Nossos lábios quase se tocam antes de ele se afastar de mim, mas então... Ah. Meu. Deus.

Ele se ajoelha na minha frente e segura minhas mãos. Meu coração quase para.

— Brittany Ellis, vou provar que sou o cara em quem você acreditou há dez meses, e serei o homem de sucesso que você sonhou que eu poderia ser. Meu plano é te pedir em casamento daqui a quatro anos, no dia da nossa formatura. — Ele inclina a cabeça, enquanto sua voz ganha um tom mais brincalhão. — E eu garanto a você uma vida de diversão, provavelmente com algumas brigas, porque você é uma *mamacita* apaixonada... Mas estou ansioso pelas nossas grandes sessões de reconciliação. Talvez um dia possamos voltar a Fairfield e ajudar a torná-la o lugar que meu pai sempre sonhou. Você, eu e Shelley. E qualquer outro Fuentes ou Ellis que queira fazer parte da nossa vida. Seremos uma grande e louca família americana-mexicana. O que acha? *Mujer*, você é dona da minha alma.

Não posso evitar sorrir enquanto seco uma lágrima do rosto. Como posso não estar loucamente apaixonada por ele? Todo esse tempo longe dele não mudou nada. Não posso negar outra chance a ele. Seria o mesmo que negar a mim mesma.

Chegou a hora de correr o risco, de confiar outra vez.

— Shelley, você acha que ela vai me aceitar de novo? — pergunta Alex, o cabelo dele perigosamente perto dos dedos dela. Mas ela não puxa nem um fio... Apenas acaricia a cabeça dele com delicadeza. Sinto lágrimas caindo pelo meu rosto a toda velocidade.

— Sim! — grita Shelley com um sorriso pegajoso, aberto e desdentado. Ela parece mais feliz e contente do que nunca. As minhas duas pessoas preferidas estão aqui comigo, o que mais eu poderia pedir?

— Qual é o seu curso? — pergunto.

Alex mostra o seu sorriso irresistível.

— Química. E o seu?

— Química. — Coloco meus braços ao redor do seu pescoço. — Me beija pra eu ver se ainda temos a *nossa* química. Porque você tem o meu coração, minha alma e tudo o que há entre eles.

Os lábios dele finalmente queimam ao tocar os meus, mais deliciosos do que nunca.

Uau. O sistema solar *está* finalmente alinhado, e eu tive minha segunda chance sem sequer pedir por ela.

vinte e três anos depois
Epílogo

A sra. Peterson fecha a porta da sala de aula.

— Boa tarde e bem-vindos ao curso de química do último ano. — Ela caminha até sua mesa, inclina-se na borda e abre o diário de classe. — Aprecio que tenham escolhido seus lugares, mas já que a aula é minha, eu organizo as duplas... por ordem alfabética.

Murmúrios entre os estudantes, o mesmo som que a recebe nos primeiros dias de aula há mais de trinta anos em Fairfield High.

— Mary Alcott, pegue o primeiro assento. Seu parceiro é Andrew Carson.

Enquanto a lista da sra. Peterson corre, os estudantes relutantemente se dirigem a seus novos assentos ao lado dos seus parceiros de química.

— Paco Fuentes — diz a sra. Peterson, apontando para a mesa atrás de Mary.

O bonito jovem, com olhos azuis-claros como os da mãe e cabelos escuros esfumaçados como os do pai, vai para o lugar designado.

A sra. Peterson então encara seu novo estudante, olhando por cima dos óculos empoleirados no nariz.

— Sr. Fuentes, não pense que esta aula será fácil porque seus pais deram sorte e desenvolveram um medicamento pra conter a progressão do Alzheimer. Seu pai nunca terminou meu curso e tomou bomba em uma das minhas provas, embora eu tenha quase certeza que a sua mãe era quem deveria ter tomado bomba. De todo modo, isso só significa que esperarei muito de você.

— *Sí, señora.*

A sra. Peterson volta a olhar para a sua lista.

— Julianna Gallagher, por favor, tome o assento ao lado do sr. Fuentes.

A professora nota o embaraço de Juliana ao se sentar e o sorriso pretensioso de Paco ao lado dela. Talvez a maré estivesse mudando após trinta anos, mas ela não queria arriscar.

— E para os que querem começar sem problemas, saibam que tenho uma política de tolerância zero...

Agradecimentos

Há muitas pessoas a quem devo agradecer por me ajudar com este livro. Primeiro, preciso enviar um grande agradecimento à dra. Olympia González e a seus alunos da Universidade Loyola, Eduardo Sanchez, Jesus Aguirre e Carlos Zuniga, por passarem horas intermináveis me ajudando a temperar o meu livro com as culturas espanhola e mexicana. Assumo a responsabilidade por todos os erros que eu possa ter cometido, porque são só meus, mas espero ter deixado vocês orgulhosos.

Fui abençoada com uma amiga como Karen Harris, com quem posso contar todos os dias, tanto pessoal quanto profissionalmente. Desde o início de minha carreira, Marilyn Brant tem me incentivado e apoiado infinitamente, e sou muito grata por sua amizade. Não estaria onde estou hoje sem essas duas mulheres. Outros amigos e familiares que foram fundamentais para minha carreira e para este livro são: Alesia Holliday, Ruth Kaufman, Erika Danou-Hasan, Sara Daniel, Erica O'Rourke, Martha Whitehead, Lisa Laing, Shannon Greeland, Amy Kahn, Debbie Feiger, Marianne To, Randi Sak, Wendy Kussman, Liane Freed, Roberta Kaiser e, é claro, Dylan Harris (e Jesus e Carlos), por me ensinarem gírias adolescentes — vocês devem deixar suas mães muito orgulhosas.

Todo o meu carinho para minha agente Kristin Nelson e para minha editora Emily Easton, por desejarem ver este livro impresso tanto quanto eu.

Fran, Samantha e Brett estão passeando nesta montanha-russa comigo, e eu quero que saibam que são minha inspiração. Eles e a minha irmã Tamar, que me ensinou a nunca desistir.

Minha querida amiga Nanci Martinez dedicou sua vida a pessoas com necessidades especiais, e quero agradecê-la por me deixar passar algum tempo com seus residentes. Eles são as pessoas mais bem-cuidadas e felizes do planeta.

Minhas irmãs do blog www.booksboysbuzz.com são um grupo de escritoras de literatura voltada para adolescentes, do qual adorei fazer parte. Vocês são hilárias. Sou muito grata pela associação Romance Writers of America e especialmente pelas sessões Chicago-North e Windy City da associação.

Agradeço à Sue Heneghan do Departamento de Polícia de Chicago, não só por ser policial e dedicar sua vida ao serviço público, mas também por me ensinar sobre gangues e me manter afiada enquanto eu escrevia este livro.

Por último, gostaria de agradecer aos meus fãs. Eles são a melhor parte de escrever romances, e eu nunca me canso de ler os e-mails de incentivo que me enviam. Quero agradecer especialmente a alguns fãs que realmente me ajudaram, Lexie (que moderou meu grupo de discussão de fãs) e Susan e Diana, que são a melhor definição de Superfãs.

Adoro saber sobre meus leitores. Não se esqueça de me visitar em www.simoneelkeles.com!

Este livro, composto na fonte Fairfield,
foi impresso em papel Avena 70 g/m² na gráfica Edigráfica.
São Paulo, Brasil, agosto de 2017.